路《ルウ》

吉田修一

文藝春秋

路《ルウ》

目次

路《ルウ》

二〇〇〇年　逆転

『台湾最大の高速鉄道建設工事
欧州勢が優先権　十一月にも業者最終決定』

台湾市場最大の公共建設事業といわれる高速鉄道建設工事（台北―高雄間）の入札が二十五日、台北市内で行われ、ユーロトンネル・システム（TGV）の導入を提案している欧州勢の「台湾高速鉄道連盟」が三千三百六十六億元の価格を提示、交渉優先権を獲得した。

日本企業などで組織する「中華高速鉄道連盟」の応札額は五千二百八十六億元だった。

台湾交通部（運輸省）は来月中旬にかけ、さらに必要な書類の提示を二つの企業集団に求め、説明を受けた後十一月にも施工業者を最終決定する。来年四月に契約し七月に着工、二〇〇三年七月の完成を目指す。

台湾高速鉄道計画は、現在四時間以上かかる台北―高雄間に時速三百五十キロの高速鉄道（全長約三百四十五キロ）を建設し、同区間を約九十分でつなぐ。同高速鉄道計画は、英仏海峡トンネルで採用されたBOT（民間企業が建設、運営を担当、代金回収後に、政府に明け渡す）方式の工事。

【産経新聞一九九七年九月二十六日】

二十階の窓から見下ろす青山通りの街路樹の枝が、柔らかい冬の日差しを浴びている。道行く人たちは寒風にコートの襟を立てながらも、その足取りは軽い。年末年始の休みを前に、街路樹の影も道行く人の足取りも心躍っているように見えるのだが、台湾からの知らせを待つここ大井物産本社二十階のフロアは、誰かの咳払いさえ響き渡るように静まり返っている。

仕事納めの今日、本来なら仕事にもすでに切りをつけ、会議室に用意された缶ビールで一年の労苦をねぎらっての乾杯が行われている時間なのだが、今年に限って未だデスクを離れる者は一人もいない。

今を去ること二年前の一九九七年晩夏、ここ二十階のフロアに台湾支局から悪夢のような一本の電話が入った。台北《タイペイ》―高雄《カオシユン》間を結ぶ台湾高速鉄道の入札に対する報告で、結果は、より低い予算を提示した欧州連合と台湾高鉄の勝利。新幹線が負けるはずがないとたかを括っていた日本側の大惨敗に終わった。要するに「日本の新幹線」と「フランスTGVとドイツICE」が競い、新幹線が負けたのだ。

当然、日本中から注目を浴びていたプロジェクトでもあり、この直後からマスコミによるひどい非難が浴びせられた。

〝これで韓国に続いて、台湾でも敗北か〟

三年前に別の商社が手がけた韓国商戦で負けていたこともあり、一商戦の結果を超えて日本が誇る新幹線に対する信頼まで揺らぎかねないほどの報道のされようで、大井物産の台湾新幹線事業部では、かかってきた電話に部署名さえ名乗り難いような失意の日々が続いた。

だが、すべてが終わったかのように思われた矢先、台湾からある奇妙な一報が日本サイドに入る。欧州連合と組む敵側だったはずの「台湾高鉄」が会見を開き、〝自分たちは台湾の高速鉄道を開発する権利を紛れもなく手にしたが、決して仏独の会社と排他的に契約を結んでいるわけではなく、単に彼らに優先権があるというだけです〟という含みのある発言をしたのだ。

端的に言えば、台湾で高速鉄道を作るのは自分たちだが、台湾にTGVやICEを走らせるのか、それとも新幹線を走らせるのかはまだ決めていないということだった。

この会見後、失意の底にあった日本サイドは俄《にわか》に活気づく。一度、踏みにじられはしたが、「新幹線が負けるわけがない」という自負はまだ誰の心にもくすぶっており、もしもまだチャンスがあるのならば、もう一度戦ってみようという雰囲気になったのだ。

以来、現在までの二年弱、日本サイドは政財界を巻き込み、猛烈なアピール活動を行ってきた。台湾の報道関係者を日本に呼び、新幹線に試乗してもらうという試みも成功している。当初ほとんど表に出ることのなかったJRの優秀な技術者らも頻繁に台湾を訪れ、いかに新幹線というシステムが安全であるかをアピールして回った。不幸な事故だったとはいえ、この翌年ドイツのICEが走行中に脱線し、百人以上の死者を出すというドイツ鉄道史上最悪の惨事も、台湾サイドの思いをふと立ち止まらせたのは確かだ。

逆に新幹線は開業以来一度も大きな事故を起こしていない。

そして、今年一九九九年九月、台湾の中部に甚大な被害をもたらしたあの大地震が起こった。日本と同じように台湾にも地震が多い。地震の多い国で開発された新幹線へ向けられる台湾サイドの目は明らかに熱を帯びていた。その後、地震復興支援などの交流の中、日本側の国会議員たちが台湾を訪れ、新幹線をアピールする機会も持たれた。欧米では政治家が表に立ち、自国の製品のセールスマンとなることは珍しいことではないのだが、それまで新幹線技術にあぐらをかいていた日本サイドは全くやってこなかったのだ。李登輝総統と会談した日本の国会議員らは、新幹線の採用を強く要請した。〝日本政府としても協力を惜しまない〟という力強いもので、相当の手応えがあるものだった。

入社四年目となる多田春香《ただはるか》は「台湾新幹線事業部」のある二十階のフロアで、じりじりと時間が過ぎていくだけの時計と、横に置かれた小さな仏像を眺めていた。相変わらず台湾からの連絡はなく、別件でかかってくる電話のたびにスタッフたちは緊張と弛緩を繰り返している。小さな仏像を眺めていた春香は、つい手を合わせそうになり、慌ててやめた。こんな時だけ拝んだりすると、逆に悪い結果になりそうな気がしたのだ。ちなみにこの仏像と春香の付き合いは長い。小学生の頃、近所の公園で拾ったのだが、仏像はボールを探して分け入った叢《くさむら》に落ちていた。汚れてはいたが、どこか人を和ませる雰囲気があり、手にすると俄然欲しくなった。だが、汚れた小さな仏像とはいえ、仏像は仏像で、勝手に持ち去ってよいものかどうか迷ってしまう。結果、春香は三日ほどこの場所に通った。拾ってもいいか、仏像に尋ね、いつか「いいよ」と言ってくれるのを待った。しかし当然だが仏像が返事をしてくれるわけもない。四日目、春香は十円玉で占うことにした。投げて表が出たら「持ってっていいよ」、裏なら「だめ」ということだと決めたのだ。結果は見事「表」だった。以来、どうしてもこの仏像だけは捨てられない。

席を立ち、春香は気分を変えようとオフィスを出ると、リフレッシュルームへ向かった。とにかく違う空気を吸いたかった。

リフレッシュルームには、同期入社で海水淡水化事業部にいる高橋一馬《たかはしかずま》がいた。窓際のテーブルで大きなあくびをしている。高橋とは入社直後の研修期間、妙に波長が合って何度か飲み屋で一緒に愚痴をこぼしたり、夢を語ったりした仲で、一度、遠回しな告白をされたこともあったのだが、気づかぬふりで誤魔化してしまった。おそらく彼にも強い思いがあったわけではなく、学生から社会人へと環境が激変した熱っぽい疲れの中で、もうちょっと誰かといろんなことを話していたいという気持ちが、ふと目の前の自分に向けられただけなのだろうと春香は冷静に思っている。

自動販売機で珈琲を買うと、春香は、「久しぶり」と高橋の元へ近寄った。「おう」と片手を上げた高橋が、「こんな所で珈琲なんか飲んでていいの？　台湾からの連絡まだなんだろ?」と千切れそうな袖のボタンを気にしながらも驚いたような顔をする。

「高橋くんまで知ってるんだ?」

「俺どころか、会社中で気にしてるよ。日本の新幹線、逆転で初の海外進出なるか? 商売抜きにしても、デカい仕事って感じするもんな。……ところで、正月休み、どっか行くの?」

高橋が紙コップを握りつぶす。

「正月休みなんて無理無理。今日、台湾での結果が出たら、正月返上で働かなきゃならなくなるのに」

「いい結果が出たらだろ?」と高橋が笑う。

「出ます。出るに決まってます」

「じゃあさ、次に、あのドアから入って来たのが男だったらいい知らせ。女だったら悪い知らせってことでどう? 多田さん、こういうの好きでしょ?」

「だったら、女性が入って来たらいい知らせで、男性だったら悪い知らせにして」

「……どっちでもいいよ」

呆れたように高橋は笑ったが、春香は真剣な目で入口ドアに目を向けた。しかしさっきまで出入りが激しかったのに、なぜか急におさまってしまう。

「まぁ、いいや。とにかく俺も陰ながら祈ってるよ」と、高橋が立ち上がろうとした瞬間だった。見つめていたドアが開いた。待ち切れないとばかりに煙草に火をつけながら入ってきたのは、高橋の部署にいる女性の先輩社員だった。

「お～」

思わず二人とも声を漏らす。

二年前の入札で日本サイドの敗北が決まった当時、春香はまだ入社二年目だった。すでに一年間の総合研修を受け、プロジェクト事業部に配属されたことはされていたが、電力分野に行くのか、交通分野に配属されるのか、はたまた社会インフラ分野に回されるのか、他の同期たちと同じようにはっきりと決まっていない時期で、それでも入社時の面接で「将来は中国や台湾との仕事で自分の可能性を見つけたい」と宣言していたこともあり、ときどき耳に入ってくる台湾新幹線事業の状況を同期の誰よりも気にしていた。

もちろん露骨に態度に出していたわけでもないのだが、プロジェクト事業部のフロアで台湾新幹線事業部の社員たちと顔を合わせることも多く、「今度の台湾出張、なんか美味いもの食いたいなぁ」という会話が聞こえると、「いつもみなさんが宿泊されてるホテルって、民生東路《ミンシエントンルウ》にあるシャーウッドですよね？　ホテルの裏に茶葉を使った料理を出す美味しい店がありますよ」などと口を挟んでもいた。

そんな情報が人事部長にも伝わっていたのかいなかったのか、日本サイドが入札で敗北した数週間後、春香が受け取った配属通知は、「『台湾新幹線事業部』勤務を命じる」というものだった。

春香は、東京生まれの神戸育ちで、台北市内の美味しい店には詳しいが、台湾で暮らしたことも留学経験があるわけでもない。元はと言えば、関西の私立大学に通っていたころ、金城武《かねしろたけし》という台湾の俳優のファンになり、ふらりと一人旅に出たのがきっかけで、それ以来、年に何度か訪れているに過ぎない。

東京は神田の生まれ、佃煮を売るわりと大きな店を営む母、道子《みちこ》の実家で小学校卒業までを過ごした。実家と言っても、店舗を含めた敷地の中に、祖父母が暮らす母屋があり、家業を継いだ長女の家族が暮らす別棟があり、その離れのような建物に春香と両親が住んでいた。春香の父親、直人《なおと》は、福岡県出身の寡黙な電機関係の技術者であり、結婚当初は都内に狭いアパートを借りていたらしいのだが、当時から店を手伝っていた母、道子に押し切られる格好で、春香が生まれた直後、道子の実家である佃煮屋の離れで暮らすことを決めたという。

ちなみに祖父は婿養子、家業を継いだ長女の夫も婿養子ではないにしろ、結局店を一緒にやっているのだからそれに近く、母方の実家が女系家族であることには違いない。実際に春香の母を含めた女たちは祭り太鼓のような活気があって、その血は娘の春香も引き継いでいる。

女たちと比べておとなしい男たちもまた、それはそれでまとまりがいいらしく、祖父と長女の夫、そして父の直人が、三人で連れ立って近所の居酒屋へ通う姿は血が繋がっていないからこその妙な父子の親しさがあり、更に連名で焼酎ボトルをキープしているような微笑ましさもあった。

万事がそのような具合だったので、父に神戸転勤の辞令が下りた時、小学校六年だった春香はもちろん、親族の誰もが「直人さんが単身赴任するのだろう」と思い込んでいた。しかし母道子の思いに迷いはなかった。

「何、言ってんのよ。お父さんと離れて暮らすわけがないじゃない。私がこの店を継いだわけでもあるまいし、春香連れて、私たちも神戸に行くわよ」

たとえば、「お友だちと離れたくない」とか、「東京の子が関西に行ったら苛《いじ》められるんじゃないの？」などという春香の小さな抵抗などまったく聞き入れてもらえなかった。逆に、友だちと離れたくないと嘆けば、「新しい友だちを作ればいいじゃない」と言われ、苛められるかもしれないと不安がれば、「言葉が違うからって苛めるような子たちと、無理に仲良くなる必要なんて、ない、ない」と突っぱねられた。

実際、転校先の神戸の中学校で春香が苛められるようなことは一切なかった。なかったどころか、覚えたての関西弁がクラスメイトにウケて、気がつけば同級生に誘われ、地元の漫才大会に出場するようにまでなっており、「あんた、こっちで苛められるんじゃなかったっけ？」と呆れる母には目もくれず、必死にネタを考えるような毎日だった。

神戸で専業主婦となった母はすぐに退屈してしまったらしく、実家の援助で近所に小さな弁当屋を開いて繁盛させ、父も神戸の水が合ったようで休日には趣味の渓流釣りを同僚たちと楽しみながら日々を過ごし、今ではそこそこのポストについている。

一方、公立高校から私立大学の文学部へ進学した春香は多少おとなしくなりはしたが、有り余る元気は相変わらずで、大学の授業、バイト、サークル、合コン、海外旅行と、「お前は両手に箸持ってメシ食ってるみたいだな」と父親に呆れられるような日々を送っていた。就職活動はいわゆる氷河期で、かなり厳しかった。どうしても東京の会社にという気持ちがあったわけでもないのだが、最大のコネを使ったつもりの父が勤務するメーカーの第二次審査で無惨にはねられ、もう失うものはないと東京へ向かったのが功を奏したのか、ふたを開けてみれば誰もが羨む一流商社になぜか引っかかっていたのだ。

高橋一馬が立ち去ったリフレッシュルームで、春香はひとり紙コップの珈琲を飲んでいた。そろそろ戻ろうかと腰を上げかけた時、引けば開く入口ドアを何度も押した末に、「なんだよ、このドアは」と、やっと引いて開けた山尾《やまお》部長が舌打ちしながら入ってくる。すぐに窓際の春香に気づき、「多田、ここにいたのか」と照れくさそうに微笑む。

「蹴り破ってくるのかと思いましたよ」と、春香も笑った。

「開かないんだよ」

「引けばいいんですよ」

「知ってるよ」

そう応えながら、今度は小銭を自販機の投入口に入れるのに手間取っている。その様子だけで、まだ台湾からの連絡がないことが分かる。

珈琲カップを手に近寄ってきた山尾が、「お前は何やってんだ、こんなところで」と改めて訊くので、「もう、私、居たたまれなくて」と春香は顔をしかめた。

「それにしても遅いよな、連絡」

「台北で詰めてる萩尾《はぎお》さんに、あのあとまた連絡入れたんですか？」

「いや。入れると験《げん》が悪いような気がして。二年前に、ほら、何度も連絡入れて結果があれだったろ」

珈琲に口をつけた山尾が、「あちっ」と慌ててカップを離し、今度は手元にこぼれて、「あちち、あちち」と大騒ぎする。

山尾部長は今回の台湾新幹線事業を社内で引っ張ってきた第一人者で、本来なら春香のような若い社員が気軽に話せる相手ではないのだが、通販ショッピングに出てくる熟年モデルのようなシブい容姿のわりに、口を開けば台無しというタイプで、まだ新入社員に近い春香に対しても、仕事の話、つまらないダジャレ、セクハラまがいの猥談を、六対三対一の割合で気兼ねなくしてくる。

「部長、二〇〇〇年問題って、実際、どうなんでしょうね？」

こぼれた珈琲をティッシュで拭き終えた山尾に、春香は訊いた。

「システム部が目の色変えてやってるけど、状況としてはそう心配することもないらしいぞ」

「世紀末って感じですよね」

「ほんとだな。なんで台湾側もこの押し詰った時期に入札なんかやるんだろうな」

「向こうは正月より、旧正月のほうが……」

「知ってるよ」

無理に沈黙を埋めようとする会話なので、どうしても長くは続かない。

「部長の奥様って、センスいいですよね」と、春香は話を変えた。

「うちの女房？ なんで？」と、一応山尾も尋ね返してくる。

「だって、そのネクタイもそうだけど、いつもお似合いじゃないですか、部長の雰囲気にも、シャツにも」

「何言ってんだよ、俺が自分で選んでんだよ」

「え？ そうなんですか？」

「うちの女房が、俺のネクタイなんか気にしてくれるわけないだろ」

そこで二人は目を合わせた。無理に本題とずれた話をしようとしているのが手に取るように分かり、互いに溜息をつくように視線を逸らしてしまう。

「……俺は、いい知らせが来ると確信してんだけどな」

「私だってそうですよ。だって、これまでの流れからいけば、どう考えたって日本サイドのほうが有利なんですから」

「そうなんだよ。それは分かってんだよ」

こんな場所で事業部の社員同士が確信し合っていたって仕方がないのだが、今の段階ではそれ以外にすることもない。

「そろそろ戻るか」

ふいに立ち上がった山尾の声に、紙ナプキンを千切っていた春香も立ち上がった。

「いい知らせにしろ、悪い知らせにしろ、今度の正月は台無しだな」と山尾が呟く。

「ですね」

「いい知らせなら休み返上で仕事。悪い知らせなら正月の酒も美味くないぞ」

リフレッシュルームを出ると、二人は長い廊下を歩いて事業部へ戻った。廊下沿いの窓から神宮外苑の緑が見下ろせる。すでに銀杏の葉は落ちてしまっているが、冬空に裸の銀杏並木は美しい。

二人同時に深呼吸してからドアを開けた。一斉に事業部スタッフたちの視線が集まるが、その全ての目が「まだなんですよ」と訴えかけている。部長席の電話が鳴ったのはそのときだった。二人に向けられていた視線が今度は一斉に窓際の席へ向けられ、中にはすでに中腰になっている者もいる。

「待て！　俺が出る！　俺が！」

デスクの間を縫う山尾のあとを春香も思わず追いかけた。山尾が押し退けた椅子が、勢いよく春香の腰にぶつかる。

「はい、もしもし、台湾新幹線事業部」

受話器を上げた山尾の声が静まり返ったフロアに響く。気配を感じたのか、仕切りの向こうから覗いている他の部署の社員たちの姿もある。

「おう、萩尾か？ 俺だ」

そこで一瞬沈黙が流れた。横に立つ先輩社員がごくりと唾を飲み込む音を春香ははっきりと聞き取った。

「……え？ ……取った？ ……取った？ と、取ったんだな？ うちが取ったんだな！」

それが山尾が発した声だった。途端にフロアのあちこちから溜息が漏れ、次の瞬間、「やった！」「やった！ 取った！」「勝った！」という悲鳴にも近い声が沸き上がる。

「……取った。……勝った」

あちこちで上がる声に包まれながら春香もそう呟いた。椅子の背を摑んだまま、思わずその場にしゃがみ込んでしまいそうになる。しかし横にいた先輩社員が、「取ったぞ。勝ったぞ」と言いながら、そんな春香の腕を引っ張り立たせる。

「ですね。取りました……。勝ちましたね」

先輩社員に応えた春香の声も震えている。

「とにかく分かった。すぐに折り返すから！」

そう伝えた山尾が受話器を置き、興奮した顔で振り返る。

「みんな、決まったぞ」

一同を見渡した山尾がゆっくりと伝えた。

「……決まったぞ。日本の新幹線が台湾を走る！」

山尾の報告にまた一斉に声が上がった。抱き合う者がいた。机に飛び乗る若い社員がいた。気がつけば、みんなが山尾の元へ駆け寄り、肩を抱き合い、手を握り合っていた。台湾新幹線事業部を取り囲む他部署の社員たちから、あたたかい拍手が起こっていることに春香は気づいた。

◇

玄関先の郵便受けに突っ込まれた朝刊が指先に冷たかった。起き抜けにカーディガンを羽織って出てきた葉山勝一郎《はやまかついちろう》は、朝刊を腋に挟んで急いで家へ戻った。ほんの数十秒のことだったが、冷たい朝刊が腋の下までひんやりとさせる。

勝一郎が暮らす家は築四十年を越えた一戸建てで、あちこちにガタはきているが、妻の曜子《ようこ》が慈しむように手入れをしてきたせいか、古い分、風格もある。ただ二年ほど前、隣接する土地に三階建てのアパートが建ち、以前は日当りの良かった南向きの庭が、午前と午後の短い時間しか日が射さなくなった。元々、隣家は山藤《やまふじ》というこの界隈の古くからの地主の家で、敷地だけでも勝一郎宅の三倍はあった。厳格なご主人と上品な奥さんのもと、三人の息子たちがすくすくと育っていく様子を、勝一郎と妻の曜子も親戚の子でも眺めるように見守ってきた。あいにく勝一郎夫妻に子がなかったこともあるのだが、この三兄弟の中でも特に愛想のよかった次男を曜子が可愛がり、幼いころはよく勝一郎の家の庭に遊びにきていたし、修学旅行や友人たちとのスキー旅行に出かければ、律儀に土産も買ってきていた。

成長すると、長男、三男が先に結婚した。実家にひとり残った次男のために、妻は何かと縁談の世話を焼いていた。ある時など勝一郎が勤める会社の女子社員と見合いさせたこともある。

「最近、おばさん、僕の顔を見ると、お見合いの話なんですよ」

ある日、会社帰りのバスが一緒になった折、この次男が勝一郎に冗談半分にこぼしたことがあった。「おばさん、よっぽど僕がモテないと思ってるんです」と。

勝一郎としても「あまり口を出すな」と言っているのだが、「迷惑だったらやめますよ。でも山藤の奥さんからも『いい人があったらお願いします』って言われてるんですもん」と曜子も引かない。

実際、長男や三男と比べて、この次男が見劣りするわけではなかった。幼い頃から礼儀正しい子で、勉強もよく出来、大学卒業後は大手の貿易会社に勤務して、穀物の買い付けで世界を飛び回っていた。たとえば、休日に勝一郎がガレージで洗車をしていると、「手伝いましょうか」とも言わずにやってきて、世間話を始めながら、いつの間にかスポンジで車体を洗ってくれているような、嫌みのない青年だった。

それがまだまだこれからという時に、呆気なく自動車事故で亡くなった。

妻の悲しみようは尋常でなかった。我が子でもここまで悲しむかというほどの嘆きようだった。それがついこないだのことにも思えるが、あれからもう二十五年が経っている。未だに妻はこの次男のことをふと口にすることがある。

次男が亡くなってから十数年経つと、山藤の奥さんが亡くなり、あとを追うようにご主人も亡くなった。独立していた長男と三男は実家へは戻らず、更地にした土地を三区画に分けて売り、同じような建て売り住宅が並んだ。うちの一軒で火事があったのが今から五年ほど前のことだったか、再び売りに出された土地には、小さな三階建てのアパートが建ち、勝一郎宅の庭の日当りが悪くなったのだ。


玄関先から朝刊を持ち込んだ勝一郎は、寝室に敷きっぱなしの布団の上にあぐらをかいた。シーツにはまだ自分の体温が残っている。

勝一郎は老眼鏡をかけ、乱れた布団を押しやって新聞を広げた。一面に「日本連合台湾新幹線受注に逆転成功」という大きな見出しがある。勝一郎はあぐらのまま、紙面を覗き込んだ。

ここ数年、妻の曜子は入退院を繰り返している。当初は軽い腎炎での検査入院だったのだが、五度目になる今回の入院はすでに一ヶ月を超えている。勝一郎が敷きっぱなしの布団で朝刊を読む習慣がついたのは、曜子が二度目の入院をした頃からだ。妻がいる時には敷きっぱなしの布団で新聞を広げなくても、起き抜けのまま居間へ行けば、すでに暖房もついており、テーブルには新聞があって、何も言わずとも熱い珈琲が出ていた。

どうしても部屋を暖かくしておいてほしいわけではないし、起き抜けに、どうしても淹れたての珈琲が飲みたいわけでもなかったが、慣れたリズムが崩れると、立て直すよりも崩れたリズムに慣れる方が楽になってしまう。

勝一郎は七十歳になった三年前から、いわゆる定年後の日々を送っている。大学で主に交通工学を学んだ勝一郎は、卒業後大手建設会社の「熊井建設」に就職した。時代はモータリゼーションの理論をそのまま実践できるような時で、勝一郎は興奮もし、理想にも燃え、寝る間も惜しんで働いた。東京オリンピックを契機に時代に乗って全国へ張り巡らされた高速道路の拡張工事では、自ら陣頭指揮をとって敷設工事に当たった部分も少なくない。定年を迎える六十五歳のころには専務にまで昇り詰めていた。退職後、後輩社員だった男が独立して設立していた中堅の建設コンサルタント会社で、顧問として最後の奉公をした。

七十歳目前にして、この元後輩に辞職を願い出た際、「あと一年だけでも」と強く引き止められたのだが、勝一郎は、「いやいや、本当にもう長い間お世話になりましたから」と辞退した。

実際には、あと一年や二年、若い技術者たちに自分の経験を語ることが難しかったわけではない。ちょうどその半年ほど前の日曜日だったと思うが、妻の曜子と茶を飲みながらのんびりと庭を眺めていると、「なんだか、最近やっと二人きりになれたような気がしますね」と言われたことがあったのだ。

「子供もいないのに、昔からずっと二人きりだろ」と勝一郎は笑った。

「そりゃそうですけど」と妻も微笑み、「休みもなくお仕事に出かけていくのは、もうとっくに諦めてましたけど、たまの休みの日にまで、あなた、若い方たちをうちに呼んで、なんだか難しそうな話を延々やってらしたじゃないですか」と懐かしそうに言ったのだ。

決して広くもない自宅の一室を、勝一郎は資料部屋として使っていた。本来なら息子か娘のためにある部屋だったのだろうが、そこには各種資料がずらりと並び、半分趣味で作成した道路や鉄橋の大きな模型を飾っていた。そんな模型や資料を眺めながら、自分を慕って話を聞きにくる青年たちを勝一郎は快く思い、「今度の日曜日、伺ってもよろしいでしょうか」と言われれば、いつも二つ返事で招いていた。

青年たちが集まる日は、午後いっぱい専門的な話をしたところで、夕食の時間になっても話題は尽きず、場所を食卓に移して妻の手料理で晩酌しながらも続く。専門的な問答が続く食卓で、妻も楽しそうに青年たちの世話をしていた。「誰々さんは、この前、大根の煮付けをたくさん食べてたから」などと、やってくる青年たちの好みに合わせて料理の準備をしていた。

のんびりと庭を眺めていた縁側で、ふと妻に、「やっと二人きりになれたような気がしますね」と言われた時、勝一郎は一瞬、妻は迷惑していたのだろうかと思った。しかしその表情に迷惑そうな色は浮かんでおらず、逆に昔を懐かしむような寂しさだけがあった。

まさか妻のこの一言が決めてとなったわけでもないが、その頃から勝一郎の心に、そろそろ潮時かもしれないなという気持ちが芽生え出したのは間違いない。仕事がつらくなったわけではなく、妻と同じように、休日に誰も訪ねてこなくなっていたことに気づかされたのだ。

勝一郎はきっぱりと仕事を辞めた。しかしタイミングというのは不思議なもので、勝一郎が仕事を辞めた途端に、これまで風邪一つ引かなかった妻の曜子が体の不調を訴えるようになってしまった。

仕事を辞めて時間が出来たからといって、今さら夫婦で全国を旅行して二人の時間を楽しもうなどと考えていたわけでもなかったが、それでも「せっかく時間ができたのに」と恨めしく思う気持ちがないわけでもなかった。


病院前でバスを降りた勝一郎は、そのまま病棟へは入らず、建物裏手の中庭に通じる遊歩道をゆっくりと進んだ。よく晴れた日で、遊歩道のベンチではパジャマ姿の若い母親と幼い息子が弁当を食べている。入院している母親に会えたのがよほど嬉しいのか、息子の方は食べるよりも母親の首に抱きつくのに忙しい。そんな息子の口に母親も嬉しそうにウィンナーを運んでいる。

勝一郎はさほど広くもない中庭を一周した。あいにく花壇には一つも花は咲いていない。見上げた病棟の白い壁に日が当たり、妻の病室の窓も日差しを反射させてキラキラと輝いていた。どこからともなく入院患者用の昼食の匂いが漂ってくる。アルミの匂いが混じっているので、決して美味そうな匂いでもないのだが、習慣というのは恐ろしいもので、こうやってほぼ毎日、妻の昼食時間に合わせて、自分の弁当持参で見舞いに来ていると、この匂いを嗅いだだけで腹が減ってくる。

病棟の薄暗い廊下を進んでエレベーターに乗り、勝一郎は妻の病室へ向かった。病室は日当りの良い二人部屋なのだが、三日ほど前に隣のベッドにいた愛想のいい女子大生が退院し、今は妻が一人で使っている。

開けっ放しのドアをノックして勝一郎は中へ入った。ちょうど昼食のトレーを取ってきたらしい妻が、片膝をついてベッドに上がろうとしている。

「今か?」と勝一郎は声をかけた。

「あら」

振り向きもせずに応える妻の背中に、勝一郎は軽く手を添え、「お茶は?」と訊いた。足を投げ出してベッドに座り、改めて勝一郎の方を見た妻が、「そこのポット。看護婦さんがさっき持って来てくれたのよ」と棚を指差す。

勝一郎は慣れた手つきでパイプ椅子を出し、持参した弁当を病院食の横に置いた。妻の顔色がここ最近で一番良かった。「体調良さそうだな」と言おうとすると、「お正月は帰れるって」と妻が先に言う。

「そうか」

「それで、もし調子がよければ、もう一度血液検査して退院らしいわ」

「そうか」

「まぁ、この年だからあちこち悪くなるのは仕方ないって、先生も」

「そりゃそうだよ。七十過ぎのばあさんが元気潑剌《はつらつ》じゃ、逆にみっともないぞ」

勝一郎の冗談に妻もクスッと笑う。

「……今日は何のお弁当買ってきたの？」

弁当を入れた袋を妻が開ける。

「鰺フライの弁当だよ。ここの、わりと美味いんだけど、とにかく店が混んでてな」

「そこの湯のみとって下さいな」

ベッドに正座した妻に勝一郎は棚からポットと湯のみを渡した。「よいしょ」と声をかけ、妻がポットを食事用のテーブルに置く。その様子を眺めながら勝一郎はふと思い出し、腋に挟んだままだった朝刊を突き出した。

「ほら」

「何？」

「台湾に新幹線が走るって」

突き出した紙面に「日本連合　台湾新幹線受注に逆転成功」の大見出しがある。

「台湾にですか？」

　受け取った妻が新聞を広げる。パジャマの袖から出た腕が、勝一郎の覚えていた腕よりもだいぶ細い。

「完成すれば、台北から高雄まで、たったの一時間半らしいぞ」と勝一郎は言った。

「へぇ、たったの一時間半ですか」

　勝一郎は棚に置かれていた妻の老眼鏡を手渡した。眼鏡をかけた妻が、紙面と微妙な距離を取りながら、記事ではなく掲載された台湾地図を指先でなぞる。

「完成は二〇〇五年だって」と勝一郎は横から口を挟んだ。

「五年？　そんなもんでできちゃうんですか？」

「五年もあれば充分だよ」

「へぇ。新幹線っていうのは、走るのも早ければ、できるのも早いのねえ」

　妻の呑気な物言いに勝一郎はわざわざ新聞まで持ってきたことを少し後悔した。妻の代わりに勝一郎がポットから二つの湯のみに茶を注ぐ。

「当時、台北から高雄まで汽車でどれくらいかかってたかしらねえ」

　本格的に記事を読み始めた妻が尋ねてくる。丸めた背中がカーディガンの上からでも骨張って見える。

「相当かかってたんだろうな」

「窓なんか開けっ放しで、風が気持ち良くて、山が奇麗で、ねえ」

「お前、そんなに何度も乗ったことないだろ」

「そんなことないですよ。高雄に親戚がいたから、子供の頃、何度も乗ってましたよ」

「そうか」

勝一郎は湯のみを持つと、窓際に立った。暖かい日差しが冷えていた首筋に触れる。さっき歩いた中庭が見下ろせる。弁当は食べ終えたのか、若い母親と幼い息子が芝生でしゃがみ込んでいる。

「あなたが台湾のこと話すなんて珍しいわね」

背中に聞こえた妻の声に、勝一郎は、「そうか？」と振り返った。

「敢えて口にしなかったわけでもないんでしょうけど」

窓から差し込む日が、妻の膝元まで伸びている。

「新幹線が開通したら、二人で台湾に行ってみるか？」と勝一郎は言った。

驚いたように妻が顔を上げる。

「開通したらって、まだ五年も先の話じゃないですか」

「そうか。五年も先か」

「そうですよ」

勝一郎はまた中庭を見下ろした。さっきの男の子が母親を置いて、小さな噴水の方へ駆け出している。

「五年なんてあっという間かもしれないぞ」と勝一郎は言った。

「七十過ぎたおじいちゃんが元気溌剌だとみっともないですよ」

返ってきたのは妻の笑い声だった。ふと、いつもこんな声で笑っていたのかと思う。勝一郎は振り返ろうとして、なぜかそれができなかった。縁起でもないことだが、今振り返って見た妻の顔を忘れないようにしようと、自分が思ってしまいそうだったのだ。

◇

冷房が効き過ぎたオフィスビルから出ると、多田春香は七月の台北の強い日差しを一身に浴び、「あー、気持ちいい」と声に出した。この気持ち良さが五分と続かず、あとは猫のように日陰を探して歩くはめになるのは分かっているが、それでも冷蔵庫のようなオフィスから出たこの一瞬は声が漏れるほど気持ちがいい。

足元には触れると火傷しそうなほどのアスファルトが眩しく、春香は目を細めながらも「さて、今日は何を食べようか」と考えた。ここ、民生東路と興安街《シンアンチエ》を結ぶ路地には多くの食堂が並んでおり、ランチ選びには事欠かない。この辺りは外資系の会社が多い台北でも有数のオフィス街だが、ランチタイムになると食堂の並んだ路地は南国特有の香辛料の香りと汗と喧噪《けんそう》に包まれる。

春香はまず屋台で、檸檬《れもん》汁を買った。目の前でまだ青い檸檬が次々に搾《しぼ》られ、新鮮な果汁が小さなビニール袋に詰められる。氷で冷やされているわけではないが、外が暑いのでストローで吸い込んだ瞬間、口の中がさっぱりとする。

檸檬汁を飲みながら、春香は排骨飯《パイクウファン》の店に入ることにした。先週食べて、美味しかった店だ。ちなみに排骨飯とは台湾でポピュラーな食べ物の一つで、醬油味のタレに漬け込んだ豚のあばら肉を片栗粉でからりと揚げて白飯にのせたもので、搾菜《ザーサイ》やちんげん菜の炒め物などたくさんの野菜と一緒に豪快に出てくる。

入った店はほぼ満席だったが、運良く奥のテーブルに先輩社員の安西誠《あんざいまこと》の姿があった。こういう店に入ると、春香は改めて思うのだが、台湾ではほとんど人の視線を感じることがない。うまく説明できないのだが、たとえばこの規模の食堂の場合、日本では入ってきた客をみんなが見るという流れなのに、ここ台湾では、逆に入ってきた一人が店にいるみんなを見渡すという雰囲気があるのだ。そのお陰で、春香も女一人で店に入るのがまったく苦痛ではない。

通りに面している厨房に立つ男の子に、春香は排骨飯と魚丸湯《ユーワンタン》を注文して、安西のテーブルに向かった。顔を上げた安西が、「おう」と声をかけながら、テーブルに広げていた台湾の新聞を畳んで場所を空けてくれる。

「今朝、また黄忠賢《フアンツオンシエン》がやっかいな質問状を送りつけてきてたなぁ」

春香が席につくと、安西が舌打ちをする。

「安西さん、もう読んだんですか？」

「英文のままざっと読んだけど」

「例の分岐器の説明ですよね？」

「日本側の18番だけで充分だという根拠を改めて説明せよ、だよ」

春香が注文した排骨飯と魚丸湯はすぐに届けられた。胡椒風味の唐揚げ粉の香りが鼻をくすぐる。

「……まったく、同じことを何度も説明させられて、時間がいくらあっても足りないよ」

「仕方ないじゃないですか。新幹線が台湾を走ることになったとはいえ、システムの半分はフランス・ドイツチームがやるんですから。お互いになんでも納得するまで話し合うというのが前提なんですよ」

先輩に生意気な口をきいてしまったかと春香は慌てて口を噤《つぐ》んだが、安西は気にもしていない様子で、「あーあ、また今日も残業だよ」とため息をつく。

現在、台湾新幹線は日本の新幹線とフランス・ドイツの高速鉄道との合作という形で進んでいる。簡単に言ってしまえば、レールの上を走るのは紛れもなく日本の新幹線七〇〇系だが、そのレールの敷設工事やシステムは仏独の連合チームが開発することになっているのだ。もちろん台湾サイドとしても、日本の長所と仏・独の長所を組み合わせたGOOD MIXを望んでいるのだが、日本方式と欧州方式の高速鉄道には根本的な違いも多く、それぞれがそれぞれの見解をぶつけ合い始めると、最終的に両者の技術の優劣を決めることになり、ビジネスラインだけならばともかく、技術屋同士の意地のぶつかり合いというものは、春香などが想像していた以上にプライドを賭けた戦いとなり、話し合いの流れによっては中途半端な結論しか出ず、それこそみんなが恐れるBAD

MIXに成り兼ねない。

そして、この仏独チームが立ててきた日本サイドとの交渉役が、今、安西の話にも出てきた黄忠賢という台湾人だった。三十代半ばの所謂《いわゆる》やり手ビジネスマンで、アメリカで生まれ、アメリカで教育を受けたあとに台湾へ戻ってきた、典型的なABC(American Born Chinese)になる。外見は同級生を探せば一人は似ている人がいそうな平均的なアジア人なのだが、その立ち居振る舞いはどこからどう見てもアメリカ人にしか見えない。

先日も、春香はたまたま廊下で顔を合わせた黄忠賢に、「多田さん、台湾暮らしだと食事が困るでしょ?」と問われ、「いえ、台湾料理は大好きですから」と応えたのだが、彼は自国の料理を少し馬鹿にしたような顔をして、「僕は駄目だなぁ。昼食はほとんど、ここから少し歩いたところにあるイタリアンですよ」と笑っていた。

台湾人に台湾料理をちょっと下に見られて、日本人である自分が腹を立てることもないのだが、なぜかカチンときてしまう。

春香が台湾出向を打診されたのは、まだ各新聞紙上で「日本サイド、受注に成功」という記事が躍っているころだった。とつぜん山尾部長から会議室に呼び出され、「多田、お前、台湾に行く気ないか?」と訊かれた。「台湾新幹線の開業予定は二〇〇五年の十月。行くとなれば、一年や二年というわけにはいかない。どうだ? ちょっと考えてみる気はあるか?」と。

あまりにも急なことで、春香自身は一瞬迷ったと記憶しているのだが、後日部内に山尾部長から伝えられた話によれば、「……考えてみる気はあるか?」と部長が言い終わる前に、「行きます。行かせて下さい!」と即答していたらしい。

春香としても、まさか入社四年目の女性社員がこのような大きなプロジェクトに参加できるとは思っていなかった。中国語を多少勉強しているとはいえ、もちろんビジネスで使いこなせるほどではないし、簡単に言ってしまえば、あるのは熱意だけだったのだ。

部長から打診のあったその夜に、春香は神戸の実家へ電話を入れた。実家にも台湾新幹線の情報は届いていたようで、電話に出た父も、「よかったな。大したもんだよ」と喜んでくれた。ただ、なんとなく父親には言い出しにくく、近況を報告したあと代わってもらった母に、「ちょっと話があるんだけど」と切り出した。

しかし、何を勘違いしたのか、「繁之《しげゆき》くん、今、一緒じゃないの?」と母が訊いてくる。春香は簡単に事情を説明した。たぶん母なら応援してくれると思ったのだが、赴任が五年になると言った途端、絶句された。

「五年って、あんた……」

「五年って言ったって、ずっと戻れないわけじゃないし」

「そりゃ、飛行機で三時間ちょっとなんだから、そんなの分かってるけど……」

「どうしたの? なんかお母さんっぽくないんだけど」

その後、母はちょっと言いにくそうに、「今どきこんなこと言いたくないけど、繁之くんは何て言ってるのよ」と訊いてきた。

そう訊かれて初めて、春香は、「ああ、そうか」と気がついた。別に結婚を約束しているわけではないが、恋人がいるのだから話す順序としてはそっちが先だったのだ、と。

「まだ、言ってない。でも、もちろん相談するつもりだけど」と春香は慌てた。

「お母さんはあんたが決めたことなら何でも応援してあげるけど、繁之くんだって、何か思ってることがあるかもよ。半年や一年ならいいけど、五年となると……」

春香が恋人である池上《いけがみ》繁之のアパートへ向かったのは、それから数日後、年が明けてすぐのころだった。都内の大手ホテルに勤務している繁之の話では、年末の三十日から泊まり込みで働いて年が明ければいったん自宅に戻れるということだった。

繁之のアパートへ向かう途中、スーパーで春香は雑煮の材料を買った。夕食は出かけるつもりでいたのだが、「正月なんてホテルのレストランぐらいしかやってないよ」と繁之に言われ、せっかくホテルから戻ってくる彼をまた別のホテルに連れていくのも忍びなく、あまり得意ではなかったが、「だったら、私が何か作って待ってるよ」ということになったのだ。

繁之の部屋には合鍵で入った。付き合い始めてすぐに繁之は合鍵をくれるような男だった。考え過ぎかもしれないが、なんとなく彼が好きなタイプの女の子というのは、その手のタイプなのだろうと春香は感じた。ただ、付き合ううちに彼が合鍵をすぐに渡してくれたのは、自分の仕事の不規則さで相手に迷惑をかけたくないという気持ちからだったことが分かった。

繁之の部屋はいつものようにきちんと片付いていた。「仕事が忙しくて汚すヒマもないんだよ」と本人は笑うが、脱いだジャケットを必ずハンガーにかけてクローゼットにしまうところを見れば、きちんとした家庭に育ったのだろうと思う。

その日、繁之から連絡が入ったのはやっと雑煮を作り終えたころだった。電話に出るとすぐに、「ごめん！」と繁之が謝る。

「……今日、戻れそうになくて」

話によれば、同僚の女性が急な貧血で倒れてしまい、大事を取って自分がシフトを代わったのだという。

「私は大丈夫だけど、繁之は大丈夫なの？　もう三日以上帰ってないんでしょ？　ちゃんと眠れてるの？」と春香は案じた。

「寝るのは寝てる。ホテルだから寝る場所はいくらでもあるし」

繁之なりの冗談なのだろうが、切羽詰まった様子しか伝わってこない。

「分かった。じゃあ、今日は帰るよ。でも、いろいろ作っちゃったから、冷蔵庫に入れとくね。明日戻れたら食べてよ。あ、明後日はもう無理だからね」

「ごめんな」

「大丈夫だって。それよりすぐ仕事に戻るんでしょ？」

「いや、今から休憩」

そこでふと、春香は母の言葉を思い出した。

「じゃあ、ちょっといい？」

なるべく感情を込めず、春香は事務的に台湾出向の話を告げた。聞き終わると、「どれくらい？」と繁之が落ちついた声で尋ねてくる。

「ヘマやって帰国させられなかったら……、たぶん、一、二年？」と、春香はつい嘘をついた。

「一、二年かぁ……」

「あ、もちろん、もう動かせない異動じゃないのよ。一応、意向を聞かれてる段階で……」

慌てれば慌てるほど嘘が重なってしまう。

「春香は行きたいの？」

「私は……、私は、ちょっと頑張ってみたいかな」

「だったら行けよ」

即答だった。声にも無理したところがない。

「ほんと？」

「ほんとは……、ほんとは行ってほしくないけど、なんとなく春香にとっても大きなチャンスのような気もするし」

「台湾なんて飛行機で三時間だし、毎月交互に行き来したっていいしね」

「そうだな。あ、でも、これだけは覚えといてほしいんだけど。俺さ、春香と会ったの運命だと思ってんだ。だから、なんていうか、逆に一、二年くらい離れ離れでもかまわないっていうか」

正直、この時の繁之の言葉は素直に嬉しかった。ただ、運命という言葉ほど口にした途端に陳腐になるものはないなと、心のどこかで思ってしまった自分もいた。

「とにかく今週中に一回会おうよ」と繁之は言った。春香は、「うん、分かった」と答えて電話を切った。

「……前回の失敗もあるし、今度は慎重に進めたほうがいいな」

排骨飯の店を出た安西が煙草に火をつけたあと、ふとこぼす。春香は、「そうですね」と応えながら額に浮き出た汗をハンカチで押さえた。前回の失敗というのは仕様書作成の際に運転マニュアルの記述で新幹線と在来線とを取り違えたケアレスミスがあったのだ。

「来週、上條《かみじよう》先生がいらっしゃるんですよね？」

春香の質問に安西も額の汗を拭いながら、「先生にばっかり頼ってもいられないんだけどな」とため息をつく。

この上條先生というのはいわゆる新幹線の父と呼ばれる人で、今回の台湾新幹線事業についても、当初から台湾側のアドバイザーとして活躍している。受注の結果が出るまではアドバイザー兼審査員として客観的な立場を求められていたのだが、いよいよ日本の新幹線がここ台湾を走るとなった今、全面的に協力を惜しまない。

「前回の会議で、上條先生が黄忠賢やジャック・バルトに説明した時の録音テープがあるので、今日明日中にでも起こしてみます」と春香は提案した。

「そりゃ助かるけど、多田さん、そんな時間あるの？」

「もちろん暇じゃないですけど、自分で書き起こせば勉強になりますし」

「とにかく上條先生も言うように台湾新幹線の分岐器は18番で充分なんだよ」

「要するに在来線と高速鉄道が同じレールを走っている欧州方式では、それぞれのスピードが違うから追い越しが可能になる。でも新幹線では走行中に追い越しがないから不要ってことですよね」

「そう。ただ、すでにレールの敷設作業は受注前に欧州方式で始まっているわけで、もちろんそれでも運行に支障を来すわけでもないんだけど、日本サイドとしてはそんな無駄な費用をかける必要があるのかどうかってことで……。それにだよ、台湾サイドの条件として最小運転間隔は三分っていうのがあるわけだから、その間隔で走行中に追い越すなんて無理な話なんだよ。いや、だからさ……」

　路地の真ん中で立ち止まった安西が興奮気味にシャツのポケットからメモとペンを取り出し、レールの図を描き始める。傍らをスクーターが走り抜けていくが気にもしない。ただやはり手のひらでは描きにくいようで、走ってきたスクーターを二、三台見送ると、向かいのビルの壁に近づき、そこをテーブル代わりにする。春香はその手元を覗き込みながらも、オフィスに戻ってからやればいいのにと思いはするのだが、走り出した安西は止められない。

安西の背中に濡れたシャツが貼りつき、首筋を幾筋もの汗が流れている。日本では色白な男性という印象があった安西だが、この三ヶ月の台北暮らしで首筋が艶やかなほど日灼けしている。

図を描き終わった安西がそのまま炎天下で説明しようとするので、さすがに春香は堪らず日陰に誘った。

「聞けば聞くほど上條先生の言う通りなんだよな。それをなんで黄忠賢やジャック・バルトたちが必死に抵抗するのか分からないよ」

図を使って一通り説明してくれた安西が改めて溜め息をつく。まるでフルマラソンでもしてきたような汗がその額から流れ出している。

「安西さん、すごい汗ですよ」と春香は思わず笑った。

「暑いし、腹立つし、汗も出るよ。ちょっとそこのサウナにでも行ってさっぱりしてから戻ろうかな」

「いいんじゃないですか。どうせ二時まではお昼寝の時間だし」

「そのお昼寝の時間ってのも腹立つんだよ。幼稚園じゃあるまいし」

「そうですか？　私はゆったりした気分になれて好きですけど」

「多田さんって、ほんとに体内時計が南国モードなんだな」
　そのまま一緒にいると、怒りの矛先が自分に向けられそうだったので、「私、ちょっとコンビニに寄っていきますので」と、春香は汗だくの安西を置いて歩き出した。エアコンの効き過ぎたオフィスを出てきた時には灼熱の日差しが恋しかったが、コンビニに入る時には店内の強い冷房で生き返ったような気になる。

　多田春香のために会社が用意してくれたアパートは、台北市内の再開発地域に近い、敦化南路《トンファナンルウ》と仁愛路《レンアイルウ》が交差する辺りにあった。大通りから少し路地を入った場所で、建物自体はさほど新しいものではなかったが、一階には台北一のカプチーノを出すカフェがある。

　毎日仕事を終えると、春香は会社の前からバスに乗ってこのアパートへ戻る。バスの運転が乱暴だったり、冷房が効きすぎていたりと、東京との違いを数え上げれば切りはないのだが、老人や子供連れの母親が乗ってくれば、お揃いのジャージ姿の学生たちの誰かが席を譲り、降り遅れそうな人がいれば、誰かが運転手に声をかけてやるような、東京でもよく見る風景にふと異国であることを忘れてしまう。

　東京でも台北でも嫌なものを見ようとすれば、どこにでもある。ただ美しいものを意識的に求めれば、それだってどこにでもあるわけで、せっかく開いた目で見るのであれば、美しいものの方がいいと春香は思う。

台北で暮らすようになって春香は料理をしなくなった。もちろん赴任した当初は、自宅でのんびりと料理というわけにもいかなかったのだが、仕事や環境に慣れてからも一日三食とも屋台や食堂での外食がやめられない。単純に一人分作るよりも安くつくし、五百円も出せば、野菜たっぷりのヘルシーで美味しい料理が食べられるのだから、無理に下手な料理を作ることもない。外食ばかりだと飽きないか、と電話で母には言われるが、とにかく台湾には食べ物屋が豊富で、毎晩食べ歩いたとしても近所の店ですら制覇できそうにない。

現地採用のスタッフで家もわりと近い林芳慧《リンファンホエ》などは、両親と弟と暮らしているにも拘らず、朝ごはんは必ず外食だという。日によって揚げパンとお粥だったり、あっさりとした麵だったりするらしいが、家族揃って屋台で食べ、そこからそれぞれが職場や学校に向かうらしい。林芳慧とは年も近く、彼女が日本に留学していたこともあって、春香は台北での暮らしについていろんなことを教わっている。当初は、「多田さん」「林さん」と呼び合っていたのだが、休日にショッピングや食事を共にすることも多く、今では「春香」「小慧《シャオホエ》」と呼び合っている。ちなみに小慧のように名前の前につく「小」というのは、「○○ちゃん」という意味になる。下にくる漢字によっては「小」が「阿」になることもあるらしい。

あれは先月だったか、小慧に教えてもらった近所の粥屋でひとり朝食を取っていると、高校生の弟を叱りつけながら当の小慧が現れた。何度起こしても起きないので腹が立っているらしかった。春香に事情を説明する小慧の小言を横で聞きながらも、髪に寝癖をつけたままの弟は素知らぬ顔で粥を啜っている。その様子にまた腹を立てる小慧がおかしかった。

微笑ましい姉弟喧嘩に、店のおばさんも、「遅くまで勉強してたんだもんね」と弟援護で参戦し、横からは店のおじさんが、「女のこと考えて眠れなかったんだよな」と茶化す。なんだか親戚の家で朝ごはんを食べているようだった。

お陰でこの粥の屋台は春香の行きつけの店になっている。毎日通うには少し距離があるが、週末の朝はほとんどこの店で朝食をとっている。


帰宅後、シャワーで汗を流した春香はバスタオルで髪を拭きながら、エアコンを強くしようか窓を開けようかと考えて、結局部屋中の窓を開けた。開けた途端、夜風が吹き込んではくるが、決して涼しくはない。それでも一日中会社で冷房に当たっていたことを思えば、多少の暑さは我慢して自然の風に吹かれていたほうがいい。

すでに三ヶ月暮らしているが、まだ室内はがらんとしている。備え付けだったソファの上には資料が山積みされ、二十代の女の部屋というよりも張り込み中の刑事の部屋に見えなくもない。

髪を簡単に乾かし、Tシャツとジャージというラフな格好に着替えた春香は、晩ごはんのついでに実家と繁之に電話をかけてこようと国際電話用のテレホンカードを手に取った。もちろん部屋にも電話はあるのだが、公衆電話からのほうが五割以上も安いのだ。両親とは先週も話をしたが、ここ二週間タイミングが悪く、繁之とは連絡が取れていない。パソコンのメールでほぼ毎日やりとりしているし、特に急ぐ用もないのだが、週に一度くらいは声を聞きたいと繁之が言ってくれる。

台北という街は、夜になると街の匂いが変わる。スクーターや車の騒音が減った分、街路樹たちが活気づくのか、街全体が森に包まれたようになる。実際、仁愛路や敦化北《ペイ》路《ルウ》などの大通りは、道に街路樹を植えたのではなく、街路樹の中に道を造ったのではないかと思われるほど緑が多く、夜ともなると、都会のネオンに照らされた幻想的な南国の森が浮かび上がってくる。

ここ夜の仁愛路を歩き出すと、春香は初めてこの街を訪れた時のことをなぜかいつも思い出してしまう。考えてみれば、あれからすでに六年が経つ。まさかあの時、自分が将来この街に暮らすなどとは考えてもいなかった。

この六年間で春香は大学を卒業し、神戸から東京へ出て今の商社に就職した。繁之という恋人もでき、すべてが思い通りとはいかないまでも、何のつまずきもなく流れているように思える。ただ、六年前のここ台北でのある思い出さえなければの話だが。

夜風を感じながら仁愛路を歩いていた春香は、大通りから食堂が並ぶ路地へ入った。狭い路地にはずらりと海鮮食堂が並び、海老でも炒めているのか香ばしい大蒜《にんにく》と香辛料の匂いが漂ってくる。

春香は迷わずその店に入り、海老の大蒜炒めと魯白菜《ルウバイツァイ》という白菜の煮込みで遅い夕食を済ませた。食べ終わる頃には丸テーブルが四つ置かれた店内に客は春香一人で、壁に設置されたテレビではちょうど新幹線開発についてのニュースが放送されており、完璧に言葉を理解できたわけではないが、日本方式と欧州方式を組み合わせた高速鉄道などこの世のどこにも存在しないと、日本の国会議員に当たる立法委員の女性が声を荒立てる映像が流れていた。

テレビを見つめていると、「台北で働いてるの？」と店のおばさんが声をかけてくる。

「はい」と応えた春香に、「一人でこっちに？」と驚く。

「そりゃ、大変ねえ……。この店、いつでも開いてるから」

おばさんはそう言うと、春香の返事も待たずに厨房へと姿を消した。

帰り道、コンビニの公衆電話から繁之に電話をかけた。時差が一時間あるので日本は十時前、今日は休みだとメールに書いてあったので、もしかすると出かけているかもしれないと思いながらだったが、短い呼び出し音のあと繁之は出た。ただ、眠そうな声だったので、「ごめん、寝てた？」と春香が謝ると、「いや、起きてたんだけど、休みで一日中寝てたもんだから、なんか声がヘンだろ？」と繁之が笑う。

「仕事、忙しいんだ？」

「相変わらずだよ。そっちは？」

「こっちも相変わらず。今、晩ごはん食べたとこ」

「相変わらず外で食ってんの？」

「だって自分で作るのが馬鹿みたいなんだもん」

前の電話で同じような話の流れから、繁之が休みを取って台湾に遊びにいきたいと言ったことを思い出し、春香はなぜか先手を打つように、「月末、また日本に帰るから」と、まだ本決まりでもない予定を告げた。

「じゃあ、そん時はどうやってでも休み取るよ」

「大丈夫？」

「だって、それを逃すとまた一ヶ月会えないんだろ？」

「東京にいた時だって、一ヶ月以上会えないことなんてざらにあったじゃない」

この辺りでテレホンカードの残量を知らせる音が鳴る。

「ごめん、カードがなくなりそう」

「分かった。じゃあ、日程決まったらメールくれよ」

「うん、送る」

「いつごろ分かりそう？」

「来週中には。あ、ほんとに切れそう。ごめん」

「うん、じゃあ」

そこで通話が途切れてしまう。使い切ったカードをゴミ箱に捨て、春香はコンビニに入った。新しいテレホンカードを買うつもりで入ったのだが、どうして買ってから繁之に電話をしなかったのだろうか、とふと思う。もちろん繁之と話したくないというのではない。東京では夜遅くまで他愛もないことを話していた。しかし異国の公衆電話で、どうしても話したいと思うことがない。

まっすぐアパートへ戻ろうかとも思ったが、夜風に誘われるようにして春香はしばらく街をぶらついたあと、24時間営業の書店まで足を伸ばした。すでに十時を回っていたが、金曜日ということもあって書店が入ったビルの周囲は賑わっており、若者たちが地面に広げた布に洋服やアクセサリーを並べた即席の露店を出していた。熱帯の夜、夜風に誘われてふらふらと部屋を出てくるのは春香だけではないらしい。

東京にもこのような雰囲気の場所がありそうでないと、春香は常々思う。渋谷のセンター街ほど賑わっていないし、かといって下北ほど洗練されているわけでもないのだが、たとえばそう、夏祭りのあとのような、なんとなく帰りそびれた若者たちが境内で時間を潰しているような、そんな雰囲気がここ台北ではよく感じられるのだ。

◇

レジで会計をする恋人の江昆毅《ジャンクンイー》を置いて、林芳慧は先に混み合ったレストランを出た。渓流を渡ってくる涼しい風が風呂上がりで火照った体に心地良い。風にのって、微かに硫黄の匂いも漂ってくる。芳慧は渓流にかかる小さな橋にちょこんと置かれたベンチに腰をかけた。眼前には真っ黒な紗帽山《シャーマオシャン》がでんと聳《そび》えている。麓からつづら折れの道が山全体を縛るように山頂へと伸びており、等間隔に設置されたオレンジ色の街灯が生い茂った南国の樹々を内側から照らし出している。

ここ陽明山《ヤンミンシャン》は台北の北端にあり、七星山《チーシンシャン》、紗帽山などを含む広大な区域は国家公園に指定されている。日本統治時代には、台湾中部の阿里山《アーリイシャン》、東部の太魯閣《タロコ》と共にすでに国立公園に指定されていたらしい。当時の日本人は湯量豊富な温泉が湧き出るここ陽明山を「台湾の箱根」と呼び、現在でも麓に広がる北投《ペイタウ》地区や高級住宅街である天母《テンムー》から山頂へ向かう道には、数多くの日帰り温泉施設が点在している。この地区の温泉ブームの火付け役となったのが「川湯《ツアンタン》」という温泉施設らしい。渓流沿いに白濁した湯の露天風呂があり、京都の街並を再現して作られたレストランが人気で、休日ともなると、台北市民がカップルで、また家族連れでやってくる。

会計を済ませた昆毅が店を出てくるのと、トイレに行っていた両親たちが戻ってくるのが同時だった。むずがって父の腕から逃れた甥の燿緯《ヤオウェイ》が、何やら意味不明な言葉を発しながら駆け出そうとして、すぐに昆毅に捕まってしまう。すでにひょいと抱え上げられているのだが、自分ではまだ走っているつもりらしく、宙で盛んに足を動かしている。

「あんたたち、これからどこか行くの？」

乳液で頬をテカテカさせた母に訊かれ、芳慧は燿緯を肩車している昆毅に目を向けた。

「先にお義母さんたちを送っていきますよ。阿緯《アーウェイ》もそろそろ眠くなるころだろうし」

昆毅の顔には燿緯の両足が巻きついている。誰もが湯上がりで顔を火照らせているが、中でも一番赤いのは父で、これはビールを飲み過ぎたせいもあるらしい。

「阿緯はお母さんのうちに泊めるの？　お姉ちゃん、仕事から戻るの遅いんでしょ？」

芳慧が尋ねると、「九時過ぎに迎えにくるって言ってたから、連れて帰るでしょ」と母が答える。

芳慧の姉は進学塾の講師をやっている。燿緯の出産前、一年ほど産休を取っていたのだが、つい先月仕事に復帰したのだ。

「旦那さんが出張の時は、母親は仕事を休むべきなのよ」

母のいつもの小言に、「そんな簡単に休めるわけないじゃない」と芳慧は呆れて言い返す。

「……義兄さん、また日本に出張？」

「そうでしょ。お母さん、ちゃんと聞いてないけど」

昆毅の髪を、肩車された燿緯が乱暴に引っ張っている。「痛い、痛い」と昆毅が大袈裟に声を上げるのが面白いらしい。

当初、今夜は芳慧と昆毅の二人でこの温泉に来る予定だった。しかし仕事を終えて車で家に迎えにきた昆毅が一階の居間で燿緯と遊び始めたものだから、いざ出かけようとすると燿緯が癇癪を起こしてしまい、「だったら、阿緯も連れていこう」ということになったのだが、ならば両親も久しぶりに温泉に行きたいということで、結局、面倒くさがった弟だけを残して総勢五人でやってきた。

芳慧はまだ昆毅と結婚しているわけではない。ただ、お互いに近い将来するだろうということだけはなんとなく了解し合っている。なので昆毅にしても、せっかくのデートに芳慧の両親がくっついてくるのも当然のことで、逆に自分の両親が基隆《キールン》から出てきた時は平気でその相手を芳慧に頼んでくる。

日本の大学に留学中、芳慧には何度かデートをした日本人の同級生がいた。浅草の三《さん》社祭《じゃまつり》の日、二人で見物していると、彼の両親とばったり会った。「お母さんたちも来るんだったら一緒に来ればよかったのに」と芳慧が言うと、「誘っても遠慮してこないよ」と彼は笑う。いまいちそのニュアンスが分からず、「遠慮されたら、悲しくない?」と芳慧は言ったのだが、今度は逆にその質問のニュアンスが彼には伝わらないようだった。

陽明山から市内へ戻る車中で燿緯はスヤスヤと眠ってしまった。燿緯を膝に載せた父も同じように寝息を立てている。助手席から振り返った芳慧は、そんな父親の寝顔に「いつの間にか、老けたなあ」と思う。昔から無口で厳しく、つい最近まで顔を合わせるだけでビクビクしていたのに、姉が結婚し、初孫の燿緯をこうやって膝に抱くようになってから近寄りがたかったあの威厳は呆気なく消えてしまった。

市内に戻り、自宅前で両親と燿緯を降ろすと、「映画でも行く?」と昆毅が訊いてくる。

「何か面白いのやってる?」

「さぁ」

行き先も決めずに昆毅がアクセルを踏む。ガジュマルの大木が並ぶ狭い路地をスルスルと車は抜けていく。昆毅は運転が上手いと芳慧は思う。決して安全運転というわけではないのだが、助手席に乗っていると、彼にお姫様だっこでもされているような安心感があるのだ。

結局、この夜、芳慧と昆毅は映画には行かず、敦化南路にある誠品書店へやってきた。特に観たい映画もなく、かといってそのまま昆毅の部屋へ戻るのも、せっかくの土曜の夜を無駄にするような気がして、解決案が書店での雑誌立ち読みだった。書店に入ると、スポーツ雑誌コーナーへ真っすぐに向かう昆毅と別れて、芳慧は女性ファッション誌を手に取った。手に取ったのは日本の雑誌だったが、表紙に躍る文字の半分も理解できない。大学時代は日本語を専攻し、留学生として二年間東京の大学で学んでいるので、わりと自信はあるのだが、この手のファッション雑誌には造語が使われることが多く、手に取るたびに自分の日本語能力を疑ってしまう。

パラパラとページを捲っていると、向かいの棚で同じように立ち読みしている会社の同僚、多田春香が目に入った。芳慧は雑誌を置いて近寄った。ポンと肩を叩くと、「キャッ！」と春香が大袈裟な悲鳴を上げる。その悲鳴に驚いた芳慧まで、「キャッ！」と声を上げてしまった。周囲の客たちの視線が、一瞬二人に注がれる。

「ちょ、ちょっと、そんなにびっくりすることないでしょ」と芳慧は胸を押さえた。

相手が芳慧だと分かって、ほっとしたような春香が、「ごめん。心霊写真の記事読んでて」と雑誌を突き出してくる。

「心霊？」

「そう。これ」

春香が開いているのは、日本の女性誌に特集された心霊写真だった。「シンレイ」という発音では分からなかったが、「心霊」という文字を見れば、芳慧にもすぐに理解できる。

「やだ！」

芳慧は慌てて雑誌を突き返した。それでも薄目で見ると、学校の集合写真の足元に黒い影が写っている。

「もう、なんでそんなの見るのよ」

「だって開いたら載ってたんだもん」

「やだ、閉じて、閉じて」

「ごめん。ごめんって」

気がつけば、二人の大袈裟な日本語でのやりとりにスポーツコーナーにいたはずの昆毅が呆れ顔で背後に立っていた。

その後、芳慧は春香を誘って書店内のカフェに落ち着いた。テーブルにはカロリー高めのチョコレートケーキとカプチーノが並んでいる。

「あ〜あ、春香と会わなかったら、こんな時間にこんなケーキ、絶対食べないのにー」

「だよねー？ 誰かと一緒だと、ついねー」

お互いに顔はしかめるが、すでにフォークは動いている。

「彼、ほっといていいの？」

春香の言葉に芳慧は雑誌売り場へ目を向けた。昆毅は熱心にバスケットボール雑誌を立ち読みしている。

「いいの、いいの。立ち読みするのに飽きたら来るだろうし」

「写真で見るよりかっこいいじゃない」

「だって写真撮る時、いつもヘンな顔するんだもん」

芳慧はオフィスのデスクに昆毅と一緒に写った写真を飾っている。春香も恋人がいるなら飾ればいいのに、と言ったことはあるのだが、春香は照れくさいと笑っていた。

「あ、そう言えば、例の男の子の情報、何かあったの？」

美味しそうにケーキを頬張る春香に芳慧は尋ねた。頬張りながら、「例の男の子って？」と春香が首を傾げる。

「ほら、春香が初めて台湾に来た時に、こっちで出会ったっていう……」

「やだ、やめてよ。何度も言うけど、別に彼を探すために台湾に出向したんじゃないんだって」

「でも見つかったら嬉しいでしょ」

「そりゃ、嬉しいけど……。でも、もう六年も前の話だからね」

今の春香には六年前の甘い思い出よりケーキの方がいいらしい。

「その時に一回会ったきりなんだよね？」と芳慧は諦めずに訊いた。

「だから、そうだって」

「偶然会って、台北を案内してもらって……」

「そう。それだけ」

「でも、忘れられない」

「そんなこと言ってないじゃない」

ケーキをぺろりと食べ終えた春香がフォークについたクリームまで舐めている。

芳慧は現地採用社員として現在の職場で働き始めた。以前にも日本企業の台湾支社に短期間勤めたことがあったが、日本本社からの出向者に、女性、それも自分と同世代の若い女性がいたのは今回が初めてだった。年齢が近いこともあり、仕事帰りに一緒に食事などをするようになり、新生活での細々とした準備を手伝ったりしているうちに、元々相性が良かったのか、気がつけばプライベートなことまで気軽に話せるようになっていた。そんな中、春香がぽろりとこぼしたのが六年前の甘い思い出だったのだ。

春香の話によれば、日本のテレビで金城武を見てファンになり、ふらりと一人旅で訪れたここ台北で、道を尋ねたことをきっかけにある大学生と知り合った。親切な男だったようで、その翌日にはスクーターで台北の街を案内してくれたという。

話を聞いた芳慧は、春香のためにその男を探してやろうと思ったのだが、台北郊外にある淡江大学の建築学科に通っていた学生で、英語名がエリックという情報だけでは、正直探し出せる自信はなかった。

「そういえば、春香、来週、日本に帰るんでしょ？」

ケーキを食べ終え、雑誌を捲りながら「えくぼって『酒窩』って書くんだぁ」などと驚いている春香に芳慧は尋ねた。

「うん、木曜に東京で会議あるからそれに合わせて」

「いいなぁ、私も久しぶりに日本の温泉にでも行きたいなぁ」

芳慧の声が聞こえるはずもないのに、雑誌売り場にいる昆毅がなぜかこちらを振り返った。

◇

台湾への赴任を期に春香は東京のアパートを引き払っている。東京にアパートがないとなると、日本へ来ても東京に戻る場所はなく、たまに東京本社の会議に出席する時はビジネスホテルに滞在するので、必然的に神戸の実家が現在の我が家ということになる。

なんとも中途半端な立場だと、帰国するたびに春香は思う。実際に暮らしているのは台北で、実家は神戸。しかし会社は東京にあり、恋人である繁之もそこにいる。生活の基盤がない分、自由ではあるが、落ち着かないといえば落ち着かない。

神戸の実家はほとんど変化がなかった。母は弁当屋で忙しく働いているし、父も相変わらず仕事に励み、休日は張り切って釣りに出かけているらしい。

「週に三回は弁当屋の残りものだよ」

父はそう愚痴をこぼすが、本気でうんざりしているわけでもなさそうで、夜、母が台所で新メニューを思案しているときなど、ちょこんと横に座り、楽しそうに自分の意見を述べたりしている。

東京での仕事を終えてから帰省した夜、小腹が空いた春香が、お茶漬けでも食べようかと台所へ降りていくと、「向こうで仕事はうまくいってるのか？」と父が聞いてきた。

「まぁ、いろんな国の人が集まって、一つのものを作るんだから大変は大変だけど……」と春香が冷蔵庫を覗き込みながら応えると、テレビの前で美容体操をしていた母が、「仕事もいいけど、あんまり繁之さんのこと放っておくの、お母さんは反対だけどねえ」と口を挟んでくる。

「……繁之さん、元気にしてたんでしょ？」

「ん？　うん」

春香は曖昧《あいまい》に答えた。東京で久しぶりに会った繁之に変わったところはなかったが、逆にあまりにも変わりがなさすぎて、しばらく顔を合わせなくてもこんなものかという気持ちも強い。繁之の方でもおそらく同じような気持ちだったらしく、東京タワーに上ろうかなどと、久しぶりの再会を無理に喜ぼうとしているのが伝わってきた。

「なぁ、お母さん、今度二人で台湾行ってみるか」

「行きたいんだけどねぇ、お店休むわけにもいかないし」

「二、三日くらい、里見《さとみ》さんに頼めるだろ」

春香がお茶漬け用にたくわんを切っていると、両親の声が背中に聞こえてくる。

「……あ、そうだ。里見さんと言えば、もう来年は七回忌ですってよ」

ふと思い出したように母が言う。

「七回忌って、旦那さんと息子さんの？」と春香は振り返った。

「そう。早いわねぇ、あの地震からもうそんなに経つんだもんねぇ」

「里見のおばちゃん、今、一人で暮らしてるんでしょ？」

「店の近所のアパートにね。立派な仏壇作って大切にしてるわよ」

母がそう言い残して寝室に向かう。残された父も重いため息をついてそのあとを追う。

春香は誰もいなくなったダイニングでお茶漬けを啜った。おそらく寝室では両親が震災当日の話をしているに違いない。何度話しても話し尽きない、そんな話が世の中にはあるのだと春香は思う。

幸い、春香たち家族はみな無事で近所にも大きな被害はなかった。しかし誰もが被害にあった人とどこかで繋がっている。春香は高校の同級生を一人亡くした。母は一緒に弁当屋をやっている里見さんの夫と、まだ中学生だった息子を、そして父には妻を失った部下がいる。

茶碗を洗った春香は、少し重い気持ちで二階の自室へ戻った。机の引き出しを開け、切り抜かれた一枚の新聞記事を出す。少し黄ばんだ紙面には阪神・淡路を襲った地震の続報としてボランティア活動をする人々の写真が載っている。震災からすでに数週間が経った小学校の校庭のスナップなのだが、まだ避難所暮らしをしている人は多く、混沌とした雰囲気が伝わってくる。

春香は写真を指先でそっと触れた。

写真は手前の炊き出し風景にピントが合わされているのだが、その奥、重そうな段ボールを肩に担いで運ぶ一人の青年が写っている。顔はぼんやりして、はっきりと見えないが、その雰囲気がどこかエリックに似ているのだ。震災の数ヶ月前に台湾で出会ったエリックが、震災直後の神戸にいるわけはないのだが、なぜかそれがエリックに見えて仕方なかった。よく見れば、まったく別人にも見える。しかし更によく見れば、やはりどこかが彼に似ていた。気がつくと、春香はその写真を切り取っていた。

話は今から六年前に遡る。春香は気ままな一人旅で台湾を訪れた。大学一年の夏に、ロサンジェルスの語学学校へ留学した友人を一人で訪ね、二年の夏には香港に一人で出かけたことがあったので、海外への一人旅にはもう慣れていた。

彼と出会ったのは、ガイドブックに掲載されていた台湾料理店を探している時だった。地図を片手に、春香はのんびりと街の風景を眺めながら歩いていた。夕方になっても気温は落ちていなかった。濡れた毛布を体にかけられたような湿気だったが、乾燥したホテルの客室にいたせいか、そのしっとりとした夜気が心地良かった。歩道や路地には多くのガジュマルの木があった。オレンジ色の街灯がそれら南国の樹々を神秘的に照らし、濃い影が激しい夕立で濡れたままの地面に伸びていた。

春香は食堂の並ぶ賑やかな路地を歩いていた。台湾を訪れるのは、間違いなく初めてなのだが、路地を進む自分の歩調があまりにも自然で、見知らぬ国を一人で歩いていることさえ忘れていた。たとえば、麵の屋台での店主と客の掛け合いは間違いなく中国語なのだが、まるでこれまで知らなかった地元の商店街を歩いているような気分になるのだ。

幼い女の子二人をスクーターの前後に乗せて、若い父親が走ってくる。すっと滑り込んでワンタンスープの店前で止まる。スクーターから降りもせず、若い父親は店内に大声で注文し、奥から出てきたおばさんが何やら呆れたように声をかけてくる。何を訊かれたのかは春香には分からないのだが、「いいよ、いいよ」とでも言いたげに首をふる若い父親の顔が動作とは裏腹にどこか嬉しそうに見える。

路地を抜けると、少し寂しい通りに出た。遠くにセブンイレブンが見えた。ガイドブックによれば、このセブンイレブンの先に目的のレストランがあるはずだった。しかし、なかなかレストランが見つからない。一旦セブンイレブンまで戻ると、春香は改めてガイドブックの地図を確かめた。明るい店内から素足にゴム草履の若者が出てきたのはその時で、春香をちらっと見て、そのまま停めてあったスクーターに跨《また》がる。手には買ったばかりのアイスクリームがあり、口にくわえてエンジンをかけようとする。春香はとりあえず訊いてみようとこの若者に近づいた。

とつぜん駆け寄ってきた春香に若者は驚いたようだったが、ガイドブックの地図を差し出し、拙い英語で、「ここに行きたいんですけど」と告げる春香の手から、アイスをくわえたまま乱暴にガイドブックを奪った。

ガイドブックを何度か持ち替えては首を傾げていた彼が、中国語で何やら言った。アイスをくわえていたのを忘れていたようで危うく落としそうになる。照れくさそうに笑い、口で説明しようとしたのだが、すぐに諦め、スクーターを降りる。彼はそのままガイドブックを持って通りへ出た。春香もすぐにあとを追った。遠くを指差した彼が何か言う。言いながらも、「そうだよな、通じないよな」と顔に書いてある。

簡単なことなのだろうが、伝えられずにもやもやしているのが分かる。そのうち、ふと諦めたように彼が笑い、ガイドブックを持ったまま歩き出す。春香はぼんやりと目で追っていたのだが、振り返った彼が、「こっち、こっち」と手招きをする。

春香は慌てて彼を追った。

ときどき振り返りながらも彼はずんずん先へ歩いていく。春香はただ追いかける。暗い夜道に彼が鳴らすゴム草履の音がぺたぺたと響く。

どれくらい歩いたのか、路地を曲がると、さっきとは別のセブンイレブンがあった。その店の前で立ち止まった彼が、ガイドブックの地図に書かれたセブンイレブンと、目の前の店を交互に指差す。「ここが、これ」とでも言うよう。

簡単なことだった。目印を間違えていたのだ。見れば、二本先の路地の入口に、探していたレストランの看板もある。

ガイドブックを突き返してくる彼に、春香は、「謝謝《シエシエ》、謝謝」と礼を言った。いつの間にか半分以上食べてしまったアイスを舐めながら、ほっとしたような彼はまたペタペタとゴム草履を鳴らして戻っていった。しばらく彼を見送っていたが一度も振り返らなかった。蚊にでも刺されたのか、途中で一度ふくら脛《はぎ》をパチンと叩いたその音が夜道に残った。

そして翌日、春香はこの彼と偶然に再会したのだ。

場所は台北市内から少し離れた淡水《タンシュイ》という港町で、川沿いには祭りでもやっているような賑やかな露店が並んでいた。淡水は夕日が美しいことで有名で、若者たちのデートスポットになっているとガイドブックでは紹介されていた。まだ夕日には早かったが、休日ということで、対岸とを結ぶフェリー乗り場にも長蛇の列ができ、カフェやレストランや屋台はたいへんな賑わいだった。川沿いの遊歩道にも樹齢のあるガジュマルが並んでおり、強い日差しの下、濃い木陰には一休みするカップルの姿があった。

彼を偶然に見つけたのは、川沿いの賑やかな通りを突端まで歩き、またのんびりと戻ってきたあとだった。駅へ向かう広場に入ると繁盛している牛肉麺《ニヨウロウミエン》の店があり、歩道に並んだ簡易テーブルで、彼が汗を垂らして麺を啜っていたのだ。

先に気づいたのが自分だったのか、それとも彼だったのか分からない。彼が黙々と麺を啜っている姿をかなり長いあいだ眺めていたような気もするし、彼に気づいた時にはすでに、彼が箸を止め、こちらをじっと見ていたような気もする。

麺を箸で持ち上げたまま、彼はじっとこちらを見ていた。明らかに春香のことを覚えているようだったが、知り合いというわけでもないので声をかけるほどでもないと思ったのか、彼はまた麺を啜り始める。二人の間を大勢の人々が行き交っていた。何度も彼の姿が消えては現れる。

春香はほとんど無意識に彼が牛肉麵を啜るテーブルへ歩き出していた。自分でもなぜそんなことができたのか分からない。子供のころから消極的なタイプではなかったが、それでもこのような場合、自分から声をかけるほど積極的なタイプでは決してなかった。人々の間を縫って春香は近づいた。気配を感じた彼が顔を上げる。

「昨日。ありがとう」と、春香は英語で伝えた。

少し驚いたような顔で、「日本人？」と彼が英語で訊いてくる。春香は頷き、「この辺に住んでるんですか？」と訊いた。今度は彼が頷き、遠くに見える小高い丘を指差して、

「大学」と短く答える。

「私も大学生です。あなたの専攻は何ですか？」

今思うと、なんともベタな質問だが、春香は教科書通りに質問していた。しかしそれに英語で答えた彼の言葉の意味が分からない。すると彼がテーブルに置かれていた料理の注文票を一枚取り、備え付けのペンで「建築」と漢字で書いたのだ。

春香はこのとき異国の人がさらさらっと書いた漢字を見て、とても不思議な気持ちになった。中国語を母国語としている台湾で、漢字を書くことなど当たり前なのだが、それでも目の前で書かれた漢字二文字にとても感動してしまったのだ。

注文票の裏に書かれた文字をまじまじと見つめる春香の前で、彼が今度は「紅毛城」と書く。紅毛城は淡水にある古蹟でガイドブックにも出ている場所だった。「もう行ったか?」という意味だと判断し、春香は首を振った。

「行きたい?」

彼が英語で訊いてくる。春香はほぼ即座に頷いた。丼に残っていた麺を急いで掻き込んだ彼が立ち上がり、すぐそこに停めてあるスクーターを指差す。未だにはっきりと覚えているが、彼はアディダスのジャージを穿き、少し襟が伸びた青いTシャツを着ていた。よく洗い込まれたTシャツで、まだ洗剤の匂いが漂ってくるようだった。

偶然に再会した人とはいえ、異国の地で見知らぬ男性に誘われて、スクーターに乗った理由を一つだけ上げろと言われたら、おそらくこのTシャツのせいだと答えるだろうと春香は思う。

二〇〇一年　着工

『台湾の〝好意〟』

日本を代表する総合技術で、高速鉄道技術の世界語にもなった「新幹線」が初めて海を渡ろうとしている。十二日、正式調印された台湾高速鉄道がそれだ。

二〇〇五年開通予定で台北―高雄を九十分で結ぶ計画は「台湾経済の起爆剤」として、日本同様、不況にあえぐ台湾各界の期待を集めているが、この日本の車両技術導入について、異なことを耳にした。先日、台湾を訪れ、昨年の台湾大地震取材でお世話になった方々に会った際、前政権の中枢に近い人が、日本技術の導入の裏話として「フランスを中心とした欧州高速鉄道連盟は台湾新幹線落札の利をもとに大陸に接近し、新たな高速鉄道受注を工作しようとしていたようだ」というのだ。

周知のように、日本企業連合は、ライバルの欧州高速鉄道連盟（ユーロトレイン）の過激な売りこみ戦略に圧倒され、一回戦ともいえる全体技術導入の優先交渉権で敗退。当然、車両や運行システム技術も欧州に奪われる流れだったが、「裏」を知った前政権中枢が激怒し、「気候風土が似ており、恒常的なメンテナンスの面で隣国の技術が望ましい」と、日本に敗者復活の機会を与えたという。

「大陸」が中国政府を指すのか、台湾内の親大陸派を指すのかは笑顔でごまかされてしまったが、欧米から政治的パワーバランスに巧みにつけこまれるアジアの図式は、阿片戦争の昔から何も変わっていないのか、と暗然とした。

それにしても、台湾人の過剰な日本びいきは、時に気の毒に思える。たとえば李登輝前総統は、台湾大地震で日本から贈られた仮設住宅が台湾製よりも小さく、見劣りするというので、家電品を完備させて日本の体面を繕ったという。

台湾新幹線の正式契約は詳細な条件整備で予定より遅れて調印されたが、日本連合にはぜひとも、立派な高速鉄道を輸出してほしい。損得抜きの好意に応えるためにも。

【産経新聞二〇〇〇年十二月十四日大阪夕刊】

とつぜん空が暗くなった。

台湾南部、高雄県燕巣郷《イエンチヤオ》に広がるグァバ畑の農道をスクーターで走っていた陳威志《チエンウエイズー》はチラッと空を見上げ、舌打ちと同時にスピードを上げた。途端に生い茂るグァバの葉が吹き飛ぶように背後へと流れていき、顔に当たる風が重くなる。水分で膨張したような熱い空気だった。アスファルトから立ちのぼる熱気が、汗だくの首筋を切るように流れていく。

空は見る見るうちに雨雲に覆われていく。威志は改めて舌打ちをした。次の瞬間、叩きつけるような雨が落ちてくる。一瞬にして景色が変わる。アスファルトはより黒々と、グァバの葉はより蒼々と。

道路にはあっという間に水たまりができる。できたばかりの水たまりを更に激しくなった雨が叩く。背後で稲妻が光り、雷鳴があとから追いかけてくる。凄まじい雨音で、もうエンジン音も聞こえない。すでに威志はずぶ濡れで、汗だくだった体に雨を浴びれば、少しは気持ちよさそうなものだが、胸に張りつくTシャツは生ぬるく、余計に汗が噴き出してくる。汗なのか、雨なのか分からない滴が顳顬《こめかみ》を流れ、風に吹かれて飛んでいく。

農道の先に作業用の小屋があった。シャッターは下りているが、トタン屋根の庇《ひさし》が伸びている。威志はスクーターのスピードを落とすと、その軒下に突っ込んだ。エンジンを切り、スクーターを降りる。シートに尻の形だけが乾いて残っている。雨雲と大地は近く、紫色の稲妻が遠くで光る。頭上のトタン屋根を叩く雨音は甲高《かんだか》い。一帯のグァバの葉が雨に叩かれ、地鳴りのように辺りを包み込む。

威志はずぶ濡れのTシャツを脱ぐと強く絞った。汗だか雨だか分からないものが指の間から溢れ出る。絞ったTシャツで顔や胸を拭くと、途端に風が心地良くなる。

威志は高雄市内にある自宅から、燕巣郷で一人暮らしをしている祖母の家に向かっている途中だった。

特に用事があるわけでもなかった。ここ半年ほど顔を見せていなかったので、「たまには会いに来るように」と度々祖母から電話がかかっていたようで、「遠くに住んでるわけでもないんだから、たまには顔見せに行ってあげなさいよ」と、これまた度々母親にも言われ続けていたのだが、ずっと生返事を繰り返してばかりいた。重い腰を上げる気になったのは、昨夜、ぼんやりとケーブルテレビでアメリカのコメディドラマを眺めていると、「暇なら、おばあちゃんの所に顔見せに行ってあげなさいよ」と、また母親に言われたのだが、いつものように、「ああ」とか「ふん」とか適当に応えていると、「あんたね、そうやって不義理していると、おばあちゃんの土地、財産分けの時、従兄弟の中であんたにだけ回ってこないんだからね」と脅されたのだ。

「あんな田舎の土地」と威志は笑い飛ばした。「……あんな土地、もらったって仕方ないよ。例の高速鉄道計画からも見事にズレちゃって儲け損してさ」と。

しかし、夜寝る時になって、「でも、ド田舎の土地とはいえ、貰えるもんを俺だけ貰えないのも、なんだか損だな」という気持ちが湧いてきたのだ。

というわけで、今日になってノコノコと出かけてきたのはいいのだが、激しいスコールの中、目の前に広がるグァバ畑を眺めていると、「貰えるもんを俺だけ貰えないのも、なんだか損」というよりも、やはり「もらったってどうしようもない」の方が強くなってくる。

陳威志は、一九八二年、高雄港のコンテナ倉庫で働く父親と、燕巣郷で農家の次女として生まれた母親の間に誕生した。二つ違いの妹はまだ高校生で、顔を合わせるたび、立ち居振る舞いが乱暴な威志に、「あーあ、お兄ちゃんがイ・ビョンホンだったらよかったのに」と訳の分からぬ愚痴を言う。実際、妹の部屋には、威志から見れば、女のようにつるんとした韓国人俳優のポスターが所せましと飾ってあり、それに影響されたわけでもないのだろうが、最近では母親まで一緒になって、ケーブルテレビで頻繁《ひんぱん》に放送されている韓国ドラマを欠かさずに見ている。当然、威志が「NBAの試合を見たい」といくら言っても無視される。

威志は地元の小学校、中学校を出て、やはり地元の工業高校に進学し、昨年無事に卒業した。中学の終わり頃に一度グレかけたことがある。友達と遊び半分で盗んだスクーターを乗り回している時に一度、遊び半分でグループ同士の喧嘩に参加した時に一度と、これまで二度、警察に補導された。ちなみに学校からの謹慎処分ならそれ以上受けている。息子の非行に慌てた両親は、殴ったり、嘆いたり、泣いたり、諭したり、部屋に閉じ込めてみたりと必死に方向修正を試みたのだが、楽しい盛りの威志の耳に両親の小言は届かない。部屋に閉じ込められても、夜になると窓から抜け出し、仲間たちが待つ盛り場に出かけてしまうのだ。

この時、半ば諦めかけていた母親が相談を持ちかけたのが祖母だった。

「だったら、しばらくうちに置いておきなさいよ」

ということで、威志は半年ほど祖母の家に預けられた。

威志としては「面倒だなぁ」と感じながらも、うるさい両親の目を盗んで遊びに出かけるより、祖母の方が楽だと思い、わりと素直に祖母の家へ出向いた。

さすがに最初の夜くらいは大人しくしていようと家にいたのだが、食事を終えてのんびりとテレビを眺めていると、「ほら、遊びに行ってきなさいよ」と祖母が言う。

「え？　いいの？」

「いいよ。そのためにおばあちゃんちに来たんでしょ」

行っていいのならと威志もすぐに出かけた。町へ出れば仲間は大勢いるし、金はなくともいくらでもぶらついていられる。

しかし、翌日も、その翌日も、もっと言えば、それからずっと、夕食を終えると祖母が、「ほら、遊びに行ってこい」と言う。まだ若いとはいえ、たまには家でのんびりしたい夜もある。しかし「今日はいいよ」といくら威志が言っても、逆に祖母が許してくれず、「遊べるのなんて若いうちだけなんだから、ほら、行きなさい」と追い立てるのだ。

仲間がいればいいが、仲間だってたまには家でのんびりしたい夜もあって、威志だけ町へ出たところで面白くもない。とうとう威志は、「やだよ。今日は家にいさせてよ」と頼むようになっていた。

ある晩、祖母と夕食を食べていると、「今夜は遊びに行かないの？」とまた言う。「いいよ、もう飽きた」と威志は素直に答えた。すると深く頷いた祖母が、「そうなのよ。なんでも飽きるまでやってみないとダメなのよ」とアハハと笑ったのだ。

そのお陰かどうか、威志はわりと早目に反抗期を卒業した。決して真面目な生徒ではなかったが高校もどうにか卒業できた。しかし根がのんびりしているのか、どうせ兵役もあるしということで、卒業後は未だきちんと就職していない。それでも毎日遊んで暮らせるほど両親の目は甘くないので、現在高雄市内の六合夜市《リオウハヲィエシィ》のかき氷屋でバイトしている。短期のつもりで始めたバイトだったが、わりと続いているのは可愛い女の子が毎日わんさか来るからだ。

グァバ畑を濡らしたスコールは、結局十五分ほどで上がった。やんでしまえば、泣きじゃくっていた子供がとつぜん泣きやむように呆気ない。雨雲はどこへ行ったのか、グァバ畑にもあちこちに激しい陽が差し始め、同時に蟬の声が蘇る。

雨宿りしていた庇の下で、威志は大きなあくびをした。ふと農道へ目を向けると、よろよろと遠くから近づいてくる一台のスクーターがある。乗っているのは女で、水たまりを避けながら走っているのか、とにかく遅い。

威志は濡れたTシャツをまた絞り、ジーンズの尻ポケットに突っ込んだ。スクーターに跨がり、エンジンをかけようとすると、「阿志《アーズー》？」と背後で女の声がする。振り返った威志の前に、さっきのスクーターが停まっていた。きらきらと輝く濡れたグァバの葉に囲まれて、日灼けした二本の細い脚が地面にツンと伸びている。

威志は目を細めた。

「阿志でしょ？　私よ、張美青《ヂャンメイチン》」と女が笑う。

「え？　え、ええ？　ア、アー、阿美《アーメイ》？」

たしかに幼なじみの張美青なら知っている。しかし自分の知っている美青と目の前の女があまりにも違う。しどろもどろの威志を、「誰かに舌でも結ばれた？」と美青が笑う。

子供の頃から祖母の家に来た時には近所に住んでいる美青とよく遊んでいた。活発というか、男勝りというか、女の子のわりに危険な遊びが好きで、たとえば塀や木から飛び降りる遊びを威志たちが始めると、自分も負けじと塀や木に登り、結局、「もうこれ以上は危ない」と降参するのはいつも威志の方だった。

だが思春期を迎えた中学生の頃には、そんな思い出も恥ずかしく、顔を合わせてもわざと避けるような素振りをしていた。当時、美青は部活のバレーボールに熱中しており、短く切った髪に、ぽっちゃりした体型で、いつも冴えないユニフォームのジャージ姿だったせいもあって、「もうちょっと女らしくしろよ」と、すれ違いながら何度心の中で呟いたか分からない。

「お前……」

威志は美青の変貌に目を奪われたまま突っ立っていた。

「何よ？　口ぽかんと開けちゃって」と美青がまた笑う。

「いや……、お前……、髪伸びたな……」

威志がやっとそこまで言うと、虫にでも刺されたのか、タンクトップから剝き出しの腕を掻きながら、「おばあちゃんのとこ？」と美青が訊いてくる。日灼けした腕も日を浴びてきらきらしている。

「そう」と威志は小さく頷いた。

「帰るとこ？」

「これから行くとこ」

美青が再びエンジンをかける。ぼんやりと眺めていると、「行くんでしょ？」と美青が言うので、威志も慌ててエンジンをかけた。先に走り出した美青のスクーターを威志は追った。風でタンクトップが体にはりつくので、美青の細いウェストラインがはっきりと見える。美青がつけているらしい香水の匂いが流れてくる。甘いような、酸っぱいような、なんだか妙な匂いだった。威志はスピードを上げて美青に並んだ。細い農道だが、どうにか二台なら並んで走れる。

「お前、カナダにいるんだろ？」と威志は怒鳴った。

「そう」と、美青も風に負けないように答える。

地元の中学を卒業した美青がカナダの高校に進み、そのままバンクーバーだかどこかの大学に進学したことは祖母から聞かされていた。「あいつがカナダなんかに住んだら、ハンバーガーとかばっかり食って、きっと太るね」と威志は笑ったのだが、美青はハンバーガーをさほど食べていないらしい。

「今、向こうで大学に通ってんだろ？」と威志は続けた。

「そう」

威志はまっすぐに前を見て運転している美青に目を向けた。さっきの雨のせいか、つやつやした肩が少し濡れている。視線に気づいた美青がちらりと威志に目を向け、その途端スクーターがよろける。威志は慌ててハンドルを切った。切った先が路肩のぬかるみで、今度は慌てて両足を上げる。それでも跳ねた泥で臑《すね》が汚れる。

「下手クソだな。もうちょっとそっち走れよ！」と威志は抗議した。

「だって久しぶりなんだもん」

「カナダってスクーター乗らないの？」

「乗らない。車だから」

「へぇ、お前、車持ってんだ？」

「ホームステイしてる叔父さんちの車だけどね」

威志は農道に戻るのを諦めて、でこぼこの路肩を走り続けた。まばたき一つでも倒れると思っているのか、美青は生真面目な顔で運転している。

雨雲は完全に立ち去ったようで、見渡す限りの田園を強い日差しが照りつけている。二人の横を濃い二人の影がついてくる。地面から濡れた土の匂いが立ち、濡れていた体もあっという間に乾いてしまう。

走りにくい路肩から農道に戻ると、威志はスピードを上げて美青の前に出た。アクセルを回すと、あっという間に美青のスクーターのエンジン音が遠ざかる。一応振り返ってみたが、美青には昔のような負けん気はないらしい。

祖母の家のある集落へ向かう十字路でハンドルを切ろうとした時、逆方向に見慣れぬ光景がちらりと映った。威志はブレーキをかけ、スクーターを停めた。眩しいグァバ畑の遥か向こうで大型重機が何台も動いている。土を掘り返しているのだろうが、距離があるので、重機の動きとグァバ畑を渡ってくる音が合わない。やっと追いついた美青のスクーターも横に停まり、「何?」と威志と同じ方に目を向ける。

「いつの間にか、すごいものが出来てるなと思ってさ」と威志は顎をしゃくった。

「高速鉄道の整備工場でしょ」と美青が言う。

「うん……。造ってんのは知ってたけど、こんなデカい工場になるとは思ってもなかったよ」

「私もこの前、初めて見てびっくりした」

遠くから見ても、かなり広大な敷地だった。二人が立つ十字路が小高い丘になっているので、一面のグァバ畑の先に小さな町でもできたように見える。

テレビニュースによれば、ここ燕巣の整備工場には、たしか十二両だったか、一列車まるごとジャッキアップできる装置があって、完成すれば、日本にある最大の新幹線整備工場よりも規模が大きくなるらしい。

「ほんとに高速鉄道が走るんだな」と威志はふと呟いた。

「もしかして、初めて見たの？」

美青が顔を覗き込んでくる。

「更地になったのは知ってたけど……。最近、ばあちゃんち、来てなかったからな」と威志は応えた。

「らしいね。おばあちゃんもそう言ってた」

「どうせ、俺を呼びつけて、屋根の修繕とか力仕事させせようと思ってんだよ」

「高速鉄道ができたら、きっと誰も飛行機乗らなくなるね」

「うん、そんなことニュースで言っていた。今、台北—高雄間で一時間に四便も飛んでるらしいんだけど、高速鉄道ができたら一週間にたったの三便になるって」

威志は改めて日を浴びたグァバ畑を見渡した。

「ほら、あの鉄橋の方から、あっちに線路が伸びていくんでしょ」

美青の指が示す通りに、威志も視線を動かしてみた。今は青々としたグァバ畑が広がっているだけだが、まるで美青の指に魔法でもかけられたように、威志の目に高速鉄道の線路が見えてくる。高架橋に支えられた線路の上をもの凄いスピードで列車が走り抜けていく。

◇

十一時を廻ってオフィスには一日の疲れのようなものが沈殿している。もちろん色や臭いがあるわけではなく、一日中エアコンで掻き回された空気の底に、ここにいた十名ほどのスタッフたちの体温が沈んでしまっているような感じだ。もうすぐ引っ越すことになるオフィスビルの賃貸契約書に蛍光ペンを引いていた春香は、ふと手を休め、窓の方へ目を向けた。窓ガラスには誰もいなくなったオフィス内が蛍光灯に照らされて映っている。いつの間にかみんな帰宅してしまったのだと気を弛《ゆる》め、春香は大きく背伸びをした。その瞬間、積み上がった段ボール箱の向こうに背中を丸めた安西の姿が見える。

今日の午後、また長い会議があった。台湾高鉄の日本側窓口である黄忠賢とジャック・バルトがいつものようにやってきて、先週安西が提出した分厚い書類の不備を、一ページ目の一行目からこと細かく指摘してきたという。同席していた小慧でさえ、「もう最後の方になってくると、ほとんど言いがかりとしか思えないような質問ばっかりなのよ」と憤慨していたのだから、期限に間に合わせようと徹夜続きで資料を完成させた当の安西の苛立ちは相当なものだろう。

春香自身も何度もこの手の会議に出席しており、身内可愛さで言うわけではないが、遅れているスケジュールを必死に挽回しようとする安西の姿は時に不憫《ふびん》にさえ思えてくる。

黄とバルトはとても間に合いそうにない提出期限を設ける。もしかすると初めから間に合わなくて当然だと思っているのかもしれない。しかし期限を切られた安西の方はそれを真に受け、それこそ徹夜も厭わずに約束を守るのだ。守られれば、先に進めるしかない。しかし期限を決めた当の二人にまだ準備ができていないので、ああでもない、こうでもないと、安西の不備を責め、結局、安西が期限を守ったところでスケジュールは遅れてしまうことになる。

先日、小慧と食事をしている時、プロジェクトチームが台湾に出向して一年弱、山尾部長を筆頭に総勢五名のスタッフたちの中にも、そろそろここ台湾に合う人と合わない人の差がはっきりと出てきているとふと漏らしていた。

「春香はぜんぜん大丈夫よ」と小慧は言う。「……あと、ああ見えて山尾部長も実は肌に合ってるのよね。厳しいのは厳しいけど、オンとオフの切り替えが上手いというか、根がのんびりしているのよ。だから、私が一番心配してるのは安西さん。彼は……」

小慧はそこで言葉を切ったが、言わんとすることは春香にも分かった。要するに何を始めるにしても初めの一歩がここ台湾と日本では違うということにまだ安西は気づいていない。いや、気づいてはいるのかもしれないが、身に染みついた習性をどう変えればいいのか分からないのだ。

たとえば、スケジュールというものが予定通りには進まないものとして認識している人と、予定通りに進むからスケジュールだと考えている人の違いはそう簡単には埋められない。日本人からすれば、スケジュールが予定通りに進むということは、石を落とせば地面に落ちるというくらい当然なのだが、台湾ではスケジュールが予定通りに進まないということの方がそれと同じくらいに当然なのだ。

日本人からすれば当然なのは自分たちで、間違っているのは相手だと言いたくなるが、実は世界に目を向けてみると、スケジュールという言葉に対して「予定通りに進むもの」と認識する人の方が少ないのではないだろうか。これはどちらがいいとか悪いとかいう話ではなくて、スケジュールというものを到達点だと考える者と出発点だと考える者の違いであり、安西はそれに未だ順応できずにいる。

窓ガラスに映る安西の背中を眺めながら、春香はぼんやりとそんなことを考えていた。

「そんなに根をつめて約束を守らなくてもいいのだ」と言えれば簡単なのだが、日本だろうが、台湾だろうが、ヨーロッパだろうが、守ろうと努力すること自体は当然のことで、この辺の案配を安西のような実直な人に上手く伝えるのは難しい。

「安西さん」

春香はわざと音を立てて手元の資料をまとめ、安西に声をかけた。

「ん？　あれ、まだ残ってたの？」

段ボールの向こうから、疲れ切ったような安西の声が返ってくる。

「オフィスの引っ越し先の書類をチェックしてて」

「ああ、そうか。いつだっけ、新しいオフィスに引っ越すの？」

「まだ先ですよ。再来月」

「ゼネコン関連、機械関連、いよいよ日本から大勢やってくるんだから、こんな所じゃ、どうしようもないもんね」

「今度の所、かなり広いですよ」

「喫煙スペースは？」

「それ、山尾部長にも言われてて必死に探しましたよ。今度の所は広いベランダがあるから、好きなだけ吸って下さい」

安西がまた仕事に戻ろうとするので、「珈琲でもいれましょうか？」と春香は声をかけた。

「いや、いい。ありがと」

安西はそう応えたが、春香は席を立ち、膝掛けにしていたストールを肩にかけながら安西のデスクに近寄った。

「安西さん、何か手伝えることがあれば言って下さいね」

「ああ、ありがと。でも、これはいいよ。人に任せると、二度手間になるし」

自分でもひどい言い方だったと慌てたらしく、「あ、ごめん。あ、えっと珈琲、もしあれだったらもらおうかな」と安西がその場を取り繕う。春香は気づかぬふりで給湯室に入った。

「安西さん、この前、息子さんとどこ行ったんですか？」

小慧が片付けてくれたのか、出しっ放しだったカップがきちんと棚の上に並んでいる。

「別にどこってわけでもないけど、女房がさ、温泉行きたいっていうから烏来《ウーライ》まで足伸ばしたんだよ」

安西もどうやら仕事の手を休めたらしく、背伸びしながら唸る声が聞こえてくる。

「烏来、いい所だったでしょ？」と春香は応えた。

「いいとこだねぇ。行くのがちょっと不便だけど、洒落たホテルなんか建ってて。町の外れまで行くと川で泳げるんだよ。水は冷たいけど、河原に公共の露天風呂があって」

「奥様たち、こっちに何泊くらいされたんですか？」

「結局四日だったかな。学校はまだ休みだったんだけど、女房の友達の結婚式があるらしくて」

先週、安西の妻と七歳になったばかりの一人息子が、連休を利用して台湾に遊びに来ていた。父親が働く姿を息子に見せたかったのか、安西は二人を会社に連れてきて、台湾を走ることになる新型新幹線のイメージ写真や模型を息子に見せていた。安西の息子は電車が好きなようで、父親の説明を熱心に聞きながらも、「日本から送られてくる新幹線車輛が陸揚げされる所を見たい」とか、「試運転に乗ってみたい」とか、春香たちでさえまだ遠い未来にしか思えない場面を鮮明に思い描いているようだった。ただ、当初は安西と息子の微笑ましい様子にばかり気を取られていたのだが、一緒に来た安西の妻に改めて目を向けると、二人の笑顔とは対照的にどこか沈んだような表情で、たまに息子に笑いかけられ、慌てて笑い返そうとする様子など、ひどく芝居めいていた。もちろん不機嫌というわけではなく、日本からの土産をスタッフたちに配って回り、「いつもうちのがお世話になっております」と挨拶する姿はいかにもよく出来た奥さんなのだが、こちらがそういう目で見るからか、とにかくそう思えば思うほど、安西を見る奥さんの目が冷たかった。

給湯室から珈琲を安西の元へ運ぶと、春香は自分のデスクからクッキーを持ってきた。

「食べますか」と差し出せば、腹が減っているのか、安西が三枚もまとめて口に入れる。

「安西さんと奥さんって、どこで知り合ったんですか?」

ふと気になって尋ねてみると、急に安西が咳き込んだ。必死に手で押さえるが、指の間からクッキーの欠片《かけら》が飛び散る。

「な、なんだよ、急に」

「いえ、別になんでってこともないんですけど」

春香も慌ててティッシュを差し出す。

「学生結婚なんだよ」

安西がもごもごと答える。

「……それにしては息子がまだ小さいだろ？」

「そうですね、言われてみれば」

「なかなかできなくてさ、三十越えてやっと」

噴き出したクッキーの欠片が安西のデスクにも飛び散っていた。広げられた資料には細かい文字が並び、赤線が引かれた箇所には更に小さな文字で安西がコメントを書き込んである。なぜかその小さな文字が春香をぞっとさせた。

「安西さんって、小さな字で書くんですねえ」

なんとなく感じた不安を払拭《ふっしょく》するように春香は明るい声で尋ねた。手元の資料に視線を落とした安西が、「書いていくうちに小さくなるんだよな」と苦笑する。

「私、逆なんですよ。書いていくうちに大きくなっちゃって」

「ハハハ、多田さんらしいな」

珍しく安西の表情が弛む。ここ最近、傍目《はため》にも気の毒になるほど眉間に皺を寄せていることが多い安西の笑顔を久しぶりに春香は目にした。

「安西さん、食事とかどうしてるんですか？」

またクッキーの箱に手を伸ばそうとする安西に春香は尋ねた。

「ほとんど外食だよ。ただ、最近、台湾料理も飽きてきちゃってさ」

「日本料理店なんてどこにでもあるじゃないですか。トンカツ屋さんも、牛丼屋さんも」

「そりゃ、そうだけどね。なんかこう、微妙に違うじゃない?」

赴任してきたばかりの頃は、誰よりも安西が台湾料理を絶賛していた。本人ももう忘れてしまっているのかもしれないが、牛丼やカレーなどの日本資本のチェーン店の料理でさえ、こちらの方が味つけがいいなどと言っていたのだ。気持ちというのは、舌の感覚まで変えてしまうのかもしれない。何か一つを苦手だと感じた途端に数珠つなぎでその土地のものが嫌いになっていく。

「そう言えば、多田さんって、学生の時に台湾の男との悲恋があるんだってね」

またクッキーに手を伸ばした安西が、ふと思い出したように言う。

「やめて下さいよ、悲恋なんて。どうせ小慧が面白がって話したんでしょ?」

「林さんの話じゃ、その悲恋に決着つけるために台湾出向を受けたらしいじゃない?」

「だから、違いますって! 小慧が面白がって、そう言ってるだけですよ」

「で、その彼は見つかったの?」

「だから……。ほんとに違うんですって」

安西も本気で言っているわけではないようで目が笑っている。

「でもさ、なんか気持ちは分かるよ。もし俺が多田さんの立場だったら、俺だってあと引きそうだもん」

「もう、ほんとになんか引いてませんから。学生の頃に台湾に遊びに来て、こっちで偶然知り合った人にいろいろ案内してもらって、別れ際に連絡先を教えてもらったんだけど、おっちょこちょいの私はそれをなくしちゃった。で、当然その後連絡できず。ただ、それだけのことですよ。こんな話、いくらでもあるでしょ？」

「相手に連絡先は教えてなかったんだ？」

「そうなんですよ。そこが私も後悔するところで」

　壁の時計を見ると、すでに十一時半を廻っていた。てっきりもう帰るものだと思って、春香が安西の珈琲カップを下げようとすると、「いいよ、いいよ、あとで俺がやるから」と言う。

「まだやるんですか？」

「この項目だけやったら帰る」

　書類に向かう安西の血色の悪い顔を見て、よほど止めようかとも思ったが、安西はすでにペンを握っている。

「じゃあ、お先に失礼します」

「ああ、ご苦労さん」

　春香は帰り支度をしてオフィスを出た。ドアを閉める時に声をかけようとしたが、声をかけるのも気の毒なほど安西は書類に顔を寄せていた。

　安西との間で話が出たせいか、オフィス前のバス停のベンチに腰かけた春香は、ついエリックと過ごした一日のことを思い出してしまう。自分でも本当に馬鹿みたいだとは思うのだが、叶えられなかった思いというのは、日を重ねるごとに美化されていくものなのか、こうやってふと思い出すたびに、あの時にぽっかりと空いた穴が埋まるのではなく、逆に大きくなってくる。

淡水の町で再会したエリックは、紅毛城に案内してくれた。アスファルトに照り返す強い日差しの中、彼のスクーターの後ろに乗り、彼のTシャツを必死に摑んでいた感触は未だに覚えている。紅毛城はさほど大きくもない古蹟だった。チケットはエリックが買ってくれた。もちろん春香はすぐに財布を出したのだが、彼が居心地悪そうな顔をするので、素直に甘えることにした。何を話すでもなく二人で敷地内を歩いた。ときどきエリックが写真を撮ってくれた。何度かカメラを横にしたり縦にしたりしたあと、結局しゃがみ込んでシャッターを押す。合図もないので、笑顔を作る暇もない。あれは中庭に出た時だったか、中年の夫婦に声をかけられた。おばさんのほうが何やらエリックに笑いながら声をかけ、エリックが慌てたように首を横に振る。おばさんの身振りから察すると、「私が撮ってあげるから、そこに並べ」と言っているらしかった。

春香は横に立つように手招いたのだが、結局、エリックは照れて近寄ってこなかった。もしもあのとき一緒に写真を写していればと未だに悔やむ。

そういえば、二人のやりとりを見ていたその夫婦がエリックに何やら尋ね、彼が「日本人《リップンナン》」と応えていた。

夫婦と別れたあと、春香は、「リップンナン？」と声に出してみた。すぐにエリックが、「日本人《リーベンレン》」と言い直す。リーベンレンであれば、春香も意味が分かる。

「リップンナン……、リーベンレン……、同じ？」と春香は尋ねた。

「同じ。リップンナンは台湾語。リーベンレンは北京語」とエリックが教えてくれる。

正直、台湾語と北京語の違いがまったく分からなかった。深く追求するほどの英語力もなく、なんとなく分かったようなふりをした。

紅毛城を見物しながらも、お互いに片言の英語なので古蹟の歴史について話すこともできない。前を歩くエリックがその紅い壁を撫でる。そしてときどき「退屈じゃない？」とでも尋ねるように振り返る。その都度、春香は微笑み返し、彼を真似してその紅い壁を撫でた。

一周廻って再び中庭に戻ると、木陰で結婚写真の撮影をしていた。真っ青な空の下、真っ赤な紅毛城の壁を背景に、新婦の真っ白なウェディングドレスが目映《まばゆ》かった。

「どこに住んでるの？」

ふとエリックに訊かれた。

「神戸」と答えたのだが、エリックが首を傾げる。漢字の読み方が違うのだと気づき、メモ帳を取り出して「神戸」と書いた。

「ああ、神戸《シェンフー》」とエリックが頷く。

「生まれたのは東京で、子供のころに神戸に引っ越した」と春香は伝えた。

「僕の出身地はタイチョン」

「タイチョン?」

今度はエリックがメモ帳に「台中」と書く。漢字で書かれればすぐに分かる。たかが出身地を教え合っただけなのに、とても親密になれたような気がした。

「家族は台中?」と春香は尋ねた。

「両親と姉。僕も週末によく帰る」

「週末?」

「そう。バスで三時間。安い。……いつも洗濯物持って帰る。お母さん、怒る」

エリックはそう言って笑った。奥ゆかしくて、とても魅力的な笑顔だった。美しい仏像が笑えば、こんな感じなのかもしれないと春香は思った。

「今、一人暮らし?」と春香は尋ねた。

「大学の近くのアパート。狭い。あなたは?」

「両親と一緒。両親、うるさい」

「日本式の家?」

「日本式?」

春香が首を傾げると、エリックがメモ帳に「数寄屋造」と書く。

「とんでもない! 違う、違う!」と春香は笑った。

◇

台北の中心部、台北駅からほど近い場所に林森北路《リンセンペイルウ》はある。日本統治時代、ここは大正町《たいしょうちょう》と呼ばれる日本人街で、平行して走る中山北路《チヨンシヤン》は古くからの屋敷町でもあった。現在でも旧式の日本建築の家がちらほらと残っている。戦後は早くから日本人向けの歓楽街として栄え始めたらしい。現地の人でも「林森北路」と言えば「日本人向けの飲み屋街」と同じ意味であり、実際、細い路地には日本風のクラブやスナックの看板がぎっしりと並んでいる。

多田春香を先に帰したあと、安西誠はもう少し仕事を続けるつもりでいたのだが、一旦途切れた集中力は結局戻らず、握っていたペンをポンと投げてしまった。一瞬、多田春香を追いかけて、遅い夕食でもご馳走しようかとも思ったが、すでに深夜の十二時近くになっており、金曜の夜とはいえ、さすがに迷惑だろうと思い直した。

オフィスの電気を消して回り、安西が退社したのは十二時を回ったころだった。どこかで遅い夕食を取るつもりでいたのだが、さほど空腹も感じず、かといって、このまま一人暮らしのアパートへ戻ったところで、すぐには寝つけそうにない。

若者たちで賑わう巨大カラオケ店の前を歩きながら、気がつけば安西はタクシーを止めていた。台北の夜気は重く、少し歩いただけで汗が出たが、タクシーに乗り込んだ途端、強い冷房ですっと乾いた。

「請到林森北路《チンダオ》」

覚えたての中国語で行き先を告げると、乱暴にアクセルを踏み込んだ若い運転手が、

「五《ウ》？　六《リオウ》？　七《チー》？　八《バー》？」と、片手で指折り数えてみせる。一瞬、何を訊かれたのか分からなかったが、すぐに通りの名前だと気づいた。

「えっと、八」

「八条通。好《ホウア》、好」

運転手は更にアクセルを踏み込んだ。赴任してきたばかりの頃、安西はこの台湾のタクシーの乱暴な運転にヒヤヒヤさせられたものだった。しかし慣れというのは不思議なもので、最近では東京でタクシーに乗ると、わざとのろのろ走っているのではないかと逆に苛々させられる。

若い運転手はラップ音楽をかけている。陽気な男らしく、リズムに合わせてハンドルを叩きながら、「ジャパニーズ　ライクス　林森北路」などと話しかけてくる。運転手相手に話をしたい気分ではなかったが、陽気な男の気分が移ってきたのか、「イエス　ジャパニーズ　ライクス　ヤングガール」などと、安西もついつまらない言葉を返してしまう。

東京勤務の頃、安西はいわゆる夜の町に好んで出かけるタイプではなかった。もちろん接待などで六本木や赤坂のその手の店に行くことは多かったが、「どうせ無料だし、仕事とはいえ楽しまなきゃ損だよ」という同僚にうまく同調できなかった。

若くて、いい匂いのする女の子たちに囲まれて酒を飲むのが楽しくないわけではないし、こっそりと膝に手なんかを置かれれば当然気分はいい。しかしどうしても安西は他の同僚たちのようにノリきれない。

安西の母親は埼玉の蕨《わらび》市で小さなスナックをやっていた。安西が小学生の頃に両親が離婚し、女手一つで立派に息子を育てようと母親が始めたのがこの商売だった。六人がけのカウンターに、ボックス席が二つ。スナックとしては大きくもなく小さくもない。景気が良かった頃には、若いホステスを二人も置いていたのだから、界隈《かいわい》では流行《はや》っている方だったのだと思う。

学校でサッカー部の練習が終わると、安西は自宅ではなく、毎日このスナックへ向かう。店の準備をしながら母親が夕食を作ってくれるのだが、カウンターで安西がオムライスやハンバーグを食べていると若いホステスがやってくる。小学生の息子がいようといまいと、若いホステスたちの会話は露骨で、安西としては無理に子供のふりをするしかない。ただ無理に子供のふりをしていても、寝る前にやることはやっている時期だったので、サッカー部の先輩たちが話す不可解な猥談と、女たちのリアルな言葉が結びつき、カウンターの中でお通しを作っている母親をまともに見られなかった。

とはいえ、本格的な思春期ともなれば、そんな繊細な男を気取ってもいられない。安西は高校の時に初めてキスをしたのだが、その相手が当時母の店で人気のあったホステスだった。たしかまだ二十歳になったばかりの女の子で、今考えれば三つほどしか年齢は違わなかったのだが、当時は一人の女性というよりも、世界を相手に唇を突き出しているような気分だった。場所は母の店のボックス席だった。開店前の店内は妙に明るくて生々しかった。どういう話の流れからだったか覚えていないが、安西は彼女の胸にも触らせてもらった。彼女が好きだったかと言われればそうでもない。いや、実際には好きだったのかもしれないが、それを彼女に知られるのがなぜか怖くて、安西はこの日のことを学校の友人たちに吹聴して回った。友人たちが笑ってくれればくれるほど、彼女にからかわれたのではなく、自分が優位に立っているような気がしたのだ。

大通りでタクシーを降りた安西は、林森北路の路地へ入った。薄暗い路地にスナックやクラブの派手な看板が並んでいる。看板はどれも古く、ひらがなやカタカナが多いせいか、一昔前の赤坂や新宿辺りのスナック街のような懐かしさがある。赤坂や新宿の路地をここに移築したというよりも、角を曲がった途端に時空が歪み、自分がそちらへ迷い込んだような錯覚に陥る。

安西が行きつけにしている「クラブ・クリスタル」は、この路地の一番奥にあった。初めて来たのはまだ赴任したばかりの頃、壮行会を兼ねた飲み会のあと、全員でカラオケに流れ、まだ飲み足りないという山尾部長に強引に連れられてきた時だ。しかし安西自身もかなり酔っていたせいで、その夜の記憶はあまりない。日本と同じように若い女の子たちがテーブルにつき、なるべく長続きしそうな話題を見つけて喋る。唯一日本と違うのは、女の子たちが片言の日本語しか話さないというくらいで、サービスも日本より過激というわけでも、日本より上品ということもない。

正直、店の印象は薄かったのだが、二ヶ月ほど前だったか、いつものように黄忠賢とジャック・バルトとの長い会議が終わったあと、本来なら会社に戻って資料の整理をするはずが、なぜか急に足が重くなり、気がつけばこの街にやってきていた。その夜はまだ時間が早く、他に客はいなかった。客どころか賑やかなママも出勤前で、案内された隅っこのボックスで待っていると、やってきたのがユキという日本名を名乗る女の子だった。日本語は少しできるようだったが、連れてきたチーママからは、「ユキちゃん、先週から」と紹介された。

決して愛想はよくないが、ときどき弾けたような笑顔を見せる。笑う時、細めた目がイルカのような形になる。せっかく来たのだからと、安西がその白い手を握ろうとすると、慌てて引っ込めるのだが、「ああ、そうか」と自分でも今気づいたように、引っ込めた手を元の位置に戻す仕草が初々しかった。

安西が「クリスタル」のドアを開けようとした時、逆に店内から泥酔した客を支えたママが出てきた。慌てて後ろに飛び退いた安西に、「あら、安西さん、いらっしゃい！」と驚き、酔った客を支えたまま、「ユキちゃん！　ユキちゃん！　安西さんよー」と店内に声をかける。中を覗くと、ユキは一番大きなボックスで他のホステスに混じって、団体客の相手をしている最中だった。すぐに安西に気づいたユキが台湾人らしき恰幅《かっぷく》のいい男に肩を抱かれたまま、「あっち、あっち」とでも言うように、こっそりといつものボックス席の方を指差す。

珍しく店内はほぼ満席だった。カラオケが大音量で流れ、ボーイたちも忙しくテーブルの間を行き来している。ボックス席に落ち着くと、ケビンというボーイがおしぼりを持ってきた。「ユキちゃん、すぐ来ますから」と言うケビンに、「あ、そうそう。この前、弟さんにあげたいって言ってたデジカメ、調べたらまだ使えそうだったから今度持ってくるよ」と安西は伝えた。

「いいんですか？」

「どうせ使ってなかったし、でも古いよ」

「古くても大丈夫。弟、まだ小学生」

そんな話をしているところにユキがやってきた。酒で少し火照った胸元で、先日安西がプレゼントしたネックレスが輝いている。

「安西さん、また、疲れた？」

ユキが安西を見下ろしながら哀れむような表情を作る。安西はソファの上で尻を滑らせ、ここに座るようにと自分の横をポンポンと叩いた。

「また、年取った感じする？」と安西は隣に座ったユキに訊いた。ユキの首筋から甘い香水の匂いがする。

「うん、また三歳」

「また三歳？ってことは、この前、四十だったから、もう四十三かぁ」

ユキは安西が店に来るたびに、こうやって安西の疲れ具合を年齢で表現する。実年齢より若く言われたことはないが、今夜はよほど疲れて見えるのか、これまでで最高の年齢になってしまった。

「ひどいな、ユキちゃん。俺の本当の年齢知ってるだろ？」

「三十八」

「そうだよ。まだ若いんだから」

「安西さん、若い若い」

「そう。疲れてるだけだって」

至近距離で微笑み合ったユキの口元で白い歯がこぼれる。さっきまでオフィスで抱え込んでいた頭が、ユキといると急に軽くなる。自分でも不思議なのだが、頭が軽くなると声まで変わってしまうのか、ユキと話している自分は生まれてこのかた出したことがないような、こんな楽しげな声が出る。

ケビンが運んできたボトルでユキは器用に水割りを作る。グラスに添えた指やマドラーを回す指が、拙い日本語を話すユキの代わりに何か話しかけてくるように見える。

「ユキちゃん」

「え？」

「いや、別に……」

自分でも何を言おうとして声をかけたのか分からなかった。不思議そうに首を傾げたユキが、またグラスの氷を回し始める。

「ユキちゃん、日本に行ってみたいって言ってたよね？」

「日本？　行きたい」

受け取った冷たいグラスが汗ばんだ手のひらに心地いい。

「日本のどこ、行きたい？」と安西は尋ねた。

「日本の……」

「ディズニーランド？　京都？」

安西はグラスの水割りを一気に飲んだ。大きな氷が鼻に当たったその時、「私、北海道」とユキが答える。

「私、雪、見たい」

「ああ、雪かぁ。そうだよなぁ、台湾は雪降らないもんなぁ。一度も見たことないの？」

「子供の頃、デパートで嘘の雪で遊んだ」

「嘘の雪？」

「えっと、だから……」

「もしかして人工の雪？　機械で作る」

「そうそう。大きな機械の雪。でも、あれ作った。えっと、あれ……」

ユキが両手で雪だるまの形を作る。

「雪だるま」と安西は教えた。

「……ゆ、き、だ、る、ま」

ゆっくりと動くその唇に、安西は無性に触れたくなる。奥のボックス席でまたカラオケが始まっていた。大音量で前奏が流れ出し、テーブルについている女の子たちがタンバリンを鳴らし始める。

「ユキちゃん、もうすぐ店、終わりでしょ？　何か食べようよ」と安西はユキの耳元で囁いた。

「おなか減った？」

「昼からクッキーしか食べてない」

「ああ、ダメ」

「ああ、ダメだね」

台湾人のグループだと思っていたが、中に日本人も混じっていたらしく、流れ出した矢沢永吉の歌をがなり立てている。ユキが作ってくれた二杯目の水割りも一気に飲み干すと、全身から力が抜けていく。自分が台湾にいることを忘れるというよりも、自分が東京にも台湾にもいないような感じとでもいえばいいのか、ユキと二人でどこにもいないような、そんなとても奇妙な感覚になる。

着替えてから追いかけるというユキを置いて、先に「クリスタル」を出た安西は、以前行ったことのある海鮮料理店の前で、ライトアップされた大きな生け簀《い　す》を眺めていた。

生け簀は伊勢海老やあわびが溢れそうなほど詰め込まれており、氷が敷き詰められた平台では鯛がまだピクピクと尾びれを揺らしている。決して安い店ではないが、新鮮な伊勢海老の刺身や、その頭を使ったみそ汁は、飲み過ぎた胃をいたわってくれるような味だったし、テーブル席が屋外にあるのも安西は気に入っている。ねっとりとした夜気に汗を流しながら飲む冷えたビールはやはり美味《うま》い。ユキと来るのはいつも深夜なので、どのテーブルを見ても、飲み屋帰りのサラリーマンと、さっきまでその相手をしていたホステスたちで、もちろん知り合いでもないのだが、店全体にどこか連帯感があるのも気楽でよかった。

店の前でしばらく立っていると、店員が注文を取りにきたので、「もう一人来るから」と短く応え、ユキが渡ってくるはずの横断歩道へ目を向けた。すでに深夜二時を回っていたが、週末の台北の夜はまだ活気づき、通り向かいにある映画館前では若者たちがたむろしている。

しばらく通り向こうの若者たちを見ていると、いったん店内に戻ったさっきの店員が小さな掃除機のようなものを肩にかけて戻ってきた。何を始めるのかと眺めていれば、生け簀の底に溜まった魚のフンやゴミを吸い出すらしく、乱暴にノズルを水の中に突っ込んで、不快な音を立てながら生け簀の中を掻き回す。特殊な掃除機で、いったん吸い込んだ水をタンクで濾過《ろか》し、別のホースからきれいになった水が流れ出していく。その音と振動で魚が暴れ、水底からフンやゴミが舞い上がる。さっきユキが言った「嘘の雪」という言葉をふと安西は思い出した。本来なら偽物の雪という意味なのだろうが、嘘が雪のように空から降ってくる光景が浮かんでくる。降った雪は熱い台北のアスファルトに積もることはなく、すぐに蒸発してしまう。蒸発した雪は湯気となり、また台北の夜を熱くする。地面からは朦々と湯気が立ち、安西は濃い霧の中を歩き出す。霧の向こうに見えるのは派手なネオンやタクシーのライトだ。空想の中をふらふらと歩いていく安西のすぐ脇を猛スピードでタクシーが走り抜けていく。霧を照らす車のライトが、どこか時代錯誤的な風景を照らしている。歩いているのは現代の台北で、霧の向こうには現在建築中の101ビルが見えるはずなのだが、なぜか見えるはずもない台湾総統府や迪化《ディホアチェ》街などの大正バロック風建物が現れる。

台湾を訪れた日本人の観光客は、ほとんどの人が懐かしさを感じるという。実際、安西も初めてこの街を訪れた時、自分ではどう説明してよいのか分からぬような強い郷愁を感じた。台湾出向が決まって以来、下準備も含めて台湾に関するさまざまな本を読み漁った。現代史を簡単に紹介する新書から、それこそ「夜の台北ガイド」まで書店で目についたものは予算が許す限り購入した。

台湾には古き良き時代の日本がそのまま残っている。だから日本人はこの街を訪れると懐かしさを感じるのです。

いくつかの本に、そんなことが書かれていた。一般常識があれば、それがどのような状況で残されたのかは分かる。安西も最初はそう理解した。しかし初めて訪れた台湾で感じた郷愁は、そう簡単に説明のつくようなものではなかった。本では理解できることが、感覚として自分のものにできない。たとえば子供の頃、生まれて初めて宇宙というものを知った時と同じような感覚だった。どこか空恐ろしく、とつぜん自分の足元が揺らぐような感覚だ。

「……安西さん、ねぇ、安西さん」


とつぜん声をかけられて、安西はぼんやりと眺めていた隣のテーブルから視線を戻した。いつの間にかユキが店から来ており、携帯を握ったまま横に突っ立っている。

「どうした？」と安西は訊いた。

「また、仕事のこと、考えてた？」

安西の肩をポンと叩き、ユキがテーブルの向かいに腰を下ろす。

「いや、隣のテーブルに出てる鍋が美味そうだなと思ってさ」

「嘘。嘘。安西さん、仕事のこと、考えると、こんな顔」

ユキが今にも泣きそうな顔を作ってみせる。

安西は苦笑しながら、入口付近にあるテーブルにまた視線を戻した。テーブルを囲んでいるのは、おそらく出張中の日本のサラリーマンたちで、旺盛に火鍋を突ついているのだが、話題にしているのは決裂したらしい台湾企業との取引の顚末らしく、口汚く台湾人の欠点をあげつらっている。その悔しい気持ちが安西にも分からなくもないのだが、同じ日本語を使う者として、彼らの言葉はあまりにも幼稚だった。きっと彼らも取引が決裂するまでは、相手にいい顔をしていたはずで、それを思えば一枚皮を剝がせばこんな奴らだったのならば、取引を断った台湾側の味方につきたくもなる。

テーブルにつき、グラスにビールを注いでくれようとするユキに、彼らの声が聞こえないよう、安西はわざと大きな声で、「しかし、こう暑いと何杯飲んでもビールが美味いよ」と大袈裟に言った。ふと見ると、ユキの携帯がテーブルに置きっぱなしになっている。

「誰かから電話来るの?」と安西は訊いた。

「今、ちょっと、お店の子から電話あって」とユキが何でもないように応える。

「お店の子って?」

「ケビン」

「ああ。ケビンがなんだって?」

「お店を出る時、いなかったから。いつも私たちをケビンが車で送ってくれるから」

「ケビン、心配してなかった?」

「心配?」

「だって、お店のナンバー1をこうやって連れ出しちゃってるから」

安西の言葉にユキが呆れたように笑う。

「私、心配ない。私、真面目」

ユキの言葉に、「それはもう、痛いほど分かってるよ」と安西も笑った。

日本人のサラリーマンたちが席を立つようだった。この店にはビールと紹興酒以外置いてないので、ホテルの近所で飲み直そうという声が聞こえる。安西はなぜかほっとした。

「しかし、ケビンも大変だな。店の仕事が終わって、これから女の子たちを家まで送って」

最後まで日本人たちの声が聞こえてこないように、安西はわざと声を張った。

「今日は誰も送らないって」と、ユキが大皿から伊勢海老の刺身をつまみながら言う。

「そうなの？　だったらここに呼んであげれば？」

ふとそんな言葉がこぼれた。もちろんこのあとユキを口説きたいという気持ちはあったが、これまでもずっとフラれている。

「ほんと？」

「もちろん。ケビンも腹減ってんじゃないの？」

ユキが嬉しそうに連絡を入れた。ケビンはすぐに出たようで、早口な台湾語でのやりとりのあと、「まだ、店だから。すぐ来るって」とユキが微笑む。あまりにも嬉しそうだったので、「ユキちゃん、まさかケビンと出来てないよね？」と安西は冗談半分に尋ねた。飲み屋の常連客としては、この組み合わせに嫉妬するのも情けない。

「私とケビン？　出来てない？」

「だから、ケビンがユキちゃんの恋人？」

「違う、違う」

「ほんと？」

あまりしつこく尋ねるのも格好悪く、安西は通りかかった店員に紹興酒のボトルを頼んだ。

「あ～あ、ほんとユキちゃんと一緒だと酒が進むよ」

「え？」

「だから、酒が美味いってこと」

「安西さん、毎日飲む？」

「毎日は……、あ、いや、こっちに来てからは毎日飲んでるな」

通りから熱い風が吹き込んでくる。野外席に植えられたガジュマルの葉が風に揺れ、そのゆったりと動いた葉の向こうには、まだ煌々《こうこう》と明かりを灯した街のネオンがある。

「ユキちゃん、今度、一緒に北海道行こうか？」

独り言のように安西は呟いていた。自分が呟いたことに自分で驚き、「いや、だから、北海道。さっき行きたいって言ってたでしょ？」と慌てて付け加える。

「行きたいけど……」

「まだ俺と二人きりで旅行なんて不安？」

そう言いながらも、「何やってんだよ……」という冷静な自分の声がする。そんな度胸があるわけもないくせにと、もう諦めかけている自分がいる。妻や息子を裏切る度胸がないのではなく、妻や息子くらい平気で裏切れそうな今の自分が、ユキという異国のホステスからあっさりと裏切られることを想像して、もう怖じ気づいているのだ。不安かと尋ねたあと、曖昧な微笑みを浮かべたまま口を噤んだユキをしばらく眺めた。ユキはまだ何も応えてくれない。

「あのね、ケビンね」

かなり沈黙が続いたあと、ユキの唇がやっと動いた。

「……ケビン、本当は、私の弟」

「え？　そ、そうなの？」

「ママさんにも内緒」

「なんで？」

「同じお店で、家族が働くの、ママさん嫌い」

「お、弟なんだ」

「安西さんだけね。ママさんには内緒」

「う、うん……」

言ってしまうと、ユキはケロッとしていた。秘密を打ち明けたというよりは、秘密を共有する相手ができたような、どこか安心した表情だった。それなのに安西は急に気分が沈んだ。本当は弟というのが嘘で、やはり二人は恋人であり、自分を騙そうとしているのだと感じたのだ。そう感じてしまうと、夜中に若いホステスと飲んでいる自分の立場がとてもクリアに見えてくる。また嘘の雪という言葉が浮かぶ。空から嘘の雪が降ってくる。

◇

最後のグラスを洗って水切りに置くと、春香はタオルで手を拭きながら背後の部屋へ目を向けた。まだ埃が舞っているが、来た時に目の当たりにした惨状と比べれば、45ℓのゴミ袋七つ分は確実にきれいになっている。

春香は三ヶ月ぶりに帰国していた。昼前に神戸の自宅を出て、新幹線で東京へ来た。池上繁之が暮らすアパートへ到着したのは三時間ほど前の午後四時過ぎだった。繁之が仕事から戻るのは夜の九時ごろと聞いていたので、いったん彼の部屋に荷物を置き、久しぶりにショッピングにも出かけようと考えており、電話でそう繁之に告げてもいた。

「早く着くのはいいけど、俺の部屋、すごく散らかってるよ」

「平気平気。どうせ大したことないくせに」

電話でのそんなやりとりのあと、繁之のアパートへ来てみると、荷物を置いてそのまま外出するという状態ではなかった。重い荷物を持ったまま、玄関先で春香は呆然とした。ガス漏れとかゴミとかそういった原因が分かる臭いではなかった。人間の汗臭さというよりも、部屋自体が何日も風呂に入っていないようだったのだ。

更に玄関から伸びる短い廊下には、おそらく郵便受けから出してそのまま置いたのだろう、読まれた形跡のない新聞やダイレクトメールが散乱し、その上や下に脱ぎ捨てられた服や靴下が埋まり込んでいる。爪先立ちで覗き込んだ奥の部屋も同様らしく、閉め切ったカーテン越しの西日が差し込んだテーブルには、カップ麵の食べ残しやカレーのこびり付いた皿が置きっぱなしになっている。もちろん床にも、洗濯物なのか洗ったものなのか分からない衣服が積み上げられ、足の踏み場もないようで、それら衣服がそのまま壁際のベッドの上まで這い上がっていた。

部屋全体の空気がもう一週間もまったく動いておらず、繁之の呼吸や溜め息がそのまま宙に浮いているようだった。

春香は玄関に荷物を置くと、鼻をつまんで部屋へ駆け込み、とりあえずカーテンと窓を開けた。開けたままの玄関と窓の間を抜ける汚れた風が見えるようだった。台所の窓、ベランダへの窓、そして玄関にはチェーンをかけ、閉まらないように汚れた繁之のスニーカーを挟み、とにかく窓という窓を春香は開けて回った。部屋の空気が入れ替われば、多少人心地もついてくる。しかし、ベッドに腰掛けようにも、そのスペースがない。

「仕事が忙しくて、最近あまりアパートに戻れないんだ。掃除する暇もないから、部屋の中、すごいことになってるよ」

繁之は電話でもよくそんなことを言っていたが、ここまでひどい状況だとは思ってもいなかった。

学生の頃から繁之は日々の暮らしのリズムを、わりと守るほうだった。友人たちとの飲み会で一人だけ先に帰ることはなかったが、遅くまで飲んだ翌朝でも多少の二日酔いならきちんと起きる。

「昼まで寝ちゃうと、その夜に眠れなくなるから」

そうしれっと言う繁之に、「簡単に言うねえ。普通はそれができないから苦労するんじゃない」と春香は仰ぎ見る。

「そう？」

「そうよ。そんなに意志が強ければ、深酒せずに帰れます」

「でも、一人で帰ると、残ったみんなの雰囲気悪くなるし」

「二日酔いで起きて自分の雰囲気悪くなるくらいなら、みんなの雰囲気悪くしたほうがいいじゃない」

春香の言葉に繁之はケラケラと笑っていた。繁之というのは昔からそういう男だった。おそらく何もなければ十二時にはベッドに入り、朝の七時にはぱっちりと目を覚ます。それが最近では深夜二時過ぎに台北の春香に電話をかけてくることも多かった。もちろん不規則な仕事のせいで生活のリズムが狂ったのだろうが、深夜二時過ぎに申し訳なさそうに電話をかけてくる繁之の声は以前の健康的な声とはまるで違っていた。

「明日、仕事休み？ それとも遅番？」

遅い時間にかかってくると、春香はまずそう尋ねる。しかしほとんどの場合、「ちょっと眠れなくてさ」と繁之は答える。

「明日、何時起きなの？」

「六時かな」

「四時間しか眠れないじゃない」

「うん、でも仮眠室で横になれるから」

「あんまり疲れてると眠れなくなるって言うもんね、でも、やっぱりちゃんと寝なきゃだめよ」

「うん……、分かってるって。……ところで、そっちは相変わらず？」

睡眠時間の話になると、決まって繁之は話を逸らした。自分でも気にしているのだろうと思い、春香も深く追及することはなかった。逆に、疲れている繁之を励ますつもりで、台北での失敗談や仕事への愚痴を面白可笑《おか》しく話してやる。電話の向こうから聞こえてくる繁之の笑い声はいつも通りで、その笑い声は逆に春香を励ましてくれていた。

三時間かけて、一通り片付けた繁之の部屋を見回しながら春香はそんな電話での会話を思い出していた。さっきまでの空気が淀んだこの部屋から、あれらの電話はかかっていたのだと思うと、片付けたはずの部屋がまた元に戻り、ゴミや洗濯物に埋もれて寝転んでいる繁之の姿が現れる。春香はその時初めて、「繁之、大丈夫なのかな」と思った。さっきまでの部屋の惨状が単なる仕事の疲れによる怠惰とは思えなくなったのだ。

この日、繁之が帰宅したのは約束通り九時を少し回った頃だった。春香はすでに洗濯物もたたみ、水炊きの準備も済ませていた。数ヶ月ぶりに見た繁之は、驚くほどげっそりしていた。一瞬、照明のせいかとも思ったが、おたまを片手に廊下へ出ると、ますますそのやつれ具合が目立つ。

「おかえり」と春香は声をかけた。

途中、酒屋で買ってきたらしいワインを掲げ、「ただいま」と繁之が応える。ホテルマンらしくプレスの利いたスーツをうまく着こなしているが、その肩の辺りの疲れがどうしても隠れていない。

「繁之、痩せたね」と、春香は素直に言った。

「そう?」

無頓着に首を傾げた繁之が、「そっちはなんだか益々健康そうになって」と笑う。

「うそ……。私、太った? いや、太ったのよ」

「太っちゃないよ。ただ、健康的……」

「だって、ちょっと外に出ただけで、通りには美味しい肉饅頭は並んでるし、カロリー高そうなフルーツは切り売りされてるし、通勤時間がデパートの地下でも歩いてるみたいなんだもん。そんな場所で私が我慢できると思う?」

力説する春香に微笑みながら繁之が部屋を見渡す。ゴミ袋七つ分も掃除した部屋なのだから、当然何か一言あると思ったのだが、繁之は脱いだ上着をベッドに投げ置いただけだった。

「……ちょっと」と春香は焦れて声をかけた。

「ん？」

「ん？　じゃないでしょ。まさか何も気づいてないわけじゃないよね？」

　春香は顎を突き出して部屋中を指し示した。

　繁之が、「……あ」と、なんとも気の抜けた声を漏らす。

「あ、じゃないよ。ここまで片付けるのに三時間かかったんだからね。ちなみに45ℓのゴミ袋七つ分ですから」

「あ、ごめん……。この部屋に春香がいるんで、いつもとちょっと勝手が違って。……あ、ありがと。す、すごいじゃん。見違えた、見違えたよ」

　何かもう一言憎まれ口でも叩いてやろうかと思ったが、予想以上に動転しているらしい繁之が不憫にも見える。

「まぁいいや。とにかく、仕事が忙しいのは分かるけど、あんな部屋で暮らしてたら病気になっちゃうよ。帰ってきたらまず窓を開けて空気の入れ換え、掃除が面倒でも洗濯くらいはたまにやらなきゃ」

「う、うん。ごめん……」

　昔から決して口数の多いほうではなかったが、それでもここまで消え入るような話し方をする人ではなかった。春香は気分を変え、「今日、水炊きにしたんだ。おなか減ってるでしょ？」と台所に戻った。

「うん、腹減った。すぐできるの？」

「できるけど、先にシャワー浴びる？」

「そうだな、ちょっとさっぱりしてから食おうかな」

「そうだよ。そうしなよ」

春香は肉を冷蔵庫に戻した。冷蔵庫を閉めた瞬間、背中からとつぜん繁之が抱きしめてくる。

「明日も泊まれるんだよね？」

耳元に繁之の息がかかる。

「久しぶりにここでのんびりさせてもらいます」

春香は不自然さを出さぬように気をつけながら繁之の腕をほどき、「シャワー浴びるんでしょ」とやさしくその胸を押し返した。繁之の息が少し臭った。顔を顰《しか》めるほどではないが、耳元に触れた息が微かに生臭かった。仕事が忙しければ体調も悪くなる。仕方のないことかもしれないが、まるで見ず知らずの他人からとつぜん抱きつかれたようで落ち着かなかった。

◇

流し台の生ゴミを小さなポリ袋に詰めると、葉山勝一郎は冷蔵庫に貼られたゴミ収集日の表を確認しながら汁がこぼれないように二度固結びした。透明なポリ袋には濡れた茶葉や、今朝食べた鮭の骨などが詰まっている。ふと、今日の朝刊のチラシに載っていた生ゴミから堆肥を作るという器具を思い出し、買ってみようかと思ったが、ほとんど自炊をしない一人暮らしの老人の生ゴミなど大した堆肥にもならないだろうとすぐに思い直した。

生ゴミの収集日は、やはり今日だった。まだ朝の九時を回ったばかりなので、収集車も来ていないはずだ。勝一郎は二日前に出し忘れていた生ゴミも一緒に持ち、台所の勝手口から庭へ出た。いつの間にか朝夕がめっきり冷え込んできた。草履から出た裸足の指がすぐに冷える。

庭から表の通りに出ると、ゴミを出しに出て来たらしい向かいのご主人が、「お早うございます」と声をかけてくる。「ああ、おはようございます」と会釈して、電柱横のゴミ置き場まで近寄っていくと、「野良猫ですかね？」と向かいのご主人が足元を顎でしゃくる。見れば、電柱の周りに生ゴミが散乱している。生ゴミは町内会から支給された青いポリバケツに入れる規則になっているのだが、きちんと蓋のフックをかけない住人がいるらしく、最近要領を得た野良猫がこのバケツの蓋をあけ、ゴミを漁っているらしい。

「ほんとに野良猫がこのバケツの蓋なんて開けられるんですかねえ」と勝一郎は自分の生ゴミをバケツに入れながら首を傾げた。

「さぁ、どうやって開けるんだか。カラスじゃないかって言う人もいるみたいですよ。

でもやっぱり、そこの奥さんの話じゃ、朝方になると猫の鳴き声がうるさいって言うし」

散らばっているゴミは大した量ではなかった。勝一郎はしっかりとポリバケツの蓋のフックをかけると、「今、箒とちりとり持ってきて、掃いときますよ」と、相変わらず散らかったゴミを見ているご主人に言った。

「いや、私が……」

「いえ、すぐそこに置いてあるから」

「そうですか。ここに箒とちりとりを置いといたらいいんでしょうけどね」

ご主人の提案に曖昧な笑顔で応え、勝一郎は自宅へ戻った。つい先日、玄関先を掃いた時に使った箒とちりとりが玄関脇に立てかけてある。背後で向かいの家の玄関が閉まる音がする。勝一郎は箒を手にし、毛先についた枯葉を一枚指で取った。

向かいの家に暮らすご主人は名前を市井《いちい》という。もう三十年以上、この狭い通りを隔てて暮らしてきたのだが、仕事を辞めるまでほとんど顔を合わせることがなかった。妻の曜子の話では、向かいのご主人は銀行勤めらしく、平日はもちろん、週末も接待だのゴルフだので、ほとんど家にいないのだと奥さんがこぼしていたという。たまに顔を合わせてもお互いに軽く会釈をするだけで、向こうがゴルフバッグを抱えていれば、「いい天気ですね」と声をかけたこともあったかもしれないし、こちらが深夜に帰宅すれば、「お忙しそうで」と逆に声をかけられたこともあったかもしれない。

それが今年の初めに曜子が亡くなり、こうやって家事一切を自分がやるようになると、やはり数年前に奥さんを亡くしたらしい向かいのご主人と毎日のように顔を合わせるようになっている。朝のゴミ出しで、午前中の散歩で、午後のスーパーで、そしてたまには酒でも呑もうかとふらりと出かけた駅前の居酒屋でも隣り合わせるようになった。お互いに若い頃から仕事ばかりしてきたせいか、顔を合わせてもさして話すこともない。もうゴルフという歳でもないし、他に趣味と呼べるものもお互いに持っていない。唯一の共通点と言えば、妻を失い、男一人で暮らしていることなのだが、妻を失った生活の不便や寂しさを語り合ったところで、気が滅入るだけでそう話も続かない。一度、彼から、「区で高齢者を対象にした絵画教室があるみたいだから、一緒に通ってみませんか」と誘われたことがあったが、自分に絵心があるとも思えず遠慮した。実際、彼は三、四回ほど試しに教室に通ったらしいのだが、「無理に楽しもうったって、ぜんぜん楽しかないですわ」と苦笑いしていたところを見るとその後続いているとも思えない。

それでも彼には勝一郎と違って娘が一人いる。すでに嫁ぎ、千葉に暮らしているらしいのだが、毎月一度は孫とともに顔を見せに来ており、その孫が運転してくるという赤い車が玄関先に停まっている。実際には二、三時間の滞在なのかもしれないが、勝一郎にはその赤い車が一晩も二晩も駐車されているように思えることがある。

妻、曜子の最期を勝一郎は未だに毎晩のように思い出す。あまりにも呆気ない最期だった。だからこそ毎晩その瞬間を思い出すことで、死に際を長引かせることはできないにしろ、その短い時間に厚みを持たせたいと思っているのかもしれない。

最後は本当に入退院の繰り返しだった。入院している時にはほぼ毎日、勝一郎は見舞いに行った。いつもの時間にいつものバスに乗り、いつもの弁当屋で自分の昼食を買い、そして何を話すでもなく、妻のベッドの横で弁当を食べ、「じゃ、また明日な」と声をかけて病室を出る。

病院から危篤を知らせる電話があったのは、勝一郎が短い眠りを繋ぎ合わせるように朝を迎えようとしていた時だった。電話の音が鳴る直前の、電話機が震えるような、チリンという微かな音だけで、勝一郎は、「ああ、きた」と思わず呟いていた。すぐに電話が鳴り始め、まだ暗い部屋の中を勝一郎は這うように電話へ向かった。

看護婦からの説明を聞きながらも勝一郎は受話器を耳に当てたまま、部屋や台所の電気をつけて回った。部屋や台所が明るくなれば、看護婦から伝えられる内容が変わりそうな気がしていたのかもしれない。だが、夜明け前にいくら部屋中を明るくしたところで、妻危篤の知らせが別の話になることはなかった。

「他にも、もしご連絡されるご家族の方がいれば……」と看護婦は言った。

ずっと黙って看護婦の話を聞いていた勝一郎だったが、唯一ここで、「いえ、妻には私だけですから」ときっぱりと答えていた。

この日の昼に病室へ持っていってやろうと用意していた羊羹があった。まだ封も切らず、紙袋に入ったままで台所のテーブルに置いてあった。あとになって思えば、危篤の妻の元へ羊羹など持っていく必要はないのだが、自分では落ち着いているつもりでも、やはり心は動揺していたようで、今、昏睡状態だったベッドの妻の様子を思い出すと、なぜかその枕元にこの羊羹の紙袋が置いてある。

やっと夜が明け始めたばかりのまだ薄暗い病院に到着し、勝一郎は病室へ向かった。落ち着けと何度も自分に言い聞かせるのだが、エレベーターのボタンを押し間違え、もう何度も通ったはずの病院の廊下が右だったか左だったか分からなかった。危篤の妻は集中治療室のベッドに横たわっていた。鼻や口には何本もの管が通され、そのせいかいつも病室のベッドにいる時よりも一回りも二回りも小さく見えた。枕元に立っていた看護婦が、「先生を呼んで来ますから、声をかけてあげてて下さいね」と言って出て行く。勝一郎はパイプ椅子に座り、布団から出ている妻の細い手を握った。

何を話しかければいいのか分からなかった。しかし言葉をかけてやることしか今の自分がしてやれることはない。「……曜子」と声を出してみる。しかし、次が出てこない。

「曜子……」

どれくらいそうやっていただろうか、気がついた時には若い医者と看護婦に付き添われ、霊安室へ運ばれる妻のあとを歩いていた。

勝一郎が毎晩のようにこの夜のことを考えるのは、あの時自分が妻に何を語ったのかを必死に思い出そうとしているからかもしれない。結局、何も語りかけてやれなかったような気もするし、夫婦として過ごした五十年以上の日々の中で、一番妻と語り合った時間だったような気もするのだ。

ゴミ置き場の掃除を済ませて家へ戻った勝一郎は、台所で冷めた茶を一口啜ると、たった今、朝食を食べたばかりだというのに、「さて、昼飯は何にしますか」と声に出した。曜子が入退院を繰り返すようになった頃からひとり言は多くなっていたのだが、亡くなってからはほとんど日常化している。

午前中は近所の図書館へ行くつもりでいた。午前中のテレビなど面白い番組は一つもなく、若いタレントがガチャガチャと喋っているのを見ていると自分がバカにされているような腹立たしさを感じてしまう。かといって、冷めた茶碗をじっと握りしめているわけにもいかず、結果、勝一郎が逃げ場として見つけ出したのが近所の図書館だった。

当初は若い頃に読んだ小説でも久しぶりに探してみようかと思って出かけたのだが、懐かしく手に取る本の文字はどれも小さすぎ、さすがに老眼の進んだ勝一郎はそう長い時間読んでいられない。ただ諦めて帰ろうとした時、勝一郎のような老人向けに文字の大きな本のコーナーがあるのに気づいた。その中で何気なく引っ張り出した本が「万葉集」の現代語訳だった。パラパラと捲ったページの一首に目が留まる。

ありつつも君をば待たむ打ちなびくわが黒髪に霜の置くまでに

妻が亡くなったあと、勝一郎はひっそりと葬儀を済ませた。その間も、それからも、勝一郎は一度たりとも泣いていなかった。それなのに偶然見つけたこの歌を読んだ途端、大粒の涙がぽろぽろと流れた。曜子ともっと話したい、と、子供のようにただ思った。

以来、図書館に行くと、この文字の大きな本のコーナーから適当に選んで数ページ読むのを楽しみにしている。今さら、何かを学ぼうという気もなく、本当にただのんびりとそこにある文字を目で追うのだ。

図書館へ向かうつもりで、玄関で靴を履いていた勝一郎は、鍵を忘れていることにふと気づいた。いったん履いた片方の靴を脱ぎ、膝に手を当てて上がり框《がまち》に足を置く。次の瞬間ふと動作が止まったのは、なにも鍵の置き場所が分からなかったわけではない。鍵ならば、いつものように台所のテーブルにある。片足を上がり框に乗せたままの不自然な姿勢で、勝一郎は目の前の薄暗い階段から下駄箱の上に視線を移した。妻がいた頃には、いつも花を生けた信楽焼《しがらきやき》の花器があった。それも今では、花器にクリーニング店や新聞店の領収書が入れてある。

勝一郎はそこからも顔を背けるように、また薄暗い階段へ目を向けた。日の差し込まない階段の壁には少しでも明るくなるようにと妻がいくつかの絵を飾っている。どこで買い集めてきたのか知らないが、どれも南国を思わせる色彩豊かな風景画で、眺めているとその椰子《やし》の葉やバナナの木に強い日が差し込んでくるように見える。

かなり長い間迷って、結局勝一郎は台所へ戻った。やはり鍵はテーブルにあり、ズボンのポケットに突っ込むと改めて玄関へと向かう。しかし上がり框を降りようとして、再び勝一郎の足が止まる。

勝一郎宅の二階には襖で仕切られた四畳半と三畳の部屋がある。家を建てた当初はこの四畳半を客間として空けていた。しかし夫婦共に訪ねてくる親戚もなく、以前は遊びに来た勝一郎の後輩たちがたまに泊まっていくこともあったが、それも彼らがまだ所帯を持つ前のことだった。元々、勝一郎は部屋にごたごたと物を置くのが嫌いで、一階の座敷には箪笥一つ置いておらず、本来なら一階にあったほうがいいはずの洋服箪笥などはすべてこの二階の四畳半に押し込まれている。まさに押し込まれているという言い方が当たっており、四畳半の左右の壁にはずらりと箪笥が並び、引き出しを開けるスペースを考えれば、ほとんど他に余裕もない。

一方、三畳間のほうを妻が支度部屋として使っていた。嫁入り道具で持ってきた古い鏡台があり、刺繍、書道、ワープロなど、その時々で妻が興味を持ち、すぐに飽きてしまったものの道具だけがそこの押し入れに残っている。妻の生前、勝一郎はほとんど二階に上がったことがなかった。その日その日に着る服は妻が階段を行き来して用意してくれたし、たまの大掃除の時でも、「二階は私でやれますから」と言われていた。思い出せる範囲で一番近い記憶をたぐってみても、雨戸の滑りが悪いと言われ、ちらっと様子を見に行ったのが最後だったような気がする。しかしそれも考えてみれば、もう十年近くも前の話だ。

妻が亡くなり、慌ただしく葬儀の準備が進められる中で、勝一郎はまず遺影にする写真を選ばなければならなかった。子供がいなかったせいで、ほとんど写真を撮っていなかった。数少ない旅行先で記念にお互いを撮り合ったものならば数枚残っているはずだったが、遺影に使うには若すぎた。古い写真はすべて二階の妻の部屋にあった。きちんと整理されてはいたが、五十年の夫婦生活でアルバム五冊というのはあまりに少なすぎた。

結局、勝一郎は五、六年前に義理で出席した結婚式での写真を選んだ。元後輩社員の息子の結婚式で、髪を結い上げた和服姿の妻がウェディングドレスを着た若い花嫁と二人で写っているものだった。

とにかく葬儀の準備は慌ただしく、床に広げた写真もそのままに、この日は二階をあとにした。妻が死んだからといって、二階の妻の部屋を整理するつもりなどなかったが、散らかしたままの写真だけでも片付けようと改めて二階へ上がったのは、無事初七日の法要も済ませたあとだったはずだ。床に散らばった写真をアルバムに戻し、半畳の押入れの中へ入れようとすると、他のアルバムと重ねられるようにいくつかの文箱が出てきた。文箱とはいっても漆や螺鈿《らでん》が使われた立派なものは一つもなく、おそらく勝一郎が会社から持ち帰った紙製のファイルケースを転用した粗末なものばかりだったが、きちんと年代別に分けられた箱の横にはそれぞれ「手紙」と書かれたシールが貼ってあった。

妻へ届いた手紙をこっそり読むなど無粋なことをしようと思ったわけではない。年代から見て、もしかするとこれらの中には若い頃の自分が送った恥ずかしい手紙も混じっているかもしれず、逆に思わず遠ざけたほどだ。しかし押し入れを閉め、薄暗い階段を降りている途中、ふと「中野《なかの》赳夫《たけお》」という男の名前が浮かんだのだ。浮かんだ瞬間、勝一郎はすっと血の気が引いた。もちろん彼のことを忘れていたわけではない。逆に、こちらの隙を見ては浮かび上がってくる彼の面影に蓋をすることで生きてきたとさえ言える。

それが、妻の死で弛んでしまったらしい気持ちに最近また頻繁に浮かんでくる。これまでなら上手く閉めていた蓋が、この時、階段の途中で立ち止まった勝一郎にはなぜか上手く閉められず、気がつけば薄暗い階段を上がろうとしていた。

妻の文箱に彼からの手紙があるとは思えなかった。手紙どころか、妻がまだ彼のことを覚えているかも疑わしい。

勝一郎は台湾で生まれて終戦までを過ごした、いわゆる湾生だった。中野赳夫とは旧制台北高等学校の同級生で同じ理科ではあったが、技術者を目指す勝一郎と、父親のあとを継ぎ医者を志す中野赳夫とはクラスは別で、学校ではほとんど顔を合わせることがなかった。しかし、同じ町内の幼なじみでもあり、思春期を迎えてからはカメラという共通の趣味もあって多くの時間を共に過ごした。

中野赳夫の父親は台北の栄町《さかえちょう》の開業医だった。彼を含めた一族はすべて台湾人だったが、今となっては、不思議なほどに当時の勝一郎にはその辺りの認識が薄い。たとえば、まだ食事事情が良かったころなど、休日に勝一郎の家に遊びに来た彼が、せっかくだからと一緒に夕食をとることも多かった。彼がいるからとはいえ、母が準備するいつもの食卓に特別な料理が加わることもないのだが、彼が帰ったあと、「あら、よかった。お口に合ったみたいね。赳夫さん、たくさん召し上がってくれて」などと母が嬉しそうに言う。その嬉しがり方がどこか大袈裟だったので、勝一郎が、「そりゃ、ただ腹が減ってたんでしょう」などと冷ややかに言うと、「そりゃ、そうかもしれませんけど、少し味も濃いめにしたんですよ」と母は口を尖らせていた。

そして、この辺りでやっと、「ああ、そうか」と勝一郎は思ったものだ。

逆に、勝一郎も何度も彼の家で食事を呼ばれたことがあり、台湾特有の香草が入ったスープに辟易《へきえき》したことを思い出すのだ。ただ、かといってこれらの違和が長続きすることはない。生活習慣の違いなど、どの家庭にもあるもので、それが日本と台湾という大きな何かで意識されることは一度もなかった。

終戦後、勝一郎一家は基隆からの引き揚げ船で日本へ戻った。やはり近所に暮らしていた妻、曜子の家族とも同じ船だった。国民党の出国検査を受け、いよいよ乗船しなければならなくなった時、何度も背後を振り返っていた妻が、「赳夫さん、見送りに来て下さると言ってたのにね」と名残惜しそうに呟いた一言を勝一郎は未だに鮮明に覚えている。

「あいつはこっちに残る人間です。もう僕らのことなんて頭にもないんでしょう」と勝一郎は冷たく答えた。もちろん本気でそう思っていたわけでもないし、彼がそんな非情な男ではないことも重々承知していた。

「私、向こうで落ち着いたら、お手紙差し上げてみますね」

タラップを上がりながら、曜子はたしかそう言った。

「そんなことをしたら、あいつに迷惑がかかるかもしれませんよ。時代は変わったんだ」

自分でも驚くほどきつい口調だった。驚く妻の手から勝一郎は重そうな風呂敷包みを無言で奪い取った。「大丈夫です。自分で持てます」と言う妻に、「いいから。僕が持ちますから」と。

岸壁は国民党軍によって厳重に警備されていた。張り巡らされた柵の向こうで台湾の人たちが手を振ってくれていた。甲板では誰もが涙声で別れを叫んでいた。台湾に。そして昨日までの隣人たちに。

◇

六合夜市の喧噪に対抗するように、遠くからパトカーのサイレンが近づいてくる。屋台のテーブルで蚵仔煎《オアチエン》を頰張っていた陳威志は、箸を休めてサイレンの鳴る方へ目を向けた。今夜も六合夜市は大変な賑わいで、今にも雨が降り出しそうな重い夜空の下、大勢の客たちがひしめき合う屋台を覗いている。すぐそこでも日本人観光客の若い女の子たちが生煎包《ションジエンバオ》屋の前に群れ、「カワイイー、カワイイー」と声を上げている。日本語を勉強したことはないが、テレビのバラエティ番組でタレントたちが頻繁に使っているので、威志にも「カワイイ」くらいの日本語なら分かる。ただ普通の肉まんの何がカワイイのかが分からない。

パトカーは夜市入口を通り過ぎてしまい、サイレンの音も遠くなった。威志は皿に残った蚵仔煎を箸で集めてビーフンの上にかけた。すでに深夜十二時を過ぎ、ちらほらと後片付けを始めている屋台もある。威志自身、ついさっきバイトしているかき氷屋を閉めてここへやってきた。片付けの最中、バイトの先輩、呉信意《ウーシンイー》に、「これから友達とクラブに行くけど、一緒に行きませんか？」と誘ったのだが、買ったばかりのゲームの続きがやりたくてしょうがないらしく、あっさりと断られた。

この呉信意という男、煮ても焼いても食えない男で、以前画家になりたいとニューヨークのアートスクールに短期留学した経験があるらしいのだが、帰国後絵を描くわけでもなく、その手の仕事をするわけでもなく、なぜか夜市近くのかき氷屋なんかで威志と共に働いている。聞けば親が株で儲けている裕福な個人投資家で、かつマンション経営もやっており、一人息子の彼は働かなくともすでに食べていけるだけの財産があるらしいのだが、客商売が好きだからという理由で、嬉々として時給数十元で働いている。

「金あるんだったら、自分の店、出せばいいじゃないですか」と威志は言うのだが、「いやー、自分で始めるのは大変だよ。というか、何の店をやればいいか、それ考えるだけで面倒だしさ」とのらりくらりと応える。

ビーフンを食べ終わると、威志は立ち上がって向かいのアクセサリー店に目を向けた。すでに明かりは消え、友人の李大翔《リーダーシャン》がカートを店内に押し入れている。李大翔は中学からの同級生で、卒業した今でも一緒に遊び歩いている。高三の時には主要科目の試験の点が全て同じで、すべて落第点というミラクルが起きたし、卒業後スクーターの免許を取りに行ったのも同じ日なら、雨の日に初めてスリップしたのも同じ日で、こうなると同じ日に結婚して、同じ日に子供が生まれるんじゃないかと互いに話し合っている。

まだ李大翔が来そうになかったので、威志は改めて椅子に腰かけ、飲みかけの檸檬汁のストローをくわえた。後ろのテーブルでは酒に酔った男たちがさっきからずっと同じ話を繰り返している。昨年、歴史的勝利を果たした民進党の陳水扁総統が就任演説で唱えた「五つのノー」というスタンスについて、ああでもないこうでもないと話し合っているのだが、政治にさほど興味のない威志には退屈で仕方ない。

もちろん五十年以上続いた国民党支配から民進党に政権が移った昨年は、さすがの威志も興味深くその行方を追っていた。高雄という土地柄、民進党の支援者は圧倒的で、日々街頭で繰り広げられる選挙応援の大規模な集会を目の当たりにすると、何かが一夜にして変わるのかもしれないという興奮を肌で感じもした。しかし、すでにあれから一年近くが経ち、威志でさえも熱狂させた時代のうねりも今ではゆっくりと沈静化に向かっている。

もちろん政権交代が起こったばかりの法治国家で、早々に急激な変化が起こるわけもなく、分別のある大人たちはこれからの変化を待つ忍耐力があるのだろうが、若い威志たちには祭りのあとの空虚感の方が強いのだ。

ぼんやりと聞くでもなく背後の男たちの話に耳を傾けていると、通り向かいから人ごみを掻き分けて李大翔がやってくるのが見えた。威志が片手を上げて合図を送ると、大袈裟に畏まって立ち止まった李大翔がその場で敬礼の真似をする。

「やめろよ」と威志は笑ったが、近づいてきた李大翔が、「陳威志大佐！　ただいま戻りました！」と更に恭《うやうや》しく敬礼する。

「お前、晩メシ食ったの？」と、威志は無視して尋ねた。

威志の檸檬汁を奪った李大翔が、「ああ、食った。店番しながら魯肉飯《ルーロウファン》二杯も食った。もう行こうぜ」と応える。

「よし、じゃあ行くか」と威志も立ち上がった。「……早く行かないと、可愛い子たち、みんな帰っちゃうもんな」

威志の言葉に、「何が、『可愛い子たち、みんな帰っちゃうもんな』だよ。可愛い子たちがいくらいたって、声もかけられないくせに」と李大翔が笑う。

「お前みたいに、声かけたって全部無視される奴に言われたくないよ」

「声かけるだけマシだよ」

「声かけるだけなら、うちの婆さんだって夕涼みしながらいろんな人に声かけてるよ」

互いの肩をぶつけ合いながら二人は夜市の人ごみを掻き分けた。夜市の入口にずらっと並んだスクーターの中から、それぞれ自分のスクーターを探したのだが、相談していたわけでもないのに、なんと隣に停めてあった。

「お前さ、俺がどこに停めたか見てた？」

さすがに呆れる李大翔に、「お前がいつも見てるんだろ」と威志も言い返す。試験の点数も同じなら、初スリップの日まで同じだけのことはある。

「ところで、兵役、いつからだっけ？」

強引にスクーターを引っ張り出しながら、李大翔が尋ねてくる。

「一ヶ月後」と、威志も同じように引っ張り出しながら答えた。

「仲間内でお前への通知が一番早かったよな」

「お前にもすぐ来るよ」

二人は同時にスクーターに跨がった。

「しかし一年十ヶ月かぁ。長いよ。……でもまぁ、お前、彼女もいないし、こっちの世界に思い残すこともないだろ」

エンジンをかけながら李大翔が笑う。

「ひどいな、その言いようも」

「でもあれか、だからこうやって思い残すものを探しに毎晩クラブ通いしてんだ、お前」

「そうなんだけどさ。あと一ヶ月じゃ、見込みも薄いよ」

「そう言うなって。だって考えてみろよ、軍隊生活のたまの休日に会えるのが俺だけなんて、せつないぞ」

威志の嘆きを笑い飛ばすように李大翔が言う。

「あーあ、どっか遠くに行きてえなあ」と威志は夜空を仰いだ。

夜市の明かりが厚い雲を照らしている。

「どっか遠くかぁ」

李大翔も同じように空を見上げ、「そうだ。今度さ、墾丁《ケンティン》まで行ってみねえ?」と言う。

「墾丁? スクーターで?」と威志は呆れた。

「そりゃ時間はかかるだろうけど、季節外れで人も少ないだろうし、気持ち良さそうじゃねえ?」

「お前とビーチリゾート?」

「こんなごみごみした街でクラブ通いしてるより、よっぽどすっきりして軍隊生活に入れるって」

「やだよ。お前と二人なんて」

威志はスクーターを発車させた。ねっとりとした夜風が汗ばんだ頬に当たる。背後から、「ちょっと待てよ!」と怒鳴る李大翔の声がする。威志は更にスピードを上げた。夜市の喧噪が背後に遠ざかっていく。

金色の砂浜に青い高波が打ち上げている。墾丁の小湾ビーチを囲む岬には野生の椰子が生い茂り、波のリズムに合わせて大きな葉を揺らす。遅い午後、ビーチに人影はなく、ただ波だけが規則正しく崩れていく。照りつける日差しで海面は目映いほどだが、岩陰で服を脱いでいる威志が踏む日陰の砂はひどく冷たい。

「ほんとにまだ泳げんのか？」

先にパンツ一枚になり、今にも砂浜に駆け出していきそうな李大翔に威志は尋ねた。

「多少、水が冷たくても死ぬことはないよ」と応えた李大翔が、がに股で波打ち際へ走っていく。威志も急いでジーンズを脱ぐと、一瞬手にしていた財布の置き場に困ったが、辺りを見回しても目が合ったのは一匹の野良犬だけで、野良犬が財布を盗ることもないだろうと、脱いだジーンズの上に放り投げた。

駆け出した日向の砂は岩陰よりもかなり熱かった。先に駆け出していた李大翔がいよいよ海に入ろうとしている。

「李大翔！　飛び込め！」と威志は叫んだ。

振り返った李大翔の足が乱れ、そのままもんどりうって波に呑まれる。

「つ、冷てぇ！」

聞こえてきたのは、そんな悲鳴だった。よほど冷たいのか、迫る波から四つん這いで逃げてくる。威志は声を上げて笑いながら、四つん這いの李大翔を跳び越えた。着地した足の裏で波が跳ねる。バランスを取ろうと出した足が、水の中で深く砂に埋まる。あとはもう李大翔と同じだった。重なった波に膝を取られ、あっという間に水の中に呑み込まれた。

「つ、冷てえ！」

威志もまた、悲鳴を上げて波から逃れた。砂浜に上がろうとするが、また次の波に背中を押されて転んでしまう。砂まみれの威志の様子を、すでに避難した李大翔がゲラゲラと笑っている。

「こんな冷たいの、無理だよ！」

どうにか砂浜へ逃れて、威志は砂の上に寝そべった。一日中、日を浴びていた砂は熱く、冷えた胸や腹にその熱が染みてくる。まだ笑っている李大翔に、「海水浴、これで終わりかよ？」と威志は毒づいた。「……たったこの五秒のために、俺ら、ケツが痛くなるのを我慢して、こんな所まで来たのかよ！」と。

台湾の南端に位置する墾丁は、高雄市街からでもスクーターで四時間以上かかった。途中、コンビニなどでの休憩も多かったのだが、カンカン照りの中、四時間以上もスクーターに乗っていると頭はボーッとしてくるし、尻は石のようになった。

李大翔の誘いに押し切られるような格好で、威志はここまでやってきていた。いよいよ来週から兵役生活に入るのだが、結局クラブで「思い残すような」人と巡り会うことはなかったのだ。

「腹減ったな」

熱い砂に胸を押しつけていると、本当に海水浴に見切りをつけるらしい李大翔が声をかけてくる。すでに立ち上がり、肩についた砂を払い落とす。

「そこのホテルのレストランで何か食おうぜ」

「ほんとにこれで終わりかよ?」と威志は苦笑した。

「だって、これ以上、泳げないだろ」

「いや、そりゃそうだけど……」

顔を上げると、李大翔がバス停の方から降りてくる遊歩道に目を向けていた。長い階段を駆け下りてくる男の姿がある。威志が体を起こして眺めてみると、男は軽装の軍服姿で重そうなブーツを履いている。

「兵役の休暇中だろうな」と李大翔が呟く。

砂浜を海へ向かっていく男はまだ若く、威志たちとそう年も変わらないようだった。男は砂浜の途中で、待ちきれぬとばかり軍服を脱ぎ始めた。

「泳ぐのかな?」と威志が呟くと、「このまま入水自殺とかしたりして」と李大翔が笑う。

結局男は威志たちには目もくれず、重そうなバッグを投げ、重そうなブーツを脱ぎ、最後にはパンツ一枚になって勢いよく波に飛び込んだ。冷たくてすぐに上がってくるだろうと思ったのだが、次に男が姿を現したのはかなり沖合だった。眩しそうに頭上の太陽を眺めながら、気持ち良さそうに沖合の穏やかな波に体を浮かべている。

「あそこだけ水温が高いんじゃないのか」と威志は首を傾げた。

「すげえな。あの人」と李大翔も溜め息を漏らす。「……お前も立派に兵役終えたら、あの人みたいになれるよ」と、続けて李大翔が笑うので、「なりたかないよ」と威志はため息をついた。

結局男は沖合でしばらく泳ぐと何事もなかったように砂浜に戻り、脱ぎ散らかした服を抱えて遊歩道を戻っていった。なんてことのない光景だったが、なぜか威志の心に強く残った。

この日、中学の同級生だった王窈君《ワンヤオジュン》と偶然会ったのは、その後、髪を濡らしたまま入ったリゾートホテルのレストランだった。シーズンオフでがらんとした店内に入り、窓際のテーブルについたのだが、いつになっても店員がやってくる気配はなく、「ここ、営業してないんじゃないか?」とさすがに威志が首を傾げた頃、「今、食事の用意はできませんけど」と近寄ってきたのが彼女だった。

「あれ? 王窈君?」

まず声を上げた李大翔に、「あんたたち何やってんの、こんな所で」と彼女も驚く。

「海水浴だよ」と二人同時に応えれば、「男、二人で?」と彼女が笑う。

「お前こそ、何やってんだよ、こんな所で」

そう尋ねた李大翔に、「見れば分かるでしょ、このホテルに就職したのよ」と彼女が答える。

「そうなの？」

「あんたたちこそ、今、何やってんのよ」

「俺らはあれだよ、ちゃんと働いてるよ」

「だから、何の？」

「だから、俺は六合夜市でシルバーアクセサリー売ってるし、こいつはその近所のかき氷屋」

「ってことは、ちゃんと就職してないんじゃない」

「ま、そうだけどさ。あ、そうそう、こいつ来週から兵役だもん」

「そうなの？」

二人の会話を黙って聞いていた威志を王窈君が珍しそうに眺める。そしてふと思い出したように、「あ、あんた、聞いた？ 美青の話」ととつぜん話を変える。

「美青？」と威志は首を傾げた。

「最近、会ってないの？」

「だって、あいつ今、カナダだろ」

「そうだけど、向こうで大変みたいよ」

「大変って？」

「ほんとに知らないんだ。あんたんちと美青のとこ、わりと家族ぐるみの付き合いだからもう知ってると思ってたけど」

「だから、何の話だよ？」と威志は焦れて尋ねた。

あれは今年の始め頃だったか、威志は一時帰国していた張美青と偶然会っている。燕巣の祖母宅へスクーターで向かっている途中に夕立があり、雨宿りしている時だった。その後、何を話したというわけでもないが、雨上がりの農道を並んでスクーターで走り、グァバ畑から台湾高速鉄道の整備工場を一緒に眺めた。

「……なんかね、美青、向こうで妊娠しちゃったみたいなのよ」

「え、ええ！　だって、あいつ、今、向こうで大学通ってんだろ」

王窈君の言葉に先に声を上げたのは李大翔だった。その声ががらんとしたホールに響く。威志の方は呆気にとられて声も出なかった。

「……大学辞めて、こっちに戻ってくるみたいよ」

「戻ってくるって、相手は？　相手の男はカナダの奴なんだろ？」

李大翔が噛みつくように尋ねる。

「日本人なんだって。美青と同じ留学生。でもねー、その日本人がとにかくだらしないみたいで。美青の話じゃ、真面目で優しい人みたいなんだけど、いざこうなるともうあたふたするだけで、子供みたいなんだって。日本から両親が飛んできて、大変だったたって。美青の前で泣くんだって。『息子の将来が台無しになる。どうかこれはなかったことに』とかなんとか。普通そんなこと、相手の女の子に言う？　信じられないよね。で、おまけにその相手の男も、そんな両親に何も言い返せないんだって。美青、情けなくて仕方なかったたって。当たり前だよねえ」

王窈君の話を聞きながら威志はグァバ畑で建設中の整備工場を一緒に眺めていた美青の横顔を思い出していた。昔より女らしく見えたのは、もしかするとあの時すでに彼女の腹の中には新しい命が宿っていたのかもしれない。

相手の日本人の男の不甲斐なさを、まるで我がことのように王窈君が罵り続ける。罵るというより嘆きに近い。

「……それにしても、美青、こっちに戻って、どうするつもりなんだろ。まぁご両親が少しは助けてくれるかもしれないけど、一人で赤ん坊を育てるって簡単なことじゃないよ」

「え？　産むの？」と、思わず威志は口を挟んだ。

「そうよ！　だから台湾に戻ってくるんじゃない！」

話の流れからてっきり美青はもう中絶したのだと威志は思っていた。それが最後の最後になってひっくり返されたような感じで、正直言葉もない。王窈君は動転したままの威志を気にすることもなく、やはり離婚して娘を一人で育てているという叔母の苦労話を始めている。威志はまたグァバ畑で会った時の美青の顔を思い描いた。きれいだったよな、と思う。

高雄市政府庁舎前の広場は照り返しが強く、目も開けていられない。広場に集まった千人近くの若者たちは重そうな荷物を肩に抱えたまま、みんな目を細めている。隊列のほぼ中央に立っている威志もまた、寝不足の目を擦りながら、長々と続く壇上の演説を聞いている。

広場に集められた若者たちは、いよいよ今日から兵役が始まる者たちで、緊張した面持ちの者もいれば、おもちゃを取り上げられた子供のように不満そうな顔をした者もいる。

昨夜、威志の家ではささやかな激励会が行われた。毎週、休暇で戻ってこれるにしろ、少なくともこれから一年十ヶ月は家族と別れて暮らすわけで、両親、妹、燕巣に暮らす祖母もやってきて、威志を囲んでくれたのだ。

ただ、食事の始まりこそ、真面目な雰囲気だったのだが、妹がテレビを見始め、母親と祖母が作りすぎた料理の始末に困り始めると、あっという間に激励会の趣旨は薄れ、気がつけば威志と父親だけがテーブルに残されていた。

「誰でも行くんだから、別に心配することないよ」と父親が言った。

「別に心配なんかしてないよ」と威志も応える。

「お父さんの時代と違って、最近は緩くなってるんだろうし」

「親父の時代は厳しかったの？」

「そりゃ、そうだよ。いつ大陸が攻めてくるかって緊迫感あったから」

中途半端な激励会が終わると、威志は一人先に自室に戻った。墾丁のホテルで王窈君に話を聞いて以来、ずっと美青に電話をしたかったのだがまだかけていなかった。明日から兵役が始まる、というのが、とつぜんの電話の理由になるような気もした。しかしそう思うだけで、結局電話をかけるまでには至らなかった。

パラパラと拍手が起こって、壇上での長い演説が終わったらしかった。威志があくびを噛み殺していると、横に立っている男が、「これからどこに連れて行かれるんだろうな？」と心細そうな声で話しかけてくる。威志は、「さぁ」と首を傾げた。「まぁ、楽しいとこじゃないよ」と。

二〇〇二年　七〇〇系T

『これ、速そうだよ　台湾新幹線デザイン披露』

日本の新幹線技術で建設される台湾版新幹線（台湾高速鉄道）のデザインが十九日、台湾の台中市で発表された。新幹線700系「のぞみ」をベースに新たに台湾用にデザインしたもので「700T」（Tは台湾）型と名づけられた。700系特有のカモノハシのくちばしのような丸い形の先頭部分をやや直線的にした感じのデザインで、精悍さが漂っている。

台湾高速鉄道は、台湾の台北と高雄間の十二都市、三百四十五キロ区間を平均時速三百キロ、約一時間半で結ぶ計画。二〇〇五年十月の営業開始を目指している。

総工費は台湾建設史上最高額の約四千五百億台湾元（約一兆七千億円）。車両は十二両編成でビジネスクラス（一両）と普通クラス（十一両）からなり、総座席数は九百八十六席となる。

【産経新聞二〇〇二年四月二十一日大阪朝刊】

台北市内、MRT（地下鉄）木柵線の中山國中駅に近いタイレストランで、林芳慧は熱心にメニューを眺めていた。二ヶ月ほど前、同僚の多田春香と来た店なのだが、その時に食べた鶏肉料理の名前がどうしても思い出せない。隣でシンハービールを飲んでいる恋人の江昆毅は、「もう何でもいいよ」と半ば呆れているのだが、その料理を目当てに来たのだからどうしても思い出したい。

「范琳琳《ファンリンリン》たち、何時ごろ来るって？」

更にビールをグラスに注ぎ足した昆毅に訊かれ、「もうすぐ着くんじゃないかな」と芳慧はメニューを見たまま答えた。

芳慧と、これからやってくる范琳琳は高校以来の親友で、すでに結婚している彼女は、小さなIT企業を経営する夫とこの近所で暮らしている。

「范琳琳の旦那さんの会社、うまくいってるみたいだな。この前、新聞に出てた」

「そうなの？」

「飲食店を紹介するサイトを始めたんだろ？」

「……あ、あった！」

「え？」

「だから前に食べた料理」

芳慧はすぐにウェイターを呼んだ。コンクリートの壁にパリコレの映像が映し出された店内に似合うモデルのような男の子が近づいてくる。

「あの、これね。あとグリーンカレーも追加で」

ウェイターが下がると、「范琳琳たちが来てから注文すればいいのに」と昆毅が苦笑する。

「この店、料理が出てくるの遅いのよ」

目当ての注文を終えると、芳慧はほっとしたようにビールを一口飲み、「で、何だっけ？」と昆毅に尋ねた。

「范琳琳の旦那さんの会社？」

「じゃなくて、その前」

「ああ、春香さんが元気ないって話？」

「あ、そうそう。そうなのよ。この前、日本から戻って以来。……春香も詳しく教えてくれないからよく分からないけど、日本にいる彼氏の体調がちょっと悪いみたいなんだよね」

「ホテルで働いてるとかいう人？」

「そう。体調って言っても、春香の話しぶりから察すると、体の病気というよりは、どうも軽い鬱《うつ》っぽいのよ」

「鬱？」

昆毅が大袈裟に驚いている。

「まだ分からないのよ。でも、そんな感じで春香が教えてくれたから」

休暇を取って一週間ほど春香が日本に帰国したのは、台中市にオープンしたインフォメーションセンターの対応が一段落着いた二週間ほど前のことだった。帰国する前から、春香はときどき「なんか電話でも元気ないんだよね」と恋人のことを心配していたのだが、実際に会ってかなりショックを受けたらしい。もちろん詳しく彼の様子を教えてもらったわけではないので芳慧も推測の域を出ないのだが、それでもぽつりと、「まぁ、仕事に疲れて、元気がないだけかもしれないけど」と言った春香の言葉が重く伝わってきた。

「ホテルの仕事は続けられてるの？」

昆毅に訊かれ、「仕事を休むほどじゃないみたい」と芳慧は答えた。春香は、直属の上司に相談するように勧めたらしいのだが、「誰だってギリギリで働いてるのに、俺だけ弱音吐くわけにもいかないだろう」と不機嫌に言い返されたらしい。暗い顔をした芳慧たちのテーブルにパパイヤのサラダが届けられた。

「さ、私たちが心配したって仕方ないんだから食べよ」

芳慧が無理に笑顔を作って昆毅にフォークを渡すと、入口から范琳琳と夫が駆け込んでくる。

「ごめん。出る時になってこの人に仕事の電話があったもんだから」

謝る琳琳を、「やだ、ちょっと痩せた？」と芳慧は睨んだ。

「嘘？」

「痩せたよー。ダイエットしたでしょ？」

「してない。あ、でも最近、漢方飲んでる」

「あ、それだ」

「嘘？　効いてる？」

会った途端に弾けるように話し始めた女たちの傍らで男たちも遠慮がちに握手する。

「この前、新聞見ましたよ」と昆毅は言った。

「ああ、小さく載ってたでしょ。あの記事だと、すごく儲けてるみたいだけど、ぜんぜんなんですよ。さっきも資金繰りが厳しいって電話もらったばっかりで」

「そんな暗い顔しないで、がっぽり儲けて、うちで絶賛売り出し中の天母のマンションでも買って下さいよ」

「今、不動産業界も大変でしょ？」

「大陸への投資案件も、今年に入って一段落ついちゃいましたからね」

「上海とか？」

「いやいや、上海なんてもう高くて。今だと広州とか」

男同士、女同士、一通り短い挨拶が終わると、それぞれのグラスに注いだビールで乾杯となった。

「あ、待って。乾杯の前に本日の本題があるんじゃないの？」

ふと乾杯を止めた范琳琳が、意味ありげな視線を芳慧と昆毅に交互に向ける。

「え？　なんで分かった？」と芳慧は慌てた。

「そりゃ、分かるよ。『ごはん食べようよ』っていうあんたの電話の声でピンときた」

「ほんと？」

「で？　決まったんでしょ？」

范琳琳が顔を突き出してくる。芳慧は照れくさそうな昆毅を見遣り、「私たちね、結婚することになって」と告げた。

「おめでとう！」

周囲の客たちを気にすることもなく、范琳琳が声を上げる。

「ちょっとうるさい」と芳慧は苦笑した。

「あんたと阿昆《アークン》がなんで結婚しないのか。私、ずっと不思議だったんだよね。だってもう六年？　七年？　このままずるずる行くとまずいのになぁって密かに心配してたんだから」

「だから、するって言ってるじゃない」

「阿昆、この子をよろしくお願いしますね。口は悪いし、天《あま》の邪鬼《じゃく》だし、腹が立つことも多いと思うんだけど、口が悪いってのは逆に言えば正直なわけで、天の邪鬼なのも個性的ってことにしてもらって」

手を合わせる范琳琳に、昆毅も苦笑するしかない。

「とにかくよかった。さ、乾杯！」

四人はグラスを合わせた。タイミングよく、芳慧が必死に思い出した鶏肉料理もテーブルに届く。

「で、結婚式の日取りとか場所とか、もう決めたの？」

グラスを置くと、すぐに范琳琳が質問してくる。

「そんなの、まだまだ」

「何、呑気なこと言ってるのよ。結婚式の準備なんて、どんなに早く始めたって早過ぎることないんだから。私、相談に乗るからね。自分の時の反省も踏まえて、あんたの結婚式は完璧な式にするんだから」

その後、自分の結婚式でああすればよかった、こうすればよかったという琳琳の話が一段落したころには注文した料理もあらかた片付いていた。結婚式の話に飽きた男たちは、また上海の地価高騰の話を始めており、「この人、大陸に支店作ろうとしてるのよ」と、琳琳が大陸での儲け話が止まらない夫に水を差す。

「そうなんですか？」

真面目に受け取った芳慧を、「向こうでは独身で通して浮気しようとしてんの」と琳琳が笑う。

「だから、しないって」

「してもいいけど、バレたら即離婚だから」

どこまで本気で言い合っているのか、芳慧たちは口を挟めずにただ苦笑するしかない。

「あ、そうだ。忘れてた」

琳琳がとつぜん会話を断ち切る。

「……ほら、春香ちゃんのエリック」

いきなり話題が変わるので、芳慧は一瞬きょとんとした。春香と聞いてさっきの鬱の話かと思ったが、琳琳が知るはずもない。

「ほら、春香ちゃんが学生の時にこっちで知り合った男の人、英語名がエリックで」

この辺りまで聞いて芳慧は、「あ、ああ」と頷いた。かなり前になるが琳琳の夫が淡江大学出身と知り、冗談半分に調べておいてよ、と頼んだことがあったのだ。ちなみに琳琳も芳慧を介して何度も春香と食事をしている。

「……この人の友達の知り合いに、それらしい人がいるんだって」と琳琳が続ける。

芳慧が琳琳の夫の方へ目を向けると、「そうそう。淡江大の建築科を卒業した奴で、エリックって英語名の男がいるらしいよ」と頷く。

「その人が、春香のエリック？」と芳慧は急いた。

「まだ分からないけど、俺の友達の知り合いがそのエリックって男と同級生だったらしくて、当時そのエリックが日本の女の子と知り合ったんだけど、連絡がとれなくなったみたいなことを言ってた時期があるんだって」

「じゃ、間違いないいじゃない」と芳慧は思わず手を叩いた。

「時期も合うし、その春香ちゃんって神戸出身だよね？」

「そのエリックって男、ずっと連絡が来るのを待ってたらしいんだけど、いよいよ待ちきれなくなってその神戸に旅行したこともあるって」

「旅行じゃないでしょ」

夫の話に、琳琳が口を挟み、「……連絡するって言ったのに結局なくて、それでも待ってたら、神戸で大きな地震があったのよ」と言い直す。

「あ、そうそう」

「でね、そのエリックって人、知り合った女の子が連絡してこないのは、その地震に巻き込まれたんじゃないかと思い込んだらしいのよ。もちろん彼の友達なんかは、『連絡が来ないのは、お前に興味がないからだよ』って笑ってたらしいのね。その人もたぶんそうなんだろうって諦めてもいたらしいんだけど、やっぱり心配になったというか、諦められなかったっていうか」

芳慧も日本で起きたその大きな地震については知っていた。たしか六千人を超える死者を出し、大きな街が炎上する映像は台湾のテレビでも連日報道された。高速道路の高架橋が無惨に倒れた映像などは未だに鮮明に覚えているし、それからしばらく台北市内の高架橋の下でさえ早足で歩いていたほどだった。

「その地震って何年前だっけ?」

あまり詳しくないらしい昆毅に訊かれ、「台中地震が三年前の九九年、その四年前の九五年かな」と琳琳の夫が答える。

「七年前か……、確かに春香の話と時期は合うね」

そう呟いた芳慧に、「でしょ」と琳琳も強く頷く。

「その人って、名前なんていうの？」と芳慧は訊いた。

「その人って、俺の友達？」と琳琳の夫がとぼけたことをいう。

「じゃなくて、そのエリックって人」

「あれ、なんだっけな……」

思い出そうとする夫の横から、「劉人豪《リヨウレンハオ》よ。私、春香ちゃんに教えようと思って、ちゃんとメモしたから覚えてる」と琳琳が教えてくれる。

「劉人豪……」

芳慧は呟いてみたが、春香でさえ彼の名前を知らないのだから、芳慧に何か思い当たる節があるわけもない。

「その人、どこ出身？」と芳慧は琳琳に訊いた。

「それも一緒。台中だって」

春香が初めて台湾に来た時期に、彼は日本人の女の子と知り合った。知り合った女の子は神戸在住の大学生で、春香が教えてくれたように、出会った彼は淡江大学で建築を学んでいる台中出身の学生。

「本当にその人みたいな気がしてきた……」と芳慧は呟いた。

「春香ちゃんとその人、会わせてみたら。まぁ、今さら何がどうなるって話でもないかもしれないけど」

昆毅の言葉にそれもそうだと芳慧も思う。

今の春香は日本の彼氏の心配で精一杯だろう。今さら何年も前の甘い思い出に浸っている余裕はないかもしれない。

「……じゃあ会うだけでも」

そう呟いた芳慧を、「ただ、それができないのよ」と琳琳が遮り、「……今、その彼、日本にいるんだって」と言う。

「日本に？」と芳慧は驚いた。

「日本で建築の仕事してるんだって」

「日本で働いてるの？　もしかして春香を追って？」

「……そう単純でもないだろうけど、とにかくその人、急に日本語を勉強し始めて、淡江大を卒業したあと日本の大学院に留学したんだって。ねぇ、もしその劉人豪が、本当に春香のエリックだとしたら、ちょっといい話だと思わない？」

琳琳がうっとりした顔で話を続ける。

「……だって、たった一日、台北の街で一緒に過ごしただけでしょ。その後一度も会ってないのよ。それなのにお互いになんとなく心に残ってて、一方は台湾から日本に、一方は日本から台湾に来て働いてるなんて」

言われてみれば確かにそうかもしれないと芳慧は思う。もちろんまだ何かが判明したわけでも、昆毅が言うように今さら何がどうなるわけでもないのかもしれないが、もし本当に彼が春香のエリックならば、現在日本の恋人のことで元気のない彼女を少しは励ましてあげられるかもしれない。

その後、琳琳の夫の話ではこの劉人豪が日本で暮らしていることは確かだが、間に立つ友人自体が、今では彼と連絡を取り合っておらず、現在彼の居場所については分からないということだった。ただ、人物が特定できれば、探し出すことは不可能ではない。大学に問い合わせれば、彼の実家ぐらい分かるだろうし、そこから彼に連絡を取ってもらうこともできる。

一通りエリックの話題が済み、テーブルでは再び琳琳たちの結婚式の失敗談が始まっていた。だが、芳慧はこのエリックと春香の劇的な再会をどのように進めていこうかとばかり考えていた。もちろんまずは春香に伝えることが先決で、春香が本当にもういいのだと言えばそれまでだが、琳琳たちの話によれば、その人は神戸で大地震があった時、春香を心配して日本にまで行ったという。春香が思っているよりも、彼は春香とのたった一日の思い出を大切にしていたはずだ。繰り返しになるが、この先どうなるという話ではないのかもしれない。それは芳慧にも分かっている。でも彼との出会いがなければ、春香がここ台湾で働くことはなかったかもしれない。そして台湾で働いていなければ、自分と出会うこともない。春香とエリックの出会いはとても小さな出来事だが、考えれば考えるほどこの小さな出会いがいろんなものの出発点にも思える。

◇

半分残しておいた胡麻餅を食べようかやめておこうかとかなり悩んだ末に、多田春香は結局それを手に取った。片手に胡麻餅、もう片手で半日かけて作った資料をプリントアウトする。資料は、来週日本連合七社の使節団を案内して台湾高速鉄道の各駅を巡る旅程表だった。当初は正式調印後すぐに実施される予定のものだったが、調印日が遅れた上に各企業のスケジュールが揃わないこともあって、結果的に今の時期になってしまった。

資料や地図の上で、台北を出発した列車が、板橋《バンチャオ》、桃園、新竹《シンチュウ》、台中、嘉義《ジャーイー》、台南《タイナン》、左営《ズウオイン》へと走る経路を何度となく眺めているが、実際にそれぞれの駅舎が建設される場所を全て巡るのは、春香にとって今回が初めてのことだった。

「言っとくけど、どこに行っても何もないぞ。グァバ畑か、サトウキビ畑か、椰子林かの違いがあるだけで、あんまり楽しみにしてるとがっかりするって」

すでに何度か現地を訪ねたことのある安西は、そう言って春香を落ち着かせようとするのだが、台湾に赴任して二年以上も経っているのに、ほとんど台北市内から出ていない春香は、たとえ仕事だとしてもこのツアーを待ちこがれていた。

胡麻餅を食べ終えたのと、プリントアウトが完了したのがほぼ同時だった。春香は脂で汚れた指を拭き、我ながらセンスよく仕上がった小冊子の表紙を眺めた。

オフィスにはもう誰も残っていなかったが、春香は一応辺りを確認してから、「オー」と牛のような声を上げて背伸びした。凝り固まっていた背筋に甘い痛みが走る。すでに十一時を回っていた。春香は、「すいません、ちょっとだけお借りします」と心の中で断り、東京の池上繁之に私用電話をかけた。

繁之はすぐに電話に出て、「今日、休みだったよね？」と春香が声をかけると、元気のない声で、「ああ」と短く応える。

「その後、調子どう？」

「大丈夫」

「ほんとに？　声、元気ないけど」

「急用？」

「そうじゃないけど、今日休みだって聞いてたから」

「……」

「ねぇ、また近いうちに私、戻るから」

「うん」

「もしあれだったら、気分転換に繁之がこっちに……」

「ごめん。……今日、なんか疲れてて、また今度でいいかな」

「あ、ごめん。……分かった」

「じゃあまた、ごめん」

電話が切れる。春香は小さく溜め息をつき、まだ一分と続かなかった通話時間の表示を見つめた。

今月、春香は一週間の休暇を取り、まず東京の繁之の元で半分、残りを神戸の実家で過ごしてきた。数ヶ月ぶりの帰国だったので、繁之も事前に休みを合わせておいてくれはしたのだが、久しぶりに会った繁之は顔色も悪く、口を開けば「疲れた、疲れた」と繰り返した。結局丸三日を繁之の部屋からほとんど出ることもなく過ごした。体調が悪いのであれば病院へ行った方がいいとか、上司に相談してみればと春香も何度となく勧めるのだが、「うん」とか「ああ」とか生返事を繰り返すだけで、せっかく作ってあげた食事も箸を動かすのさえ面倒臭そうに食べていた。

そんな日が三日も続くと、さすがに春香も苛々してくる。いよいよ明日帰省するという夕食時、「無理に食べなくてもいいよ」とつい春香は言ってしまった。口調は強かったが、いつもの繁之なら、「あ、ごめん」とすぐに謝ったはずだ。しかしこの時、顔を上げた繁之の目はまるで自分の体調の悪い原因を目の当たりにしているような眼光で、「じゃあ、こんな馬鹿みたいにいろいろ作るなよ！」と怒鳴ったのだ。一瞬、春香は血の気が引いた。男の怒声というものに慣れていなかったせいもあるが、手が震え、咄嗟《とっさ》にそれを見られてはならないと感じて台所に逃げていた。

繁之は箸を投げ置き、床にごろんと横になった。春香は距離ができたことで少し落ち着き、「そんな言い方することないでしょ」と言い返した。それでも繁之は何も言わず、こちらに背中を向けている。

「私に来てほしくないわけ？」

「そんなこと、言ってない」

「だったら、なんでそんな言い方すんの？」

「もういいよ……」

「よくない。ちゃんと言ってよ」

　繁之が誰かの首でも絞めるようにクッションを強く抱いている。春香はもうこの辺でやめなきゃと直感したのだが、なぜか口から、「ねぇ、ちゃんと言ってよ」という言葉がもれてしまった。

「……春香といると、疲れるんだよ。せっかく来てくれたんだから明るく楽しく過ごさなきゃってプレッシャーで、だんだん苦しくなってくんだよ。春香が性格の明るい、いい子だってことは分かったよ。でも、そんなに毎回アピールされたら、こっちだって疲れるんだよ」

「ひどい……。アピールって……」

　あまりにも突然のことで、自分が何を聞かされ、何を言い返そうとしているのか分からなかった。ただ、今ここにいるべきではないということだけは分かった。

　春香が帰り支度を始めても、繁之は声をかけてこなかった。ベッドの下を覗き込むような姿勢のまま動かない。

「今日は東京駅の近くのホテルに泊まるから」と、出かける前に春香は言った。それでも繁之は姿勢を変えない。心は苛立っていたが、その姿がかわいそうにもなり、つい、「明日の新幹線も早いし」と付け加えた。しかしそれでも繁之は返事どころか、こちらに顔を見せることもなかった。

その後帰省した実家で、春香は正直に一部始終を母に話した。腹が立つのは、聞き終えた母の第一声だ。

「あんたの、そのポジティブシンキング、たまに鼻につく時あるからねぇ」

あまりにも予想と違った言葉に、春香もさすがに食ってかかる。

「鼻につくって何よ！　前向きで明るくて、何がいけないのよ！　暗い娘よりいいでしょ。それに、この性格はお母さんからの遺伝です！」

春香の反論に母も少し言い過ぎたと思ったようで、「ねぇ、そんなことより、繁之さんだけど、それ、ちょっと鬱入ってんじゃないの？　三日間ふさぎ込んで、最後の日だけ人が変わったように、怒鳴るなんて」と話を変える。

とつぜん鬱などという言葉が出て、「まさかぁ」と春香は笑い飛ばしたのだが、「あんたが言うように、うちの家系には縁遠いから分からないけど、お父さんの部下がそうなって一時期大変だったんだからね。まさか、まさかって言ってるうちにどうしようもなくなるらしいわよ。ちゃんと気をつけておいてあげないとダメよ」と脅されたのだ。

その日、春香は繁之に電話をかけた。謝るつもりでかけたのだが、電話に出た繁之の声は昨夜と打って変わって明るく、逆に「昨日は悪かった」と詫びられた。正直、もうどう対応すればいいのか分からなかった。まるでわざとこっちを怒らせたり、ほっとさせたりしているとしか思えなかった。

電話での繁之の暗い声を振り払うように、春香はもう一度オフィスの椅子で背伸びをした。伸ばした足が棚を蹴り、スーッと滑った椅子がさっきまで芳慧がいた椅子にごつんと当たる。その瞬間、芳慧から今朝聞かされた話がふと蘇る。春香は姿勢を戻すと、きちんと整頓された芳慧のデスクを見つめた。

今朝、芳慧からエリックらしい男性が見つかったととつぜん聞かされ、春香は自分がどのような気持ちになればいいのか、正直分からなかった。気持ちなどというものは、自分がどうしようかと決めて動くものではないのだが、それでも自分が何か方向性を決めてやらないと、自分の気持ちが「どう動いていいのか分からない」と途方に暮れるのだ。

今さら会って何がどうなるわけではない。それは芳慧に言われなくとも重々分かっている。エリックが自分のことをまだ覚えているとも思えない。しかし芳慧の話では、現在その彼が日本で働いているというのだ。そして何より一番驚かされたのは、台湾で会ったあと連絡がこないのを心配した彼が阪神・淡路大震災直後の神戸を訪れたという話だった。とすれば、当時、春香が切り取った新聞記事の写真に写っていたボランティアの青年は、やはりエリックだったのかもしれないのだ。

考えれば考えるほど、会ってみたいという気持ちになる。しかし会ってみたいと思えば思うほど、もう八年も前の話なのだとも思う。

八年前のあの日、春香に紅毛城を案内してくれたエリックは、「もしまだ時間があれば、自分が通っている大学も案内しようか」と誘ってくれた。断る理由はなかった。なかなか言葉は通じなくとも、素直に楽しかったのだ。それに紅毛城のような観光地よりも、実際に台湾の人たちが生活している場所を見てみたいという気持ちもあった。

春香はまたスクーターの後ろに乗り、遠慮がちにエリックの肩に手を置いた。見知らぬ町をスクーターで駆け抜ける。エリックをとても近くに感じられるのだが、二人とも同じ方向を見ているせいか緊張はしなかった。もしも最初から喫茶店で向かい合っていたら、もっとお互いに警戒していたのかもしれない。エリックのスクーターに乗っていると、見知らぬ町から歓迎されているような気がした。よく来たね、と微笑んでもらっているようだった。

賑わう淡水の駅前を抜けたスクーターは急な坂道を上り始めていた。前方には濃い緑に覆われた山があり、その中腹に大学らしき大きな施設がある。

とつぜんガクンとスクーターが沈み、焦げた臭いがしたのはその時だった。エリックもすぐに気づいてスクーターを止める。後輪がパンクしていた。

バイクから降りたエリックが煙の立つ後輪を見つめ、「ごめん」と申し訳なさそうな顔をする。横に立つ春香も日本語でよければ、「私が重かったんだよ」などと冗談を言えるのだが、このニュアンスを咄嗟に英語で伝えられない。

「ここで少し待ってて」

エリックはそう言うと、スクーターを押して急な坂道を上り始めた。「え？　ここで？」と、春香は慌てて呼び止めた。辺りにはちらほらと家はあるが、樹々が生い茂る山道には変わりなく、なんとなく心細かった。

「このスクーターをアパートに置いてくる」とエリックが言う。

「近いの？」と春香は訊いた。

「歩いて五分くらい」

春香は一瞬迷ったが、「私も一緒にいく」と応えていた。

スクーターを押すエリックのあとを春香もとぼとぼと歩いていく。しばらく坂道を上ると、「こっち」とでも言うようにエリックが顎で脇道を示す。車道とは違い、未舗装の農道があり、さらに進んでいくと、大きな葉を伸ばす大王椰子の原生林だった。道は大王椰子の葉が作る薄暗いトンネルの中へ延びている。

葉の下は濃い日陰で、冷たい風が吹き抜ける。このトンネルを抜けたところに、エリックのアパートがぽつんと建っていた。山の斜面に建てられたコンクリート造りの古い建物で、濡れたような外壁には蔦《つた》がからまり、一見、廃墟のようにも見えるのだが、どの窓にも若い男性物の派手なTシャツや下着が干してある。

「ここ?」と春香が尋ねると、振り返ったエリックが、「そう。古い、安い、アパート」と苦笑する。

ちゃんとした入口もあるだろうに、なぜかエリックはスクーターを押して建物横の籔のような場所を抜けた。途中大きなバナナの木にまだ青い実があり、「これ、ただ」とわざわざ振り返って笑う。

籔を抜けると景色が広がる。広くはないが青々とした芝生の庭で、眼下にはさっきまでいた淡水の町や川が見渡せた。

明るい芝生の庭にはいくつかプラスチック製の椅子が置かれ、その一つに白髪の男性が座っていた。テーブルに置かれたラジオではジャズが流れている。春香が会釈すると、その男性が何やら声をかけてくる。すぐにエリックが代わりに何か言い返し、男性の視線がパンクしたスクーターに向かう。

この庭に面して建物の一階に五つほどの玄関が並んでいた。ただ、どのドアも開けっ放しで、庭が明るい分、室内がひどく暗い。その一つにエリックが入っていく。ついて行ってもいいものかどうか分からず、春香は爪先立ちで中を覗き込んだ。日の差さない暗い部屋だった。だが日本とは元々日差しの量が違うので、戸外と室内のコントラストが強烈で、その暗さが美しく、つい吸い込まれそうになる。

中は六畳ほどの広さで、床にはリノリウムが敷かれている。奥の窓際にベッドマットだけが置かれていた。

じろじろと中を眺めていると、エリックがおもむろにTシャツを脱ぐ。筋肉質な背中がとつぜん現れ、春香は慌てて視線を逸らした。逸らした先で、白髪の男性の視線とぶつかる。

「日本から？」

男性に流暢な英語で尋ねられ、春香は、「はい」と短く答えた。銀縁の眼鏡をかけた男性は、テーブルに置かれた書物が難しそうだったせいもあるが、とても知的に見えた。

いつの間にか、背後に新しいTシャツに着替えたエリックが立っていた。タオルを差し出しながら、自分の首筋を拭うジェスチャーをする。春香は、「謝謝」と微笑み、首筋の汗を拭った。タオルから洗剤の匂いがした。洗濯物をよく実家に持って帰ると言ったエリックの言葉が蘇る。

「喉、渇いてる？」

エリックに訊かれ、春香は汗を拭いながら頷いた。また室内へ戻ったエリックが、小さな台所のミニ冷蔵庫からミネラルウォーターのボトルを出す。エリックは裸足でリノリウムの床に立っている。

入口から覗き込んでいる春香をエリックが手招きする。春香はスニーカーを脱いで中に入った。汗で蒸れた靴下にリノリウムの床はさほどひんやりしなかったが、それでもスニーカーを脱いだだけで風が通る。エリックは棚にたったの二つしかないグラスの一つに水を注いでくれた。受け取って飲むと、渇いた喉にすっと流れ落ちる。

「あの人、大学の教授」

エリックが庭にいる男性の方へ目を向ける。「ここに住んでるの?」と春香は驚いた。てっきり学生用のアパートだと思っていたのだ。

「自宅は台北市内。週末に家族とここに来る。ヴィラ?」とエリックが首を傾げる。

「ヴィラ?」と春香も首をひねると、「そう。狭いヴィラ」とエリックが笑い出す。

春香は改めて庭へ目を向けた。木陰に置かれた椅子に座り、ゆったりと時間を過ごしている男性の背中がそこにある。

「いつも、庭でバーベキュー。子供たち、ちょっとうるさい。でも、僕もただでごはんが食べられる」

エリックが親指を突き出してみせる。

学生が暮らすアパートに、大学教授が別荘として一つ部屋を借りている。そこで教授は週末ごとに家族とのんびりと過ごす。たったこれだけのことなのに、春香には台湾という国の雰囲気が、なぜかとても理解できたような気がした。

「いいところ」と春香は素直に言った。

「山の中。不便。でも空気いい」とエリックが微笑む。

暗い部屋の中でなぜか日に灼けたエリックの首ばかりに目が行った。話すたびにそこで大きな喉仏が動く。その時、部屋の奥で水音がした。春香が目を向けると、「スイミングプール。窓の向こう」とエリックが言う。

「プール？」

「見る？」

エリックに背中を押され、奥へ向かった。足元のベッドシーツには今朝起きた時についたままの皺が残っている。窓から外を覗くと、水面に枯葉を浮かべた長さ十メートルほどのプールが確かにある。プールというより巨大な水槽のようだが、プールサイドには錆びたデッキチェアーも置いてある。水面に浮かんでいるのが椰子の葉で小さな舟にも見える。

「水、冷たい。誰も泳がない」

後ろでエリックがそう言って笑う。振り返ると、目の前にエリックの喉仏があった。春香は慌ててグラスの水を飲んだ。

ベッド横の棚には建築学の本や写真集が並んでいた。エリックがそこから一冊写真集を取り出し、「これ」と差し出してくる。開かれたページには「光之教会」と書かれた写真が載っていた。祭壇がなく、コンクリートの壁がそのまま十字架の形にくりぬかれ、そこから室内に光が射し込んでいる。

「……きれい」

思わず漏らした春香の日本語のニュアンスだけは伝わったのか、エリックが嬉しそうに写真の下の文字を指差す。大阪府茨木市と書いてある。

「あ、茨木なら、友達が住んでる」と春香は驚いた。

「神戸から近い？」

「近くない。でも遠くない」

「この教会。いつか見に行きたい」

エリックはそう言い、台所の方へ戻った。春香が写真集のページを捲ろうとすると、冷蔵庫からマンゴーを取り出したエリックが慣れた手つきで切り始める。甘い匂いが春香の元まで届いた。

エリックが切ってくれたマンゴーはとても甘かった。台所に立ったまま二人で食べた。淡水河に沈み始めた太陽にかぶりついているようだった。

「明日、日本に帰る？」

エリックの質問に、マンゴーを齧りながら頷く。

「フライトは何時？」

「十一時。だから、八時半ごろホテルをチェックアウト」

「送ってあげたいけど……」

「ありがとう。でも、ホテルからバスがある……」

「バイクはパンク。車もない……」

マンゴーを食べ終えた手が果汁でベタベタだった。すぐに気づいたエリックが蛇口をひねってくれる。冷たい水で春香は手を洗った。次の瞬間、すっと顔を寄せてきたエリックの唇が、春香の頰に触れた。
流れ出る水の中で春香は手の動きを止めた。
「ごめん」
小さく謝るエリックに、春香は、ただ、「……うん」と頷いた。少し安心したような
エリックが、自分も水の中に手を差し出してくる。冷たい水の中でエリックは春香の手
を握った。大きくて熱い手だった。
「また会いたい」とエリックは言った。春香は水の中でエリックの手を強く握っていた。
その後、エリックは台北市内のホテルまで送ってくれた。バスの中では好きな音楽の
話をした。エリックが言う曲のタイトルを春香は知らず、春香が言うタイトルをエリッ
クは知らなかった。ただ、他の客に遠慮しながら、どちらかが小さくハミングすると、
なぜか二人で一緒に歌えた。
ホテルの前でエリックからメモを渡された。彼の電話番号だった。
「国番号も書いてあるから」とエリックは言った。
すぐに春香も自分の電話番号を渡そうと思った。しかしエリックが、「電話、待って
る」と言う。「電話を待っている」と言われたはずなのに、春香の耳には「信じてる」
と聞こえた。春香は自分の番号を渡さなかった。
「じゃ」と、先に言ったのはエリックだった。握手したエリックの手がとても汗ばんで
いた。何度も振り返りながら、エリックがホテルの敷地を出ていく。

「電話する！」と春香は叫んだ。

「待ってる！」とエリックも応える。

エリックの姿が見えなくなった途端、春香はとつぜん感情が込み上げた。どんな感情なのかも理解できないほど大きなもので、そのままここにいると、しゃがみ込んで泣きそうだった。たった半日を一緒に過ごしただけなのに、これまでに味わったこともない寂しさをもう感じていた。

大丈夫。焦らなくても大丈夫。日本に帰ったらすぐに電話すればいい。そしてまた彼に会う。そして今度会ったときには、きっと二人はもっと近づける。

春香は深呼吸して、やっとホテルへ戻った。

翌朝チェックアウトを済ませると、空港行きのバスが玄関に停まっていた。すでに客は乗り込んでいるようで、春香も慌てて駆け込んだ。

昨夜、ほとんど眠れずにいた。とにかく早く日本へ帰りたかった。早く帰ってエリックに電話をかけたかった。

春香が乗り込んだ直後、バスは動き出した。ゆっくりとホテルの車寄せを出ていく。窓際に座った春香は、何気なく外へ目を向けた。

一台のスクーターが停まっていた。旧型の、紺色のスクーター。パンクしていたはずの後輪は修理されていた。スクーターに跨がっていたエリックがヘルメットをとる。微笑んでいるようにも、強い日差しに目を細めているようにも見えた。

春香は慌てて窓を開けようとした。しかし開かない。鍵に手を伸ばす。シートが邪魔をして届かない。慌てる春香にかまわず、バスは車寄せを出てしまう。スクーターに跨がったまま、エリックは手を振った。強い日差しに顔を歪めているのではなく、エリックは微笑んでいる。悲しそうに見えたのは、自分の気持ちだったのか。春香も手を振った。それ以外に何もできない。

「電話する！　電話するから！」

春香は電話をかける真似をした。エリックが小さく頷く。バスはスピードを上げる。

春香は窓に顔を押しつけた。次の瞬間、エリックの姿が見えなくなった。

エリックからもらった電話番号の書かれたメモをなくしていることに気づいたのは、その日、神戸の実家へ戻り、旅行バッグの整理をしているときだった。メモはホテルの部屋で間違いなくポーチに入れた。しかしそれがない。

旅行バッグも探した。内ポケットも外ポケットも中に入っていたものを全て出し、ガイドブックや持参した文庫本は一ページ一ページ捲って確認した。もちろんすぐに台北のホテルに電話を入れた。日本語が話せるスタッフに早口で尋ねた。すでに別の客が入っているが、メモ類の忘れ物はなかったと言う。

「もしかすると、ゴミ箱に……」

「ゴミ箱に入っていた場合は、申し訳ありません、すでに処分されていると思います」

とても心配してくれている声だった。

中身をぶちまけたトランクの横に、春香は呆然としゃがみ込んでいた。たかがメモを一枚なくしただけで、二度と会えなくなるわけがない。また台湾へ行けばいい。淡水のアパートを探せばいい。そこまで考えて、春香はやっと落ち着きを取り戻し、まるで正気を失いそうだった自分に苦笑した。

だが、その後、再会は果たせなかった。もちろんできるだけの努力はした。台湾にも行った。アパートも探した。彼と歩いた道を何度も歩いた。しかし、なくしたメモが見つからなかったように、彼のアパートも、彼も、二度と春香の前に現われてはくれなかった。

◇

高雄県に入ると、また少し気温が上がった。強い冷房の効いたバスの車内温度が上がったというわけではなく、窓にかけられたカーテンの隙間から差し込む日差しに痛みさえ感じるようになったのだ。

「台湾は南下するごとに、少しずつ太陽に近づいていくみたいですね」

同行する製鉄会社のアジア局常務がふとこぼした言葉だが、窓越しの痛い日差しを受けていると、安西誠も彼の言葉が満更大袈裟でもないと思う。

台湾高速鉄道に参加する日本連合企業の幹部たちによる「着工駅およびルート確認ツアー」もいよいよ最終地の高雄に到着しようとしていた。ガイド役として安西と多田春香が同行しているのだが、さすがに総勢二十六名の大企業幹部たちの世話をするのは容易ではなく、三泊四日とスケジュールには余裕を持たせていたのだが、安西はもちろん、いつも元気な多田春香でさえ、最終日の今日になるとバスの中では居眠りばかりしている。

ツアー初日は、まず台北に新しく構えた日本連合合同オフィスの見学から始まった。まだ各企業からの赴任者の数は少なく、だだっ広いフロアに段ボールが積み上げられた状態なのだが、台北屈指のビジネス街に構えたオフィスは日当りもよく、安西たち大井物産の出向社員しかいなかった以前の小さなオフィスに比べると、現在進行中の台湾高速鉄道という事業がいかに大規模なものであるかを一目で分からせる貫禄があった。

合同オフィスを見学した一行は、その後、貸し切りバスで「板橋・桃園・新竹・台中・嘉義・台南」へと予定通り南下し、それぞれの高速鉄道の駅舎建設予定地および建設現場を見学して回った。ほとんどの予定地はまだ田園風景の中に広大な更地があるだけで、工事は全く進んでいないのだが、安西たちが苦心して作った駅舎完成予想CGを手に赤土の整備地を眺めると、不思議とそこに現代的なデザインの各駅舎が浮かんだ。

ツアーに参加する企業幹部たちは、他の案件でもすでに台湾企業と取引をした経験がある者ばかりで、台湾にももう何度も来たことがあり、町中で何を見てもさほど新鮮味もないのだが、さすがに高速鉄道ルートとなる奥地まで来た者は少なく、原生の椰子林や美しい灌漑施設などを眺めると、「蓬萊《ポンライ》や美麗島《メイリータオ》とはよく言ったもので、見れば見るほど台湾という所は肥沃な土地が多いですな」と口々に言い合っていた。

安西自身、彼らが言う通りだと思う。あれはまだ「クリスタル」でユキと出会ったばかりのころだったか、大都会台北の街中にホームレスが一人もいないことに安西は気づいた。東京はもちろん、同じアジアでもソウルなどではよく見かけるホームレスを台北ではまだ一度も見かけていなかったのだ。酒席の気安さで安西がストレートにその質問をすると、「台湾は働かなくても食べるものあるもん。その辺の山に入れば、おなか一杯になるくらい果物が採れる」とユキが応える。冗談だったのだろうが、あながち嘘でもないような気がした。南国の台湾では、簡単に言ってしまえば、毛布がなくても死ぬことがないのだ。日本や韓国には厳しい冬があり、毛布を買わなければ生きていけない。しかしここ台湾では着の身着のままでも一年を通して死ぬことはない。むろん現実的な話ではないのだが、安西はこの話が妙に気に入って、自分がまだ理解できない台湾人の根っこのようなものと重ね合わせた。

もう半年近く、ユキとは会っていない。最後に会った日のことを安西は鮮明に覚えている。いや、覚えているというような生半可なものではなく、日々をその時の会話と一緒に生きているといってもいい。

あれはいつになく「クリスタル」で悪酔いした日だった。おそらく心配したママがユキに命じて店を追い出したのだと思う。気がつけば、いつもユキと行っていた海鮮料理店のテラス席にいた。ユキはタクシーでうちまで送っていくと言ってくれたらしいのだが、安西の方が無理やりその店に連れ込んだらしい。

何の話の流れからだったかは覚えていないが、自分が何かを叫び、その言葉にユキが真っ青な顔をしているのにふと気づいた。我に返ったというよりも、正気に戻ったような感じだった。目の前に表情のないユキの顔がある。自分が今、何と叫んだのか安西は必死に思い出そうとした。蘇ってきたのは、「お前を信じろ？　笑わせるよな。台湾人のホステスのどこに信じられる部分なんてあるんだよ！」という醜い言葉だった。

安西はすぐに言い訳しようとしたが、もう頭も呂律《ろれつ》も回らなかった。「いや、違う……」と言ったきり、徐々に意識が遠のいていく。遠のく意識の中、その前に交わされた会話の端々が流れていく。

「私は、安西さんが、心配」

「俺じゃなくて、俺の金だろ？」

「体、心配」

「ケビンとかいう男と俺のこと馬鹿にして面白がってんだろ。笑いたきゃ、笑えよ。俺はお前のことなんて飲み屋の女としか思ってねえよ」

「私、心配」

「俺がお前に本気で惚れてるとでも思ってんのか？　知ってるよ。お前たちが俺を騙そうとしてることなんて。騙されてやってんだよ」

「安西さん、誰も、信じない」

「信じるなんて言葉、気安く使うな！」

翌朝、気がつくと、自宅のベッドで寝ていた。おそらく自分で帰ってきたのだろうが、その記憶がなかった。ひどい二日酔いで吐き気がした。まだユキとの会話がグルグルと頭の中を回っていた。

「違うんだ……。本当は信じたいんだ……。ケビンが本当の弟だってことも分かってる。お前がほんとに俺のことを心配してくれてることも分かってる。でも、それを信じる勇気がないんだ。信じたいのに、どうしても信じられないんだよ……」

朦朧《もうろう》としたまま、安西はそんな言葉を繰り返した。ユキに早く謝らなければと焦るのに体はまったく動かなかった。

安西が「クリスタル」に電話を入れたのは、その翌週のことだった。ユキに代わってくれと頼んだ電話口で、「あの子はやめた。あの子、水商売、向かない。でも、安西さん、新しい子いるよ」とママは言った。

高雄市郊外、高速鉄道の終点となる左営駅予定地に近づいたと知らせるガイドに肩を叩かれ、うとうとしていた安西は目を擦った。大きくあくびをすると、隣から多田が、「安西さん、本当に大丈夫ですか？　ますます顔色悪くなってますけど」と心配そうに声をかけてくる。

「大丈夫だよ。今夜の夕食セッティングをしてしまえば、ここで解散だから」と安西は無理に微笑んだ。

半信半疑らしい多田が、「もしきついようだったら、今夜の夕食、私一人でなんとかやりますけど」と申し出てくれる。

「今夜の参加って、三社くらいだよな？」と安西は小声で尋ねた。

大企業の幹部ともなると、せっかく台湾まで足を伸ばしたのであれば、新たな事業を画策するのも当然で、最終日の今夜はほとんどの参加者がそれぞれに高雄市内の企業や政治家たちとの会食の予定を入れている。

「三社くらいなら私だけでも、なんとか……」

多田の言葉を、「大丈夫だって」と安西は遮った。

ここ数週間、自分でも体調が悪いのは分かっていた。寝ても疲れが取れないのに、その睡眠さえなかなかとれない。眠ろうとすると、電話口でねちねちと愚痴をこぼす妻の声が蘇り、気がつけば枕に顔を埋めて叫び声を押し殺している。今回のツアー中も決して体調は良くなかった。だが、台湾各地を観光気分で楽しげに見て回っている多田が隣にいてくれたせいもあり、いつもより気がまぎれている。自分ではしっかりしているつもりなのだが、さすがに連日炎天下で参加者たちに駅舎建設計画の詳細を説明しているとめまいがした。その都度助け舟を出してくれたのも多田だった。

妻の言動に、自分に対する強い嫌悪を安西が感じるようになったのは、息子の大志《たいし》が小学校受験に失敗したころからだった。もちろんそれまでの夫婦仲がうまくいっていたとは言えないが、それでも妻に憎まれているとまでは感じていなかった。その頃、何があったというわけではない。ただ、安西の台湾出向が決まった頃で、つい忙しさにかまけて妻の話に耳を貸そうとしなかった。ある時、「無理して、私立の小学校なんか入れなくてもいいんだよ」と口走ったことがある。

「うちは無理して入れる学校だけど、他のお宅はそれが当然のことで無理なんかしなくていいのよ」

妻の言葉に安西は初めて自分が嫌われているのではなく、憎まれているのだと感じた。

元々、神経質な女だった。だが、それは安西も似たようなもので、学生時代に知り合って結婚した当初は、お互いにその少し神経質なところで居心地のよさを感じていたのだ。たとえば妻は外出から戻ると、持って出たバッグを必ず新聞紙の上に置く。デリバリーや新聞の集金など、誰かが来ると、必ず玄関のドアノブを拭く。見る人が見れば、異常な潔癖性なのだが、安西にはその気持ちが分からないことはなく、もちろん自分ではそこまでやらないが、妻のそんな行動をさほど奇異にも思わなかった。たとえば互いの友人夫婦の家などに遊びに行き、そこがあまりにも掃除がされていないと、互いに居心地が悪いのが分かるので、あうんの呼吸で早目に切り上げられた。しかし一緒にいるうちに安西がガサツになったのか、妻が更に潔癖になったのか、次第にその差は広がっていった。最近では自分に向けられる妻の視線が不潔なものでも見るような時もある。もちろん言い争いの中で、安西が離婚という言葉を出してしまうこともある。しかし妻はそのたびに「私は結婚に失敗するような女ではない」と言う。

三泊四日のツアーから戻ると、安西はひどい頭痛に苦しめられた。ツアー中にもめまいのあとに短時間痛むことはあったが、台北に戻ってからは四六時中目の奥がズキズキと痛む。日本人医師のいる台北の病院にも行ったが、内科、眼科、神経科と回らされた挙げ句、「特に悪いところは見つからない。環境が変わったストレスや、仕事の疲れから来るものかもしれません」と言われただけだった。頭痛がすると言っても、頭が割れるほど痛いわけでもなく、朝になれば出勤し、積み上がる膨大な資料を前に淡々と作業を続けるしかなかった。

山尾部長に呼び出されたのは、そんな日が三、四日続いた頃だった。手をつけていた仕事があと少しで終わりそうだったので、五分あとに延ばしてもらいたかったのだが、わざわざ呼びに来た山尾部長の表情は険しく、結局、言い出せずに素直に部長室へ向かった。席を離れる時に仕上がった分だけでも翻訳に回してもらおうと、近くにいた林芳慧に声をかけたのだが、書類を受け取った彼女はなぜか怪訝そうに、「あ……、はい……」と歯切れの悪い返事をした。

引っ越した新しいオフィスでは山尾部長の専用の部屋が確保されていた。広くはないが、窓からは街路樹が美しい民生東路を見下ろせる。ノックしてドアを開けた安西を、山尾部長は応接ソファに座らせた。仕事の指示なら、いつもは立ったままなので、安西も緊張してしまう。

「どうだ？」と、山尾部長は自分の席から声をかけてきた。

安西はどう応えればよいのか分からず、「はい……」とだけ言葉を返した。

「回りくどく言ってもあれだから、単刀直入に言うよ」

山尾部長がデスクに身を乗り出してくる。

「安西くん、しばらく仕事を休んでみたらどうだ？」

「仕事を？　僕がですか？」

思いもよらぬ言葉だった。部屋に来るようにと呼ばれた時、何か仕事上で失敗があったのだろうとは思ったが、まさか仕事を休めと言われるほど重大な失敗だとは思いもしなかった。

「何か？」と安西は焦って訊いた。

「そんなに驚かなくてもいいよ。何も仕事を辞めろと言ってるわけじゃない。今、安西くんに抜けられたら、このチームはすぐに立ち行かなくなる。いや、だからこそかな、今は少し休んで気力体力を回復させてもらいたいんだ。自分では気づかなくても、相当疲れが溜まってるんだよ」

まるで何度も練習したような口ぶりで山尾部長は言った。ただ呆然とするしかない安西を無視して話は続く。

「……日本から台湾に来て環境も変わった。その上、安西くんには先頭に立って働いてもらってるわけだ。疲れるのは当然なんだ」

「でも、頑張ってるのは何も私だけじゃ……」

安西は慌てて山尾部長を遮った。一瞬、山尾部長の表情が曇る。

「今回のツアーに参加した人から連絡が入ったんだ。いや、何も安西くんへの苦情とかそういった類いのものじゃない。ただ、少し疲れ気味なんじゃないかってね」

「どなたですか？　もちろんツアーに参加された方ですよね？」

「誰だっていいよ」

「もしかして、多田さん？　彼女が何か」

自分でも声が大きくなったのが分かり、安西は咳払いした。

「多田くんは何も言わないよ。それに多田くんに聞かなくても、最近の君を見てれば、僕にだって分かる。何度も言うけど、この業務には安西くんが最後まで必要なんだ」

「ツアーに参加した方が、何を言ってきたんですか？」

「だから、そういう話じゃないって」

「でも……」

「いいから、ちょっと話を聞きなさい」

「いや、でも、今だってジャック・バルトからの質問表の回答をやってますし、急にこれを誰かに代わってやってもらうわけにも……」

「その質問表だけどね、君は一度出してるはずだよ」

「え?」

「だから、その質問表は、先週のうちに安西くんが一度提出してる分だよ」

安西が興奮すればするほど山尾部長の口調が柔らかくなる。安西は今、自分が何を言われたのか頭の中で反芻してみた。先週提出したのと同じ書類を、自分がまたやっている? そんなことはあり得ない。

「とりあえず一週間だけ休みなさい。日本に戻ってもいいし、こっちでのんびりしてもいい。分かったね」

気がつくと、手が震えていた。ただこの震えは休職を命じられたことに対する憤りではなく、部長の言葉に心のどこかがホッとしているからだった。「少し休め」という言葉を、最近何度も安西は自分で自分にかけていた。自分で自分に「少し休め」と言い、自分で自分に「休めるわけないじゃないか」と言い返していたのだ。

安西は無意識に立ち上がっていた。無言で部屋を出て行こうとしてふと立ち止まり、「ありがとうございます」と呟いていた。

翌々日から安西は素直に一週間の休みを取った。山尾部長の計らいで急な東京出張に有給休暇をつけたことにしてもらったのだが、実際には日本へ戻らなかった。不思議なもので一週間休めるとなると、偏頭痛が治まった。いつも通り明け方まで寝つけはしないのだが、いったん眠れば昼近くまで目が覚めない。安西は自分でも体と頭を休めようと努力した。仕事の資料はもちろん、パソコンや携帯メールも開かずに空いた時間で台北市内をのんびりと散策した。

借りているマンションの近くに立派な公園があることにも初めて気づいた。近所で肉饅を買って園内に入ると、年配のグループが太極拳をやったり、バドミントンをしたりと楽しんでいる。安西はその様子を眺めながらベンチで肉饅を食べた。そして、ただ肉饅を美味いと思えた。

公園を出て、安西の足はなぜか「クリスタル」のある林森北路に向いていた。平日の午後、店が開いているわけもないのだが、久しぶりの気分の良さが自然とそちらへ足を向けさせていた。

昼の歓楽街というのは、水の匂いがする。母親がやっていたスナックのあった界隈もそうだった。道端に撒かれた水、カウンターに並ぶグラスについた水滴、カウンターを拭いた濡れたままの布巾、排水溝に流れ込む汚水、製氷機から落ちる氷、熱いおしぼり、そんな様々な水の匂いが、疲れ切ったような街の景色に漂っている。

素通りするつもりで「クリスタル」のある路地へ安西は入った。夜に見るドアと、昼間見るドアはまるで別物だった。電気の消された置き看板に、玄関マットが干してある。

予定通り素通りしようとしたその時、ドアが開いた。思わず立ち止まった安西の前に、バケツとモップを両手に持ったケビンが現れる。ケビンはすぐには気づかなかったようでバケツを乱暴に置くと、入口脇の水道から水を入れ始めた。それでもまだ安西が動かないのを不審に思い、ちらっと振り返る。安西はごくりと唾を飲んだ。言葉がまったく浮かんでこなかった。もしもユキとの最後の会話を聞いているとすれば、この場で殴りかかられてもおかしくない。その時、突っ立ったままの安西に、ケビンが気づいたようだった。「あっ」と目を丸め、「……安西さん」と笑顔を見せる。

「久しぶり」と安西はようやく声を出したが、ユキに対して吐いた言葉が蘇り、その場にへたり込んでしまいそうだった。

「ユキ、店、やめた」

ケビンが首を傾げている。

「うん、知ってる。俺……、ユキちゃんに……」

言葉が詰まった。手が震え、震える手を強く握った。

「……俺、ユキちゃんにひどいこと言ったんだ。許してもらえないと思う。でも、謝りたい」

ほとんど涙声だった。慌てて駆けよってきたケビンが項垂《うなだ》れた安西の肩を叩く。

「大丈夫。大丈夫。姉、安西さんのこと好き。大丈夫」

ケビンが携帯を出し、どこかに電話をかけ始めた。安西は体の震えが伝わるのが嫌で、肩に置かれたケビンの手から逃れた。

相手と二言三言話したケビンが、「はい、ユキ」と携帯を差し出してくる。安西は震える手で耳に当てた。

「安西さん？」

聞こえてきたユキの声に、「ごめん……」と呟く。しかしそれ以外の言葉が出ない。

「体、大丈夫？」

ユキの声に涙が溢れた。気がつけば、現在体調が悪く仕事を休んでいることを早口で告げていた。ユキにどこまで伝わったのか分からない。しかし、戻ってきたのは、「安西さん、いつも働きすぎ」というユキの声だった。

その後、何を話したのかはっきりと覚えていない。公園で肉饅を食べたとか、それが美味しかったとか、そんなことを一方的に話してしまったような気もする。時間があるなら温泉にでも行こうよ、と誘ってくれたのはユキの方だった。あんなに後味の悪い別れ方をしたにもかかわらず、誘ってくれるユキの口調は自然で、安西も素直に「ありがとう」と言えた。

少し離れた場所にケビンがいた。こちらの話を聞かないように、わざと音を立ててモップを洗っていた。

翌日、ユキが連れて行ってくれたのは、一般的な新北投温泉でも、陽明山でもなく、その更に奥地にある泥湯が有名な日帰り温泉施設だった。とにかく山を分け入った場所にある秘湯で、電車はおろか、バスも数時間に一本しかない。

その日、安西のマンション前まで迎えに来てくれたユキは、弟ケビンの車の助手席に乗っていた。驚く安西に、「今日は弟が運転手」とユキが微笑む。「いいの？」と安西は恐縮したのだが、姉の命令は絶対らしく、「大丈夫、大丈夫。安西さん元気ない。お姉さん機嫌悪い」と、二人の別れ方を知っているのか知らないのか、ケビンにも頓着するところがなかった。

陽明山、七星山と連なる美しい峰を望みながらのドライブは快適だった。車内にはケビンがかける音楽が流れ、仲良く口ずさむ姉弟の声を聞いていると、安西まで中国語のその歌詞が今にも口をついて出てきそうだった。

車で山中を一時間ほど走ったところに、その温泉施設は突如現れた。見るからに古い施設だが、広い駐車場には観光バスも数台停まっており、かなり繁盛している。施設の入口につけられた車から安西とユキは降りた。てっきりケビンも一緒に入っていくのだろうと思っていたが、二人を降ろしたあとケビンだけがそのまま帰ろうとする。

「ケビン、帰るの？」と慌てる安西に、「俺、夜、デート。モテる」とケビンが笑う。

「もしかしてわざわざ送ってくれただけ？」

改めて恐縮する安西に、「いいの、いいの」とユキはすでに施設内に入ろうとしている。

「ありがとね。わざわざ」

すでに動き出した車に向かって安西は礼を言った。ケビンが窓から手を出してそれに応える。ケビンはすぐにカーステのボリュームを上げたようだった。さっきまでとは違うダンス音楽が大音量で山々に響く。

帰りはどうするのだろうか、と、安西がふと気づいたのはその時で、送ってもらったのはいいが、さすがにタクシーを呼べる場所でもないし、バスもいつまであるのか分からない。すでに受付で料金表を眺めているユキに声をかけると、「大丈夫。たぶんバスがある」と呑気に応える。

料金はユキが出してくれた。温泉施設には家族やカップル用の風呂もあるらしかったが、ここの売りは広大な露天風呂ということで、ユキの勧めもあり、それぞれ別れて入ることにした。

車中でユキに聞かされた通り、露天浴場は圧巻だった。山の斜面に露天の泥風呂が点在し、中には自分で石灰石の泥を掘って、専用の湯船を作れる場所もある。白濁した露天の湯がゆっくりと沈み始めた南国の夕日を浴び、息を呑むほど幻想的な色になる。強い夕日を受けながら素っ裸で歩き回るのは予想以上に開放感がある。

一時間ほどのんびりと露天に浸かって、併設された食堂でユキと落ち合った。湯上がりのユキの肌は上気し、額の産毛を濡らす汗が食堂の照明できらきらと光る。素朴な台湾料理を出す食堂は多くの客で賑わっていた。屋外ではなく、広い土間のような場所なのだが開けっ放しのドアから吹き込む風は夜の山の匂いがした。

ユキが最初に注文したのは、生姜がたっぷりと入った蛤《はまぐり》と冬瓜《とうがん》のスープで、まだ汗だくだった安西は一瞬躊躇したのだが、「湯上がりにはあたたかいものが体にいい」と半ば無理矢理ユキに飲まされた。熱いスープに、また汗はかいたが、さらっとした汗で、その汗を山からの風が乾かしてくれる。

「実は、今回の休み、会社からの指示なんだ」

ふと安西はそんなことを告げていた。そしてなぜかいったん口が開くと、次から次に言葉が溢れ出てくる。

「……ストレスなのかな、疲れて、失敗ばっかりして、上司に休むように言われた。自分でも分かってたんだ。そろそろやばいんじゃないかって。でも自分から休みたいって言い出すわけにもいかなくて。上司に言われて、実はホッとしてる。お前は使えないって言われたのに、なぜか本当にホッとしてるんだ」

自分の言葉をユキがどこまで理解してくれたのかは分からない。だが、見るからに辛そうな蟹の身を素手でほぐしてくれながら、「安西さん大丈夫。この仕事ダメ。でも、他の仕事OK。ゆっくりゆっくり」とユキに微笑まれると、楽観的過ぎるとはいえ、そんなものかもしれないと思えてもくる。

安西は痺れるような辛さで調理された蟹を食べ、冷えた台湾ビールを飲んだ。日本のビールに比べると少し薄味の台湾ビールがいつの間にか自分の口に合うようになっていることにふと気づく。

この日、安西が驚かされたのは、食事を済ませ、さて台北市内に帰ろうとした時だった。てっきりユキがバスの時間を調べてくれているのだろうと思い込んでいたのだが、すでに最終バスは出発していた。しかし、ひどく慌てる安西をよそに、「大丈夫。ちょっと待って」とユキは平然としており、同じように食堂から出てきた若いカップルに声をかけにいく。何か尋ねるのかと安西がしばらく眺めていると、「大丈夫、大丈夫。士《シー》林《リン》駅まで乗せてくれる」とユキが駆け戻ってくる。

「え？」

安西は驚きを隠せなかった。だが、ひどく驚く安西に、ユキの方が逆に驚いている。

「大丈夫。あの人たちも台北に帰る」

「でも、知らない人だろ？」

ふと背中に視線を感じて振り返ると、そのカップルが立っており、女の子の方が「すぐ出発できますか？」と流暢な英語で聞いてくる。その表情は特に迷惑そうでもない。

「はい。ありがとうございます」と安西は頭を下げた。

美しい星空だった。星がとても近くに感じられた。次の瞬間、安西はふと思った。逃げずにきちんと妻と話し合い、息子のことを第一に考えて答えを出そうと。

◇

夕刊が配達されるバイクの音が聞こえ、葉山勝一郎は立ち上がった。ずっと待っていたわけではないが、毎日夕方の四時になると、まず近所の小学校から「帰宅する子供たちを地域の大人たちで見守ろう」といった趣旨のアナウンスが流れ、これが流れると夕刊が来る。このリズムに体が自然と動いてしまうのだ。

玄関を出た勝一郎は郵便受けから夕刊を抜き出した。夕刊だけかと思ったら、郵便受けの底に大きめの封筒が一つある。今朝取り忘れたのだろうかと引っ張り出してみると、宅配便会社がやっているメール便というものらしい。

勝一郎はその場で開封した。中から出てきたのは、簡易な装丁がされた小冊子で、「はるか　我らが台高」と表紙に書かれてある。会報誌らしい。裏を返してみると、旧制台北高校同窓会という文字が見える。

勝一郎はパラパラと捲ってみた。巻頭に戦前の台北市内の地図があり、あとはOBたちによる随筆がたくさん掲載されている。筆者のほとんどは日本人だが、ちらほらと台湾人の名前もある。

「こんにちは」

とつぜん声をかけられて、勝一郎は表へ目を向けた。向かいの主人がデパートの紙袋を提げて立っている。

「お出かけでしたか」と、勝一郎も愛想程度に声を返した。

「ちょっと買い物に」と市井が重そうな紙袋を持ち上げてみせる。

「なんですか？」

「お掃除ロボットって、葉山さん、ご存知ですかね？」

「お掃除ロボットですか？」

「最近発売になったこういう丸い掃除機なんですけどね、スイッチを押すと勝手に部屋中掃除して、バッテリーが切れると自分で充電器まで戻るらしいんですよ」

「ほう」

市井の話ではいまいち理解できなかったのだが、勝一郎は適当に頷いた。

「いや、娘の家にあるのを見ましてね、なんだか便利そうだし、買って来たんですけど、実際ちゃんと掃除してくれるものやら」

「一人だろうが夫婦でいようが、溜まる埃の量は一緒ですからね」

勝一郎の言葉に、「ほんとほんと」と市井も苦笑いする。市井はまだ話したがっているようだったが、勝一郎はこの辺で見切りをつけ、「じゃ、また」と手にした会報誌をさもこれから読むのだとばかりに見せた。

「ええ、じゃあまた」

居間へ戻ると、勝一郎はすぐに会報誌を開いた。どうやら同窓会有志たちの手で年に一度発行されているものらしかった。もう何十年も前になるが、たしかこの小冊子の第一号が発行された時、封を開けた妻の曜子が懐かしがっていたことがふと思い出される。

「あなたも一度くらい同窓会に出席してみればいいのに」と曜子は言ったはずだ。

勝一郎が曜子相手に台湾の思い出を語ることはなかった。ないどころか、結婚生活の中で曜子が台湾を懐かしがるようなことを言うと、勝一郎の方で嫌な顔をする。そのせいもあり、てっきり曜子は勝一郎が台湾に良い印象を持っていないのだと思い込んでいたらしく、たまに台湾の話が出た時もどこか申し訳なさそうな顔をしていたし、勝一郎に合わせていたのか、自身の台湾時代の同窓会にも一度も顔を出そうとしなかった。おそらくこの会報誌も毎年送られてきていたはずだが、渡しても、勝一郎が触れもしないのを何年か見ているうちに、曜子ももう敢えて知らせなくなったのに違いない。

パラパラと捲った会報誌に、勝一郎は懐かしい名前を見つけた。OBとはいえ、卒業年はバラバラなのでほとんどが見覚えのない名前だったのだが、中に「鴻巣義一《こうのすよしかず》」とあったのだ。さほど親しい間柄ではなかったが、この珍しい名字を見た途端、終戦間近の学徒動員で同隊となり、一緒に台北市内の道路工事に従事した時の光景がありありと浮かんできた。過酷な作業の中、鴻巣はいつも人を笑わせているような社交的で愉快な男だった。

最後のページまで眺めてみたが、結局、鴻巣義一以外に思い出せる名前はなかった。巻末が執筆者たちの名簿になっており、指を這わせると鴻巣義一も東京都府中市の住所と電話番号を載せている。勝一郎は彼の短い随筆をざっと読んだ。昨年、夫婦で台湾旅行をした時の思い出が相変わらずの軽妙な会話で綴られている。台湾にはすでに何度も行っているようで、昨年の旅行は同級生だった台湾人とその妻と四人、花蓮《フォアレン》から台東《タイトン》へ回ったと書かれてあった。勝一郎はこの台湾人の同級生の名前に見覚えがなかった。だが、考えてみれば当時は誰もが日本名に改名していたのだと、ふと気づく。

まさかこの同級生が中野赳夫だとは思わなかったが、鴻巣義一が未だに台湾との繋がりを持っていることにふと羨ましさも感じる。もし妻が生きていれば、この羨ましさで終わっていたのだろうが、気がつけば、勝一郎は名簿を片手に鴻巣義一へ電話をかけていた。

かなり長く呼び出し音が鳴ったあと、電話に出たのは鴻巣義一の妻らしかった。どう説明してよいのか分からず、勝一郎は自分の名前と台高で同級生だった者であることを伝えた。妻らしき女性は、「ああ、台高の」と応えたあと、二度、勝一郎の名前を確認し、やっと夫を呼んだ。

またしばらく待たされたあと、記憶にある通りの大きな声が聞こえてくる。

「もしもし！　葉山って言ったら、勝っちゃんだろ？」

さすがに若い頃のままではないが、受話器から唾が飛び出してきそうだった。

「おう。覚えてるか？」と勝一郎も精一杯あの頃に戻ったように声を張った。

「覚えてるよ。いやー、覚えてるよ。なんだよ、今、どこ？　元気にしてるのか？」

「してるよ。お前、今、府中なんだってな。いや、今、同窓会の会報誌を見て」

「おうおう。お前まったく連絡無しだったもんな。たまに集まると、お前の話も出るぞ」

「そうか。いやあ、懐かしいな」

「懐かしいなんてもんじゃないって。で、どうしてるんだ？　今……」

「俺も東京。仕事も辞めてのんびりしてるよ」

「そうか。俺も一緒だ。東京ならちょっと会おうぜ、お互いそろそろくたばる年なんだから、くたばる前にさ」

話している相手は東京府中に住む七十を過ぎた老人だとは分かっているのだが、もし今鏡を覗き込めば、受話器を握った十代の自分がそこに映っているような気がしてくる。

「お前、俺なんかよりいつも呂耀宗《ルヤオツオン》とつるんでたもんな」

「呂耀宗？」

初めて聞く名前だった。会報誌に昨年花蓮や台東を一緒に回ったと書かれていた台湾人の名前でもない。

「呂……、あ、そうか。ほら、昔の中野赳夫だよ」

その名前に勝一郎は思わず息を呑んだ。

「……中野、元気なのか？」

なぜか声がかすれる。

「元気だよ、元気、元気。もしかしてあれ以来、連絡取ってないのか？」

「ああ」

「中野は、終戦後、親父さんのあの小さな病院を継いで、台北でも十本の指に入る大きな病院にしたよ。お前も、あいつの親父さんに診てもらってただろ？　あの小さな病院を中野が大きくしたんだよ」

「最近、会ったのか？」と勝一郎は恐る恐る訊いた。鴻巣の話し振りから中野赳夫がもう死んでいるような気がしたのだ。

「ああ、去年会ったよ。向こうでも同窓会があって、こっちも仕事辞めてヒマだからそれに合わせて行ったんだよ。そりゃ見かけは変わったけど、話してみるとみんな昔のまだぞ」

気がつくと、勝一郎はその場に跪《ひざまず》いていた。自分でも何にほっとしているのか分からなかったが、鴻巣義一が語る中野赳夫の現在の大成した様子に、長年の重荷が肩から降りるようだった。

この夜、勝一郎は衛星放送チャンネルで『悲情城市』という台湾映画を見た。日本占領下の台湾、一九四五年の昭和天皇による玉音放送が流れ、壊れかけたラジオを叩く男、蒸し暑い熱帯夜、薄暗い部屋、男の額から汗が垂れ、奥の部屋では今まさに男の妾が出産しようとしているという場面から始まる。物語は日本の敗戦により光復を遂げた台湾に蔣介石《しょうかいせき》率いる国民党が中華民国を成立させるまでの四年間を、ある一家の変遷を辿る形で進む。この映画が公開された一九八九年は、人類歴史上もっとも長く続いた台湾の戒厳令が解除されてわずか二年目であり、それまで決して公に語られることのなかった二・二八事件を正面から描いている。

勝一郎はこの『悲情城市』という映画をなんとなく知っていた。公開当時に見聞きしたのか、それ以後に何かの雑誌で読んだのかは定かでないが、どのような内容なのかも理解していた。自分たちが去ったあとに起こった台湾の悲劇。もちろん勝一郎もそれを知りたいと思った。しかし結局これまで見ようとしなかった。勝一郎はこれまで戦後の台湾を見ないように生きてきた。それはおそらく何かに対する申し訳なさから来ている。では、その申し訳なさはいったい何に向けられているのか。思考はいつもそこで止まってしまう。いや、正確には止まってしまうのではなく、自分で止めてしまうのだ。

妻がいるとき、勝一郎は衛星放送など見たことがなかった。七、八年前だったか、テレビを買い替えたときに妻が勝手に契約したらしく、番組表が毎月送られてくることぐらいは知っており、何度か手にとり、「こんなの契約してたまには見てるのか？　見てないなら解約しろよ。もったいない」と妻に言っていた。そのたび妻は、「見てますよ。古い映画なんか、いいのをやるんですから」といつも反論していた。

映画『悲情城市』が終わるまでの二時間半、勝一郎は微動だにせず食い入るように画面を見つめていた。これまで見ようとしなかったものを、勝一郎は必死の思いで見つめた。真夏の台湾の凄まじい湿気と暑さが画面を通して、勝一郎の肌にも蘇ってくる。そのせいか、半世紀という時間が一気に縮まっていく。映画で描かれている世界は、勝一郎が知っている台湾の光景と重なる。まるで原色で描かれた水墨画のような光景に、映画の出演者たちに混じって、そこにいるはずのない若い頃の自分まで現れる。懐かしい自宅が浮かぶ。蒸し暑い六畳間には蚊帳《かや》が吊られている。そこに敷かれた布団の上で、若い勝一郎は自分の体温から逃れるように何度も寝返りを繰り返している。開けっ放しの窓の外では多くの蛙が鳴いている。汗に濡れたランニングシャツをたくし上げ、額の汗を拭く。自慰でもすれば寝つけるのだろうが、うだるような暑さでその気も起きない。ひどく喉が渇いている。窓の外に足音が聞こえたのはそのときで、勝一郎は耳を澄ます。次の瞬間、窓際からぬっと顔が突き出され、「おい、寝てるのか?」と男の声がする。

　中野赳夫の声であることはすぐに分かるが、こちらに突き出された顔は、月明かりの影になって見えない。

「いや」と、勝一郎はまた寝返りを打つ。

「こう暑いと、眠れないだろ」と赳夫が言う。

　勝一郎は返事をしなかった。

「ちょっと出てこないか。部屋ん中で暑い暑いってうだってるより、いっそ寝るのを諦めて夜道でも歩いてるほうが気持ちいいぞ」

　勝一郎は夜道を歩いている自分を想像した。冷えた土の匂いがし、汗ばんだ肌を撫でていく夜風が恋しくなってくる。

「あー!」

　勝一郎は何もかも諦めたように声を漏らして体を起こした。その様子に赳夫が笑い声を上げる。

「バケツの水でも浴びようかな」と勝一郎は言った。

　体を起こすと、蚊帳越しに赳夫の顔が見えた。蚊に食われたのか、しきりに汗で濡れた首を掻いている。

勝一郎は結局窓から赳夫がいる庭に出た。部屋の中にこもっていた空気とは違い、庭木の葉を揺らす風が心地いい。

「本当に水かぶろうかな」と、勝一郎は庭木用の井戸のポンプでバケツに水を溜めた。水音が涼しく響く。半分ほど溜まると、頭からかぶった。髪の間や首筋に流れていた汗と一緒に、長時間煩わされていた暑さが冷たい水と共に足元にザバッと落ちる。

「お前もかぶるか？」と勝一郎は訊いた。

「かぶろうかな」と赳夫が言うので、勝一郎はまたポンプでバケツに水を溜めてやる。

やはり半分ほど溜まったところで、赳夫がバケツを持ち上げ、頭からザブンとかぶる。乾いた地面で跳ねた水が、まだ毛もない臑をくすぐる。

「勝一郎さん？」

台所に明かりが灯り、水音に気づいた母が窓を開けた。漏れてきた光の中に、ずぶ濡れの勝一郎と赳夫が立っている。

「あら、赳夫さんまで」

呆れたような母に、「少し散歩してきます」と勝一郎は告げた。

「ちょっと待ちなさい。二人ともずぶ濡れで歩くの？　台高の学生がみっともない。すぐ手ぬぐい持って来ますから」

母が持ってきた手ぬぐいは台北の昼の匂いがする。

夜の街を歩き出した勝一郎たちは自然と足が台北駅の方へ向いた。もちろん行くあてなどないのだが、水を浴びたせいで夜風が心地よく、さっきまで自分を苦しめていた布団からなるべく遠くへ離れたかった。

台北駅へ通じる大通りに出ると、人や荷物を運ぶトアチャーがずらりと通りの端に並んでいる。昼間舞い上がった熱い砂埃は、夜の静けさの中、地面に戻っている。

「駅前に出ても暑苦しいだけだ。おい、こっちへ行こう」

赳夫の言葉に、勝一郎も頷いて路地へ入る。

「お前、たまには曜子さんと会うか？」

暗い路地へ入った途端、とつぜん赳夫にそう訊かれた。

「曜子さん？」

「ああ、曜子さんだ」

「どうして？」

あまりにも唐突な質問だったせいもあり、勝一郎は首を傾げた。

「高雄の方では学徒動員が始まったらしいぞ」

一歩前へ出た赳夫は言った。

「ああ、それなら知っている」と勝一郎もその背中に応える。

「うちの学校だっていつまでも特別扱いはしてもらえそうにないな」

「この夏中か、秋には……」

「なぁ、勝一郎」

「ん？」

「お前、曜子さんのご両親とは以前から親しい付き合いをしているんだよな？」

「曜子さんのご両親？　あ、ああ。してるけど。……でも、なんだ、急に」

「お前に頼みがある」

趙夫は暗い路地の途中で立ち止まった。道端で寝ていた野良犬が目を覚まし、餌でももらえると思ったのか、舌を垂らして近寄ってくる。勝一郎は足元の小石を摑み、投げつける真似をした。犬は驚いて飛び退き、またのろのろと元の位置にしゃがみ込む。その瞬間だった。勝一郎は、趙夫が今、何を言おうとしているのか気づいた。

「……学徒動員が始まれば、いずれは俺たちも戦地に出ていくことになる」

話を続ける趙夫の横で、勝一郎はひどく慌てていた。この時まで曜子を嫁にもらおうなどと真剣に思っていたわけではない。しかしもしも自分が結婚することになれば、曜子のような女を娶《めと》りたいとぼんやりと考えたことはあった。

「……戦地へ赴けば、無事に帰国できる保証はない。でも、もしもそこに誰か自分を待ってくれる人がいれば」

「お、おい、ちょっと待て。お前……」

勝一郎は思わず趙夫の話を遮った。しかし趙夫は話をやめない。

「単なるロマンチシズムだと笑ってくれてもかまわん。ただ、俺なりに一生懸命考えた末のことなんだ」

月明かりの中、自分を見つめる赳夫の目に薄《うっす》らと涙が浮かんでいた。話を逸らさなければと焦るのだが、何も言葉が浮かばない。

「もし無事に帰国できたら、俺は一生、曜子さんを……」

赳夫がそこまで言った時だった。勝一郎の口が勝手に、「待て。お前は日本人じゃない。二等国民との結婚を曜子さんのご両親が許すだろうか」と動いたのだ。気づいた時には、もう言ってしまっていた。

「……いや、違う。曜子さん自身が本当にそれで幸せになれると思うかどうか」

勝一郎はただ焦った。自分が何を言ったのか、もうちゃんと理解していた。目の前には赳夫の顔があった。ただ、そこには表情がない。怒りも悲しみも悔しさも何一つ赳夫の顔には浮かんでいなかった。

「す、すまん。い、今のは……」

勝一郎は慌てて言葉を繋いだが、赳夫はただ、「いや、もういいんだ。今の話は全部忘れてくれ」と応えただけで、その場から立ち去っていた。

◇

午後の重い日差しが細い路地の奥まで差し込んでいる。路地はごちゃごちゃとしている。鉢植え、バイク、柄付きのブラシ、ポリバケツ、一つ一つを見れば正体は分かるのだが、全体としてただごちゃごちゃしている。家々の窓に設置されたエアコンが轟音を立てて震えている。それらエアコンの換気口から出る熱風を避けるように、軍服姿の陳威志はジグザグに路地を歩いた。肩にかけたバッグは重く、方向を変えるたびに右に左に倒れそうになるのだが、そこは更に重い軍靴がうまくバランスをとってくれる。

路地の突き当たりで、威志は自宅の玄関を開けた。開けた途端、ひんやりした冷気が流れ出し、タイル張りの居間のソファでテレビニュースを眺めていた父親が、「おう、おかえり」と無感動な声を出す。

「ただいま戻りました」と威志はわざと大袈裟に応えた。ちらっと息子を見た父親が、「ああ、だからおかえり」と面倒臭そうに繰り返し、「暑いから、早く閉めろ」と、兵役の休暇で戻った息子よりも室温の心配をする。

「お袋は？」と威志は重い荷物をタイル張りの床に肩から落とした。

「お母さん！　威志！」

テレビ画面から目を離さずに父親が二階に声をかけるが、いくら待っても返事はない。焦れた威志は階段下から二階を見上げ、「お母さん！　お母さん！　お母さんって！」と連呼した。

「そんなに何度も呼ばなくても聞こえてますよ！　それとも何かご馳走してくれるの？」

二階からやっと母親の声がする。

しばらく待っていると、「もう帰ってきたの？」と、なんとも愛のない言葉を吐きながら母親が降りてくる。

「もう帰ってきたのってなんだよ。帰ってきちゃ悪いのかよ」

さすがに威志も腹が立つ。

「お昼ごはん食べてから戻るのかなーって思ってたから。そんな怒ることないじゃない」

「メシならもう駅前で食ってきたよ」

「あら、よかった。今、何もないのよ」

「っていうかさ、息子が兵役の休暇で久しぶりに戻ってきたんだぞ。もうちょっとこう……」

「久しぶりって……一週間に一度は戻ってくるし」

「だから、帰ってきちゃ悪いのかよ！」

「だから、そんなこと言ってないでしょ」

毎週末、繰り返される二人の会話なので、父親はもう気にもならないようで、「ほら、蛇の血のスープだってよ」とテレビを指差す。

さすがに威志も抗議する気が失せる。息子思いでない両親を相手にしていたら、貴重な休暇がもったいない。威志は重いバッグから洗濯物の袋を出して母親に渡すと、「俺、しばらく昼寝して、夜、出かけるから」と告げ、重い軍靴を脱ぎ、自室のある三階まで階段を駆け上がった。

「あ、そうそう。おばあちゃんが顔を見せに来いってよ！」

階下から母親の声が追いかけてきたが、威志は返事もしなかった。

自室のエアコンをつけた威志は軍服のままベッドに寝転んだ。寝転んだ途端、汗で軍服に背中がはりつく。

「あー、暑い！」

声に出したところで涼しくなるわけもないのだが、声でも出していないと部屋の暑さに耐えられない。

兵役の休暇で戻ってきた息子に対して、今は両親もすっかり冷たくなっているが、さすがに最初のころはそうでもなかった。初めて帰宅した時など、軍服を脱ぐ暇さえ与えられずに近所の高級海鮮料理店へ連れていかれ、「疲れただろ。辛かっただろ。上官から苛められなかったか？　同じ部隊に友達はできたか？」などと二人からは矢継ぎ早の質問責めで、無事に一時帰宅を果たした息子を誇らしく思う親の気持ちが滲み出ていた。威志としても、普段はそっけない両親が実はこれほど自分のことを愛していてくれたのかと、心の中で静かに涙を流したほどだ。それが二度目、三度目の帰宅時ぐらいまでは続いたが、「今度帰ってきた時は、あのレストランじゃなくて、スカイタワーホテルのレストランにしてよ」などと威志から催促しだしたのが悪かったのか、四度目の帰宅ではレストランなし、五度目には食事もなし、六度目にいたっては、両親共々温泉に出かけており、「おかえり」の言葉もなくなっていた。

真面目に兵役義務を果たしている息子としては、両親のこの目に余る怠慢ぶりを非難したいのは山々なのだが、多少威志の方にも弱みがあって、たとえば配属先が台湾軍のエリート集団「フロッグマン部隊」と呼ばれる部隊や、日々体力の限りを尽くして訓練をするような陸海空軍の先鋭部隊ならば、強い態度に出られるのだが、あいにくというか、幸いというべきか、半年間の一般訓練を受けたあとに配属されたのが軍関係のスポーツ施設だったのだ。

「軍関係のスポーツ施設？」

てっきり毎日機関銃を担いで野原を這い回っていると思っていたらしい母親が、まず首を捻った。

「そうだよ。軍人にもレクリエーションは必要だろ。だから、そのための施設があるんだよ」

「そこで、あんたは何してんのよ？」

「何って、いろいろだよ。施設の運営？」

「運営って、たとえば？」

「だから、掃除とか……」

「そ、掃除？」

「そうだよ！　掃除だって立派な仕事なんだからな！」

「そりゃ分かるけど……。ってことは、あんた、毎日体育館の掃除してんの？」

「体育館じゃないよ。プールだよ」

「プール？　の、掃除？」

「そうだよ。しつこいな！」

「運良く事務職になったとか、暗号解読部署になったとか、デスクワークについて喜んでるって話なら聞いたことあるけど、プール掃除って……、喜んでいいのやら、悲しんでいいのやら」

実際、スポーツ施設要員として配属された威志に割り当てられた仕事が、プールの管理だった。母親は呆れ、父親は笑うのだが、プールの管理にだってもちろん上官が一名おり、毎朝プールサイドで一対一の朝礼もある。ただ、この朝礼が終わると、たしかに当の威志でも気が抜けてしまうような退屈な時間が続く。どこかの部隊がプールを使う日であれば、まだ活気もあるのだが、それ以外の日には本当に何もやることがなく、ほぼ毎日、上官の命令でプールの底に沈んだ落ち葉を足の指で摑み、拾い集めるのが日課なのだ。

両親はもちろんだが、威志がこの話をすると、誰もが笑い出す。一人プールで落ち葉を足の指で拾っている光景を思い浮かべるらしく、「一日に何枚くらい集められんの？」と本気で訊いてくる者もいれば、「ある意味、フロッグマン部隊だよな」と腹を抱えて笑い出す者もいる。笑われると、威志も腹が立つ。わりと真面目に毎日やっているので、自慢する気はないが、日に日に落ち葉を拾う技術も上達しているし、自分で決めた枚数に到達させようと、足がつるまでやった日もあるほどなのだ。しかし、こちらがそう真剣に反論すればするほど、みんなは笑う。唯一、「あんたは、ほんとに運が強い子だねえ」と褒めてくれたのが燕巣郷の祖母で、「あんた、そういう運っていうのはね、がんばって手に入れられるもんじゃないんだよ。すごいことだよ」と手放しで賞賛してくれている。

実際、威志自身も自分には何かそういったツキがあるのではないかと、最近思う。たとえば、プール管理部にいるたった一人の上官がそうだ。この先輩、元は台南のバイク屋の息子で、威志よりも三つほど年上なのだが、いつも人に落ち葉拾いをさせながら自分は木陰で昼寝している。興味があるのは食うことだけで、四六時中菓子を食っている。ある時、プールで落ち葉を拾いながら、食い過ぎて腹でも壊せばいいのにと威志が願っていると、本当にこの上官がとつぜんの腹痛で苦しみ始めた。慌ててプールから飛び出して医務室へ連れて行ったのだが、なんでも腐ったマンゴーを食べたらしく、三日も下痢が続いたらしい。これをツキと呼ぶのは微妙だが、以後あまり人の不幸を願わないようにしようと、この時威志は反省も込めて心に誓った。

結局、ベッドでそのまま眠り込んでしまった威志がエアコンの寒さで大きなくしゃみをして目を覚ました頃には、すでに窓から夕日が差し込んでいた。たった一日しかない休暇を寝て過ごしてはもったいないと、威志はベッドから飛び起きた。ただ飛び起きたところで他にやることもない。友人の李大翔とクラブに出かける約束はしているが、夜までまだ時間はあるし、まだ腹も減っていない。そんなことを考えながら、威志はシャワーを浴び、エアコンで冷えた汗を流した。

燕巣郷の祖母に会いに行こうとふと思い立ったのは、さっき母親に言われたせいもあるのだが、また蒸し暑くなりそうな気配にグァバ畑の中をスクーターで走ると気持ち良さそうに思えたからだ。

威志は濡れた髪をきちんと拭きもせず、玄関前に停めてあるスクーターに飛び乗った。なぜかあとをついてきた父親が、「どこに行くんだ?」と訊くので、「ばあちゃんち」と応えると、「なら、これ持ってってくれ」とスーパーの景品で当たったという日本製の炊飯器を持たせる。なんでも、先日母親とスーパーで日本製の炊飯器を買ったあと、クジでもう一つ同じような炊飯器を当ててしまったらしい。

受け取りながら、「なんかに替えてくれなかったの?」と威志は呆れた。

「替えてくれないんだよ。炊飯器なんて二つあっても困るって、お父さんたち三十分も粘ったんだぞ」

たった一日だけの休暇、父親のくだらぬ愚痴を聞いているのはもったいない。威志は炊飯器の入った段ボールを足元に置くと、スクーターを発進させた。

狭い路地を慣れたハンドルさばきで走り抜けていく。表通りに出ると、粥屋のおばさんが、「あら、戻ってたの?」と声をかけてくる。威志は返事の代わりにクラクションを鳴らして応えた。市街地を走り抜けるうちに、まず濡れた髪が乾き、そのうちまた汗で濡れてくる。大通りに出ればスクーターや車の数も増え、赤信号で止まっているだけで、前や横のスクーターの熱で、大量の汗が出る。汗が出れば出るほど、威志はすっきりした気分になる。結局、熱帯地方に属する高雄というこの街が、自分には合っているのだとつくづく思う。

市街地を抜けて一面グァバ畑の農道に出たところで、雲行きが怪しくなった。いつかもここで雨に降られ、雨宿りをしている時に偶然美青と会ったことがふと思い出される。男勝りだった美青がいつの間にか奇麗になっていた。留学先のカナダで美青が妊娠し、台湾に戻ってくるらしいという話を聞いたのは、もう一年ほど前のことになる。美青はもう台湾に戻っているのだろうか。

威志はふと気になって、グァバ畑の中でスクーターを止めた。携帯を取り出してみるが、当然美青の電話番号など入っていない。威志は改めてスクーターを走らせた。汗に濡れた首筋にグァバ畑を吹き抜ける風が心地いい。

集落に入ると、祖母の家はすぐだった。古い鉄筋コンクリート造りの二階建てで、もとは緑色だったと思われる外壁のタイルもかなりの枚数が剝がれ落ちている。もしもこれがスペースシャトルだったら、間違いなく地球には帰還できないレベルだ。

くだらぬことを考えながら威志は玄関先にスクーターを停めた。エンジンを切ると、何やら中から笑い声がする。

「あら〜、笑ったの？　おばあちゃん見て、笑ったの？」

ふと聞こえてきた祖母の声に、威志は一瞬、炊飯器を抱き直した。ばあちゃん、いよいよボケたか？　と思ったのだ。しかし幸い話し相手がいるようで、「抱っこしてもらうの？　おばあちゃんに抱っこしてもらいたいの？」と若い女の声もする。

その声に聞き覚えがあった。威志は開けっ放しの玄関から中を覗き込んだ。薄暗くひんやりとした居間に赤ん坊を祖母に手渡そうとする美青がいた。

「美青？」

思わず呟いた威志の声に、「あ、ほら、おじちゃんも来たよ」と、美青が祖母に渡そうとしていた赤ん坊をとつぜんこっちに向けてくる。反射的に威志は両手を広げようとした。しかし炊飯器が邪魔で、まず足元に置いたあと、改めてまるまると太った赤ん坊を抱き取る。抱いた途端、機嫌よく笑っていた赤ん坊が泣き出した。威志の腕の汗が気持ち悪かったらしい。

「な、泣くなって」と威志は焦った。

横からすぐに赤ん坊を奪いとった祖母が、「汗くさいもんねえ。いやだよねえ」とあやし始める。両手が自由になると威志はやっと、「ここで何やってんの？」と美青に尋ねた。美青の代わりに、「私が呼んだのよ」と祖母が言う。

「なんで？」

「なんでって、美青の小宝宝《シャオバオバオ》（赤ちゃん）をまた抱っこしたかったからじゃない」

「美青の小宝宝？」

威志の口がぽかんと開いてしまう。目の前ではまるまる太った赤ん坊が祖母の腕の中で機嫌を直して笑っている。ついさっき、美青はカナダで妊娠して……、と思い出していたはずなのに、なぜか目の前の赤ん坊と美青が結びつかない。そこに必要な時間が欠落している。

「お、お前の子？」と、威志は頓狂な声を出した。

肩にかけていた子供用のタオルで、美青が自分の鼻にかいた汗を拭く。

「お前の？」と威志はまた訊いた。

「そうよ。何回訊けば気が済むのよ。まぁ、いろいろあったのよ」

「あ、それなら王窈君に聞いた。墾丁のリゾートホテルで」

「え、そうなの？　……というか、彼女まだあそこで働いてるんだ？」

「今は知らないよ。かなり前だから」

「で、彼女から聞いたの？　私に子供ができたって」

「そう」

「じゃあ、事情も全部知ってるんだ」

「うん、一応」

「そう」

「うん、そう」

「まぁ、そういうことなのよ。だからカナダから帰国して、今は実家でこの子を育ててるわけ」

赤ん坊が祖母の口に手を突っ込もうとしている。「ダメダメ」と、美青が慌てて赤ん坊を抱き取る。

「まぁ、そういうことなのよって、お前も簡単に言うなあ。大丈夫なのかよ?」

「何が?」

「だから、一人で赤ん坊なんて育てられんの?」

「威志が心配することないじゃない」

「別に心配はしてないよ」

威志と美青の言い合いは、中学生の頃とほとんど変わっていない。しかしその間にはきょとんと二人を交互に見つめる赤ん坊がいる。

威志はTシャツで手の汗を拭くと、赤ん坊の頰に触れようとした。近づいてきた威志の指を、赤ん坊の小さな手が摑む。

「あ、摑んだ。ほら、ほら」

思わず歓声を上げてしまった威志に対して、美青と祖母が呆れたように、「そりゃ、指くらい摑むわよ」と口を揃える。

二〇〇三年　レール

『台湾、あす「双十節」 辛亥革命92周年
経済を牽引、新幹線』

台湾では、将来の重要なインフラとなる台北―高雄間の「台湾高速鉄道（台湾新幹線）」の建設が急ピッチで進んでいる。二〇〇五年十月の完成をめざしており、日本企業連合が、日本の新幹線技術の初の輸出となるこのプロジェクトに全力を挙げている。

台湾新幹線は最高時速三百キロで運行され、在来線の約三分の一、九十分ほどで台北―高雄間を結ぶ。日本の高度経済成長に、東京―新大阪間を結んだ東海道新幹線が果たした役割を考えるまでもなく、この高速鉄道が台湾の経済力向上に重要な役割を果たすことは想像に難くない。乗客輸送能力は開業初年度が一日十七万人。二〇一〇年には同三十万人になると見込まれている。建設による経済波及効果も大きいとみられ、台湾の経済成長率を年間一％程度押し上げるとの試算もある。

土木工事はすでに八割方終了し、レールの敷設工事に入っている。トンネル工事も順調だ。二年後には日本の新幹線技術が、台湾で花開くことになる。総延長約三百四十五キロで台湾を縦断する台湾新幹線は、密接な日台協力関係の象徴ともいえそうだ。

【産経新聞二〇〇三年十月九日東京朝刊（抜粋）】

台湾高速鉄道のレール敷設がいよいよ始まったという新聞記事を、劉人豪は九段下にあるオフィスのデスクでぼんやりと眺めていた。新聞には小さく台湾の地図が載っており、台北―高雄間を結ぶ在来線と、新しく出来る台湾高速鉄道の二本の路線が交わったり離れたりしながら表されている。この高速鉄道が完成すれば、人豪の実家がある台中と台北は一時間ほどで行き来できるらしい。これまで自強号という特急で二時間以上かかっていたのだから、半分以下になる。

「ジンちゃん、お昼まだでしょ？　私たち、新しくできたお蕎麦屋さんに行くけど」

ふいに声をかけられ、人豪は顔を上げた。同じ環境計画室勤務の有吉咲《ありよしさき》が、ピンク色の長財布を持って立っており、「行く？」と改めて訊いてくる。

「はい。行く」

人豪はすぐに席を立った。ふと気になって、「私たちって？」と尋ねると、「高浜《たかはま》室長が奢ってくれるんだって」と、有吉がわざと室長席に聞こえるように言う。

「いつ決まったんだよ？」という呆れたような室長の声は返ってくるが否定もしない。

「そうだ。この前の残業の時、今度ランチを奢るって室長言いましたね」と人豪は思い出した。

「ほら、劉くんも覚えてるじゃないですか！」と、援軍を得て有吉の声も大きくなる。

デザイン画をクルクルッと丸めた室長が、「かけ蕎麦だぞ。天ぷらなしだからな」と席を立つ。室長が出かける準備を始めると、有吉が人豪のデスクの新聞を覗き込む。

「あ、知ってる。台湾に新幹線できるんだよね」

「まだ先」

「あれ、ジンちゃん、今度いつ台湾に戻るんだっけ？　休暇願出してたよね？　あ、私もその時、台湾に行ったら、ジンちゃんがいろいろ案内してくれる？」

有吉はこれまで人豪が知り合った日本人の中でもかなり早口な方だが、なぜか彼女の日本語はとても聞き取りやすい。おそらく声質の問題で、たとえば総務部の中村《なかむら》さんなどはとてもゆっくりと丁寧に話してくれるわりに、単語の切れ目が分かりづらい。

人豪は台湾の大学を卒業後に兵役を終え、そのまま日本へやってきた。最初の二年間を渋谷の日本語学校で学び、その後、日本の大学院に入った。台湾でも日本でも専攻したのは建築学で、大学院では専門的に環境デザインを学んだ。日本に来た時が二十四歳で、日本語学校を終えて大学院に入った時には二十七歳になろうとしており、自分では人生のスタートがかなり遅れているような気がしたが、世界各国から集まる留学生には同年代や年上も多く、スタートは自分で決めるものだと改めて思うことができた。しかしいざ日本の建築会社に就職しようとした時には、さすがに三十前後で一般の新卒と同等に扱ってくれる企業は少なく、ほとんどの留学生たちは母国へ戻ることを余儀なくされた。ただ、幸い人豪は、卒論で製作した高速道路ジャンクション周辺のランドスケープ案が小さなコンペで入選し、大学院での指導教授からの強い推薦もあり、現在の大手建築会社に入社することができた。

日本の建築会社というのはどこか封建的な企業風土があると聞いていたが、現在の会社はかなり以前から先を見越して外国人の採用枠も多く、日本語ができなくとも英語さえ話せれば各国からの応募に応えている。入社して数ヶ月の研修のあと、人豪が配属された環境計画室にも人豪の他に二名の外国人がいる。シンガポール出身のミシェルと、イギリス出身のエリックなのだが、たまにこの三人だけで日本語で談笑をしていると、「なんか奇妙な光景だよなあ」と同僚たちに不思議がられる。

三人だけなら英語でもいいのだが、人豪に限っていえば英語よりも日本語の方がまだ得意なので、二人が合わせてくれているのだ。

エリックと言えば、人豪も台湾にいる頃、英語名をエリックと名乗っていた。ちなみに台湾には中学校の英語の授業で担任教師が全ての生徒たちに英語名をつけるという習慣があり、誰でも英語名を持っている。もちろん日常では使わないが、外国人が相手となると分かりやすいように英語名を使うことも多い。

実際、人豪も今の部署に配属された際、中国名だと発音しにくいだろうと思って、「エリックと呼んで下さい」と自己紹介したのだが、あいにくすでに別のエリックがおり、「二人ともエリックだと不便だから、劉くんは劉くんでいいか」ということになっている。当然、人豪としてもそちらの方がいい。ところが有吉咲など同期の連中が、いつの頃からか、仕事以外では「人豪」を日本語読みして、「ジンゴウくん」と呼ぶようになり、それがまたいつの間にか、「ジンちゃん」へと変化した。もちろんニックネームで呼んでくれるのは嬉しいのだが、この日本語の「ジンちゃん」という発音が、たまに中国語での「緊張」に聞こえることがある。今ではもう慣れてしまったが、最初の頃はとつぜん背後で呼ばれると、文字通りビクッと緊張していた。

九段下のオフィスを出ると、じとっとした暑さが人豪たちを襲う。オフィス内の冷房で冷え切っていた体には一瞬心地良いが、大通りで信号待ちをしている間にもう汗が噴き出してくる。「あー、暑い。いくら暑いって言っても涼しくならないけど」などと一人で喋っている有吉の横で、人豪は通りの向かいに立つ廃墟ビルをいつものように見つめていた。どういう理由かは分からないが、東京都心の一等地にぽつんと残された廃墟ビルには異様な迫力がある。ただ話によれば、実際には廃墟ではなく、まだ入居者もいるらしい。

入社したばかりの頃、人豪はこのビルについて調べたことがあった。一九二七年（昭和二年）竣工。関東大震災後に近隣の商店などの共同出資によって建てられ、東京復興のランドマークになったらしいが、今では老朽化が進み、ビル全体を剝落防止対策ネットが覆っている。

「劉くん、伊豆の美術館の設計プランって、どの辺まで進んでる？」

ふいに高浜室長に声をかけられ、人豪は、「えっと、今週中にプレゼン用の模型が完成します」と応えた。

「あれ、ジンちゃんがやってるんだ？　……でも、今どきバブリーな企画ですよね。そんなに敷地も広くないのに、五億もかけるんですよね？」

口を挟んできた有吉はずっとハンカチで額を押さえている。

「この前、テレビで安藤忠雄《あんどうただお》も言ってたけど、世界に目を向ければ、必ず景気のいい所はあるんだろうな」と室長が応える。

「外国資本でしたっけ？」

「中国だよ」

「なんで中国が伊豆に美術館を？」

「文化施設だと印象いいじゃないか。ただ土地だけ買い漁ってるように見えるより」

人豪は二人の話を聞いているのが、なんとなく居心地悪くなり、改めて向かいの廃墟ビルに目を向けた。真夏の動かぬ熱気がビルをゆっくりと溶かすように照りつけている。

もちろん咲や高浜室長は、台湾と中国の関係が現在どういうものなのか知っている。だからこそ人豪の前で中国を悪く言えるのだが、日本人の中には台湾と中国の関係に全く興味がない人たちがおり、学生の頃も人豪の前でつい中国のことを悪く言ったクラスメイトに、「あ、ごめん」と謝られ、正直どう対応すればいいのか分からなくなった。自分たちが思っている以上に、日本の人たちは自分のことを中国人だと思っている。そして複雑なのは、自分たちが中国人ではないと感じている以上に台湾と中国を分けたがっている人もいるのだ。

信号が変わり、人豪たちは陽炎《かげろう》の立つ横断歩道を渡った。

「あーあ、ビール飲んだら美味しいだろうなあ」

恨めしそうな有吉の声を聞きながら、人豪はまだ廃墟ビルを見つめていた。もしも時間というものを形にすれば、こういう感じになるのではないだろうか、とふと思う。

「あの、室長」

人豪は前を歩く室長に声をかけた。

「……日本で、『時間』を絵で描くとしたら、日本人は何を描きますか？」

「はぁ？」

振り返った室長が、「『時間』を絵で？」と呆れ、「ジンちゃん、それってクイズ？」と横から有吉が乗ってくる。

「クイズじゃなくて……」

「じゃあ、心理テストみたいなもん？」

「違う。普通の質問」

「普通の質問かぁ……。『時間』を絵で描けって言われたら……、時計じゃない？　私なら時計を描くけどなあ」

そう答えた有吉に続いて、「俺も時計だなあ。ちょっと個性を出して、ダリみたいな？」と室長が笑う。

「なんで？　台湾では違うの？」

有吉に逆に質問され、人豪は、「さぁ」と首を傾げた。自分なりに考えてみるが、やはり台湾で同じ質問をしても、みんな「時計」と答えるような気がする。

「やっぱり時計かなあ」

時間をかけたわりに同じ答えだったため、「何、それ」と有吉が笑い出す。

新装開店した蕎麦屋は、横断歩道を渡った先の路地にあった。ランチタイムは行列ができているという噂だったが、時間が少し遅かったせいか、軒先に並んだ椅子には幸い誰も座っていない。

「あの、じゃあ、『歴史』だったら、どんな絵になりますか？」と人豪は続けた。

「『歴史』かあ……。それも難しいなあ。その絵を見て、一目で『歴史』って言葉が浮かぶものだろ……」

室長が真剣に考え込む。質問した人豪も考えてみるが、やはりこれだというものは浮かばない。有吉はすでにこの話題には飽きたようで、携帯メールを打ち始めている。

結局、人豪たちは答えを出せずに蕎麦屋に入った。席についたところで、「難しいよ」と室長も諦め、「そうですね」と人豪も諦めて、話は終わった。

蕎麦屋の窓からも廃墟ビルが見えた。裏側から見るビルは、また正面とは違った印象を与える。おそらく住人たちが勝手に増築したらしいプレハブや出窓が、まるで岩場で繁殖した貝のようにビル全体をグロテスクなものに変えている。

この日、仕事帰りに人豪はスポーツクラブに寄り、自宅マンションに戻ったのは夜十時を回った頃だった。スポーツクラブを出て、すぐにラーメンと餃子を食べていたので腹は満腹だったが、台所の棚を見ると、この前台湾に帰省した際、空港で買った茹でピーナツがあり、つい手が伸びてしまった。ピーナツをつまんでいると、今度は酒が飲みたくなる。寝酒のつもりで人豪はやはり空港の免税店で買ったジョニーウォーカーをグラスに注いだ。

人豪が暮らすマンションは下北沢駅から歩いて十五分ほどの場所にある。駅前の喧噪からは遠く、界隈は古くからのお屋敷町で、古い日本建築の大きな屋敷に挟まれて建っている。マンションは鉄筋四階建てで、人豪の部屋は三階にあり、ベランダからはこの部屋に決めた理由の一つである隣家の美しい日本庭園が見下ろせる。

人豪は閉め切っていた窓を全て開けた。夜になって少しだけ気温も下がったようで、カーテンを揺らす夜風が心地良い。グラスに注いだウィスキーを舐めながら、人豪はパソコンを開いた。メールが数件届いており、中に王春銀《ワンチュンイン》の名前がある。春銀は大学時代の同級生で、現在オランダ系建設会社の台北支店に勤務している。台湾に帰省した時にはほぼ毎回会っているが、連絡はいつも帰省の日時が決まった人豪からで彼の方から先にメールが来ることは珍しかった。

前回会った時に、今度日本の温泉にでも行こうかなと言っていたので、もしかしたら彼女と一緒にこっちに来るのかもしれないなどと考えながら人豪はメールを開いた。相変わらず、簡潔というか、手を抜いたというか、短い文面が飛び込んでくる。

《お前のことを探している日本人の女がいるらしいよ。多田春香って知ってる女？》

一瞬で読み終えたが、人豪は動きを止めたままだった。何かが頭の中に浮かんでいるのだが、それが自分で分からない。

グラスを置き、人豪はもう一度メールを読み直した。春香。間違いなくそう書いてある。

時間は十時半になろうとしていた。一時間遅い台湾は夜の九時半で、まだ迷惑がられるような時間ではない。と思った瞬間、手が動いていた。携帯で春銀にかけようとして、携帯からだと料金が高いことに気づき、固定電話に手を伸ばす。慌てたせいで二度も押し間違えたが、長い呼び出し音のあと、受話器から春銀の声が聞こえる。

「俺だけど、劉人豪」

「ああ、人豪？　表示圏外だから誰かと思ったよ」

いつもながらの呑気な口調だった。雑音がひどかった。「外か？」と尋ねると、「雨だよ、雨。今、高速の下で雨宿り中」と笑う。受話器から聞こえているのは台湾の叩きつけるような夏の雨らしかった。音だけで自分の足元が濡れてくるような気がする。

「お前がくれたメールのことだけど」と人豪は早速本題に入った。

「メール？　ああ。あれな……」

「どういうことだ？　彼女が俺を探してるって」

「お前、その女のこと、知ってるのか？」

「ああ、知ってる。だから、もう少し詳しく教えてほしいんだ」

「だから、そのなんとかっていう日本人の女が、お前のことを探してるらしいぞ」

「探してるってどういうことだよ。今、台湾に来てるとか？」

「いや、何年か前からこっちで働いてるらしい」

「こっちって？」

「台湾だよ。とにかく、ちょっと説明が面倒なんだけど、その女の同僚の友達と、俺の知り合いがたまたま友達で、あ、ほら、許明徳《シュミンダー》ってお前も知ってるだろ？　昔みんなで花蓮に行った時にいた奴」

春銀に言われ、なんとなく思い出すことはあるが、その許明徳の顔までは浮かんでこない。

「覚えてるか？」

「あ、ああ。なんとなく」

「その時、お前、許明徳に話したんだって？」

「何を？」

「昔、日本の女の子を探して日本に行ったことがあるって。神戸の大きな地震のあと」

たしかに言われてみれば、話したようなおぼろげな記憶もある。

「とにかく、その多田春香って女が探してる台湾人の特徴がお前に似てるらしいんだ。

それでお前がその女のことを知ってるかどうか、許明徳が聞いてみてくれって」

今、あの日本人の女の子が台湾にいる？　そして俺を探している？

受話器からはまだ激しい台湾の雨音が聞こえていた。地面を叩いた雨は剝き出しの膊を濡らす。濡れた膊を風が撫でていく。

◇

冷蔵庫で冷やしていたパパイヤを、多田春香はナイフでゆっくりと剝いた。指先にひんやりとした果肉が触れ、甘い匂いが鼻をくすぐる。

とにかく、落ち着いて。そう、とにかく落ち着いて。

春香は心の中で何度もそう呟く。時間はまだ四時にもなっていない。土曜日の午後、外は三十五度を超える暑さだが、窓から見える空が徐々に暗くなっているところを見ると、そろそろいつものスコールがあるのかもしれない。どうせなら早く降ってほしい。熱い地面に叩きつける雷雨は、冷たい風を台北市内に運んできてくれる。雨に濡れた街路樹は美しく、南国の都市の魅力も倍増する。

切り分けたパパイヤの実を、春香は一つ口に入れた。思ったほど甘くはなかったが、渇いていた口内に冷たい果汁が広がる。春香は改めて時計を見た。さっきからまだ二分しか進んでいない。待ち合わせは旧ヒルトンホテルのロビーに五時となっていた。すでに出かける準備は出来ている。かなり迷ったが無理に若作りするのはやめ、普段会社にも着ていくTシャツにした。

旧ヒルトンは九年前に春香が初めて台湾を訪れた時に泊まったホテルだった。そう、九年前にエリックが見送りにきてくれた場所だった。すぐに再会できると疑わず、バスの中から春香が手を振った場所だった。

九年の間どうにもならなかったことが、この一週間で劇的に変化した。一週間前、林芳慧から電話があった。興奮した様子でエリックらしい男とやっと連絡が取れたという。そして彼もまた春香に会いたがっているのだが、現在彼は東京で働いているため、すぐに会うことはできない。だから春香のメルアドを友人たち経由で彼に送っておいたと。

もう一年以上も前になるが、芳慧から似たような話をされたことがあった。当時はまだその人がエリックだと分かっていたわけではなく、もしかすると程度のことだったが、その後、進展があったという話も芳慧からはなかったので、てっきり人違いで、面白がっていた芳慧もいよいよ諦めたのだろうと思い込んでいた。

だが芳慧の話によれば、当時すぐにその相手に連絡を取ってもらおうとしたのだが、間に立っていた人はその直後IT会社を設立した上海で詐欺事件に巻き込まれ、人探しどころの話ではなくなっていたらしく、それと並行して芳慧の方も自分の結婚式の準備に忙しくなり、気がつけばこんなにも時間がかかってしまったという。

春香としても、九年も前に一度だけ台北を案内してくれた人を早く探してくれとは催促できない。もし頼めたとしても、「じゃあ、やっぱり会いたいのね？」と訊かれれば、素直に「会いたい」とも答えにくい。結果、時間だけが過ぎていた。仕事の方ではいよいよレール敷設も始まっており、日々の業務はもちろん、ここ半年ほど過酷な出張続きで体力的にも精神的にも九年前の思い出に浸っているような余裕はなかった。それが一週間前に芳慧からとつぜん連絡を受け、エリックが見つかったと知らされたのだ。エリックから日本語のメールが届いたのは、それからたったの八時間後のことだった。

《多田春香様

お久しぶりです。

本当に、本当にお久しぶりです。あれから春香さんは元気にお過ごしだったでしょうか。

こうやって僕が日本語で話しかけると、少しヘンな感じがするのではないでしょうか？

あれからもう九年が経ちますね。昨日のようにも、遠い昔のようにも感じます。

現在、僕は日本の建設会社で環境デザインの仕事をやっています。もし春香さんと会っていなかったら、きっと別の人生を歩んでいたのだろうと思います。もちろん今の人生に満足しています。春香さんのお陰です。笑。

春香さんが台湾で高速鉄道の仕事をしていると聞きました。そして春香さんがまだ僕のことを覚えてくれていたことも。

本当に嬉しかったです。

もっといろんな話をしたいですね。この九年間のこと。春香さんの話。たくさん聞きたいです。

実は今週末に夏休みで台湾に帰省する予定です。そこで、もし時間があれば、どこかでお茶でも飲みませんか？　いろんなことをお話ししたいです。上手く書けません。このメールも何度も書き直しています。笑。

とにかく今週末、もし時間があれば久しぶりに会いませんか。

エリック／劉人豪》

いよいよ雲行きが怪しくなったのは春香がＭＲＴの駅へ向かっている時だった。曇天の空がいつの間にか高層ビルすれすれまで落ちている。大通りのガジュマルの樹々が、風にその枝を大きく揺らしたかと思うと、とつぜん大粒の雨が足元に叩きつけてきた。その途端、コンクリートの地面からむっとする熱気が立ち上がる。

春香は地面で跳ねる雨から逃れるようにバス停の屋根の下に駆け込んだ。たった数秒のことだったのに、もう髪や肩がぐっしょりと濡れている。バッグからハンカチを出しながらふと顔を上げると、同じように駆け込んできた制服姿の女の子が春香にニコッと微笑みかけてくる。日に灼けた女の子の頬をきらきらした雨粒が流れていく。肩にかけたテニスラケットには中学校の名前が刺繍されている。雨宿りする女の子の様子が、どこか素朴で、どこか懐かしい。濡れた髪をハンカチで拭く二人の前を、水しぶきを上げて車が走り抜けていく。通り向かいのビルの軒先にも雨宿りしている人たちがいる。

春香は低い空を見上げた。雲は厚いがさほど雨は長引きそうでもない。制服姿の女の子はすでにバス停のベンチに腰かけており、バッグから取り出したプリントを読んでいる。春香もその隣に座ろうとして、ふとあることに気がついた。

あ……、今、私、時計を見なかった。

そう思いながら、腕時計を見た。とつぜんのスコールに春香はバス停の屋根の下に駆け込んだ。五時にエリックと約束しているのだから、これまでならばまず時間を確かめていたはずだ。時間を確かめ、次の手段を考える。傘なしで駅まで走ろうか、それともタクシーを拾ってしまおうか。しかし春香は時計ではなく空を見上げた。無意識だったが、この雨がやむのを待つつもりになっていた。そう、隣でプリントを読み始めた女の子のように。そう、通りの向こうで同じように雨宿りしている台湾の人たちのように。

結局、雨は十分ほどでやんだ。まだ微かに降っている雨の中に、また強い日差しが戻ってくる。

プリントをしまった女の子が立ち上がり、雨に濡れた道を歩いていく。激しい雨の音にかき消されていた街の騒音や蟬の声が蘇る。急に足止めを食ったせいだろうか、それともバス停のベンチに座って、じっと雨を見つめていたせいだろうか、立ち上がった春香は緊張がほぐれていることに気づいた。九年ぶりにエリックに会う。何を話せばいいのか分からない。さっきまでそう考えていたはずなのに、九年ぶりにエリックに会うのではなく、エリックに会えるのだ、という気分に変化していた。

春香はバス停の屋根の下から出た。濡れた地面を踏みしめる自分の足がさっきとは打って変わって軽かった。

MRTを乗り継ぎ、春香は地上への階段を上がった。一段上がるごとに外の熱気を首筋に感じる。地上へ出るとすぐに、目の前に待ち合わせした旧ヒルトンホテルが見える。春香は人ごみを縫うように歩道を進んだ。ホテルの正面の車寄せには空港への送迎バスが停まっている。九年前、春香もこのバスに乗り、見送りに来てくれたエリックに手を振ったのだ。春香はホテルに入る手前で、一度立ち止まった。深呼吸し、そして再び歩き始める。正面玄関が近づいてくる。自動ドアが開くたびにホテル内の冷たい空気が流れ出してくる。

がらんとした大理石のロビーにエリックはぽつんと立っていた。ロビーには大勢の客がいたが、春香は一瞬にしてその姿を捉えた。エリックもまっすぐに春香を見ていた。声を出せば届く距離なのに、なぜかお互い声が出ない。代わりに微笑もうとするのだが、やはりお互いうまく微笑むことができない、そんな感じだった。

エリックはまだまっすぐに春香を見ている。二人の間を数人の宿泊客が横切っていく。春香はふと九年前のことを思い出した。淡水の屋台でエリックと再会した時だ。雑踏の中に春香はエリックを見つけた。牛肉麵を食べていたエリックは、やはり九年前も、今と同じように、ただまっすぐに春香を見つめてきた。春香も微笑もうとした。先に小さく手を上げたのはエリックだった。その頬に微かな笑みが浮かんでいる。しかし何が邪魔をするのか、やはりうまく微笑めない。今日の前にいるのは九年前に出会ったエリックに違いなかった。九年の歳月でその表情から少年っぽさは消えているが、あの夏の日、洗い込んだTシャツを着ていたエリックに違いなかった。

「ハイ」

エリックが近づいてくる。一歩近づいてくるごとにこの九年の月日が縮んでいけばいいのにと春香は思う。私、変わったでしょ？　老けたでしょ？　と自嘲気味な質問でもできれば、何かふっ切れるのかもしれないが、もちろんそんな余裕もない。でも、と春香は思い直す。エリックはここまで来てくれたのだと。目の前に立つエリックも私と同じように九年ぶりの再会を楽しみにしてくれていたのだと。その途端、何かがプツンと切れるように、張りつめていた顔に笑顔が浮かんだ。

「ハイ」と春香も英語で答えた。

「日本にいるんでしょ？」と春香は英語で訊いた。

「台北にいるんでしょ？」

互いの質問に、互いに頷き合う。二人の距離は一メートルほどに縮まっていた。傍《はた》から見れば、ただの待ち合わせに見えるかもしれないが、この一メートルには九年という月日が流れているのだと思うと、それ以上に距離が縮まらない。

「日本語、話せるんだよね？」と、春香はまた英語で尋ねた。

「うん。勉強したから」とエリックが少し照れくさそうに、なぜか英語で答え、「……中国語は？」と訊いてくる。

「少しだけ。本当に少しだけ」と春香もまた英語で答えた。

「お互いに日本語も中国語も話せるのに、なんで英語で話してるんだろう」

エリックが呆れたように首を傾げる。

「だって、あの時も英語だったから」と春香は応えた。

一メートルの距離は縮まらないが、春香にはエリックの瞳が近く感じられた。そして自分はこの瞳を九年間はっきりと覚えていたと確信できた。

「ねえ、日本語で何か喋ってよ」と春香はまた英語で言った。

「そう言われると、照れくさいよ」

「だって、日本の会社では日本語でしょ？」

「それなら、春香さんだって、こっちでは中国語でしょ？」

ここまで英語で続け、お互いに吹き出した。一メートルの距離はまだ縮まらないが、無理に縮めなくてもいいのだとふと思う。

「あの、すいません」

春香の背後で声がしたのはその時だった。慌てて振り返ると六十代くらいの日本人夫婦がなぜか汗だくで立っている。

「あの、日本の方ですか？」

英語で話していた二人の声は聞こえていなかったようで夫婦がおずおずと尋ねてくる。

「はい。そうですけど」と春香は答えた。

「すいません。なんか違うホテルに来ちゃったみたいで……」

気の弱そうな夫の言葉に、横から妻が、「シェラトンとヒルトンを言い間違えたんでしょ。タクシーの運転手さんがもうヒルトンはないみたいなこと言ってたじゃない。それなのにあなたがそこでいいって言うから」と批難する。

「……ここからタクシーで行こうかとも思ったんですけど、歩いても近いみたいなこと言われて……」

困り顔の夫に声を返したのは春香ではなくエリックだった。

「シェラトンホテルなら、ここから歩いて十分か十五分くらいですよ。そこの大通りをまっすぐ右に行けば、右手にあります」

エリックの説明に夫婦が顔を見合わせ、「それくらいなら、歩こうか」と頷き合う。春香は夫婦ではなく、エリックの顔をまじまじと見た。何度も頭を下げながら夫婦がホテルを出ていくと、春香は待ちきれないとばかりに、「日本語、もの凄く上手じゃないですか！」と目を丸めてみせた。「いえいえ」と謙遜《けんそん》するエリックを無視して、「私の中国語なんて、今の日本語を聞いちゃうと、恥ずかしくて話せない」と喋り続ける。

「仕事では日本語なんでしょ？」とエリックがそのまま自然に日本語で話す。

「たまに英語だけど」

「だったら仕方ないよ。俺は毎日仕事でも日本語だから」

「……にしても、ほんとに上手」

「ありがと」

頭を掻くエリックを春香は改めて見つめた。記憶の中ではいつもエリックは片言の英語を話していた。そのエリックが今照れながらも日本語で礼を言っている。不思議な感覚だった。九年という月日はそう簡単には縮まらなかったのに、エリックの口からこぼれた日本語だけがその九年という月日を軽やかに飛び越えてきたようだった。

「珈琲でも……」

そう動いたエリックの口元を春香はまだぼんやりと見つめていた。

「あ、うん」

「ホテルのラウンジでもいいけど、さっき見たら混んでて……」

「出たところにスターバックスがあるけど」

即答した春香に、「もう俺より台北に詳しい」とエリックが微笑む。

歩き出したエリックの一歩後ろを春香も歩く。九年という月日を切り取って、九年前と今が繋がっているようだった。もしも時間がリボンのようなものなら、九年分を切り取って、昔と今を結び合わせたような感じだった。でも切り取られた九年分のリボンはどこにあるのか。

春香は思わず足元に目を向けた。もちろん二人の足元に、切り取られたリボンが落ちているはずもない。とすれば……。春香は大きく振られるエリックの腕に目を向けた。錯覚だとは分かっているが、エリックがその手にリボンの端を摑んでいるように見えるのだ。春香はゆらゆらと揺れているもう片方のリボンを摑むつもりで半歩だけ前に出た。しかし揺れるリボンはなかなか摑めない。

ホテルを出たエリックが暑さに顔を歪めて振り返る。

「東京も暑いんでしょ？」と春香はまるでここが自分の街のように尋ねた。

「東京も暑いけど、台北の暑さとは何か違うよ」

「何が違うの？」

「分からないけど……」

九年分も話したいことはあるはずなのに、やっと会えた今、その相手と天気の話なんかをしている。それが自然にも、ひどく不自然なことにも思える。

「ほんとだ。あそこにスタバが出来たんだね」

通りの先を指差すエリックに、「東京でもスタバよく行く？」と春香は尋ねた。

「行く。会社の一階にもあるよ」

残り十五秒を知らせる横断歩道の信号が点滅を始めていた。「走る？」とエリックに挑戦的に訊かれ、春香は「もちろん」と走り出した。さっき降ったスコールで地面が濡れていた。濡れた地面から夏の夕暮れの匂いがした。

◇

いつの間にかエアコンが切れており、人豪は額を流れた汗で目を覚ました。枕元に置いたはずのリモコンを探すが見当らず、代わりに寝転んだまま足を伸ばして窓を開ける。開けた途端、通りを行き交うスクーターの音が聞こえてくる。扇風機はまだ回っているようで、じめっとした部屋の空気を掻き回している。人豪は改めてリモコンを探した。しかし摑んだのは、寝る前に食べたスイカの皮で、今度は果汁で濡れた手をどこにも置きようがない。

階段を駆け上がってくる足音が聞こえたのはその時で、「夕ご飯、どうするの？」という母の声が聞こえる。

「あとで何か食べに出かけるよ」と人豪はまた枕を抱えた。

ドアが開き、蒸し暑い部屋に顔をしかめた母親が、「休みだからって、寝てばっかりね」と呆れる。

「明日、日月潭《リーユエタン》にでも、お母さんたちをドライブつれてくよ」

「……明後日には日本に戻るんでしょ？　蔡明樹《ツァイミンスー》くんの店には顔出したの？」

「今夜行く」

「繁盛してるみたいよ。この前テレビでも台中一の辣醤鶏《ラージャンチー》唐揚げだって紹介されてたし。

でも、そのせいで最近は買いに行っても並ばなきゃならないのよ」

喜んでいるのか愚痴をこぼしているのか、一方的に喋った母が階段を降りていく。途中肝心の用件の返事を忘れたらしく、「あれ？　夕ご飯いらないんだよね？」と訊いてくる。「ああ、いらない」と人豪は応えた。声を出すだけで汗が出る。

現在台中市内で辣醤鶏唐揚げの店をやっている蔡明樹は高校からの親友で、大学卒業後に数年間大手証券会社に勤めていたのだが、何を思ったのか、給料も格段に良かったその会社を辞め、いわゆる脱サラで辣醤鶏唐揚げ店をオープンさせた。若い頃から、「とにかく何をしてもいいから資金貯めて、将来的には商売したいんだよ」と言っていたので、その夢の第一歩を踏み出したのだ。店のオープンの時、東京の人豪にも開店の知らせが来た。シンプルで金のかかっていない案内状だったが、それでも手にした瞬間、人豪はなぜか我が事のように嬉しかった。

人豪が留学で東京に来た際、最初に電話をくれたのがこの蔡明樹だった。何も励まそうと思って電話をくれたわけでもないだろうが、「東京かぁ。今度、遊びに行くから案内しろよ」と言ってくれたその一言で、心細い思いでいる日本と台湾との距離がふと縮まったような気がした。

今回、人豪は夏期休暇を利用して六泊七日で台湾に戻ってきていた。いつもは実家のあるここ台中へ直接帰ってくるのだが、今回はまず台北のホテルに二泊した。もちろん多田春香と九年ぶりに会うためで、待ち合わせ場所の旧ヒルトンホテルのロビーで待っている時には、何から話そうか、相手はどんな気持ちでやってくるのだろうかと落ち着かず、二度もトイレで顔を洗った。

九年ぶりに再会した春香を一目見て、自分が何をどのように感じたのか、まだはっきりと言葉にならない。記憶のままの女性だったし、まったく別人でもあったのだ。

喉が渇いてきた人豪はやっとベッドを出ると一階へ降りた。居間には両親の姿があり、降りてきた息子に「あら、もう行くの？」と母が声をかけてくる。

「いや、喉が渇いて」

「来年、またお母さんと日本に行くぞ」

人豪が冷蔵庫を開けようとすると、ソファで煙草を吸っていた父が言う。

「いつ頃？　また春？」と人豪は訊いた。

「今度は京都とかあっちの方にも行こうかと思ってんだよ。東京からでも新幹線ですぐなんだろ？」

「三時間くらいかな」

「新幹線と言えば、今度、台湾にも高速鉄道ができるの知ってる？」

口を挟んできた母に、「うん、知ってるよ。その会社で働いてる日本人も知ってる」と人豪は応えた。もちろん春香のことだったが、こんなに自然に彼女のことが口から出てきたことに自分でも驚いてしまう。

「台中にも駅ができるんだよね？」と人豪は話を変えた。

「できるのはできるけど、遠いのよ」と母が答える。

「今の台中駅に連結するんじゃないんだ？」

「だったら便利だけど、鄭《ジェン》おばさんちの近くにできるんだって」

「鄭おばさんちって、あんな田舎に駅作って、誰が乗るの？」

「駅が出来れば、あの辺も開発されるらしいよ。鄭おばさんちの畑の値段もちょっと上がったらしいもん」

鄭おばさんの家には子供の頃よく遊びに行っていた。どこまでも続く田んぼと、きらきらした水が流れる用水路。従兄弟たちとアオガエルを捕まえて競走させた畦道《あぜみち》などが一瞬にして蘇る。ただ、その風景が日本で乗っている新幹線とうまく重ならない。

両親が夕食に出かけたあと、人豪はまた部屋に戻って少し寝た。寝ている間に雨が降り出し、街路樹のガジュマルの葉を叩く激しい雨音で目を覚ました。すでに両親は戻っており、階下で今食べてきたらしい火鍋の話をしている。話を聞いているだけで腹が鳴った。

こうやってたまに台湾へ戻ってくると、なぜか寝てばかりいる。台湾の空気にはどこか人を眠くさせるようなものが混じっているのではないかと思うほどだ。実際、人豪はこれまで東京で暮らしてきて、昼寝をしたという記憶が一度もない。もちろん平日は仕事に追われて昼寝どころではないが、たとえば何の予定もない休日など、部屋でのんびりと過ごしていても、ベッドに横になることはあるが、寝るのではなく、本を読んだりラジオを聴いたりしている。東京とここ台湾では、空気ではなく、そこに流れている時間が違うのかもしれない。一日という時間が、台湾で感じるよりも東京では短く感じられるのだ。自分でもうまく説明できないが、たとえば出かけるまであと三時間あるとすれば、台中ではそれがあと五時間くらいあるように感じられ、東京ではあと一時間しかないように感じられる。あと五時間もあれば昼寝もしたくなる。しかしあと一時間では寝ている暇などない。だが実際には同じ三時間なのだ。

寝汗を流すためにシャワーを浴びてから人豪は階下へ降りた。テレビを眺めていた母親に、「あら、まだいたの？」と声をかけられ、「これから出かける」と応える。

「ねぇ、こういう温泉って東京から日帰りで行けるの？」

母が見ていたのは日本を紹介する旅番組で、台湾の女性タレントが浴衣を着て、旅館の料理を食べている。

「ここ、どこ？」と人豪は訊いた。

「由布院？」

画面に出ている地名を母が読み上げる。字面は知っていたが、人豪はそれがどこにあるのか分からない。

「日本のどこ？」

「大分だって」

「大分かぁ。日帰りは無理だよ。九州だもん」

「今度お父さんと東京に行った時、こういう温泉に行ってみたいわ」

母の言葉を背中で聞きながら人豪は家を出た。「お父さんのスクーター借りるよ」と中に声をかけ、返事も待たずに跨がると差し込まれたままのキーを回す。向かいの家の息子がぶら提げた袋を蹴りながら歩いてくる。「おう」と人豪は声をかけた。

「……大きくなったな。何年生？」

人豪の質問に、「まだ一年」と少し怒ったように男の子が応える。

「どこ行ったんだ？」

「体操」

「何の体操？」

「普通の体操。これ以上、太れないから」

男の子の返事に人豪は苦笑した。たしかにぽっこりとおなかが出ている。

「大変だな。その歳でダイエットも」と人豪が笑うと、「ダイエットじゃないよ。筋肉のため」と男の子は口を尖らす。「お母さんたちによろしくな」と告げて人豪はスクーターを走らせた。じっとりとした夜気がシャワーを浴びたばかりの首筋を撫でる。渋滞する車列の間をすり抜けながら、人豪は中華路夜市《ジオンホアルウィエシィ》へ向かった。蔡明樹がオープンさせた辣醬鶏唐揚げの店も覗いてみたかったし、久しぶりに肉圓《バーワン》も食べたかった。東京にも台湾料理を出す店は多いが、未だ納得できる肉圓には巡り会えない。

通りの向こうに賑やかな夜市の明かりが見えた。熱気と賑わいが屋台のライトに浮かび上がっている。人豪は小さな孔子廟の前にスクーターを停めると、蔡明樹の店があるという路地裏へ向かった。途中、何軒も肉圓の屋台が並んでおり、つい寄ってしまいたくなるが、まずは蔡明樹の辣醬鶏唐揚げを食べてやりたい。蔡明樹の店は夜市のメイン通りからかなり外れた場所にあった。夜市の賑わいが一旦途切れ、暗い路地になったその先に、ぽつんと明かりがついている。しかし噂は本当のようで、店先に出されたベンチや椅子には大勢の客がおり、紙パックに入った辣醬鶏唐揚げを、カップルで、家族で、旺盛に食べている。

蔡明樹の店はオレンジ色を基調にした明るい雰囲気だった。レジ前に並んだ客たちの背後から店内を覗くと、揚げたての鶏の唐揚げに黒ごまをふりかけている蔡明樹の姿がある。最後に会った時にはどこか真面目くさったスーツ姿だったが、ラフな格好で額にタオルを巻いている姿の方が蔡明樹には似合っているように思える。

そのまま列に並んでいると、ふと仕事の手を休めて顔を上げた蔡明樹がこちらに気づいた。一瞬、首を傾げたあと、「おお！」と大袈裟に声を上げる。人豪もその声に「おう」と軽く手を上げた。黒ごまの容器を若い従業員に渡した明樹が汚れたエプロンで手を拭きながら厨房を出てくる。

「いつ戻った？」

明樹に肩を押され、人豪は客の列から離れた。

「おととい」と人豪は応えた。

「だったらもっと早く連絡くれればよかったのに」

白い歯をこぼして笑う明樹を見ていると、とても懐かしい気分になる。実家に戻るよりも里帰りしてきた感じが更に強い。

「噂には聞いてたけど、ほんとに儲かってるみたいだな」と人豪は店の方に顎をしゃくった。

「だろ？　俺も自分でびっくりしてるんだ」

また新たに家族が列に並んだ。厨房では慌ただしくスタッフが動き回っている。

「忙しいんだろ？　戻れよ」

「俺がいようがいまいが、売れるものは売れるって」

自慢するでもない明樹の笑顔に人豪も思わず笑ってしまう。

「……そういえば、お前、まだ一度も食ってないよな？」

そう言って明樹が早速調理場に入り、鶏唐揚げを一パック持ってきてくれる。「いいよ、いいよ。並んでる人いるのに」と人豪は遠慮したのだが、「店主が親友に自分とこの鶏の唐揚げを先にあげたからって、怒るような人はこの町にはいないって」と明樹が笑う。その言葉に振り返った列のおばさんが、「怒りゃしないけど、私にも二、三個サービスしなさいよ」と催促する。

人豪は紙パックから熱々の鶏の唐揚げを一つ取り出した。骨をつまんで前歯で齧るとカリカリに焼けた皮から肉汁が溢れ出す。

「どうだ？　美味いだろ？」

明樹が待ちきれないとばかり訊いてくる。熱くてまだ味など分からないのだが、人豪は口をほふほふさせながらも、「ああ、美味い美味い」と応えた。

「お前、このあと何かある？」

明樹に訊かれ、人豪は鶏の唐揚げを齧りながら、「いや」と首を振った。

「ちょっと待ってろよ。酒でも飲みに行こうぜ」

「いいよ、忙しいだろ」

「たまには店主もズル休みしないと、従業員たちだって息が抜けないだろ」

明樹らしい呑気なもの言いに、「じゃ、行くか」と人豪も頷いた。

「ちょっと待ってろよ。俺、準備して行くから」

「じゃ、そこで肉圓食ってるよ」

明樹がさっさとエプロンを外し、何やら若い従業員に指示を出している。人豪は最後の唐揚げを口に放り込み、さっき目にした肉圓の屋台に向かった。夜市はこれからが賑わいのピークらしく、あちこちの店から大音量で流れる音楽の中、どの屋台の前にも人だかりができている。人豪は人波を掻き分けて、肉圓の屋台のテーブルについた。店主のおばさんに大声で注文すると、こちらを見もせずに手だけを上げて応える。人豪は待ちきれずに割り箸を先に割った。

ふと隣のテーブルから聞こえてきた日本語に顔を向けると、若いカップルがテーブルにガイドブックを広げている。「どうする？　ホテル戻る？」と尋ねる女の子に、「もう腹いっぱいなの？　俺、まだまだ食いまくりたいんだけど」と男が応えている。ちょうどその時、おばさんが肉圓を運んできた。カップルがじろじろと見るので、「美味しいですよ」と人豪が日本語で伝えると、「うまそうっすよね」と二人がさらに覗き込んでくる。

「これ、何の肉ですか？」

男の質問に、「豚肉だけど、たしか心臓の周りの固い部分です」と人豪は応えた。少しイントネーションが違ったのか、「日本語、うまいですねー」と女の子の方が大袈裟に驚いてみせる。

日本語がうまいと褒められて喜んでいたのはいつごろまでだったろうかと人豪は思う。最近ではそう褒められるたびに、自分の日本語もまだまだなんだなと思うようになっているが、それでも下手ですねと言われるよりはいい。

人ごみの中から明樹が現れたのはその時だった。すぐに店主のおばさんに自分の分を頼み、「最近、口説いてる女がいるんだけど、その子がバイトしてるバーに付き合えよ」と言う。

「近く？」

「すぐそこ」

「最近口説いてるって、どれくらい口説いてるんだよ？」と人豪は笑った。

「今回は長いよ。もう半年近く」

「それ、脈ないと思うぞ」

「そうか？　確実に落ちてきてる感触はあるんだけどな」

隣のテーブルにいた日本人のカップルが立ち上がり、「じゃ、どうも」と声をかけてきた。人豪も、「じゃ、気をつけて」と会釈する。

「知り合い？」

カップルを目で追う明樹に訊かれ、「いや」と人豪は応えた。

明樹の分の肉圓も運ばれ、しばらく二人は無言で箸を動かした。会うのは数年ぶりのはずだが、こうやって並んで食べていると昨日も一緒にこの辺の屋台にいたような気がしてくる。

「……おととい、例の日本の女の子に会ったんだ」

自分でもほとんど意識せずに人豪はそう呟いていた。春香のことを話したくて明樹に会いに来たわけではない。どちらかといえば、言わないでおこうと決めて出かけてきた。それなのに口が勝手に動いてしまう。

「例の日本の女の子って？」

肉圓を頬張りながら明樹がさほど興味もなさそうに聞き返してくる。

「あ、いや……。いいんだ」と人豪は言った。

「なんだよ、それ？」

怪訝そうに首を傾げた明樹が、額から流れ落ちそうな汗をTシャツの袖で拭く。再び明樹が食べ始めようとした時だった。「え？　ちょ、ちょっと待て。例の日本の女の子って、もしかして……」と明樹が椅子ごと後ろにひっくり返りそうな勢いで驚く。

「……ちょ、ちょっと待てよ。あの日本人の女と会ったって？　あの、日本人の女？」

人豪よりも明樹の方が動揺しているようだった。「ちょっと落ち着けよ」と逆に人豪が明樹の肩を叩いた。

「どこで？　どこで会ったんだよ？　っていうか、あれからもう何年だ？　向こうはお前のこと覚えてたのか？　いや、覚えてるわけないよな。だって、結局連絡してこなかったんだろ？　お前ずっと待ってて……」

一方的に喋り始めた明樹を、「だから、ちょっと落ち着けって」と人豪は制した。

「だ、だって、あの、日本人の女の子に会ったんだろ？」

「だから、そうだよ」

「な、なのに、なんでそんなに冷静なんだよ？　言ってみれば、お前の人生、全部その子に影響されてんだぞ」

「大袈裟だよ」

「だってその子と会ってなければ、日本に留学なんかしてないだろ？」

「そりゃそうだけど」

明樹の驚きようを見て、人豪にも改めて当時のことが鮮明に思い出される。来る日も

来る日も春香からの連絡を待ち続けていた日々。別れ際の表情から、まさか連絡が来ないとは思えず、帰りの飛行機が本当に日本に着いたのかも調べた。当然、飛行機は無事に着いていた。だとすれば空港から家に戻る途中に事故に遭ったのではないか。いや、その翌日に何か事故に遭ったのではないかと思い悩んだ日々が思い出される。大学の図書館に届く三日遅れの日本の新聞を毎日確かめた。分からないひらがなやカタカナは飛ばして、理解できる漢字だけを頼りに春香という名前をそこに探した。一人で抱え込んでいた気持ちを、明樹に話したのはいつ頃だったろうか。最初は明樹も笑っていたが、人豪の真剣な気持ちだけは伝わったのか、「他に何か手はないのかよ」と、いつからか一緒になって心配してくれた。

当然、春香が自分のことなどとっくに忘れてしまっているだろうという気持ちはあった。台北では何かが繫がったような気もしたが、もしかすると日本に帰れば恋人がいたのかもしれないし、いや、繫がったと思えたのは自分だけで、相手にとっては単なる旅行の一コマでしかなかったのかもしれないと、夜、眠ろうとすると考えた。そして必死に諦めようと目をつぶり、いよいよ眠りに落ちそうな時、最後に見た春香の顔が必ず浮かんだ。内緒で見送りに行ったホテルから出たバスの中、春香は驚いた顔をして、それでも喜んでくれているようだった。自分がそうだったのかもしれないが、ガラス窓の向こうで春香は今にも泣き出しそうに見えた。泣くのを堪えながら必死に電話をかける真似をした春香の表情に、もし嘘があったとすれば、この先一生、自分はもう何も信じなくてもいいとさえ思い、それでどうにか眠りにつけるような毎日だった。

「あれ、何年前になる？」

ふいに明樹から声をかけられ、人豪は我に返った。遠い記憶を辿っていたせいで、夜市の喧噪まで遠く感じられていた。自分たちがその喧噪のど真ん中にいたことに今さら気づく。

「……ほら、日本で大きな地震が起こって、お前、居ても立ってもいられなくなって、日本に行ったろ？『もしかしたらその女の子が地震に巻き込まれたかもしれない』『彼女が暮らしてる神戸って町が震源に近い』とかなんとか顔色変えて。あれ、何年前になる？」

明樹の質問に、人豪は、「八年」と即答した。

「もうそんなに前なんだな。でも、そうだよな。あれから大学卒業して、お前は日本に留学して、そのまま向こうで働いてるんだもんな」

しみじみ呟く明樹に、「そうだよ。長いよ、八年は」と人豪は頷いた。今思い返してみれば、自分でも馬鹿げた行動だったと思う。台北でたった一日一緒に過ごした日本の女の子からその後連絡がない。考えてみれば、そんな話は掃いて捨てるほどあるのだ。しかし自分たちの出会いだけは違うと思い込んでいた。

阪神・淡路大震災の模様は台湾のテレビニュースでも連日大々的に報道されていた。無惨に倒れた高速道路の高架橋。折れた高架橋の端から今にも落ちそうになっている大型バス。下層半分が潰れ、不安定に揺れている高層ビル。いつまでも火の手が消えない町から立ちのぼる黒煙を映し出す上空からの映像。避難した人たちが線路を歩いていく姿もあった。瓦礫の中にまだ娘がいるのだと泣き叫んでいる両親。焼け落ちた自宅を呆然と見つめている幼い兄弟。遠く離れた日本で起こった出来事なのに、人豪はまるで自分がそこにいるようだった。何をやっても手につかず、一日中テレビの前にいた。神戸という町の名前が、そのまま春香という一人の人間に見えた。悲惨なニュース映像は日に日に膨れ上がる被害者の数も克明に伝える。その数が増えるたびに、人豪は自分の肉が削られるような思いだった。

日本に行こうと決心したのは、震災から三、四日経ったころだったはずだ。もちろん自分が現地に行ったところで何もできないことは分かっていたが、それでも今よりも少しでも近い場所に行きたかった。

パスポートを取るのに一週間かかった。それから日本のビザを取るのにまた一週間かかった。行こうと思えば、いつでも簡単に行けると思っていた無知な自分が情けなかった。国境というものを生まれて初めて強く感じた。パスポート申請する窓口で、ビザ申請する窓口で、人豪はまるで自分が「お前は何者でもない」と言われ続けているようだった。

結局、生まれて初めての飛行機に乗り、人豪が日本へ向かった時には、すでに震災から三週間以上が経っていた。

「おい！　どうした？　ぼけーっとして」

とつぜん明樹に肩を小突かれ、人豪は握っていた箸を落とした。

「で？　それでどうだったんだよ？」

明樹が急かすように訊いてくる。

「何が？」と人豪はとぼけた。

「何がって、九年ぶりにその女の子に会ったんだろ？」

「ああ」

「向こう、お前のこと覚えてたのか？」

「ああ」

「そうか。覚えててくれたか。で？　どこで会ったんだ？　東京？　町を歩いてたら偶然ばったりとか？」

「いや、こっちで会ったんだ。台北で」

「旅行で来てたのか？」

「こっちで働いてるんだ」

「え？　その子が？　こっちで？」

「ああ」

「お前は日本で、その子はこっち。お前らって、どれくらいすれ違い人生なんだよ。その子、台北で何やってるんだ？」

「台湾高速鉄道の会社で働いている。もうこっちにきて三年になるらしい」

「それで、偶然ばったり?」

「いや、知り合いからメールが来たんだ。俺を探してる日本人の女の子がいるって」

「探してるってことは、その子もお前のこと探してたのか。で? 九年ぶりに会ってどうだったんだよ。長年の思いがぶつかりあって激しく抱擁か?」

面白がる明樹を前に、人豪は一言、「別に」と苦笑した。

「別にって……九年ぶりの感動の再会だろ?」

「……ああ。でも、淡々としたもんだった」

なぜか声に力が入らない。

「……話したいことがありすぎて、何から話せばいいのか分からなくて、結局、何も話せずに、ただ世間話をして別れた。そんな感じだよ」

人豪はそう言って明樹を見つめた。しかしいくら見つめたところで、自分でもうまく言葉にできないこの気持ちの正体が、明樹の顔に書いてあるはずもない。

◇

「もしもし、春香さんのお宅で間違いないでしょうか? こちら繁之の母です。お久しぶりです。その後、お元気でしょうか? とつぜんの電話すいません。台湾での仕事、がんばっているみたいですね。お体だけは気をつけて下さいね。実はちょっと春香ちゃんとお話ししたいことがあって電話したんです。……お留守のようなのでまたかけ直しますね。とつぜんの電話ごめんなさいね」

仕事から戻ると、自宅の留守電に懐かしい声が入っていた。春香は手にしたコンビニ袋を提げたまま最後まで聞き終えた。繁之の母の声がどこかおどおどしているように聞こえるのは、やはり海外へ電話をかけているという気負いのせいだろうか。春香の母でも、当初は台湾の呼び出し音が日本と違うため、何度か切ってしまうことがあったという。ただ繁之の母の声にはそれ以上に何か切迫した感じもあり、またかけ直しますね、と言いながら、一刻も早く連絡を取りたいような性急さもある。

メッセージが終わると、春香はコンビニで買ってきた水や紅豆湯圓《ホンドウタンユエン》を、とりあえず冷蔵庫に入れた。繁之の母とは東京で暮らしていた時に何度も会っている。付き合い始めたばかりの頃に、昼食に呼ばれたのが最初だったが、自分の彼女と母親と一緒に食事をするのが繁之は苦手なようで、その後も誘われてはいるようだったが、繁之の方で勝手にほとんど断っていた。繁之の母は、いわゆる専業主婦で、いつも家の中をきちんとしていた。わりと大雑把《おおざっぱ》な家庭で育った春香には、埃一つない繁之の実家がまるでモデルハウスに思え、本来なら落ち着かないのだが、繁之の母のおおらかな応対がそれを救ってくれ、「ホテルのラウンジにいるみたい」と繁之に告げたこともある。この春香の感想は繁之経由で彼女にも伝わったようで、その後訪ねた際も、「春香ちゃん、ここをホテルのラウンジみたいだって言ってくれたんでしょ」と喜んでくれていた。大手不動産会社勤務の夫を支えながら一人息子を立派に育て上げた女性が繁之の母だ。その自信ははっきりと見てとれた。おそらくその自信からだと思うが、息子の恋人である春香にもとても優しく、まるで自分の趣味を理解してくれる同性の友人のような付き合い方をしてくれていた。

会社を出たのが少し早かったので、まだ八時を回ったばかりだった。日本は一時間早いので、午後の九時だが、折り返しの電話をかけるのに迷惑という時間でもない。春香は受話器を持ち上げた。しかし次の瞬間、先に繁之にかけた方がいいような気がしてくる。繁之からは先週もメールをもらっていた。内容はいつもと変わらぬ近況報告で、高校の同級生がイギリスに留学したことや、久しぶりに映画館に見に行った時代劇があまり面白くなかったことなどが書かれていた。相変わらず週に一度のペースでメールは交換しているが、例の口論以降、もう一年近く会っていない。それまでは帰国すれば、必ず東京の繁之のアパートに行くのが恒例になっていたが、ここ二回の帰省では、東京へは行かず、神戸の実家だけで過ごして戻って来ている。かといって、どちらかの口から別れ話が出るわけでもない。普通に考えれば、奇妙な関係だが、春香が台湾にいることが、いわゆるモラトリアムな状況を作っており、何かを動かす必要を互いに感じていないのかもしれない。

とりあえずかけてみた繁之の携帯電話は、やはり留守電だった。おそらくまだ仕事中なのだろうと思い、「メールしときます」とだけメッセージを残して切った。続けて、携帯に登録している繁之の実家に電話をかけてみる。すぐに繁之の母が出た。

「夜分にすいません。春香です。お電話頂いてて」

春香からの電話に繁之の母は驚きを隠さず、「あ、春香ちゃん？　ごめんなさいね、わざわざ電話もらって」と声がうわずっている。

「ご無沙汰してます。すいません、こちらこそなかなか連絡もできず」

「いいのよ。春香ちゃん、台湾で頑張ってるんでしょ。あ、そうそう。もうだいぶ前だけど、台湾の烏龍茶をありがとうね。繁之にちゃんとお礼言ってもらうように頼んだんだけど、あの子、ちゃんと伝えてくれたのかしら」

「あ、ええ。私も直接お持ちすればよかったんだけど」

「いいの、いいの。そんなの」

そのまま会話はいつまでも続きそうだった。繁之の母から本題に入る気配もない。

「あの、何かお話があるって」

タイミングを見て春香は尋ねた。

「あ、そうなのよ……。ほら、繁之のことなんだけどね」

「ええ」

「今度で二度目になるでしょ？」

「え？」

「だから入院。この前は、ほら、有休を使って一週間くらいだったから、まぁ、仕事もつらそうだったし、多少抵抗はあったけど、そういう風に専門的に見てくれるお医者さんの元で気持ちが元気になるんなら、それもいいのかなぁって思ってたんだけど、今回は一ヶ月でしょ。会社もやっぱり休職扱いになるっていうし。私もびっくりしちゃって」

一方的に話し始めた繁之の母の言葉が、うまく耳に入ってこない。たしかに彼女が話しているのは繁之のことで、その繁之は自分の恋人の繁之であることは間違いないのに、まったくの他人のことを聞かされているようだった。

「あの……」と春香は話を遮った。

しかし、話し出した繁之の母の言葉は止まらない。

「会社の方にはきちんと話が通ってるっていうんだけど、私なんか古い人間だから、病気でもないのに一ヶ月も会社を休んで、本当にまたちゃんと戻れるのか心配なのよ」

「あ、あの、病気でもないって」

「だって、まだ病気のうちには入らない程度の軽い鬱なんでしょ？　本人もあっけらかんとしてるし、誰が見たって入院なんかする必要があるようには見えないし。ただ、疲れてるのは確かみたいで」

春香はぽかんと口を開けたままだった。今回の入院のことはおろか、その前の一週間の入院のことすら、繁之からは聞かされていない。

「……一ヶ月も入院するとなると、私もお見舞いに行くつもりでいたんだけど、あの子が来なくていいっていうし。とにかくのんびりしたいんだって。あの子が送ってくれた病院のパンフレットを見ても、なんだかリゾートホテルみたいで、それはそれで安心はしてるんだけど。……それでね、春香ちゃんならお見舞いに行くだろうから、行ったあとに面倒だろうけど、ちょっとうちに寄って様子を教えてもらえないかと思って」

繁之の母の話はそこでプツンと途切れた。春香はただ呆気にとられるだけで、言葉らしい言葉も見つけられない。

「春香ちゃん?」

「あ、はい。……あ、えっと、分かりました。お見舞いには行くつもりなので、その帰りには必ず寄ります」

春香はやっとそれだけ言った。電話の向こうで繁之の母は安心したらしかった。「こういうことは周りが大騒ぎしない方がいいんだろうけど、とにかく心配で」などとまだ母親の気持ちを吐露していたが、事情をうまく把握できない春香の耳には、やはり届いてこなかった。

春香が日本に帰国したのは、繁之の母から電話をもらった翌週のことだった。急遽、帰国を決めたわけではなく、東京本社へ出張することがすでに決まっていたのだが、そこに二日間の有休をつけ、丸々一週間を東京で過ごせるようにしたのだ。

繁之の母からの電話のあと、春香は繁之本人に連絡を取るべきかかなり迷い、結局何もかも包み隠さずに事情を伝え、できればお見舞いに行きたいという旨のメールを送った。翌日の夜には繁之から電話があった。心配かけないように黙っていたんだけど、母親が大騒ぎしたせいで、よけいに心配かけちゃったね、と笑う繁之の声は元気で、張りつめていた春香の気持ちを落ち着かせ、最後には、「なんで言ってくれないのよ？　お母さんとの電話で知ってるようなふりしちゃったじゃない」と思わず批難してしまった。

繁之の話によれば、やはり体調は芳しくないらしかった。仕事に行けないほどではないが、帰宅後、毎日のようにもう少しいろんな作業を巧くやれたような気がして眠れなくなり、結局寝不足で次の日も出勤するので益々効率が悪くなるという。医者を勧めてくれたのは、やはり同じような経験のある会社の先輩で、「風邪と一緒でこじらせると長引くから、早目に体を休めた方がいい」と言われ、半年ほど前から通院するようになり、前回の一週間の入院、そして今回の一ヶ月の入院を決めたという。一週間の入院のあと、処方してもらった薬のおかげもあり、かなり眠れるようになったようで、今回が最後のつもりで思い切って一ヶ月の入院をすることになったらしい。

繁之の話を聞きながら、以前驚くほど散らかっていた繁之の部屋を片付けた時のことを春香は思い出していた。もう何日も窓も開けられていないような淀んだ空気の中、ゴミで足の踏み場もなかった。あの時はきっと仕事が忙しくて掃除をするヒマもないのだろうと思い込み、さほど心配もしていなかった自分が情けない。

電話の最後で、春香はもう一度、「どうして言ってくれなかったの？」と尋ねた。繁之から戻ってきた言葉は、「いつもお互いにバタバタしてたから」というのと、もう一つ「……春香が自分にとって、こんな話をしてもいい相手かどうか、ちょっと分からなくなってて」というものだった。春香は返す言葉がなかった。自分が今、どんな扱いを受け、それに怒りを感じるべきなのか、哀しみを感じるべきなのかが分からなかった。

熱海にある療養所に春香が向かったのは、予定通りに木、金と本社での会議に出席した翌日で、面会時間が午前十時から午後四時までと決まっていたため、早目に行こうと八時には東京駅で新幹線に乗り込んだ。

電話で繁之が教えてくれた療養所は、ネットでも簡単に検索できた。繁之の母が言うようにHPに並んでいる施設の写真は、病院というより高原のリゾートホテルのような風情で、丘の上に青々とした芝生があり、眼下には相模湾が広がっていた。ここで一ヶ月、繁之はのんびりと過ごす。治療プログラムの中にはゴルフなどもあるので今から楽しみだと本人が言う通り、広々とした敷地内には各種スポーツ施設が点在していた。

熱海駅で新幹線を降りた春香は少し時間を持て余し、駅周辺をぶらついた。どちらに目を向けても温泉の案内があり、もし可能なら繁之を連れ出して日帰り温泉に行けないだろうかなどと呑気に考えていた。

面会時間に近くなり、春香はタクシーで療養所に向かった。相模湾を一望する道をタクシーは走る。きらきらと日を浴びた海は大きく、水平線がはっきりと見える。海に囲まれているわりに、台湾ではあまり海を感じないと春香は思う。もちろん南の墾丁などへ行けば別だろうが、台北ではあまり海水浴に行ったという話も聞かない。

市街地を離れたタクシーは細い山道をしばらく進んだ。突き当たりに大きな門が見えたところで、「中には入れないみたいですね」と運転手が車を止める。

春香は一瞬言葉を失った。

確かに門の向こうには広々した芝生が広がっているが、こちらと向こうを遮る高い塀が威圧的に立ちふさがっているのだ。タクシーを降りると、やはり繁之はリゾートホテルにいるのではないと春香は足がすくんだ。

療養所の敷地に入った途端、一瞬にして空気が変わった。一番手前の建物の窓に女性の姿があった。パジャマ姿でじっと春香を見つめているのだが、その眼差しに一切の力がない。春香は受付がある本館まで小走りで向かった。鳥のさえずりのはずなのに、それが誰かの叫び声のように聞こえてしまう。恐ろしかった。恐れることなどないと分かっているのに身が竦《すく》んだ。

駆け込んだ本館ロビーに繁之の姿があった。「おう」と片手を上げた繁之はいつもの彼だったが、別の誰かが繁之の仮面をかぶっているように思えた。春香は思わず駆け寄って、繁之に抱きついた。抱きついていれば、繁之の顔を見なくて済んだ。見れば、自分の気持ちを、自分が繁之を怖がっていることを、繁之に、いや繁之の仮面を被った別の誰かに知られてしまいそうで恐かった。

◇

いつものようにオフィスビル一階のスターバックスで珈琲を買い、劉人豪は十六階のオフィスへ向かった。昨夜、残業のあとに高浜室長や同僚の有吉咲と神保町の居酒屋で遅くまで飲んでしまい、今朝は二日酔い気味だったのだが、少し出社時間を遅らせて、近所を軽く走って汗を流したおかげで、逆にすっきりした気分で出社している。そう言えば、ジョギングの途中、マンションの掲示板に出ていた迷子猫によく似た猫を見つけた。確かめてみようとあとを追ったのだが、塀を飛び越えて他人の庭に入ってしまった。迷子猫のポスターを貼ったのは二つ隣の部屋の尾崎《おざき》さんという老夫婦で、一度一階の宅配ボックスから大きな荷物を運ぼうとしている奥さんを手伝ったお礼に、後日青森のりんごをもらったことがある。今夜、時間があったら、猫がいたあたりをもう一度探してみてもいいかもしれない。

人豪はオフィスのドアを開けた。開けた途端、すぐそこで顔を上げた有吉が、「あ、ジンちゃんが来た」となぜか大袈裟に迎えてくれる。

「すいません、遅くなって」

人豪が詫びると、「おめでとー」と有吉が拍手する。

「おめでと？」と人豪は首を捻った。

人豪に気づいた他の何人かも、「おー」とか、「やったねー」とか、声をかけてくる。

「え？　なんですか？」と人豪は改めて有吉に尋ねた。

「この前の社内コンペ、ジンちゃんのが当選したみたいよ」

有吉の説明に、「え！」と人豪はやっと理解して声を上げた。

「ほ、ほんとですか？」

「ほんとだよ。そこの掲示板に名前出てるよ」

いつの間にか背後に立っていた高浜室長が肩を叩いてくる。

「ほんとですか？」と人豪はまた言った。

「だから本当だって」と高浜室長が笑い、「見ておいでよ」と有吉が掲示板を指差す。

「あ、そうですか。僕のがですか」と人豪は半信半疑で呟いた。

「またー、自信あったくせに」

有吉の言葉にみんなが一斉に笑い出す。中禅寺湖畔に建てる二百平米の別荘の社内デザインコンペに人豪が参加したのは一ヶ月ほど前のことだった。綿密なものではなく、大まかなデザインでの参加だったので、週末を使い、のんびりと作ったものでの応募だった。古い旅館を別荘に変えるものだったので、数寄屋造りの母屋はほぼ残した形で湖に面した裏側だけを改築するプランを立て、裏庭に大きなウッドデッキをもうけて船着き場に繋がるようにした。応募作が三十近くあると聞いていたし、中には戸建ての専門家もいるだろうから当選など無理だと思い込んでいた。それでもなんとなく作業に熱が入ったのは、たまたま去年の紅葉シーズンに中禅寺湖を訪れたことがあり、その静かな美しさが故郷台中から近い日月潭にどこか似ていたからだった。

掲示板には確かに自分の名前があった。人豪は紙面に指を這わせた。

「当選ってことは、ジンちゃん、しばらくうちのチームから外れるってことですよね？」

ふと有吉の声が耳に戻り、人豪は横に立つ高浜室長に目を向けた。

「まだ上からの正式な指示はないけど、そうなるだろうな。劉くん、例の伊豆の美術館の方はあとどれくらいで手が離れそう？」

「あと二週間もあれば」

デスクに着き、人豪はパソコンで当選した作品のCGを開いた。まだラフに近いものだが、これから施主との折衝を重ねながら、この別荘があの湖畔に建つのかと思うと、それだけで心が躍ってくる。


人豪が多田春香にメールを送ったのは、その夜のことだった。夕方、有吉がお祝いの会を開くと言ってくれたのだが、さすがに二夜連続では体がもたないと高浜室長が延期を申し出、結局週末に改めてということになった。七時に仕事を終えて、人豪はまっすぐにマンションへ戻り、まず近所の銭湯に行った。その帰り道、例の迷子猫を探しに行ったのだが、ツイている時はツイているもので、なんとそれらしき猫が今朝と同じ場所にいた。たまたま持っていたタオルを猫じゃらしの代わりに振ってみると、やはり飼い猫らしく尻尾をピンと立てて近寄ってくる。人豪はさっと抱きかかえた。一瞬、逃げようとするが、さほど抵抗も示さない。

マンションへ戻り、迷子猫の貼り紙を出していた老夫婦の部屋を訪ねた。玄関を開けた奥さんは、一目で自分の猫だと分かったようで、「トラちゃん、どこにいたの?」と腰が抜けるようにしゃがみ込んでしまった。猫を渡したあと、奥さんは人豪の手を取って何度も礼を言い、お礼にと韓国海苔の詰め合わせまで持たせてくれた。

おそらく気分のいい一日だったからだと思う。ふと気がつけば、人豪は再会した翌日に一度、お礼のメールを出して以来なかなか出せずにいた春香へのメールを書いていた。決して長いものではなかった。中禅寺湖畔に建てる別荘の社内コンペで当選したこと、迷子の猫を探し出したこと、そして、もしよかったら次回また台湾に戻った時に食事でもしませんか、と。

驚いたことにメールを送信してからテレビを見ていると、三十分ほど経った頃に春香から返信があった。それも、《今週、ちょうど出張で東京にいるんです》と書かれてある。

人豪はすぐに、《どこかで会いませんか?》と返信した。しかし、その後二時間以上返信はなく、十二時を回った頃にやっと《もし時間があれば、明後日、どこかでランチでもしませんか》というメールがきた。人豪はすぐに《OKです。詳細は明日連絡します》と送った。

人豪は何か大きな仕事をやり終えたような充実感でベッドにドカッと寝転がった。そして改めて不思議だと思う。元をただせば、連絡のない春香を忘れられず、日本に行けば会えると思ってやってきたところもある。それがあれからすでに九年、春香との出会いで始まったはずの日本での暮らしに春香はまったく介在していない。もっと言えば、九年ぶりに再会できたのも台北だった。迷子猫ではないが、遠くへ探しに行けば、猫の方がうちの近所に戻っており、うちで待っていると猫は猫で飼い主を探しに遠くへ出かける。

阪神・淡路大震災のニュースを台湾で見て、居ても立ってもいられずに日本に来たのが最初だった。もちろん春香に会えるとは思っていなかったが、なぜか自分が勇気を出して日本に行くことで、罹災者リストから春香が外れてくれるような気がしてならなかった。自分に何ができるわけでもないのに日本までやってきたのはそのためだ。自分でも成田空港からどうやって東京へ出たのか覚えていない。ガイドブックと空港や駅の表示だけを頼りにとにかく前へ進み、気がつけば予約していた池袋の安ホテルに着いていた。

たぶん飛行機を降りてからずっと緊張状態だったのだと思う。ホテルの狭くて汚い客室のベッドに荷物を置くと、とつぜん全身から力が抜け、小さな窓の外を照らす派手な日本語のネオンが滲んでいることで、自分がどうやらほっとして涙を浮かべていることに気づいた。

池袋のホテルに一泊したあと、とりあえず大阪へ向かった。せっかく日本へ来たのにコンビニのおにぎりやパンで空腹を満たし、とにかく新幹線に乗り込んだ。新大阪駅に着くと、当時まだ新幹線はその先への運行を中止していた。震災後三週間ほどしか経っていなかった。春香が暮らす神戸という町に自分が近づいているのかどうかも確信できなかった。それでも新幹線を降りた大阪の町は、台湾のニュースに流れていた時よりも落ち着きを取り戻しており、もしも何も知らなければつい最近大きな地震があったことなど気がつかないほどだった。

その大阪で、人豪はすぐに途方に暮れた。新大阪駅から私鉄で大阪の中心部に出たのはいいが、駅周辺を数時間ぶらぶらしたところで神戸へ向かう電車などないことが分かるだけだった。とりあえずその日に泊まる安宿を探している時だったか、今ではどの辺りの、なんという公園だったのかも思い出せないが、途方に暮れて歩く人豪の目になぜか二台のワゴン車が飛び込んできた。ワゴン車の周囲には人豪と同年輩の男女がたむろしていた。ワゴン車のフロントガラスに、いくつかの大学名と「救援」という文字、そして今思えば「ボランティア」とカタカナで書かれてあった。

声をかけることもできず、人豪は少し離れた場所から彼らを見ていた。そのうちこのワゴンがこれから神戸へ向かうらしいことがなぜか分かった。当時、日本語はもちろん英語も片言だったにもかかわらず、人豪は彼らの一人に声をかけた。せっかく日本まで来たのだからという思いが背中を押したのだと思う。

片言の英語でリーダーらしき男に、「神戸に友達がいるのだ」と人豪は伝えた。当初彼らは人豪が日本に来たばかりの留学生だと思ったらしい。互いに片言でも日本人の友達を心配してわざわざ台湾から戻ったと誤解されたようだったが、「自分たちはとりあえず三日間の予定で避難所の清掃ボランティアのためにこれから神戸の被災地に入るが、一緒に行かないか」と誘ってくれたのだ。

人豪たちを乗せたワゴン車は一路神戸へ向かった。途中までは一般道路を他の車と一緒に走っていたのだが徐々に車が減り、進入を禁止する検問所の先では、ごくたまに対向車と行き交うくらいで、廃墟の大都市に紛れ込んだようだった。人豪を乗せてくれた学生たちのリーダーは、数日前までも被災地でボランティア活動をしていたらしく、検問所での対応も慣れていたし、通行できる道も完全に頭に入っているようだった。人豪は道すがら倒壊したビルをいくつも見た。異様な光景ではあるのだが、いくつも見ているうちに目も慣れてくるのか、元々そのように設計されたもののようにさえ感じられる。完全に傾き、隣接ビルによりかかったようなビルのフォルムが斬新《ざんしん》なデザインに見えた。倒壊し、ぐちゃぐちゃになったコンクリート片が奇抜なアートのように。

町中に人影はなかった。動くものといえば、真っ青な空をゆっくりと流れる雲くらいだった。出発したばかりの頃は、まだ車内でも話し声がしていたのだが、窓からの光景が変わっていくにつれ、声はなくなり、到着後の予定が事務的に読み上げられているだけになったようだった。道路にも瓦礫やコンクリート片が積み上げられていた。学生のリーダーがハンドルを握るワゴンは、まだ瓦礫の散らばる車道をゆっくりと進んだ。そのうち、ちらほらと歩道を歩く人の数が増えてくる。大通りから一本路地に入ったところでワゴン車は停まった。フロントガラスの先には、小学校の校庭があった。大きく開いた門の向こうに町の中から消えていた人たちが集まっているようだった。

広い校庭を右に左に忙しなく動く人々。秩序正しく張られた無数のテント。炊き出しでもしているのか、体育館横の広場からは青空に白い湯気が上がっていた。リーダーを先頭に、人豪たちも車を降りて校庭に入った。すぐにリーダーの知人らしい女性が現れ、人豪たちにボランティアの印らしい黄色い腕章を配って回る。人豪が受け取ろうとすると、リーダーがその女性に何やら声をかけた。おそらく人豪がなぜいるのかを説明したのだと思うが、話を聞いたその女性がなんと片言の中国語で、「その友達の住所も分からないの?」と訊いてくれたのだ。

人豪は驚きながらも、「ええ、分からない」と中国語で応えた。人豪がまじまじと見つめていたせいか、「大学で中国語を勉強している」と女性が言う。この時、人豪は自分が日本に到着してから誰ともまともに話をしていないことに気づいた。目の前に中国語を理解する人間がいることがよほど嬉しかったのか、気がつけば人豪は早口の中国語で捲し立てていた。台北での春香との出会い、その後連絡が来なかったこと、そして無謀だとは分かっていたが、どうしても春香の近くに来たかったことを。

どこまで伝わったのか分からないが、人豪が話し終えると、「まず神戸と言っても広いから探すのは無理。まだ歩けない場所も多いし」と彼女は申し訳なさそうな顔をした。

「分かってる。でも来たかったんだ」と人豪は応えた。

結局、彼女の勧めで避難所のボランティアとして働くことになった。彼女と話をしている間に、大阪から車で一緒にやってきたグループはすでにゴミ捨て場の掃除などを始めていた。彼女との話が終わると、人豪も彼らの仲間に加わる。言葉は通じないが、見よう見まねで作業を手伝うことはできた。

校庭を埋めるほどの避難民がいるのに、驚くほど整然と生活が営まれていた。一見、雑然として見える光景も、内側からちゃんと眺めてみれば、食料保管庫や野外キッチンなどはトイレやゴミ置き場から遠く離され、地面にもゴミ一つ落ちていない。大勢のボランティアたちが懸命に掃除して回っているのはもちろんだが、避難してきた人たちもまた何かしら自分たちで仕事を見つけて働いていた。ボランティア仲間からの提案で校内に設置された掲示板に「神戸市の多田春香さんの安否をご存知の方はボランティア事務所までお知らせ下さい」という貼り紙も出させてもらった。結局、人豪はこの避難所に四日間滞在した。四日間ゴミ置き場の整理、救援食料の運搬、テントの張り替え、トイレのタンク掃除……と、声をかけられれば何でも手伝った。

避難所内では、詳しく説明する時間もなく、まだ日本に来たばかりの留学生ということになっていた。昼間は働き、夜はボランティア用に用意された教室に、みんなと雑魚《ざこ》寝《ね》する。片言の英語ではあったが、やはり東京からボランティアに来ていた小野学《おのまなぶ》という学生とはなぜか気が合い、この付き合いは未だに続いている。一週間の予定で、人豪はエアチケットを取っていた。当然格安チケットだったので変更などできない。当初の予定を変えて、まだ数日残るというボランティアグループと別れ、人豪はこの小野学が属していた別のグループと共に東京へ戻り、最後の夜は小野のアパートに泊めてもらった。

台湾へ戻る飛行機の中、人豪は充実感があった。予想通り春香には会えなかったが、日本に来たことは間違っていなかったと素直に思えたのだ。

駿河台下から御茶ノ水駅へ向かう坂道を人豪は急ぎ足で上った。メールのやりとりで春香と待ち合わせた「山の上ホテル」までもう五分とかからないのだが、すでに約束の時間を七、八分過ぎている。会社を飛び出してきた時から、遅れる旨のメールを出したほうがよいとは分かっているのだが、メールに気を取られてますます到着が遅くなりそうで躊躇《ちゆうちよ》している。

まさに会社を出ようとした時に運悪く電話があった。急用ではなかったので、あとでかけ直します、と取り次ぎの人に言ってもらえばよかったのだが、つい出てしまったのが間違いだった。相手は以前一緒に仕事をした工務店の社長で、すぐに用件は済んだのだが、中禅寺湖畔のコンペに入賞したことを知っていて、どのようなデザインだったのかを細々と訊いてくる。こういう場合、人豪はなかなか電話が切れなくなる。以前、いて「時間がないので切ります」とはっきりと言ったことがあるのだが、その電話を聞いていた同僚に、「今のはどうかなー。いくら急いでても、もうちょっと柔らかく言った方がいいんじゃない？」と言われたことがある。普段はそうでもないのだが、人豪のこういうとっさの日本語が日本人にはかなりきつく響くらしいのだ。なので電話を早く切りたいような場合に、なかなかそれを言い出せない。

山の上ホテルへ向かう最後の坂道を駆け上がると、人豪は玄関前でひとまず大きく深呼吸して息を整えた。ロビーに入ろうとすると、なぜか背後から、「こっち」と声がかかった。振り向いた先に春香が立っていた。

「ごめん、遅れて」と人豪はまず謝った。

「別館があるって聞いたから、もしかしたらそっちで待ってるのかと思って……」

「出る時に電話があって……」

人豪の額の汗に気づいた春香が、「走ったんだね」と微笑む。「うん、そう」と人豪も素直に頷いた。

ロビー内のラウンジが見えた。古くてとても肌触りのよさそうな革のソファが並び、そこだけ別の時間が流れているようだった。

「近いの？　エリックがメールで言っていたパスタのお店」

「あ、そう。すぐ、そこ」

「朝から何も食べてなくて、おなかぺこぺこ」

「そこ、おいしいよ」

　自然と二人並んで歩き出していた。ホテル脇の細い坂道を降りると、坂下には緑の多い公園があり、昼休みの会社員や学生たちでベンチが埋まっている。

「この辺もいろんな店があるのね」

　急な坂道をちょこちょこと足を動かしながら歩く春香に訊かれ、「ハンバーグ、牛丼、そば、うどん、週に五日じゃ食べきれない」と人豪は笑った。

「あ、でも、私も台北で同じかも。毎日、今日は魯肉飯にしようか、牛肉麵にしようか、それともあっさりと乾麵《ガンミエン》にしようかって、本当に一日三回しか食べられないのが残念で」

　公園内の石段をリズムよく降りていく春香の後ろ姿を人豪は目で追った。メールで春香と会えることになってから、神戸の避難所で過ごした数日のことばかりが思い出される。台北で再会した時には、なぜかその話はしていない。もちろん伝えてもいいのだが、それはそのまま自分がどれほど春香からの連絡を心待ちにしていたか、あの時どれほど会いたかったかを告白することになる。いや、告白できないわけではない。あのころは本当にそうだったのだし、それを知られたからといって自分には何の不都合もないのだが、しかしあれからすでに九年という長い月日が経っている。そんな昔の思いを今さら伝えたところで、春香が喜んでくれるとも思えない。あれから九年の間に人豪にもいろんなことがあった。韓国人の恋人としばらく暮らしたこともある。現在の春香にもそういった誰かがいないとも限らない。とすれば、そんな昔の思いなど、せっかくの再会に水は差しても、決して燃え上がるようなものではないと思ってしまうのだ。

賑わう公園を抜けて、二人はイタリアンレストランに入った。夫婦でやっている小さな店で、会社の仲間たちと何度も来ているので、「あら、劉くん、久しぶり」とカウンターの奥さんの方が声をかけてくれる。

「今日は友達と一緒に」と人豪は春香を簡単に紹介した。

奥さんが窓際の席に案内してくれる。席に着くと、「劉くんの彼女？」と奥さんが意味深な笑みを浮かべるので、人豪は、「違いますよ」と慌てて言い返した。

「あら、そんなに慌てなくてもいいじゃない」

奥さんが笑いながら厨房へ戻っていく。

「ごめん」と人豪は春香に謝った。

「いいよ、いいよ、そんなの。それより何食べる？」

春香がメニューを広げる。その指先を人豪はなぜかじっと見つめた。マニキュアは塗っていないようだった。そしてよく見れば、化粧もほとんどしていない。日本の会社だとしっかり化粧をしている女性の方が多いが、そういえば台湾では化粧をしていない方が多かったなとふと思い出す。

「日本にはいつまでいる？」

メニューから顔を上げた春香に、人豪は尋ねた。

「私、今、付き合ってる人がいるんだけど、彼の体調が悪くて……」

あまりにもとつぜんの話で、人豪は、「そ、そう」と応えるのがやっとだった。それでも必死に平静を装い、「すごく悪いの？」と尋ねる。

「う、うん……。それで、今回は神戸の実家には戻らずにずっと東京にいるの」

言葉が詰まった。たとえば、どんな病気なのかとか、どれくらいの容態なのかとか、いろいろ聞くべきことはあるのだろうが、何も口から出てこない。何も言えなくなって初めて、人豪は今日自分が春香に何を告げようと思っていたのかに気づいた。自分は今でも春香のことが好きなのだ。そしてそれを告げるつもりで、山の上ホテルまでの坂道を駆け上がってきたのだ。

「ごめんね。急にヘンな話して」

ふと我に返ったような春香に言われ、「いや、大丈夫」と人豪は応えた。一度、大きなため息をついた春香が、「あー、ほんとにおなか減った。何がお薦め？」と話を変える。

「その人のこと、好きなの？」

やっと出てきた言葉がこれだった。自分でも何を言ったのか分からないほどだった。春香は付き合っている人がいると言ったのだ。その彼女に、「その人のこと、好きなの？」と自分は聞いてしまったのだ。汗が噴き出た。春香も少し驚いている。この場の空気を変えなければと人豪は焦った。しかしなぜか神戸の避難所の光景がまた蘇ってくる。その瞬間、人豪の口が動いた。動いたと同時に後悔したが遅かった。「その人のこと、好きなの？」と人豪は繰り返してしまったのだ。

どれくらい沈黙が流れただろうか。優しく微笑みかけていた春香が、「その人のことが、……心配」と呟く。

何を言われたのか、一瞬混乱した。「その人のことが、好きだ」と言われるのだと確信しながら、「好きじゃない」と言われることを期待していた。しかし返ってきた言葉はそのどちらでもなかった。タイミング悪く、その時奥さんが注文を取りに来る。人豪は、「もうちょっと、待って下さい」と慌て、運ばれてきたコップの水を一息に飲み干した。

「……あのあと、俺、神戸に行った。春香さんから連絡がなくて、そしたら大きな地震があって、心配で、見つかるわけもないのに探しに。でも会えなくてもよかった。近くにいれば春香さんは大丈夫だと思い込んでた。何もできなかったけど、俺、あの時、神戸に行ったんだ」

とつぜん言葉が溢れた。とつぜん雨が地面を叩きつける台湾のスコールのようだった。春香はずっと俯《うつむ》いていた。そして顔を上げた時、その目に涙が浮かんでいた。

「俺、もう一生会えないと思ってた」と人豪は続けた。

うん、うん、と春香が涙を堪えて相づちを打つ。そして、「私、持ってる。避難所で働いてるあなたの写真。新聞に出てたの」と言ったのだ。

「新聞？」と人豪は訊き返した。

「そう、新聞。私ね……、私……」

春香が何か言おうとしてやめる。

「何？」と人豪は顔を近づけた。

「ごめん。……いいの。ごめん」

春香が苦しそうだった。人豪はもうそれ以上訊き返せなかった。春香を苦しめたかったわけではない。結局、九年前の思いというのは、九年前の思いでしかない。九年間思い続けていたということは、九年前の思いを忘れていなかっただけで、決して今の思いではない。自分は九年前の思いをぶつけておいて、相手には今の気持ちを聞かせてくれというのはあまりに卑怯《ひきょう》だ。

「ごめん」と人豪は謝った。

春香の前にメニューを引き寄せ、「こっちのコースにしよう。前菜とパスタとスープ。パスタはここから選べるから」とBコースを指差した。

「ありがと」

春香が目を伏せたまま呟く。

「俺、この手長海老のリングイネにする。春香さんは、どれにする？」と人豪は訊いた。やっと顔を上げた春香が、「私も一緒にする」と応える。「うん」と人豪は頷いた。頷いた人豪に、「うん」と春香も頷き返してくれる。

二〇〇四年　陸揚げ

『台湾新幹線が資金難　来年10月開業に〝黄信号〟』

日本の新幹線技術の初輸出となる台湾の高速鉄道（台湾版新幹線）建設工事が資金難に陥っている。運営会社では七月末までに七十五億台湾元（約二百四十億円）の増資を行う方針だが、計画通り資金が集まらない場合は、銀行団からの運転資金供給が止まって工事が中断する恐れもある。七月以降も年内に約二百億元（約六百四十億円）の資金調達が必要。来年十月の開業予定には〝黄信号〟もともり始めた。

台湾紙、経済日報が三日までに伝えたところによると、交通部（国土交通省に相当）では、増資が計画通り進まない場合は、運営会社との契約に基づいて民間事業としての建設計画許可を取り消し、プロジェクトを台湾当局に移管することも検討する。

【産経新聞二〇〇四年五月四日東京朝刊（抜粋）】

　葉山勝一郎の元へ、熊井建設に勤めていた頃の部下であり、現在同建設会社の常務取締役をしている竹本《たけもと》という男から電話があったのは、昨年暮れのことだった。この竹本も若い頃には、勝一郎の自宅へよく来て、妻曜子の手料理を食べながら日本の交通システムの未来や現状について、勝一郎に教えを乞うていた勉強熱心な部下の一人だった。

　久しぶりにかかってきた電話で、竹本は短く無沙汰を詫びるとすぐに本題に入った。簡単に言ってしまえば、現代日本のモータリゼーションについて、その公共交通システムからの考察と発展を、勝一郎にぜひ講演してほしいというのだ。

「いや、私はもういいよ」

　勝一郎はまずそう断ったのだが、熊井建設が協賛して国交省と組んだ毎年恒例の講演会で、自分たち昔の部下も勢揃いするので、ぜひ同窓会の恩師にでもなったつもりで気軽に受けて欲しいと引かない。詳しく聞くところによれば、会場は都内の一流ホテルで百五十人ほどが入るらしい。竹本の押しの強さもあって、昔話の合間合間に口説かれ、十五分後に電話を切る時には、とうとう承諾させられていた。

　となれば、相当の準備も必要となる。勝一郎は昨年暮れから古い資料などを引っ張り出し、正月もなく準備に追われた。しかし妻がなくなってからというもの、正月ほど寂しい思いをする時もなく、結果的には竹本からの強引な依頼がその寂しさを紛らわせてくれたのも事実だ。

　神戸の工場でつくられた台湾新幹線七〇〇Tの勇姿が新聞に掲載されたのは、講演会もいよいよ来週と迫った一月の終わりのことだった。勝一郎は新聞記事にざっと目を通すと、台湾の高校で同窓だった鴻巣義一に電話をかけた。一昨年、送られてきた同窓会の会報誌にその名前を見つけて連絡を取って以来、二ヶ月に一度ほどの割合で互いに電話をかけ合っており、すでに二、三度、鴻巣の行きつけだという府中の居酒屋で酒を酌み交わしている。

これまでは、昔の友人と今さら会ったところで昔話しか話すこともなく、きっと退屈だと思ってこの手の集まりには全く興味がなかったのだが、互いに現役を退いた者同士、会えば会ったで昔話だけではなく、現在のこと、今後の生活のことなど、あれこれと話は尽きない。鴻巣もまた子供のいない身であることも理由の一つかもしれないが、二ヶ月に一度ほど、電車で府中まで出向き、旨い酒と肴を楽しむことが、今では勝一郎も待ち遠しくなっている。

新聞を読んで鴻巣に電話をかけた勝一郎は、「久しぶりにまた一杯どうだ?」と誘った。鴻巣も勝一郎からの電話を待っていたようで、やはり台高で一緒だった橋口《はしぐち》という男もお前に会いたがっているので今度連れて行くと言う。

勝一郎はこの橋口という男を覚えていなかったが、会えばなんとかなるだろうと思い、すぐに快諾した。

「あ、そうそう。電話をしたのはもう一つ話があったんだよ」と勝一郎は話を変えた。

「……今日の新聞に台湾新幹線の新型車輛の写真が載っててな」

「ああ、俺もさっき見たよ。しかし不思議なもんだよなぁ。あの頃からすれば、ずいぶん発展したのは知ってるけど、俺らの頭ん中じゃ、まだ機関車がポッポポッポって煙吐いてる場所だもんなぁ」

「開通が来年らしいんだ」

「そうらしいな」

「いや、それでな……」

　ここで勝一郎は言葉に詰まった。何を言おうとしているのかは分かっているのだが、なぜか言いよどんでしまう。

「来年の十月開通だろ？　俺、久しぶりにまた台湾に行ってみようかな」

　先に鴻巣がそう言った。まさに勝一郎が言おうとしていたことだった。

「……どうだ、葉山も。お前、終戦でこっちに戻って以来、一度も台湾には行ってないんだろ？」

　勝一郎は鴻巣の言葉だけで、何か体が熱くなってくる。

「ああ、戻ってない」と勝一郎は短く応えた。

「ほう、お前も『戻ってない』って言うんだな。『行ってない』じゃなくて。同窓生の中でも二つに分かれるんだよ」

　自然と口にした言葉だったが、鴻巣に驚かれると、たしかにそうだと気づく。

「実は、新幹線まで待たずに、今年もちょっと遊びに行くつもりだったんだ。もしよかったらお前も一緒にどうだ？　どうせ暇なんだろ？」

鴻巣の軽い誘い文句が、勝一郎をどんどん身軽にしてくれる。

「そうだな、何も新幹線の開通まで待たなくてもいいか。パスポートの期限も調べてみるよ」

「そうだよ。俺らだって、いつ倒れるかしれないんだし、倒れたら、それこそ里帰りなんて無理だぞ」

鴻巣の明るい口調に、「ほんとだよ」と勝一郎も笑った。

ホテルオークラで行われた勝一郎の講演会は大盛況のうちに終わった。根気よく昔の資料を引っ張り出して、講演内容を考え、スライドや当時のビデオ映像まで編集した結果、予定の四十五分間が十五分も延びてしまい、最後の質疑応答まで入れると、ゆうに一時間半を超えるものになってしまった。日本全体のモータリゼーションの発展というテーマを依頼されていたのだが、勝一郎は講演内容を自分が関わった工事だけに絞った。そのおかげでスライドやビデオで紹介される当時の風景に、個人的なエピソードも加えることができ、これがリアリティーを増して、百五十人ほぼ満席だった客たちの興味を大いに引くことができたようだった。

質疑応答が終わり、壇上から下りた勝一郎は、今回の講演会を依頼してきた竹本ら熊井建設の取締役たちにねぎらわれながら控え室へ向かっていた。廊下に出たところで、

「あの、すいません」と背後から声がかかる。

振り返った勝一郎の前に立っていたのは、質疑応答の中で、「高速道路のサービスエリアなど、公共事業の中で造られる公園や憩いの施設の役割について、ご意見があれば教えてほしい」という質問をしてきた青年だった。流暢な日本語だったが、そのアクセントが少しだけ違っていたので、外国人なのだろうと思っていた。

「あの、お引き止めしてすいません。さきほど質問した者なのですが」

青年が緊張した面持ちで立っている。

「ええ、覚えてますよ。何か？」と勝一郎は笑顔を浮かべた。

勝一郎の笑顔にホッとしたような青年が、「今日のお話、とても勉強になりました。それが伝えたくて」と実直な表情で言う。

「それはわざわざありがとう。私もこういうのにもう少し慣れていれば、もっとうまい具合に話せたんだけどね」

勝一郎の謙遜に、「いやー、もう全国を飛び回って講演してる人みたいでしたよ」と横から竹本たちが口を挟んでくる。

「あなた、留学生？」と勝一郎は青年に尋ねた。

「いえ、日本の建設会社で働いています」

青年が慌てて背広の内ポケットから名刺入れを取り出す。差し出された名刺には、日本でも有数の大手建築会社の名前があり、「環境計画室　劉人豪」と書かれてあった。

「中国から？」と勝一郎は尋ねた。

「いえ、台湾です」

青年が首を振る。

「台湾……」

勝一郎は目の前に立つ青年を改めて見つめてしまった。一目で生地が良いのが分かる細身のスーツを着こなし、真っ白なシャツには皺一つない。足元を見れば、靴は照明が反射するほどピカピカに磨かれている。

勝一郎は台湾と聞いて、自分の若い頃の姿を思い出していた。もう何度も洗濯してクタクタになったランニングシャツ、父親のズボンのお下がりで作った短パン、いつも土ぼこりが舞っていたせいで、日に灼けた肌は埃と汗で模様ができていた。台湾で駆け回って遊んでいた頃の自分と、目の前の青年とは全く関係ないのだが、勝一郎には、その間に流れた時間というものが——、自分たちがむしゃらに働いて、たった今スライドで見せた日本の発展というものが——、精悍《せいかん》な青年の姿となって目の前に現われたような気がした。

「台湾はどこなの？」と勝一郎は尋ねた。

「生まれは台中で、大学は台北でした」

はっきりとした口調だった。年上に対して媚びる感じもなく、かといって馴れ馴れしくもない。

「さっきお話の中で、東名高速や名神高速のインターチェンジの工事工程の資料が他にもたくさんあると……」

青年の目が知識を渇望していた。現役時代、家に集まってきては勝一郎の話を熱心に聞いていた若い部下たちの目と同じだった。

「ああ、そんなものならいくらでもあるよ」

「ジオラマなんかもあるんですか？」

「いや、ジオラマは数点だけどね。あとは写真と設計図」

「当時の設計図ですか？」

「ああ、全部保存してあるから」

「僕は日本の公共事業には、もう少し遊びがあってもいいんじゃないかと思うんです」

「ほう。日本のは遊び心がないか？」

緊張もあるのだろうが、青年が少し声を上ずらせたので、勝一郎は笑みを浮かべてやった。

「まぁまぁ、今日はそのへんで。葉山さんはこのあと食事の約束があってね。そろそろ、悪いね」

議論に発展するとでも思ったのか、竹本がタイミングを見計らっていたように口を挟んでくる。

「あ、そうですか。失礼しました」

青年が恐縮したように頭を下げる。

「さぁ」

竹本に背中を押された時、勝一郎はふと足を止めた。

「そういう昔の資料を見たいんだったら、いつでも私のうちにいらっしゃい」

気がつくと、勝一郎は青年にそう声をかけていた。

「ほんとですか。ありがとうございます」

青年も素直に頭を下げる。

「私は今、すっかり隠居生活でね、名刺を持ってないんだよ。君、メモか何かある？」

勝一郎の言葉に青年が慌ててポケットから手帳を取り出す。

「電話番号を言うから、いつでも電話してきなさい」

勝一郎はそのまま自宅の番号を告げた。書き終えた青年が改めて深々と頭を下げる。

「男の一人暮らしだから、お茶も出ないよ」と勝一郎が笑うと、「どの辺にお住まいですか？」と青年が尋ねてくる。

勝一郎は住所も教えた。

「それじゃ」

「ありがとうございました」

青年をその場に置いて、勝一郎たちは控え室へ向かった。厚い絨毯を踏みながら歩いていると、「今の、本気で葉山さんの家を訪ねてきそうですね」と竹本が笑う。

「どうして？　こっちが訪ねて来いって言ったんだから、来ていいだろ」

「いや、社交辞令なのかと思いまして」

「若い頃、竹本くんにも同じように言ったはずだぞ。話を聞きたきゃ、うちにいつでも遊びに来いって、あれは社交辞令だとは思わなかったのか？」

「たしかに。そう言われればそうですね」

「来るなって言っても、君ら来てたじゃないか」

「ハハハ。たしかにそうですね」

「だろ？」

「いや、でも、最近の若いのは、そういう感覚がないのかと思いましてね。こっちが誘えば、それを義務みたいに感じるのが多くて、こちらとしても葉山さんみたいに誘いにくいんですよ」

「お互いに気遣って大変だ。もっとシンプルに考えればいいのに」

「ほんとですね。僕らなんかシンプルなもんでしたね。葉山さんちに行けば、仕事の話は聞けるし、そうそう奥さんの美味い手料理もご馳走になれるし。……いやー、考えてみれば、奥さんにも本当にお世話になりましたよ」

「いや、あれはあれで、君らが来るのを楽しみにしてたんだから」

勝一郎は控え室に入る前に振り返った。さっきの青年の姿はすでに廊下にはなかった。

この劉人豪という台湾出身の青年から電話をもらったのは、講演会が終わって四、五日経った頃だった。電話に出た勝一郎に、まず丁寧に先日のお礼を述べ、いつならお宅にお邪魔してよいかと率直に聞いてくる。勝一郎が、こちらには特に用もないのだから、いつでもいい、と応えると、「では今度の日曜日でもよろしいですか？」と青年が言う。結局、日曜日の昼過ぎに訪ねてくることになり、電話を切った。寄り道のない気持ちのいい会話だった。

電話での勝一郎はどこか突き放すような物言いだったのだが、電話を切ってしまうと、自分がこの青年の訪問をもう楽しみにしているのに気づいた。退屈な日曜日のヒマ潰しと思いながら、心のどこかであういう勉強熱心な青年に、何をどんな風に話してやろうかと、もう頭の中で考えていた。

居間に戻ると、勝一郎は煎茶をいれた。茶筒に茶葉が残り少なくなっている。勝一郎は棚を開けてみた。買い置きしていたはずの茶葉もすでに切れている。明日スーパーで買ってこようと思いながら、残り少ない茶筒の茶葉を急須に入れる。

熱いお茶を飲みながら、勝一郎は改めて考えてみた。あの青年をこんなにも快く受け入れる気になったのは、やはり彼が台湾出身だったからだろうか。いくら自分がわりとオープンな性格ではあるにしろ、初めての講演会でとつぜん声をかけてきた見ず知らずの人間を、すぐに自宅に招待するのは少し度が過ぎている。もちろん有名な建築会社に勤務していることも分かっているので何を疑う必要もないのだが、今のご時世、何が起ころかは分からない。実際つい最近もいわゆる年寄りを狙う振り込め詐欺らしい妙な電話もあった。

だが、結局、と勝一郎は思う。結局、彼が台湾出身だという一点において、自分は彼をまず信じてしまったのだろうと。

鴻巣の言葉ではないが、無意識に自分は「台湾に戻る」という人間なのだ。そしてそう考えれば、勝一郎だけではなく、人間誰だって同郷の者と知り合えば、そこには言葉では説明しがたい安心感が生まれるものだ。ただ生まれ育った場所が同じだというだけで、相手の何を知っているわけでもないのに、何も知らなくてもかまわないような、そんな鷹揚《おうよう》な気持ちになってしまうのだ。

そこまで考えて、勝一郎は息を飲んだ。自分の故郷は間違いなく台湾だ。なのになぜこれまでずっと背を向けてきたのだろうかと。

◇

高雄港に近い五号公園前の通りに、数軒の中古自動車販売店が並んでいる。どの店先にも旧型のベンツが展示されているが、売られているのか整備中なのか、値札もなければ、磨かれてもおらず、一目ではどちらなのか判断できない。

数軒並んだ販売店の右端、比較的真新しい看板を掲げた店の前で、陳威志はパイプ椅子を出して座り込んでいた。五月になり日差しは強くなってきたが、通りを吹き抜ける颪は心地良い。背後の事務所では所長が相変わらずテレビドラマを見ている。

威志は食べていたフライドチキンを指で千切り、街路樹の元で寝ている野良犬の鼻先へ投げた。犬はピクッと動いて飛んできたチキンを見たが、満腹なのか、ちらっと見ただけでまた目をつぶってしまう。

「所長！　この犬に何かやりました？」

威志が背後の事務所に向かって尋ねると、「犬？　どこの？」と所長の声が戻ってくる。

「この黒い犬ですよ。いつもこの辺にいる」

「ああ、さっき弁当の残りやった」

「どうりで」

「なんで？」

「今、フライドチキンやったけど食わないから」

そのまま会話は終わった。また通りを走るスクーターのエンジン音と、所長が見ているテレビの音だけになる。

一年十ヶ月の兵役を終えた威志は、その後三ヶ月ほど何をやるでもなく日がなぶらぶらして過ごしていた。たまに飲食店で短期のバイトをやったりもしたが、接客業というのがどうも肌に合わず、結局どこも続かなかった。今、バイトとして働いているこの中古車販売店は威志の母が見つけてきたものだ。ここの所長は威志の母親の兄の妻の弟で、親戚と言えば親戚だが血は繋がっていない。

「うちみたいなところで働いたって、まともな給料なんて出せないよ」と、所長は母に言ったらしい。だが、「毎日、遊んで暮らしてるよりはマシよ」と母が半ば強引に働くことを決めてしまった。当初威志はさほど興味がなかったのだが、「あんた、車やバイクを弄《いじ》るの好きでしょ？　それにベンツを売ってるなんて聞こえがいいじゃない」という母の口車に乗せられた格好で働き始めていた。

相変わらず客の来ない店先で威志が通りを眺めていると、一台のスクーターが目の前で停まった。乗っていたのは、以前働いていた喫茶店の常連客で、新聞記者をしている男だった。

「あれ、いよいよベンツ買う気になりました？」と威志は声をかけた。

「ベンツ？　無理無理」

男はこの近所に住んでいるらしく、威志が働き始めた頃に偶然店の前を通りかかり、それ以来、特に用がなくてもふらりとやってきて野球やバスケットの話をして帰る。

「今日、休みなんすか？」と威志は訊いた。

「仕事中だよ」

「そうなんすか。あ、コーラ飲みます。冷たいのありますよ」

「なんかいつももらってばっかりで悪いな」

「いいっすよ、将来のお客様への先行投資ですから」

威志が事務所に入ると二人の会話が聞こえていたらしい所長が、デスク横の小さな冷蔵庫からコーラの缶を一本出して投げてくれる。威志はそのまま外の男に投げた。

「……これから港に取材なんだけど、三十分くらい時間が空いちゃって」

早速コーラを開けた男が、威志が座っていたパイプ椅子に腰かける。

「港で何の取材なんすか？」と威志は尋ねた。

「高速鉄道の車輛が、日本から到着して陸揚げされるんだよ」

「へえ、いよいよ走るんですか？」

「営業開始はまだ先だけど、とりあえず車輛が来て、これから試運転とかいろいろやるんじゃないかな」

「でも列車の車輛が船に乗ってるって、なんかヘンな感じですね」

「船どころか、今夜トラックに引っ張られて高雄市内の道路を走るんだぞ」

「え？　電車の車輛が？」

「ほら、燕巣に大きな整備工場ができてるだろ。あそこまで」

「へえ。電車が道路を走ってくんだ。やっぱ赤信号では止まるんですよね」

「そりゃそうだろうな」

男相手にのんびりとそんな話をしていると、寝ていた野良犬が目を覚まし、さっき威志が投げたフライドチキンの匂いを今さら嗅ぎ始める。

「食えよ」と威志は声をかけた。

天の邪鬼な犬らしく、その途端にまたぐたっと寝てしまう。

この日、夜の八時過ぎに勤め先を出た威志は、なんとなくスクーターを高雄港の岸壁へと走らせた。仕事中にも、事務所のテレビで陸揚げされた高速鉄道の車輛の姿が何度も放送されており、ちょっと見てみたくなったのだ。

夜になり、急に気温が下がった。Tシャツだけだと寒いくらいで、スピードを上げると鳥肌が立つ。埠頭《ふとう》へ渡る橋を走っていくと、岸壁に大勢の人々が集まっているのが見えた。ちゃんとしたセレモニーがあるらしく、色とりどりの風船とリボンで飾られた舞台も設置され、明るいライトを浴びている。

埠頭の入口まで来ると、威志はスクーターを停めた。スピーカーを通して、車輛到着式典が行われている様子がはっきりと聞こえる。アナウンスによれば、すでに正式な式典は午後のうちに終わっており、これはいよいよ車輛が燕巣の整備工場へ向かうための出発式らしい。舞台の背後には、オレンジ色のラインが入った新車輛があった。思った以上に流線型の顔をしており、誇らしげにきらきらと輝いている。威志は、素直に「かっこいいな」と思った。車輛の先頭部分を見ているだけで、その流線型のフォルムのせいか、高速度で走る時の風の流れがはっきりと見える。

出発は一時間後ということだった。式典が解散し、舞台の前に集まっていた関係者たちが散っていく。威志はその一人を捕まえて、どの道を通って燕巣まで行くのかと尋ねた。男は威志を関係者だと勘違いしたのか、手にしていた資料の中の道順が書かれた紙を見せてくれた。男に礼を言い、威志はスクーターに戻った。シートに跨がり、携帯を取り出す。

「もしもし、美青？　今、どこ？」

威志がかけたのは、幼なじみの美青だった。

「家。なんで？」

威志は、もうすぐ三歳になる美青の息子のことを尋ねた。

「振振《ヅェンヅェン》も一緒？」

「一緒だけど、なんで？」

「あのさ、振振に見せてやりたいものがあるんだよ」

「何？」

「高速鉄道の車輛がこれから高雄市内をトラックに引かれて走るんだって」

「え？　電車が道路を？」

「えっと、説明するのが面倒だな。とにかく美青の家の近所も走るんだって。一緒に見ようぜ。これから迎えに行くから」

威志は一方的にそれだけ言うと電話を切った。すぐにスクーターのエンジンをかけ、埠頭にかかる橋を飛ばす。

美青の息子、振振はまだ二歳なのだが、かなりの鉄道マニアだった。たまに威志の祖母の家に美青と一緒に遊びにくると、何が楽しいのか一日中、玩具の電車を床の上で走らせて遊んでいる。

威志が美青の家へ到着したのはその三十分後のことだった。スクーターを家の前に停め、ノックもせずに玄関を開けると、ちょうど夕食時だったらしく、一階の居間で美青たちが食卓を囲んでいる。居間の床を掃除したばかりで、まだ濡れている白いタイルが蛍光灯の明かりに眩しい。

「こんばんは」と威志が声をかけると、美青の母親が、「阿志、ちょうどよかった、ごはん食べていきなさいよ」と誘ってくれる。こちらに背を向けていた父親も振り返り、「五号公園の車屋で働いてんだって？」と訊いてくる。

「はい。バイトですけどね」

威志はそう答えながら、のこのこと食卓に近寄った。母親の横では美青が格闘でもするように振振にごはんを食べさせている。食卓には湯気の立つ卵スープや手羽の煮物、青菜の大蒜炒めなど美味そうな料理が並んでいる。

「ごはん、食べてないの？」

振振の口元をティッシュで拭いてやりながら美青が訊くので、「まだ。さっき仕事終わったばっかりだから」と威志は応えた。

「だったら、ほら、そこに座って」

母親に言われるままに威志は席についた。すぐに母親が丼にごはんをよそってくれ、父親が箸を渡してくれる。威志は遠慮なく手羽の煮物に手を出した。

「どうだ？　仕事は？」

父親に訊かれ、「いやー、ぜんぜん売れないですね。まぁ、一日中、店先で昼寝してたって売れるわけないんすけどね」と笑った。

「親戚の店だから許してもらえるけど、普通だったら阿志なんてすぐにクビよ」と、横から美青が口を挟んでくる。

「実際、所長からも遠回しに言われてんだよね。何か他の仕事探せって。見つかるまではいてもいいけど、うちの店なんかで働いてたって給料は少ないし、先に言っとくけど昇給なんてまずないぞ、って」

「呑気だねー」

呆れ果てたような美青を無視し、威志は青菜の大蒜炒めに箸を伸ばす。

「これから美青とどこかに出かける約束してたの？」

あまりにも自然に食卓に溶け込んだ威志に、ふと気づいたように母親が言う。

「いや、そうじゃなくて、振振に電車見せてやろうと思って」

「電車？」

「そうなんですよ。今日、高速鉄道の車輛が日本から船で到着したらしくて、これからその車輛が燕巣の工場まで一般道路を走るんですって。そこの道、通って」

「電車が、そこの道を？」

「もちろん車の荷台に乗ってですよ」

「だって、大きいでしょ?」

「そりゃ、でかいっすよ。今、港で見てきたけど、照明浴びてきらきらしてて、格好良かったんで。……なぁ、振振、お前も高速鉄道の車輌、見たいよな?」

威志は横にいる振振の頭を撫でた。頭を撫でられながらも振振は一心に手羽を齧っている。

「どうりでうちのホテルにも日本人のお客さんが多かったんだ。予約だけでも百室くらいあったからね」

美青がやっと自分の食事を始めながらそう言った。美青は振振を出産後、高雄市内の大きなホテルで働きながら夜間の大学に通っている。せっかく留学したカナダの大学を一連の妊娠騒動で退学し、振振を産んだあと、両親はこちらの一般大学に戻れと説得したようだが、ちゃんと生活費を稼いで息子を育てたいという美青が自分の意見を通したらしい。英語が話せることもあって、美青はフロント業務を任されている。現在はフルタイムで働けないので契約社員の立場だが、夜間大学卒業後はそのまま正式に社員となり仕事を続けてほしいと、支配人から直々に言われているらしい。

さっさと食事を終えた威志は、さっそく振振を連れて見学に行くことにした。せっかくだから美青と両親も誘ったのだが、美青は宿題があると言い、両親は通りまで出るのが面倒だという理由で断られた。

夜の外出に興奮する振振を、威志は自分の足の間に挟んでスクーターに乗せた。一番よく見えそうな場所はどこかと考えて、燕巣の工場へ向かう途中にある大通りで歩道橋のある場所を選ぶ。

スクーターを飛ばし、目的地に向かうと、すでに噂が広まっており、歩道橋にも見物人がいた。振振を抱き上げ、威志は歩道橋の真ん中に陣取った。「何時頃ですかね？」と、横で串焼きを食べているおじさんに尋ねると、「そろそろじゃないかな。ほら、向こうで警察が通行止めしてるから」と遠くを指差す。

確かに数人の警察官が路地から出てくる車を止めるためのガードを設置していた。振振は目の前の大きな信号の色が変わるのが面白いらしく、青から黄色に、黄色から赤に変わるたびに手を叩いて喜んでいる。隣から串焼きのおじさんが連れらしい別のおじさんと話している声が聞こえてくる。

「……燕巣の工場でも整備士を募集してるらしいぞ」

「やっぱり給料いいの？」

「いいんじゃないか。ただ、俺たちみたいな年寄りはもう無理だよ。なんでも日本から専門家がやってきて、開業まで泊まり込みでみっちり研修があるらしいから」

おじさんたちの会話を何となく聞きながら威志が振振を抱き直そうとした時だった。大通りの車列がいつの間にか消え、遠くから途轍《とてつ》もなく巨大な物体が、ゆっくりと、しかし確実に近づいてくるのが見えた。威志は慌てて、更に振振を高く抱き上げた。濃いオレンジ色の街灯に照らされたアスファルト道路が深い川のようだった。深い川に浮かんだ高速鉄道の車輛が、流線型の先頭部分をこちらに向けて近づいてくる。

通り沿いのマンションの窓やベランダにも異変に気づいた人々が顔を出し、身を乗り出して見物している。

埠頭で見たときよりも、更に大きく見える。単なる鉄の塊だということは分かっているのに、街灯に照らされ、神々しく輝くその姿が、どこか思慮深げで大仏のような威厳さえある。思わず声を失っていた威志の横で、代わりに串焼きのおじさんたちが、「すげえな」と呟く。

「……あの尖った先端部分を見ると、確かにすごいスピード出しそうだもんな」

「ほんとだ。今までの電車が子供用みたいに見えるな」

威志は腕の中でじっとしている振振の顔を覗き込んだ。あまりにも異様な光景に驚いたようで、口をぽかんと開けたまま近づいてくる物体をただ凝視している。

「あれ、三百キロ以上で走るんだぞ」と威志は教えてやった。

「……すげえな、振振。もしここを三百キロで走ったら、どんな感じだろうな？　あっという間で見えねえかもな」

威志の興奮が伝わったのか、急に振振が腕の中で暴れ始める。威志は股に腕を入れて、更にしっかりと抱き直した。近づいてきた先頭車輛は、歩道橋の手前で左折するらしかった。反対車線の通行が止められ、ゆっくりとその尖った先端部分が左に折れていく。交差点で左折を始めた時、歩道の見物人の間から歓声が上がった。威志の目の前で車輛がほぼ横向きになる。規則正しく並んだ車輌の小さな窓ガラスに、通りの派手なネオンが反射していた。

威志が台湾高速鉄道燕巣車輛整備工場の従業員募集要項をもらいに行ったのは、その翌日のことだった。バイト先の店先で、威志は封筒から出した。募集要項をもらってみようと思ったのは、前の晩に陸上輸送される高速鉄道の車輛を見ていたときで、そのときにはさほど真剣なものでもなかったのだが、振振を連れて美青の家へ戻ると、居間のテーブルで熱心に勉強をしている彼女の姿があった。玄関横の窓から、威志はしばらくその横顔を眺めていた。たぶん理想としていた人生からは少し外れたのだろうと思う。カナダに留学して、卒業後はアメリカで働きたいというのが彼女の夢だったはずだ。しかし情けない日本の男と間違いを犯し、彼女はその結果をきちんと受け止めている。振振を可愛がる様子を見ていると、彼女が多少の躓《つまず》きくらいではへこたれない強い女なのだということが分かる。しばらく美青の横顔を眺めているうちに、威志はさっきふと思いついた整備工場への就職を真剣に考えてみようと思ったのだ。

もちろんきちんとした仕事を持ったところで、美青との関係に何か変化があるとは限らない。だが、間違いなくこのままでも何も変わらないのだ。自分が美青に好意を寄せていることは、彼女も彼女なりに気づいているはずだ。ただ、気づいていて気づいていないふりをしているということは、結局のところ、そういうことであって、威志の方でもわざわざ正解を知りたいとも思わない。ただ、根が図太いというか横着なので、振振に会うふりをして、しょっちゅう美青の家に行く。それでも美青は来るなとも、迷惑だとも言わないのだから、それはそれで、そういうことなのだろうと一方では思ってもいる。

そういうことと、そういうこと。この二つのそういうことの間で、最近の威志はすっかり落ち着き始めていた。しかし、ちょっと考えれば、こんなところは落ち着くような場所でないことはすぐに分かる。

いつもの野良犬が足元で昼寝をしている店先で、威志は募集要項を読み始めた。応募したところで、人気の職業なのだから倍率も高く、就職できるとは限らない。それでも一歩踏み出してみるのも悪くない。

「なぁ、俺みたいな奴、雇ってくれるかな?」と、威志は足元で寝ているいつもの野良犬に声をかけた。当然、野良犬は何も答えない。その柔らかそうな腹を靴の爪先で優しく突くと、面倒くさそうに街路樹の元へ行ってしまう。

威志は募集要項を握ったまま、大きく背伸びした。街路樹の木漏れ日がきれいだった。

「さぁて、また暑い夏が来るぞ」と威志は思った。

◇

台北松山《ソンシャン》空港内のレストランで、多田春香は遅い昼食に海鮮粥を啜っていた。待ち合わせの時間は午後三時で、すでに十五分ほど過ぎているが、まだ山尾部長も安西主任も現われない。安西からは、さっき携帯に連絡があり、台湾高鉄本社での打ち合わせが長引いて三十分ほど遅刻するので、先に搭乗口へ向かっていてくれと言われているが、胃の調子が悪く病院に寄ってくると言っていた山尾部長からの連絡はまだない。

搭乗する高雄行きの中華航空便は四時十五分の出発なので、まだ余裕はあるのだが、出掛けに顔色の悪かった山尾部長が、無事にこちらへ向かっているのか心配でもある。

春香は粥を食べ終わると、今夜高雄で再会する燕巣工場の所長たちへのみやげでも先に買っておこうとレストランを出た。みやげもの屋へ向かう途中、チェックインカウンターの向こうから胃を押さえながら歩いてくる山尾部長の姿があった。春香は駆け寄り、

「大丈夫ですか?」とその顔を覗き込んだ。

「ああ、点滴打ってもらって、だいぶいいんだけどな。なんかこうチクチク痛むんだよ」

山尾部長が強く胃の辺りを摩《さす》る。

「……安西くんは?」

「高鉄本社での打ち合わせが長引いて、三十分ほど遅れるそうです」

「あっちも苛められてんだろうな」

「さぁ、どうでしょう」

ここ数日、山尾部長の胃を痛めているのは、ほかでもない台湾新幹線の開業スケジュールの問題だった。当初、日本側が提出したスケジュールによれば、いよいよ来月から

試運転が始まる予定だったのだが、来月どころか、いつになったら始められるのかさえ予測できないほど工事その他が遅れている。

「台湾の人たちがスケジュールに対して呑気なんじゃないんだよ。ヨーロッパだって、アメリカだってそう。結局、世界中で日本だけがスケジュールに対する心構えが違うってことだと考えるしかないんだな」

これは最近の山尾部長の口癖で、本来なら工事工程に遅れを出す台湾企業に苦情を言ってしかるべきなのだが、いくら苦情を言ったところで、逆に驚いたような調子で、「でも要するにスケジュールってのは予定でしょ？」という、いつもの二の句も継げないような返事しか戻ってこないものだから、山尾部長は山尾部長なりにぐっと怒りを飲み込んで、その結果が胃にきてしまうらしい。その上、工事を請け負う台湾企業がそうなら、大本の台湾高鉄も同じようなもので、せっかくこちら側が「現状ではどう考えてもスケジュール通りにはいかないのだから、大幅な見直しを」と申し入れるのだが、「こちらにも政府や国民に対する面子《メンツ》がある」と頑《かたく》なに受け入れてくれない。具体的には、日本側としては試運転の開始時期をどう早く見積もっても半年後としか約束できないので、そう発表してほしいといくら頼み込んでも、「遅れそうなのであれば、とりあえず一ヶ月遅れるってことにしておきましょう」と言われてしまうのだ。当然、山尾は、「どうせ半年は遅れるんだから、最初から半年遅れると言えばいいじゃないですか」と胃を押さえながら迫る。しかし高鉄側は、「まだ半年遅れると決まったわけじゃないのだから、とりあえず一ヶ月としときましょう」と譲らない。

「一ヶ月遅れるという発表を六回もするつもりですか！」

「そうです」

「どうしてですか？　まとめて一回で済ませばいいじゃないですか！」

「いやいや、六ヶ月と言われると怒り出す人もいるでしょうけど、一ヶ月なら、まぁその程度なら待てるかな、って人の方が多いじゃありませんか」

この理屈を受け入れられるようになるために、山尾は胃に穴を開け、かつ、苦肉の策として、「台湾人だけがのんびりしているわけではない。世界中で日本人だけが律儀すぎるのだ」と思い込むようになったという。

みやげものを買っている間に、遅れていた安西も到着していた。三人揃ってチェックインを済ませ、足早に搭乗口へと向かう。安西が参加していた会議でも、やはり話は平行線のままだったようで、結局、来週高鉄側から「試運転の一ヶ月延期」が正式に発表されることが決まったらしい。

「多田さん、今日から明日にかけての予定ってどうなってるんだっけ？」

足早に搭乗口へ向かいながら山尾に尋ねられ、春香はみやげものの袋を安西に一つ渡して、「えっと、今夜は燕巣工場の所長たちとの会食が七時から。工場側からは所長の他に班長クラスのスタッフまで来ますので、総勢三十人ほどです。明日は午前九時から地元のマスコミを招いて工場内の見学に同行してもらって、昼食会、その後、各紙個別の取材が五時まで入ってます」と早口に説明した。

ちょうど説明を終えた時、搭乗口に辿り着く。すでにほとんどの乗客たちは搭乗しており、航空会社の地上係員が「急げ急げ」と手招きする。

「何から何まで遅れるくせに、なんでこういう時に限って予定よりも早いんだよ」

ここ数日の鬱憤を晴らすように山尾がこぼす。

「あくまでも予定は予定なんでしょうね。遅れることもあれば、早まることもある」

冷静に応えた春香に、「分かってるよ！」と、さすがの山尾も怒鳴る。

春香は、すいませんと頭を下げながらも、怒鳴れるのだから、胃の具合もそう悪くはないのだろうと判断した。


高雄市内の日本料理店で催された燕巣整備工場の所長たちとの会食も賑やかに済み、山尾部長の胃は少し落ちついたようだった。この夜は燕巣整備工場の訓練センター内にある宿泊施設に春香たち三名は宿泊する予定だったので、食事が終わるとそれぞれタクシーに分乗して工場へ向かった。完成した当初、春香は落成式で一度この工場を訪れているのだが、訓練中の従業員たちが生活している工場に足を踏み入れるのは初めてだった。

燕巣整備工場は広大な敷地に建てられた最新式の新幹線整備工場で、十二両編成の七〇〇T車輛を解体せずに持ち上げられるリフティングシステムを備えている。ここまで大きな設備があるのは、日本にも一カ所しかなく、まさに最新の技術が集結された整備工場となっている。広大な敷地には巨大な整備場の他に、整備士たちが訓練を受ける学校のような施設を備えたセンターがあり、宿泊棟、テニスコート、体育館、遊戯施設としてゲーム室や卓球室まで揃っている。開業後は、この工場で約百人が日々働くことになる。マニュアルによれば、二日に一度の日検、一ヶ月に一度の月検、十八ヶ月に一度の三級検、そして三十六ヶ月に一度の大修を各車輌は施されることになる。

タクシーで整備工場内の宿泊棟に到着すると、胃が痛いにも拘らず山尾部長は、安西を誘って所長の部屋で飲み直すことになった。春香は一人、部屋へ向かった。宿泊棟の部屋は開業したばかりのビジネスホテルのようで、きちんとベッドメイクされ、机、テレビ、小さな風呂もついている。数は少ないが女子専用室もいくつか用意されており、春香が宿泊するのがその一つだった。

荷物をベッドの上に置くと、まだ八時過ぎということもあり、ぶらりと施設内を歩いて回ることにした。廊下へ出て、なんとなく中央ホールへ向かう。がらんとしたホールには人の気配はない。すでに一階の食堂も閉店しており、真っ暗なフロアにテーブルと椅子が並び、壁に美味しそうな料理が書かれたメニューが貼り出されている。春香はそのままホールから屋外へ出た。南国の夜空に大きな月が浮かんでいる。元グァバ畑だった広大な敷地は無音で、遠くから聞こえてくる街や高速道路の騒音が、まるで風のようにときどき耳に届く。

振り返った宿泊棟の窓にはほとんど明かりがついていなかった。せっかく出てきたが、他にやることもない。辺りが暗いので、あまり遠くへ行くのも恐い。仕方なく春香が部屋へ戻ろうとした時、管理棟一階の窓がとつぜん開き、賑やかな笑い声が聞こえた。

　春香が窓の方に近寄ると、笑い声と共に卓球台でピンポンが跳ねる音が聞こえる。春香は窓の外から覗き込んでみた。若い男が二人、懸命に卓球をしている。二人ともかなりの腕前で、春香が目で追うのも大変なほどのラリーが続いていた。その華麗なラケットさばきに見とれていると、上半身裸で戦っていた方のスマッシュが台の角に当たって、長いラリーに勝負がついた。

　それぞれから落胆と驚喜する声が上がり、春香も思わず笑みをこぼした。春香の視線に気づいたらしい一人が、ぎょっとしたようにこちらを見つめる。春香は慌てて、「你《ニー》好《ハオ》」と声をかけた。

　你好の発音だけで台湾人でないことが分かったらしく、上半身裸の方が、「日本人《リーベンレン》？」と尋ねてくる。春香は、台北の本社から来たことを告げた。

「ああ、今夜、所長たちと食事した人？」

　半裸の男は春香に気を遣って、椅子の背にかけてあった白いランニングシャツを着てくれた。

「今、所長さんたちと一緒に戻ってきて」と春香は窓辺に寄った。

「うまいですね、中国語」

明らかにお世辞だが、そう言ってくれたのは、もう一人の赤いTシャツを着ている方だった。二人とも当然二十歳を過ぎているだろうが、額に汗を浮かべて卓球に興じる姿はまだ高校生のようにも見える。

春香の登場でゲームが中断したせいか、赤いTシャツの方が、「俺、ちょっとトイレ」とラケットを置いて出て行こうとする。その背中に白いランニングシャツの方が、「あ、帰りに水持って来て」と頼む。

「ごめんね。邪魔して」と春香は謝った。

「ぜんぜん。いつだって俺の勝ちだし」と白いランニングシャツが笑う。

春香は短く自己紹介した。すぐに彼も、「陳威志。三ヶ月前からここで働いている」と教えてくれる。

「ここの仕事、大変ですか？」と春香は訊いてみた。

「まぁ、大変と言えば大変。とにかく開業するまで、ずっと勉強と技術研修だから、働いてるっていうよりか、また学校に戻ったみたいな感じですね」

春香は資料用にもらった整備士教本のことを思い出した。鉄道に関する基礎知識から高速鉄道の保守点検の専門技術まで、彼らはみっちりと仕込まれる。各科目の教師を勤めるのは、JRなどから出向している日本人も多い。

「所長、また酔っぱらったんでしょ？」

沈黙を埋めるように陳威志と名乗った青年が尋ねてくる。

「うん、今も、うちの上司とまだ部屋で飲んでるみたい」

「いつも酔っぱらうんだよなー。今日はカラオケ誘われなかったんですか？」

「今日はカラオケはなし。でも、前にご一緒したときは連れてってもらって。所長、日本の歌うまいんですよね」

「あ〜、やっぱりもう聴かされたんだ」

陳威志という青年の笑顔はとても魅力的だった。見ているだけでこちらまで楽しくなってくる。

「今日、センターにあまり人がいないみたいね」と春香は尋ねた。

「今日はみんな出かけてるんですよ。三ヶ月に一度の誕生日会」

「誕生日会？」

「そう。三ヶ月に一度、その間に誕生日を迎えた人をまとめてお祝いするのが恒例になってて。俺とさっきの奴が、くじ引きで負けたんで、今日は留守番なんです」

「誕生日会なんてあるんだ？」

「まぁ、みんなでたまに町に出て飲んで騒ぐってだけですけどね。ほら、毎日こんな所にいると、たまには賑やかな所に行きたくなるじゃないですか」

ほがらかに笑う陳威志の声を聞きながら、春香はここ燕巣整備工場が予想以上にうまく機能し始めていると感じた。あれはいつだったか、ここに出向していた日本の技術者が台北の本社を尋ねてきた時、「台湾新幹線の未来は有望ですよ。とにかく若い整備士たちにやる気と誇りがある」と絶賛していたことをふと思い出す。

赤いTシャツの彼が水を持って戻ってきたのを折りに、春香が部屋へ戻ろうとすると、陳威志がしばらくごにょごにょと言ったあと、やっと思い出したように、「おやすみなさい」と日本語で言ってくれた。

翌日、山尾部長と安西は正午の便で台北に戻った。春香はあと二日間一人で燕巣工場に残り、日本連合の各社に配る工場のパンフレット資料を制作する仕事を続けることになっていた。制作するパンフレットは、燕巣工場の技術システムを詳細に説明するのはもちろん、工場内の施設や整備士たちが受けるカリキュラムから寮生活の紹介まで多岐に渡る。ある意味、台湾高速鉄道がどれほど安全に運行されるものであるかを、その核心部から紹介するもので、春香はこの大役を山尾部長から一任されている。

もちろん今回燕巣に来る前に何日もかけて下調べをし、撮影及び取材スケジュールを完璧に組んではいるが、当然工場という所はパンフレットを作るために動いているわけではなく、日々の作業を中断してもらって撮影するとなると、なかなかスケジュール通りには進まない。ただ、何かと制約を受けながらも、春香はここ燕巣工場が段々と好きになっている。ここ最近、台北の事務所では試運転開始時期の延期問題などで、どうしても殺伐とした雰囲気が漂っているのも一因だが、ここにはまったく違った何かがある。どう説明すればいいのか分からないが、肌が合うというか、元々自分が好きだった台湾がそのままの形で、ここ燕巣工場にはあるような、そんな感じがするのだ。

一時間のスライドを使った授業が終わり、研修室のカーテンが開けられると、強い日が窓から差し込んだ。薄暗い室内でずっとスクリーンを見つめていた生徒たちが一斉に目をしばたたかせている。教室の後ろで授業を聞いていた春香も同じように、とつぜんの強い日差しに目を細めた。

日本人講師の立花《たちばな》と通訳が研修室を出て行くと、春香は慌てて、「講師の写真、大丈夫？」と台北から連れてきたカメラマンに尋ねた。

「授業が始まる前に押さえました」

「よかった」

大野《おおの》という年配のカメラマンは台北在住の日本人で、普段は旅行ガイドなどの写真を日本の出版社に依託されているという。

講師たちが出て行くと、研修を受けていた十五人ほどの生徒たちも立ち上がる。陳威志も一番前の席におり、丸めた教本で肩を叩きながら春香の元に近寄ってきて、「あ〜、腹減った」と声をかけてくる。この陳威志とは、工場を訪れた初日の夜、卓球室で知り合ってから、何かと話をするようになっていた。

「このあと、どこの撮影なんですか？」

威志に訊かれ、「このあと、えっと、食堂」と春香は答えた。

「えっ、だったら一緒に行きましょうよ。で、俺が食べてるとこ撮って下さいよ。ここの食堂がどれほど美味いか、完璧な笑顔で表現しますから」

威志が満面の笑みで麵を啜っている真似をする。

「またあなたを撮ったら、工場の写真があなたの写真集みたいになるじゃない。この前のテニスコートでもあなただったでしょ」と春香は笑った。

「いいじゃないですか。陳威志ファースト写真集」

威志の言葉に、まだ研修室に残っている生徒たちが笑いながら集まってくる。彼の明るい性格のせいだと思うが、威志の周りにはいつも人がいる。その威志のお陰で険悪になりそうだった撮影も何度か助けられている。

「さーて、今日の昼飯は何食べようかなー」

同僚たちと食堂へ向かう威志のあとを、春香もついていった。廊下の角を曲がったところで、ふと威志だけが立ち止まり、春香が近寄ってくるのを待っている。「何？」と春香が声をかけると、「ところで多田さんって結婚してるんですか？」と訊く。

「結婚？　してないけど。どうして？」

「いや、名前は言えないんだけど、ある同僚が多田さんのこと美人だって」

「ほんと？　もし本当なら、あなたの写真集はキャンセルで、彼の写真集にしたいんだけど」

春香の冗談に笑った威志が、「じゃ、恋人は？」と訊いてくる。春香はつい言葉を詰まらせた。その様子をみた威志が、「あー、いるんだ」と冷やかす。

「日本に？」

「え？　……うん」

「じゃ、あんまり会えないですね」

「そうね。あんまり」

「たまには日本に帰ってるんでしょ？」

「二ヶ月に一度くらいは」

「そうかー、まぁ、多田さんなら恋人いますよね。あーあ、あいつ、またフラれた」

威志が前を歩いている同僚たちの誰かに向かって、わざと落胆した声を出す。

「あなたは？　恋人いないの？」

「俺ですか？　まぁ、いるような、いないような」

「何、それ？」

「まぁ、いないっていうのが正確かな」

「じゃあ、好きな人はいるんだ？」

春香の質問に威志は応えず、「まぁ、でも、誰か可愛い日本人の女の子を紹介してくれるんなら、いつでも大歓迎ですから」と笑って同僚たちの元へ駆け戻った。その後ろ姿を眺めながら、きっと大好きな人がいるんだろうなと春香は思う。

そのままふと立ち止まった春香は、カメラマンに先に食堂へ行ってもらい、窓からの景色を眺めた。南国の日を浴びた樹々は強烈な緑色で、自分は生きてるんだと大声で宣言しているように見える。南国の太陽が降り注ぐ日には、目一杯浴び、南国の雨に濡れる時には、目一杯飲み干す。ここ燕巣の樹々を眺めていると、生きるということがとてもシンプルなものに思えてくる。シンプルだからこそ、とても力強いものに。

と思った次の瞬間、眼下に広がっていた光景がすっと別のものに変わった。一瞬、春香はそこがどこなのか分からなかった。弱々しい緑色、枝についた葉にも力がない。見えていたのは、繁之が入院していた熱海の療養所の光景だった。病室の窓から見えたどこか力のない樹々が植えられた中庭だった。

あれ以来、日本に戻るたびに、とりあえず繁之とは会っている。初めて繁之を見舞った一年前に比べれば、顔色もよく徐々に回復しているように見えるのだが、この手の病気というのは、良くなったように見える時が実はあまり良くなく、本人が無理をしている時だと思った方がよいと、ある本に書いてあった。繁之はこれまでもう四度入院した。一週間という短いものもあれば、一番長い時には二ヶ月もこの療養所に入っている。現在、繁之は一応仕事に復帰している。ただ、上司の計らいで、それまでやっていたフロント業務など表の仕事ではなく、事務方に転属されており、上司や同僚たちも何かと心配してくれているらしい。

繁之としても、せっかくの恩情に応えるべく、裏方としてホテルを支えたいという気持ちはあるのだろうが、そんな気持ちが強くなれば強くなるほど、自分の不甲斐なさに落ち込んでしまい、頭痛、体のだるさ、吐き気などの症状が現れて、早退するようになり、次に遅刻するようになり、一日休み、それが三日に延び、一週間になり、結局一ヶ月ほど仕事を休んでしまう。最近では、上司の提案で、週に三日ほどの勤務にしてもらい、比較的体調の良い深夜に出てきて朝方まで事務処理をこなすということもあるらしい。

二ヶ月ほど前、春香が最後に会った時には、「薬を飲まなくても眠れるようになった」と言ってはいたが、繁之の部屋に泊まった三日のうち、繁之が寝ているところを春香は一度も見なかった。

「春香が寝たあとに寝て、起きる前に起きてるだけだって」

繁之はそう言って力なく笑っていたが、その瞳はどこか濁りがあり、つい、「私なんかがいても何の役にも立たないよね」などと、逆にプレッシャーをかけるようなことを言ってしまった。

春香が台湾に戻る前日、ちょうど日曜日だったこともあり、繁之に映画に行こうと誘われた。半分ほど埋まっていた客席のど真ん中で、繁之は本編が始まるとすぐに眠り始め、次第に寝息が大きな鼾《いびき》に変わり、途中何度も前の席のカップルからは睨まれたし、後ろの席からはわざとらしい咳払いをされた。もちろん春香は肘で突いて起こそうとした。しかし繁之に起きる気配はなく、手を強く握ると鼾だけは止まるので、とにかく鼾をかき始めると、熱っぽい繁之の手を強く握るしかなかった。

映画館を出ると、繁之は「なぜかぐっすり眠れたから、気分がいい」と言った。周りに迷惑をかけていたのだとは言えなかった。食事をして帰ろうということになり、映画館の近くにあった四川料理店に入ったのだが、ジャスミン茶を飲みながら食事をしていると、今度はとつぜん何の前触れもなく涙を流し始め、驚いた春香が、「出る？」と慌てると、「こうやってたまにでも会いに来てくれるだけで、俺、嬉しいんだ。本当なら、もう別れてあげなきゃいけないのに。それが俺の最後にしてやれることなのに。でも、どうしてもそれが言えないんだ」と声を上げて泣き出した。

幸い、客も少なく、仕切りのある半個室だったので目立つことはなかったが、泣き出した繁之になんと声をかけていいのか分からない。

樹々が見下ろせる窓辺で、春香は大きなため息をついた。心の中で「私まで滅入ってどうするのよ。仕事しなきゃ、仕事！」と自分で自分を鼓舞するが、繁之のことを考えるとどうしても気が重くなる。

春香はその場で手を広げて深呼吸した。とにかく気分を変えてカメラマンのあとを追い、食堂に駆け込んだ。すぐに広々としたホールの中央に陣取っていた陳威志が、「こっちこっち！」と手を振ってくる。春香は更に気持ちを切り替えるように微笑んで、「今日のメニュー、何？」と大声で尋ねた。

◇

平日の午後十一時を過ぎても、台湾大学周辺は大勢の人で賑わっていた。公館《ゴンガン》夜市から伸びている飲食店街にはまだ煌々と明かりがつき、どの店にもひっきりなしに客が出入りしている。

今日の午後、高雄の燕巣整備工場から台北に戻っていた安西誠は、ついさっき本社でのミーティングを終えたあと、空腹を堪えながら自宅マンションのあるこの界隈に戻っていた。MRTの公館駅を降りたところでユキに電話を入れたのだが、すでに夕食は済ませてしまったらしく、これから出ていくのは面倒だと言われた。仕方なく安西は一人で小さな海鮮料理店に入った。その直後ユキから電話があり、帰りに紅豆湯圓を買ってきてくれと頼まれる。

「出ておいでよ」と安西は誘った。

「出かける、また太る」とユキが笑う。

入った店は何度もユキと来たことがある店だった。席に着くと、恰幅のよい店の若主人から「なんでもいいの？」といつものように尋ねられ、頷いた安西の元に十分と経たず、蒸し海老のサラダと鶏肉の大蒜炒めが出てくる。

台北に来たばかりの頃、安西はこっちの米がどうも好きになれなかった。ぱさぱさしていると言えばいいのか、ちょうど昨日のごはんを温め直したようで嫌だったのだが、我慢して食べているうちに味の濃い台湾料理にはこの程度のごはんのほうが合うことに気づき、今ではたまに日本へ帰ると、あのもっちりとした炊きたてのごはんというものが、どうも喉につかえてしまう。

安西は台湾ビールと一緒に料理をかき込み、満たされた腹をさすりながら店を出た。自宅へ戻る途中に深夜まで営業している紅豆の店があり、ユキと自分の分を買う。現在、安西とユキが暮らしているマンションは、かなり老朽化した建物ではあるが、逆に古くからの住宅地ということで周囲の路地には椰子や棕櫚《しゅろ》などの巨木が多く、植物園の中にでも暮らしているような静けさがある。

重いアルミの門を開けると、安西はマンションの階段を上がった。部屋は二階にあり、防犯用のドアと通常の玄関ドアの二つを開けて中へ入る。奥からテレビを見ているらしいユキの笑い声が聞こえる。

「ただいま」と安西は声をかけた。

「おかえりー」

床を這ってきたユキが、廊下にひょいと顔を出してくれる。シャワーを浴びたばかりなのか、長い髪がまだ濡れている。

「今日、高雄から、戻った？」

ユキに訊かれ、安西は、「うん、今日の夕方」と頷いた。

「食べた？」

「いつもの店。ほら、注文を聞いてくれない」

廊下を進み、居間へ入ると、安西は紅豆湯圓をユキに渡した。早速食べようとするので、「あれ、晩メシもう食ったんだろ？」と呆れると、「甘い、別」とふたを開けてしまう。

　こうやって台北の町でユキと一緒に暮らしていることに、安西はなぜかまったく違和感がない。自分の不甲斐なさを棚に上げての言い草だとは重々分かっているのだが、それでもここでのユキとの生活に満たされている。本来なら、日本に残してきた妻ときちんと離婚をした上で、このような暮らしを始めるべきであることは分かっている。そしてもちろん安西としても最善は尽くしている。しかし何度話し合っても、妻がどうしても離婚を拒み続けている。

「あなたが好きだから離婚したくないわけではない。子供が可哀相だからなんて、今の状況を見られている上で、そんなきれいごとを言うつもりもない。私はただ、これからのあなたの人生が、あなたの思い通りになるということが許せない。ただそれだけの理由で、私は一生、あなたとは離婚しない」

　最後に会った時、妻はそう言った。安西としても、もうどうにもならないというのが本音だった。

　ユキと暮らすようになってはいるが、生活費は妻の口座に送り続けている。正直なところ、そのせいでここ台北での暮らしはとても苦しいものになっているが、自業自得だと諦めている。この状況に、ユキから何か口を出してくることはない。日本と比べれば台湾は物価が多少安いのは確かだが、同じアジアの先進国同士、そこに雲泥の差があるわけでもなく、現在借りている２ＬＤＫのマンションも東京都心の同じ間取りの家賃より一、二万円安い程度のものだ。

ユキは洋服店で働いている。安西の懐具合を察したのか、洋服店が休みの日にもジュエリーショップでのバイトをすることになったと言われた時には、さすがに安西も、「本当に申し訳ない」と謝った。しかし、ユキは逆にびっくりしたような顔をして、「謝ることないよ。お金少ない、より、お金多いが、楽しい」と応えた。

「きっと、ちゃんとするから」と安西は誓った。

「ゆっくり、ゆっくり。大丈夫。私、待つ。私、安西の奥さんの気持ち、少し分かる」

以来、ユキの方から妻との話し合いについて聞いてくることはない。

ユキと並んでソファに腰掛け、安西も紅豆湯圓を食べた。日本のおしるこみたいなものだが、甘さは控えめで餅の代わりに芋やタピオカが入っており、ユキに薦められて以来、食後のデザートといえばこれを食べるようになっている。

「新幹線のテスト、どうなった?」

同じように湯圓を啜っているユキに訊かれ、「うーん、どうもこうも。大変だよ」と安西はため息をついた。

「……台湾の人ってのは、なんでこうのんびりしてるというか、慌てないっていうか、ほんとに一緒に仕事してて、苛々してる自分の方が間違ってるような気持ちになるよ」

どこまで自分の日本語が伝わったのか分からないが、ユキが「ふーん」と興味なさそうに頷く。

「……とにかく電力の供給が今みたいに不安定じゃ、試運転どころの話じゃないんだよ。その電力システムの手配がぜんぜん出来てないのに試運転試運転って急かされてもどうしようもないよ」

「シウンテンシウンテン」

ユキが安西の言葉を真似する。現在ユキは日本語の猛勉強をしている。なんでも友人が働いている日本語学校に社員割引料金で週に二度通い、こうやって安西が口にする妙な響きの日本語などを真似て喜んでいるのだ。

「シウンテンシウンテンじゃなくて、試運転。新幹線のテストのこと」

「ああ、テスト」

「そう。……で、とにかく日本側の電力システム自体は完成してるんだよ。でも、肝心の供給元からの電力が足りないんだ。考えられるか？　スケジュールはきちんと出してあるのに、その日は別の場所に送電するから無理とかさ。なんのためにこっちは細かいスケジュール作ったと思ってんだよな？」

「ダヨナ、ダヨナ」

「あ、『だよな』ってのは男が使う言葉、女が使うと嫌われるぞ」

「女は、ダヨネ？」

「そう、だよね」

食べ終えた紅豆湯圓のカップを台所に下げようとすると、まだ半分ほど残っている自分のカップをユキが差し出してくる。

「もう食べないの？」

「いらない」

「じゃ、俺、食っちゃおう」

安西は腹一杯のくせに、残った湯圓を立ったままで啜り始めた。

「また太った」

ユキが手を伸ばして安西の腹を撫でる。

「最近、何食ってもうまいんだ。俺、台湾に来て、結局、六キロ太ったからね」

「男が太る、いいこと」

「完全にメタボだぞ」

安西は湯圓を飲み干すと、台所のゴミ箱にカップを捨てた。

「……あ、そうそう。話の続きだけど、今日も台湾高鉄側からはスケジュールの遅れに関して怒られてたんだ。でも、ドイツやフランスの技術者たちってのは、案外いい奴らなんだな。もちろん日本側のせいにはするけど、それでもいろいろと手伝ってくれようとするんだよ。それに引き換え香港勢なんて、金の算段が終わった途端にみんな帰国してるからな。まぁ、投資グループの代表として来てるんだから仕方ないけど、金儲けの話さえ済めば、『あとはあんたらで汗を流して下さいな』みたいな感じで、ほんと冷たいもんだよ」

冷蔵庫の中身を確かめながらそこまで話した安西は、反応のない居間に目を向けた。あまりにも早口過ぎたせいか、ユキはすっかり聞き取る気をなくしたようでテレビを見ている。その横顔を眺めながら、つい安西も笑みがこぼれる。たしかに毎日仕事では大変な目にあっているが、それでもこうやって家に戻り、ほとんど日本語が通じないユキに愚痴をこぼしていると、気がつけばすっきりしている自分がいる。もちろんユキにしてみれば迷惑な話だろうと思い、一度、自分の話ばかりすることを謝ったことがあるのだが、ユキは、「大丈夫」と答え、「聞きたくない時、ＯＦＦ」と、自分の耳を押さえて笑っていた。

ユキという女は何かを待っているという素振りを全く見せない。当然今の二人の関係からすれば、安西に迫るべきことはいくらでもあると思うのだが、迫るどころか、それを待っているようにも見えないのだ。

正直、自分が何かを待たせている女というよりも、逆にとつぜん理由もなく自分の元から去っていきそうな気さえする。

「今週末、また温泉に行こうか？」と安西は声をかけた。

テレビを眺めたまま、「温泉、いいよ」とユキが答える。

「ケビンたちも誘えば行くかな？」

「明日、電話する」

「あ、そうだ。ケビン、大陸に行くとか言ってたけど、あの話どうなった？」

「うーん、まだ、分からない。でも、たぶん、行く」

「彼女は？　残していくの」

「一緒に行く。結婚する」

「結婚？　いつ？」

「もうすぐ」

ケビンもすでに「クリスタル」は辞め、今は旅行代理店で働いている。この旅行代理店が今度上海に支店を置くことになり、ケビンが出向するという話があったのだ。

「ケビンたち、結婚式は？」と、ソファに戻って安西は尋ねた。

「結婚式、する」

「いつ？」

「来月」

「どこで？」

「基隆のホテル」

ユキたち姉弟は基隆の出身で、まだ会ったことはないが、現在も両親はそこで暮らしている。安西はなんとなくテレビに目を向けた。ケビンたちの結婚は嬉しいが、自分が素直にその喜びを表現していいのかどうか迷ったのだ。その気配を敏感に感じ取ったらしいユキが、「誠も、結婚式、行く？」と尋ねてくる。

「俺？　いいの？」

「ケビンたちは来て欲しい。でも私、断った」

「……どうして？」

「私のお父さんお母さんに、会いたい？」

「え？」

急な質問で安西は思わず声が裏返った。その様子を見てユキが笑う。

「誠、来ない。大丈夫。結婚式、親戚いっぱい。面倒くさい」

ユキはそう言うと、リモコンでチャンネルを替えた。いくつか替えたあと、『シカゴ』というアメリカのミュージカル映画が流れる。以前、ユキと一緒に見に行った映画で、帰り道、映画を気に入ったユキはサントラ盤まで買った。

「あ、これ！」

ユキがボリュームを上げる。ちょうどリチャード・ギア扮する弁護士の登場シーンで、軽快な音楽に合わせて、ユキまで歌い出す。「お、うまいね」と、安西が褒めると、ユキは調子に乗って立ち上がり、リチャード・ギアの真似をして両手を広げる。安っぽい蛍光灯の下だったが、安西にはそこがとても大きな舞台に見えた。

◇

その日、葉山勝一郎は以前妻の曜子が贔屓にしていた駅前の寿司屋から五人前の特上にぎりを出前してもらっていた。生前、曜子は何か祝い事があると、この寿司屋から出前を取った。勝一郎の昇進。勝一郎の部下の送別会に、歓迎会。家が賑わう時には必ず、ここ鮨政のにぎりが勝一郎宅のテーブルに並んだ。

今日、運んできたのは鮨政の二代目で、勝一郎が妻と通っていた頃には、親父に厳しく仕込まれていた不器用な若者だったのだが、この二十年ですっかり貫禄が出ており、「ご挨拶がてら、私が持ってきました」と、挨拶するその太く艶やかな指は紛れもなく旨い寿司屋の親父の指だった。

勝一郎が無沙汰を詫びながら桶を受け取ると、「今日は何かお祝い事でも？」と二代目が訊いてくる。

「いや、ちょっと若いのが三、四人遊びに来るんで、旨い寿司でも食べさせてやろうと思ってね」

「会社の方ですか？」

「いやいや、もう私の部下なんてみんな定年してしまってるよ。それにいくら部下でも、さすがに定年した爺さんたち捕まえて『若いの』とも言えないよ。……いやね、先日、ちょっとした講演会に出させてもらった時に聞きに来てくれた台湾の若者がいて、それがこっちの建設会社で働いているんだけれども、彼が大学院時代の友人を連れて遊びに来るんですよ」

「ってことは、みなさん台湾の方？」

「いやいや、彼は日本の大学院に通ってたんで、日本人じゃないかな」

「じゃ、みなさんで葉山さんのお話を聞きにいらっしゃるんですね」

「まぁ、私の話なんて退屈だから、すぐに飽きてあとは酒盛りになるんだろうけどね」

「だったら、何か旨い酒でも一緒にお持ちすればよかったですね」

ちょっとした玄関でのやりとりだったが、勝一郎にはなぜか新鮮だった。一人になって以来、カツ丼一つ配達してもらうのも悪く、なかなか出前を頼めずにいる。

バイクに跨がる二代目を見送りながら、「近いうちにお店の方にも寄らせてもらいますよ」と勝一郎は声をかけた。「お待ちしてます」という二代目の返事がなぜか心地良い。

劉人豪たちがやってきたのは、それから十五分と経たないころだった。勝手知ったる我が家のように、人豪が率先して人数分の座布団を敷き、お茶を淹れようとするので、「まぁ、難しい話もないんだから、ビールでも飲もう」と勝一郎は声をかけた。

人豪が連れてきた友人たちは、みんな気持ちのいい若者たちだった。大学院で環境デザインを専攻した彼らは、人豪のように大手建設会社で働いているのが二人、あとの一人はそのまま講師として大学に残っているという。

もう何度もここを訪問している人豪からすでに話は聞いているようで、せっかく出した座布団に座る間もなく、簡単にビールで乾杯すると、早速奥の書斎に入ってジオラマなどを興味深そうに眺める。勝一郎が整理しておいた資料にもすぐに興味を示し、「あぁ、これは名神高速だ」「こっちは首都高ですよね？」などと、嬉しそうに当時の建築現場写真を捲っていく。

その後、居間に場所を移してからは、鮨政のにぎりをつまみに、彼らが差し入れてくれた灘の酒を飲み始めた。高速道路建設当時の土地買収のこと、当時のアスファルトの強度のこと、政治のこと、これからの日本のモータリゼーションについてなどなど、脈絡なく続く会話に際限はなく、気がつけば、夜の十一時を過ぎていた。

みんなを送り出したあと、勝一郎はしばらく寝つけなかった。さほど酒を飲んだわけでもないのだが、久しぶりに興奮していろんなことを喋ったのが原因らしかった。ただ、翌朝の目覚めはすこぶる良く、まだ少し肌寒かったが、たまには散歩にでも出かけてみようかと心が弾むほどだった。

実際、勝一郎は簡単な朝食を済ませると、二キロほど離れた公園へ向かった。公園には子供用の遊具施設の他に、おそらく中高齢者向けと思われる運動器具が設置してある。グルグル肩回旋、ワクワクステップ、背伸び棒に、スイスイ屈伸など、ふざけたような名前がついた器具ばかりだったが、同年輩の老人たちと同じように恐る恐る試してみると、これが結構、喜寿を過ぎた勝一郎にはきつい。それでもいくつかの器具を試し、両足でペダルを踏むというものに足を乗せた。その時だった。思っていたよりもペダルが軽く、思わず強く踏み込んだせいでバランスが崩れた。立て直そうと前に出したもう片方の足がペダルを踏み外し、そのままの勢いで転んでしまったのだ。

ペダルが地面を叩きつけ、大きな音が立った。駆け寄ってきた人たちに抱き起こされた時には意識もあり、「大丈夫ですか？」「ああ、すいません。踏み外してしまって」「これ危ないんですよね」などと見知らぬ人たちと交わした言葉は覚えている。しかし、その次の瞬間から自宅まで戻った記憶が一切なかったのだ。「あれ？」と青ざめたのは、自宅の居間でお茶を飲んでいる時だった。腹が減っており、時計を見ると、すでに午後一時を回っている。公園へ出かけたのは八時頃だったはずだ。

ペダルを踏み外して転んだことははっきりと覚えているのに、公園から自宅に戻り、こうやってお湯を沸かしてお茶を淹れた今までの記憶が一切ない。勝一郎は嫌な汗をかいた。もしかすると公園に行ったのが夢だったのかもしれない。いや、しかし、たとえそうだとしても、起きてから今までの記憶もないのだ。

勝一郎は誰もいない家の中を見回した。こんなに静かだったかと思うほど音がなかった。自分だけがこの世に取り残されたような、凄まじい不安感だった。このまま一人でいるとどうにかなってしまいそうだった。

勝一郎は急いでタクシーを呼び、今朝行ったはずの公園へ向かった。園内には確かに見覚えのある器具が並んでいる。しばし呆然と見つめていると、「あら、今朝は大丈夫でしたか？」という声が背中に聞こえた。振り返ると、同年代の女性が立っている。勝一郎は恐る恐る尋ねてみた。「今朝、私、ここで転びましたよね？」と。

女性は勝一郎の質問を、「どの器具で？」という風にとったらしかった。

「ええ、これです、これです。大丈夫でしたか？　これ、危ないんですよ。前にも転んだ方がいて」

「あの、そのあと私は……」

この辺りで女性も勝一郎の様子がヘンなのに気づいたらしかった。

「私たちが『送りましょうか？』って声をおかけしたんですけど、『大丈夫です』って、ほら、ちょうどそこに停まっていたタクシーに乗られて……」

「私、一人で？」

「え、ええ……」

女性が怪訝そうに頷く。

勝一郎は礼を言って公園を出た。たしかに公園には行ったのだ。行って転んだのだ。そして自分でタクシーを捕まえ、ちゃんと帰宅したのだ。

これまでいくら深酒しても記憶がなくなるようなことはなかった。勝一郎はますます気味の悪さを感じた。

勝一郎が病院で精密検査を受けたのは、その翌日のことだった。正式な検査結果は一週間待たないと出ないという。心もとなかった勝一郎は記憶がなくなった話もしたのだが、医者は、「とにかく検査結果を待ちましょう」としか言わなかった。

勝一郎が珍しく自分から劉人豪に電話をかけたのは、その検査結果が出た日の夜だった。結局、一週間待たされた検査結果でも特に悪いところは見つからず、逆にこの年にしては驚くほど元気だというお墨付きまでもらっていた。

あとになって気がついたのだが、この一週間、勝一郎は誰とも口をきいていなかった。細かいことを言えば、朝食を買いに行くコンビニの店員に「ありがとう」とか、ゴミを捨てる時に近所の人に挨拶をしたくらいのことはあるかもしれないが、会話となると一切なく、当然、記憶をなくしたという気味の悪さも、検査を待つ不安も誰にも語っていなかった。検査結果が白で、今のところ特に心配する必要はないと言われて、多少気が楽になったこともあるのだと思う。こういう状況になって初めて、妻を失った自分が天涯孤独の身であり、老いの不安や心細さを話す相手もいないことに気づきながら、最初に浮かんできたのが人豪の顔だった。もちろん人豪と話したところで、彼に何かを期待しているわけではない。ただ、一時的にしろ記憶を失ったという事実を、気がついたら自宅の居間でお茶を飲んでいたという笑い話を誰かに伝えたかったのだと思う。

電話口で勝一郎が事の顚末を人豪に伝えると、彼は一瞬言葉を失い、「ほんとに、大丈夫ですか？」と心配してくれた。

「大丈夫だよ、大丈夫、大丈夫。……いやいや、それにしても人間ってのは無意識でも自宅に帰ってこれるもんなんだねえ」

勝一郎は人豪の心配を豪快に笑い飛ばした。あまりにも勝一郎が笑うので、最後には人豪まで愛想程度に笑ってくれる。しかし、「今夜、仕事が終わったら伺いましょうか？」と人豪が言うので、「いやいや、ほんとに大丈夫なんだ。……いや、実はね、今日電話したのは、また別件で、君にちょっと頼みたいことがあったんだ」と勝一郎は応えた。

「なんですか？」

電話をかける時には考えてもいなかったことだったのだが、次の瞬間、勝一郎はこう言っていた。「前にもちょっと話したけど、近いうちに台湾に行ってみたいと思っててね。で、まぁ、この年だし、もし君の都合がつけばの話だけど、一緒にどうかと思ってるんだよ」と。

「ああ、台湾ですか？」

「いや、無理にとは言わないよ。同級生でも誘えば、誰かしら一緒に行くって奴もいるかもしれないし」

勝一郎は慌てて付け加えた。こんなことを頼んでいる自分に自分で驚いていた。

「いつ頃ですか？」

「いや、まだ、そこまでは詳しくは考えてないんだけれども」

「実は今月末に台湾に戻るんですよ。でも二週間後じゃ、ちょっと早いですか？」

「里帰り？」

「いえ、台北でフォーラムがあって参加するんです」

勝一郎はあまりの急展開に怖じ気づきそうになる。

「……でも、仕事だと、私なんかが同行すると邪魔だな」

「仕事じゃないんです。有休取って行くんです。参加したいフォーラムは一日だけで、前後に有休をつけて、三泊四日で行くつもりだったんです。フォーラムの日以外は、どこにでもご案内できます」

六十年も躊躇《ためら》っていたことが、たった一本の電話で実現しそうになっていた。勝一郎は気持ちを落ち着かせようと焦った。とにかく自分から頼んでおいて、断るというのもおかしい。だが二週間後は早過ぎるという返事はできないこともない。しかし、そこまで考えて、勝一郎は自分で自分が可笑しくなってくる。二週間後がダメで、ならばいつならいいんだ？

「……そうか。じゃあ、お言葉に甘えて連れてってもらおうかな」

勝一郎はそう告げていた。

「分かりました。じゃ、飛行機のチケットとかホテルとか、僕が早速探します」

弾んだような人豪の声に、勝一郎は、「ありがとう。悪いね」と答えるのがやっとだった。

その後、準備は着々と進められた。勝一郎はただ人豪からの「飛行機のチケットが取れた」「ホテルを予約した」という報告を電話で受けるだけなのだが、それでも日に日に自分が台湾へ向かうのだという興奮は高まっていた。その最中、勝一郎は台北高校時代の同級生だった鴻巣義一に電話をかけた。急な話なのだが来週台湾に遊びに行くことになったと告げると、「だったら同級生と会ってこい」と言われて、彼が未だに付き合いのある数名の連絡先をすぐにＦＡＸで送ってくれた。

その中に中野赳夫の名前もあった。自分が中野と会うのかどうか、勝一郎は自分でも分からなかった。しかし今回の台湾旅行がそのためのもののような気もしてくる。

出発の朝、勝一郎は少し感傷的過ぎるかとも思ったが、トランクの中にいつも仏壇に飾ってある妻曜子の小さな遺影を入れた。あれはいつだったか、当時、妻が入院していた病院で、台湾に新幹線が走るという新聞記事を一緒に見たことがある。その時の記憶がふと蘇る。

「新幹線が開通したら、二人で台湾に行ってみるか？」と勝一郎は言った。

「開通したらって、まだ五年も先の話じゃないですか」と妻は答えた。

「そうか。五年も先か」

「そうですよ」

「五年なんてあっという間かもしれないぞ」と勝一郎は言った。

「七十過ぎたおじいちゃんが元気潑剌だとみっともないですよ」と妻は笑っていた。

当日、人豪とは、成田空港で待ち合わせていた。大きなトランクを引いてきた勝一郎に比べ、人豪は温泉旅行でもするような小さなボストンバッグを肩にかけただけで、思わず「それだけか？」と尋ねると、「三泊ですから」と平然と答える。

チェックインから搭乗まで、すべて人豪に任せてしまい、勝一郎はただ彼のあとをついて行くだけだった。もしかすると、向こうで同級生に会う気になるかもしれないと思い、搭乗までの短い時間でみやげになりそうなものを探したのだが、日本酒、菓子と手に取ってみたところで、何か今の自分の心の昂《たかぶ》りと釣り合わず、結局、何も買えなかった。

台北まではたった三時間半のフライトだった。隣のシートに座る人豪は昨夜残業だったらしく、機内食を食べ終えるといつの間にか眠っている。勝一郎は窓からの景色をずっと眺めていた。天気が良く、真っ青な海が見下ろせた。六十年前、自分はこの海を船で渡って日本に戻ったのかと思えば、当時の暗い海と、たった今、眼下に見える眩しい海とが全く違う海に思える。

機内でのアナウンスは、日本語の他に北京語と台湾語が続いた。台湾語に聞き覚えのある言葉を探そうとしてみるのだが、残念ながら一つも聞き取れない。野菜売りのおばさんや車夫がたまに口にしていた台湾語を子供のころは覚えていたはずだが、さすがに六十年も前となると難しかった。

着陸態勢に入ったというアナウンスで目を覚ました人豪が、とつぜん思い出したように、「ほんとに今夜は大丈夫ですか？」と訊いてくる。

「何が？」

「だから夜です。たぶん空港から台北のホテルに着くのは二時ぐらい。僕は四時からのフォーラムに出て、そのあと参加者たちとの食事会があるので」

もう何度も電話で確認された話だった。

「大丈夫だよ。心配ない。ありがとう」

「夜、ホテルに伺いましょうか？」

「ほんとに大丈夫だよ。その代わり明日、一日観光に付き合ってくれ」

「はい、それは大丈夫です。暇ですから」

「台中の実家には戻らなくていいの？」

「ええ。どうせまた正月休みに帰るので」

勝一郎はまた窓の外へ目を向けた。向けた瞬間、鳥肌が立つ。いつの間にか、眼下に台湾の海岸線があった。どの辺りだろうか、肥沃な土地を濃い緑の樹々が覆っている。

こんなに近かったのか、と改めて思う。こんなに近かったのに、自分は一度も妻を連れてきてやれなかったのか、と。

勝一郎には根拠のない持論があった。たとえば一年の中で春が好きだという者は春に生まれている。夏が心地よいと感じる者は夏に生まれている。同じように秋の涼しさを好む者は秋。そして冬の静けさに落ち着く者は冬。だが、この持論に当てはまらないのが、勝一郎自身と妻の曜子だった。二人とも春に生まれているのだが、なぜか揃って夏を好んでいたのだ。

いよいよ台湾桃園国際空港に着陸した機体から一歩足を踏み出した勝一郎は、ふとそんなことを思い出した。空港建物と機体を結ぶボーディングブリッジには台湾の暑さと湿気が充満していた。乾燥していた機内に長時間いたせいもあるが、じっとりと肌を濡らしてくるような台湾の湿気に、勝一郎は頭ではなく、体で懐かしさを感じた。六十年も離れていた土地の記憶が、自分の体にこんなにもはっきりと残っていることが不思議だった。背後で観光客らしい日本人の女の子たちが、「うわぁ、やっぱり台湾暑いねー」などと上げる声を聞きながら、勝一郎は深呼吸するように台湾の空気を体一杯に吸い込んだ。大地を照りつける太陽の匂いがする。大地を叩きつける雨の匂いがする。

ボーディングブリッジを渡り、空港内に入ると、どこかにレストランでもあるのか、八角や香草の独特な匂いが漂ってくる。台湾に帰ってきたのだ、と勝一郎の体中が叫んでいる。イミグレーションを抜け、預けたトランクを受け取り、税関を抜けた。勝一郎のトランクを引いてくれながら前を歩いている人豪が、「とりあえずタクシーでホテルまで送りますね」と振り返る。

「ああ、悪いね。ありがとう」と勝一郎は礼を言った。

出口の自動ドアが開いた途端、視界が開けた。天井の高いホールに大勢の出迎えやホテルのスタッフなどがおり、それぞれ名前の書かれたプラカードを持っている。タクシー乗り場へ向かって歩き始めた人豪がふと足を止めたのはその時だった。

「あれ？」

首を傾げた人豪が大勢の出迎え客たちに目を向ける。

「……あそこに葉山さんの名前が」

人豪に言われて視線を向けると、確かに「葉山勝一郎先生」と手作りのプラカードに書かれている。胸に掲げてこちらを見つめているのは二十代の青年で、勝一郎には見覚えがない。

「お知り合いですか？」

人豪に訊かれ、「いや」と勝一郎は首を振り、人豪はすぐにその青年の元に近づいていく。そして何やら話したあとに、「葉山さん！　やっぱり葉山さんを迎えに来たみたいです」と声をかけてくる。

勝一郎は訳も分からず、とにかく青年の元へ向かった。深々とお辞儀をする青年が、改めて人豪に説明している。その中で、「中野赳夫」という言葉だけが勝一郎にも分かった。

「……中野」

思わず勝一郎が呟くと、「はい、はい、私、孫」と青年が日本語で応える。勝一郎は咄嗟に辺りを見回した。しかし、中野の姿はない。次の瞬間、若い頃の中野の面影を探していたことに気づき、改めて同年輩の男がいないか見直した。

勝一郎の様子に気づいた青年が、「あっちです」とでも言うように、少し離れた場所を差す。ベンチが並んでおり、ほとんどが埋まっている。青年のあとを追って、勝一郎と人豪もそちらへ向かった。

中野赳夫が来ている？

頭では理解しているのだが、あまりにも急で、勝一郎はただ足を前に出すのが精一杯だった。自分が何を感じればいいのかも分からない。

ベンチが並んだ場所に着くと、こちらに背を向けて座っている白髪の老人の肩を青年が叩いた。少し驚いたように振り向いた老人を、勝一郎は見つめた。

「おお！」と老人が声を漏らす。つられて勝一郎も「あぁ」と声にもならないような息を漏らした。

「葉山か？」

はっきりとした口調だった。

「ああ、中野か？」と、勝一郎もしっかりとした声で返した。

ベンチから立った中野が近づいてくる。勝一郎はただその顔を見つめた。六十年の歳月で中野の顔には深い皺が刻まれていた。しかしその一本一本から、今の彼が幸せであることが窺われる。立派に生きていた男なのだと分かる。

目の前に立った中野が、「よく来た」と言った。その目が薄らと涙に濡れているように見える。

「ああ」と応えた勝一郎の声が震えていた。

「鴻巣から連絡があった。お前がこっちに来るって」

「ああ、来たよ」

「ああ、よく来た」

二人の間に六十年という長い歳月が流れていたわけではなかった。空港の片隅で向かい合った二人の間には、遠い日に二人で過ごした濃密な時間が見えた。蒸し暑くて寝苦しい夏の夜、気晴らしに散歩でもしようと誘いにきた中野の顔が思い出される。台北高の制帽を初めてかぶり、胸を張って台北の目抜き通りを一緒に歩いた日、汗まみれになり一緒に防空壕を掘ったこと、中野の母親が作ってくれた晩飯、勝一郎の家で生まれて初めて飲んだ日本酒。

「……来たよ」と勝一郎はもう一度言った。

「ああ、よく来た」と中野も頷く。

差し出された中野の手を、勝一郎は握った。互いにその感触を確かめ合うように握り合った。その力が余り、中野が強く胸をぶつけてくる。勝一郎も負けないように、がっしりとその背中を抱いた。その瞬間、勝一郎の口から自然と言葉が溢れた。

「曜子が、曜子が死んだよ」と。

中野の表情は見えなかった。ただ、「そうか」と応えた中野が勝一郎の背中を強く何度も叩く。

「戻ってきた。俺は戻ってきたよ……」と勝一郎は繰り返した。

「ああ、分かった。……よく戻ってきた」と中野が応える。

勝一郎は自分が泣いていることに気づいた。曜子が死んで以来、いや、六十年も前に、ここ台湾を捨てるしかなかったあの日以来、ずっと胸の奥深くに閉じ込めていた何かが、今とつぜん溢れてくる。

二〇〇五年　試運転

『台湾新幹線、やっと試験走行
予定よりも3カ月遅れ』

日本の新幹線システムが初めて輸出された台湾高速鉄道（台湾新幹線）の試験走行が27日始まった。予定より3カ月遅れで、今年10月末とされる全線開業予定も順調にいくかどうか危ぶまれている。

台北と高雄間（約350キロ）を最短90分で結ぶ。「のぞみ700系」の鼻を少し短くした「700T」型車両が使われる。最高時速は300キロだが、この日は約30キロで動き、同日午前、台南駅のセレモニーに姿を見せた。

民間事業として建設・運営され、総工費は約1兆5千億円と、世界の民間鉄道事業としては最大規模だ。このうち車両・信号など中心システムを日本企業が受注しているが、車両・信号などの建設進捗率はまだ約36％にとどまっている。

【朝日新聞二〇〇五年一月二十七日東京夕刊】

オフィス内に殺伐とした空気が沈殿している。一日中つけっぱなしの古いエアコンはいつものようにガタガタと音を立て、送風口から風を送り出しているのだが、いくら掻き回そうとしても微動だにしない空気がオフィスの床に積もっていく。多田春香はまた溜め息をつこうとして、ふとやめた。この溜め息が沈殿するのだと。

この重い空気は、先日行われた台南でのセレモニーが終わったあとの疲れからだけではない。もちろん社員総出で準備に当たったセレモニーの、とりあえずの成功は、春香たちに一時の達成感を味わわせてくれ、同時に徹夜続きだった疲労感がどっと出たことは間違いないが、今オフィス内に漂っている空気はそのような些細なものではなく、台湾新幹線開通という一大事業が根幹から腐っていくような、そんな恐ろしさに満ちている。

「……山尾部長、まだ部屋から出てこないの？」

春香の背後で声がした。振り返ると、外出していた安西が心配そうに部長室を覗き込みながら立っている。

「はい、まだ」と春香は重々しく応えた。

「部長が悩んだって仕方ないと思うけどね。結局、なるようにしかならないんだろうし」

さらりと言い放つ安西を、春香はまじまじと見つめてしまう。

「何？」

春香の視線に安西が少し気味悪そうに一歩後ずさる。

「……いえ、なんか、……安西さんって変わりましたよね？」

「俺？　そう？」

「……はい」

春香は更に安西を爪先から頭のてっぺんまで見上げた。

「ダメな方に？」

沈黙の長さに痺れを切らした安西が、本意を探ろうと心細そうな声を出す。

「いい方にですよ。今だから言えるけど、一緒に台湾に来た時、安西さんって台湾に合わないいんだなぁ、大丈夫かなぁって心配してたんです。でも、最近の安西さんを見てると……」

「見てると？」

「うーん、なんていうか、……台湾人みたい」

「は？」

「だから……」

「それって良い意味？　悪い意味？」

「だから、悪い意味なんだけど、良い意味？」

「よく分かんねえなぁ」

「だから、今の『なるようにしかならないいんだろうし』的な」

自分でも何を言いたいのか分からないので、安西に伝わるわけもない。安西が首を捻りながら自分のデスクに戻っていく。春香は改めて部長室へ目を向けた。ガラス張りの部長室は内側のブラインドが中途半端に開いているせいで、細い線状に暗い顔をした部長の顔が見える。

台南でのセレモニーが終わったあと、二つの問題が起こっていた。まずは日本側の工事の遅れに対する賠償請求はしないと明言していた台湾高鉄側で、内部から賠償請求すべきという声が上がっているのだ。ここに来て、当初から予定されていた今年十月の開業が絶望的であることが分かり、となると開業が遅れるたびに一日に数億円にもなる損害をどこかの責任にしないことには、このような一大事業は進まない。しかし当然日本側にも言い分はあり、「ああ、そうですか、じゃあ仕方ないですね」と素直に受け入れられない。日本でなら通る規格が、欧州基準だと通らない。日本連合側としては、日本で問題なく新幹線が運行できているのだからいいではないかと感じるし、結局、日欧混合というシステム自体に問題があり、その問題を作ったのは台湾高鉄側だということになる。

ただ、この問題については、始まった時から毎日のように繰り返されてきた問題で、ある意味、仲介役である山尾部長も慣れているとは言わないまでも、どちらかといえばさっきの安西と同じ考え方で、「まぁ、結局なるようにしかならない」で通すこともできたのだろうが、いよいよ忍耐の限界を超えた日本のＪＲ側が、今後の技術協力について考え直したいと新たに提案してきてしまったのだ。

今回、台南で行われた試運転セレモニーでも、七〇〇Tを運転したのはJRから派遣されてきた運転士であり、更に速度を増した今後の試運転、開業後の当面の運行時、また将来的に必要となる台湾人運転士の育成についても、その全てをお願いせざるを得ないJRがこの時点で協力を拒めば、今後どのような事態に陥るかは山尾でなくても、部屋に閉じこもりたくなる。

春香は給湯室に新しく買い入れたエスプレッソマシーンで珈琲を淹れると、部長室の山尾へ運んだ。ノックのあと、かなり間があってから、「入れ」という声がする。

「珈琲いかがですか?」

春香はなるべく明るい声をかけた。

「ああ、ありがと。そこに置いといてくれ」

山尾が顔も上げずに応える。

春香はテーブルに珈琲を置くと、「あの」と声をかけた。

「ん? なんだ?」

「私なんかが口を出せる問題でないのは分かっているんですけど……」

「なんだ?」

「あの、私、もう何度も燕巣の整備工場を訪ねてるんですが、本当にうまくいってるんです」

唐突な春香の話に、山尾が少し面倒臭そうに顔を上げる。

「何が?」

「ですから、JRから派遣されてきた講師の方々と、研修を受けているこっちの若い人たちの関係が」

「あ、ああ」

すでに興味を失ったらしく、山尾が溜め息をつく。

「もちろん、何事も上層部で決まるのは分かっているんですが、これまで燕巣の整備工場で結ばれてきた人間同士の信頼関係って、そう簡単には断ち切れない気がするんです。本気で学びたい若者と、本気で伝えたい技術者の間には、私たちが想像もしていなかったような絆が生まれていて……。私たちがやってきたことが何から何まで失敗だったってことはないと思うんです……」

そこまで一気に喋ってしまってから、春香は出過ぎたことをしていることに気づき、慌てて、「申し訳ありません」と頭を下げた。

ふっと肩の力を抜くように息を吐いた山尾が、いつもの穏やかな笑顔を浮かべ、「お前に言われなくても、分かってるよ。……新幹線ってさ、結局は機械じゃなくて、人間が動かすものなんだよな。今回、この仕事に関わって改めて俺もそう感じている」と呟く。

「すいません」と春香はもう一度謝った。

「君が謝ることはない。俺も本当にそう思う。ここ台湾で新幹線を走らせようとする人間は間違いなく育ってきている」

山尾の言葉に、春香は深く頷いた。

「とにかく、ありがと。……そうだな、あと五分、ここで落ち込んだら、気分を変えて出ていくから、そう心配するな」

山尾の声がいつもの力強いものに戻り、春香は一礼して部長室を出た。出ると、窓際の空きスペースで太極拳をやっている安西の姿がある。なんでも休日に近所の公園へ散歩に出かけた時、おばさんたちのグループに誘われて真似事を始めたらしい。最初は散歩ついでの退屈しのぎだったのだが、ふと気がつけば、よく眠れるようになるし、日頃の疲れは取れるし、ということで、最近では日曜の朝になるとグループの誰よりも早く公園に着いているらしい。

静かに呼吸をする安西を眺めたあと、春香はオフィスをゆっくりと見渡してみた。考えてみれば、台湾に来てから四年以上が経っている。日々の仕事に追われて気づかなかったが、このオフィスの雰囲気も明らかに変わっている。何がどう変わったのかはうまく説明できないが、日本から持ってきた時間の流れが、いつの間にかここ台湾の時間の流れにゆっくりと同化してきたとでも言えばいいのだろうか。とにかく外で夕立にあっても、しばらく軒先で雨宿りしていればいいや、というような、そんな余裕がみんなに自然と身に付いてきているのだ。

その夜、春香は仕事が終わると、久しぶりに元同僚の林芳慧と一緒に食事をするために永康街《ヨンカンチェ》に向かった。二年前、芳慧は結婚を機に仕事を辞めている。本人は働き続けるつもりでいたのだが、楽しげに結婚式の日取りや場所を決めている最中、妊娠していることが分かった。残念ながら日系企業の現地採用社員の芳慧に十分な産休制度はなく、結婚のために仕事は辞めたくないが、子供のためなら、という本人の意思や夫側の家族の強い勧めで、結果的に退職した。

ただ、退職後も春香は頻繁に彼女と会っている。もちろん結婚式にも呼んでもらったし、子供が産まれた時には仕事を早退してまで駆けつけた。その後、赤ん坊の世話でなかなか一緒に外食などという時間も取れなくなったようだが、それでも気が向くと電話をかけてきて、永康街のカフェで育児や旦那や義母の愚痴を紅茶二杯分ほど語り、代わりに春香が仕事の愚痴を珈琲二杯分喋って、お互いにすっきりとした気分で別れるのが最近のお決まりのパターンだった。今夜は一歳半になる娘を連れてくるというので、春香は楽しみにしていた。最近では歩くことにすっかり自信をつけ、レストランなどでは隣のテーブルにまで遠征するという。

芳慧と待ち合わせたのは永康街にある一軒家のフレンチレストランだった。白壁の洋館で一階には広いテラス席があり、料理はプロヴァンス風、美味しくて手頃なＢＩＯワインも豊富に揃っている。約束の七時に到着すると、すでに芳慧の姿がテラス席にあった。娘の小莉《シャオリー》は噂通り、店内のソファ席で店のマダムにあやしてもらっている。

「芳慧！」と春香は駆け寄った。

「春香！　元気？」

「元気元気。小莉、大きくなったねー」

「でしょ？　もう抱っこが大変。腰に来るの。お陰で毎月のマッサージ代が高くって」

春香は芳慧の前は素通りし、そのまま小莉の元へ向かった。小莉は最初きょとんとしたが、微かに春香のことを覚えていたらしく、一、二度、両手を出すのを躊躇ったあと、三度目でふっきれたのか「抱っこ〜」とでも言うように春香の胸に飛び込んできた。

「あー、可愛い！」

春香は抱き上げた小莉の小さな頭に顔をのせ、甘い匂いを思いっきり嗅いだ。

その夜、可愛らしいアミューズから始まったコースは、大好物の子羊の赤ワイン煮込みで終わった。食事の最中、小莉は芳慧からスプーンで与えられたものを一口食べると、隣のテーブルで静かに食事をしている老夫婦の元へ行ったり、若いウェイトレスに遊んでもらったりと散々遠征を繰り返したせいで、春香たちがデザートのクレームブリュレを食べ始めたころには店内のソファでぐっすりと眠り込んでいた。

「台湾人なんて、予定通りの期日に新幹線が開業するなんて、誰も思ってないって」

デザートを口に運びながらこぼした春香の愚痴に対して、芳慧があっさりとそう言い放つ。

「新幹線だけでもないけど、とにかく台湾の人間って予定が遅れるなんて当たり前なんだから。それに予定が遅れれば遅れるほど、きっと綿密に丁寧にやったんだなって思うし、逆に予定通りに開業なんかされちゃうと、どこを手抜きしたんだろうって疑うのが落ちだからね」

力説する芳慧の意見に、つい春香も頷いてしまう。

「そうなのよねー。私はもうその辺りの感覚、理解できるんだけど、これを日本サイドの企業に説明するのが難しいのよ。向こうは遅れれば遅れるほど自分たちの能力がないって判断されると思ってるし」

春香の溜め息に、「なんか、相変わらず大変なんだねー」と芳慧が他人事のように呟く。

「それより、お義母さんとその後どう?」

春香は話を変えようとしたのだが、「あ、いいのいいの。あの人の話は」と芳慧が遮る。

「相変わらずなんだ?」

「だって……、あ、いいやいいや。話し出すと終わらない」

芳慧が大袈裟に顔を振り、「それより、繁之さんは?」と逆に質問してくる。

「こっちも相変わらず」と春香は答えた。

「仕事は?」

「だいぶ出勤する日は増えたみたいだけど、がくんと来ちゃうと続けて休んじゃうみたいで」

「でも一流ホテル勤務でよかったよねぇ。中小企業だとそうはいかないよ」

「それは本人が一番よく分かってて、でも、それがまた負担になるみたいなんだよね。まだ若いんだし、本当は一度仕事をきっぱり辞めて、ゼロからスタートしたって問題ないと思うんだけど」

「……あのさ」

「何？」

とつぜん芳慧が真剣な表情になったので、春香はクレームブリュレを口に運ぼうとしていた手を止めた。

「……ちょっと言い難いけど、それって会社だけじゃなくて、春香にもそうなんじゃない？」

一瞬、意味が分からず、「え、何？」と訊き返した。ただ、訊き返しながらその意味が分かってしまい、思わずゾッとする。

芳慧はそれ以上何も言わなかった。話題を最近近所にオープンしたという日本料理店に変え、カツ丼の卵を半熟にしてくれたらもっと美味しいのになどと言った。春香も動揺はしていたが、芳慧の心遣いに応えるようにこの会話を続けた。しかしカツ丼の話をしていても、「負担」という言葉が頭からずっと離れない。

会計を済ませ、小莉をベビーカーに乗せ、賑わった永康街の通りを去っていく芳慧を見送ると春香もタクシーを捕まえた。自宅へ戻り、シャワーを浴び、テレビで台湾のバラエティ番組をぼんやりと眺め始めても、心はまだざわざわしたままだった。あれはいつ頃だったか。繁之に誘われて、一緒に映画を観に行った時に、「本当なら、もう別れてあげなきゃいけないのに」と繁之が泣きながら言ったことがある。春香は言葉通りに受け取ってしまったが、あれは繁之なりに何かを遠回しに言おうとしていたのかもしれない。

そこまで考えて、春香は「違う違う」と心の中で否定した。これじゃあまりにも身勝手すぎる。そもそも負担になるほど繁之のそばにいてあげているわけでもない。繁之のために別れてあげるなんて、あまりにも身勝手すぎる。

でも、もし自分が繁之の立場だったら、とふと思う。

携帯のメール着信音が聞こえたのはその時だった。気分を変えるように深呼吸してから携帯を開いた。エリックからだった。

彼とはもう一年以上会っていない。一ヶ月に一度くらいの割合で互いの近況を報告し合うようなメールだけは続けているが、東京と台北の天気の話、最近見た映画や美味しかった食べ物の話など、季節の挨拶程度の内容でしかなかった。

メールを開くと、やはりこれまでとさほど変わらない内容だった。

《久しぶり。元気ですか？　今、台湾は雨が多いから大変ですね。僕はここ数日、中禅寺湖の小さなホテルに泊まり込んで仕事をしています。湖畔の別荘建築のためですが、この辺りは本当にきれいな所です。春香さんは来たことありますか？　本来は夏がシーズンですが、冬の中禅寺湖もいいですよ。ではまた。体に気をつけて。》

春香はメールを二度読んだ。エリックからメールをもらうのは嬉しい。だが、なぜ嬉しいのかを、きちんと言葉にすることができない。メールを交わすたびに、出会ったあの日から少しずつ離れているのか、少しずつ近づいているのかが分からなくなる。終わったことなのだと思う。でも何も始まっていなかったじゃないかとも思う。

◇

鳥の声で目が覚めたのは十五分ほど前だった。遮光カーテンの隙間から冬の朝日が差し込んでいる。暖房を切って寝たせいで、部屋の気温は下がっている。劉人豪は布団の中で自分の体温を楽しみながら、窓の外から聞こえる鳥の声を聞いていた。ベッドを出て、あの遮光カーテンを開ければ、朝日を浴びた中禅寺湖が広がり、その向こうに雪を被った社山《しゃさん》が聳えている。初めてこの風景を眺めた時、人豪は言葉を失った。その美しさだけでなく、日本に来てからずっと探していた場所、日本に行けば在ると思っていた場所をやっと見つけたような気がしたのだ。

人豪は勢いをつけてベッドを出た。すぐに暖房のスイッチを入れるが、裸足の足にカーペットが冷たい。部屋の乾燥を防ぐために溜めていた浴室のお湯はすでに冷え、濡らしてかけておいたバスタオルもすっかり乾いている。人豪はダウンジャケットを羽織ると、両手で遮光カーテンを開けた。真っすぐに朝日が飛び込んでくる。とつぜん視界が光に包まれ、思わず目をつぶった。

目の前には昨日と同じ景色が広がっていた。ホテルの窓がそのまま額縁のように、完璧な構図で冬の中禅寺湖を捉えている。

一昨年の社内コンペで当選した別荘の改築は、施主の事情で一年近く設計が延期されていた。やっと本格的に工事に取りかかったのが三ヶ月ほど前、先週には内装工事も終わり、今日の最終点検が終われば、いよいよ完成となる。実際には明後日完成の予定だったのだが、工程スケジュールに予備日を多めに組み込んでいたおかげで、二日も早く完成させることができた。

工程スケジュールの組み方でも何でもそうだが、日本では確実なものが好まれる。十日かかりそうなら十一日となる。この一日のゆとりがあるとないとでは様々なことが違ってくる。日本に来たばかりの頃、このゆとりにうまく馴染めずに苦労した。本当なら十日で終わるものが、余裕を見て十一日になることが、どこか相手を騙しているような気がしてならなかったのだが、ある時、大学院の同級生に日本建築の床の間という場所について教えてもらい、妙に腑に落ちた。以来、人豪もこの日本式のゆとりが気に入っている。

しばらく窓からの景色を眺めた人豪は、やっと鳴り始めた目覚まし時計を止め、シャワーを浴びた。一階レストランでの朝食バイキングの時間だったので、人豪は簡単に身繕いすると部屋を出た。廊下をエレベーターへ向かっていると、「劉くん」と背後から声がかかる。今回、工事を担当した松井建設の川畑《かわばた》部長だった。

「おはようございます。前乗りだったんですか？」

人豪が挨拶すると、まだ寝癖をつけたままの川畑が、「そうなんだよ。今日の午後には東京に戻らなきゃならなくて、それで昨日の夜に」と近寄ってくる。

「……なんか、もの凄く良いのが出来たらしいじゃない」

川畑が歩き出した人豪の肩をポンと叩く。

「松井建設の方々のお陰ですよ。規格外の資材をかなり使ったデザインだったので、もっと現場からいろいろ言われるかと思っていたんですけど、最後まで本当に協力してもらって」

「いやいや、うちの奴らも面白がってたよ。劉くんは天才だって」

「いえ、そんなことないです」

「いやいや、だって、あの厳しい植木《うえき》さんがそう言ってたんだから」

川畑がまた人豪の肩をポンと叩く。

「そう言えば、劉くんは将来、台湾に戻るの？」

「いえ……」

「あ、そうか、中国に行くんだ？」

「まだ何も考えてませんけど」

「どうして？　日本なんかにいるより、今は中国に行った方が面白いこと山ほどやれるんじゃない？」

　ちょうどエレベーターが来て、人豪たちは乗り込んだ。朝食時間だったせいもあり、エレベーターは満員で、川畑との会話は続けられなかった。

　川畑以外からも、中国に行った方がもっと大きな仕事がやれるという話をよく耳にする。しかし今のところ、人豪にその気はない。もちろん行けば行ったで、これまで経験したこともないスピードで、経験したこともない大きな仕事を任せてもらえるのかもしれないが、今はここ日本で頑張っていたい。

　混んだエレベーターの中で、人豪は昨夜春香から送られてきた返信メールのことをふと思い出した。

《こんにちは。メールありがとう。元気そうで何よりです。私も雨の台北で奮闘してますよ（笑）。ところで、中禅寺湖で仕事なんて羨ましいです。私も中禅寺湖は大好きで、よく友達とドライブに行ってました。決して世界に誇れるほど大きな湖でもないし、言ってしまうとこぢんまりとした場所なんだけど、なんというか色んなものがぎゅっと詰まっている感じがいいんだと思います。そうそう、日本庭園みたいな感じで。》

　いつの間にかオフィスの半分の電気が消されていた。夕方からずっと見つめていたパソコンを遠ざけるように、人豪は椅子に座ったままデスクの縁を押した。キャスター付きの椅子がスーと床を滑って背後のキャビネットにドスンと当たる。窓際の電気が全て消されているせいで、窓の外の夜景はいつもよりくっきりと見える。

人豪が座ったまま背伸びをしていると、「お、まだ残ってたのか？」と室長の高浜が声をかけてきた。

「……結局、この時間だよ。会議なんて長けりゃいいってもんじゃないんだけどな」

抱えてきた書類をデスクに投げ出し、高浜室長まで椅子に座って背伸びする。

「有吉は？」

室長に訊かれ、「さっき帰りました。室長から頼まれていた資料はそこに置いてあるはずですけど」と人豪は答えた。

散らかったデスクの上から室長は一応ファイルを抜き出したが、中身を確かめる気力もないらしく、「久しぶりに酒でも呑みに行くか？」と誘ってくる。人豪としてはやりかけの仕事にケリをつけたくもあったが、このまま続ければ間違いなく終電に間に合わない。

「ごちそうさまです」と、人豪は先に言った。

苦笑した室長が、「言っとくけど、そこの鳥春だからな」と予防線を張る。

互いに帰る準備をしていると、室長が少し深刻な口調で、「で？　例の件、どんな具合だ？」と訊いてくる。

「具合……、良くないですね」と、人豪は力なく笑った。

例の件とは二週間ほど前に内装工事も終わり、いよいよ施主への引き渡しとなるはずだった中禅寺湖畔の別荘のことだった。

デザインを担当した人豪はもちろん、工事に関わった玄人たちからも絶賛されるものが出来たのは間違いないのだが、最後の最後になって施主からクレームがついたのだ。もう少し正確に言えば、長年大学教授をやっている施主本人ではなく、その妻が、「見せてもらった設計図と違う」「壁の素材を勝手に変えられた」「わざと風通しを悪くして、運気を下げようとしている」などと今になって言い出している。

噂話の域を出ないが、この妻は更年期で最近少し情緒不安定気味なのだという。夫としても、妻のクレームが常軌を逸していることは分かっているらしいのだが、頭ごなしに否定すれば、何をしでかすか分からないので、とりあえず妻が落ち着くまでこのクレームの一つ一つにきちんと対処してほしいと妻側に立っている。

「ああいうのは、日本語でイチャモンって言うんだよ」

高浜室長がパソコンの電源を落としながら教えてくれるので、人豪も、「台湾では、亀に毛って書いて、亀毛《グエマオ》って言います」と教えた。

「亀に毛？」

「ええ。詳しくは知らないけど、たぶんあるはずもない亀の毛を探しているようなものって意味だと思います」

人豪の説明に、室長が声を上げて笑う。

「笑い事じゃないですよ」と、人豪もさすがに室長を睨んだ。

「悪い悪い。でもまぁ、完璧なものを作ったんだから、どんなに亀毛されても、丁寧に一つ一つ答えていくことだな」

「そんな他人事みたいに……」

オフィスを出て行く室長を人豪も追いかけた。これまで日本で働いてきて、自分が台湾人だということで差別的な扱いを受けたと感じたことは殆どない。もちろん施主やクライアントとの初回打ち合わせの席で、名刺に書かれた劉人豪という名前を見て、一瞬不安そうな顔をする者はいるが、それも理由は「言葉は通じるのだろうか？」という類いの不安で、実際に話し始めてみれば、意思疎通に不自由しない程度の日本語を話すので、この不安も消えていく。

だが問題なのは、話がこじれた時だ。人間の感情には喜怒哀楽があるが、人豪の留学生時代からの経験からすると、「喜」と「哀」と「楽」の時には、多少互いの言葉が通じなくてもなんとか先に進めるのだが、この「怒」についてだけは片言の言葉ではどうしても何かしらの決着まで辿り着けない。そして今回のクレーム騒ぎがまさにこの「怒」なのだ。

相手は何かしら欠点を見つけてはこちらに非を認めさせたい。こちらがきちんと説明すると、「そういうことを言っているんじゃない。あなたは論点を逸らした。私の日本語が理解できていない」と攻撃の矛先を変えてくるのだ。

この二週間、人豪は何をやるにしてもこの妻の甲高い声が耳に蘇る。さすがに日に日に消沈していく人豪を見かねた室長が、「もし、どうにもならないようだったら裁判って手もあるからな。俺もいろいろ調べてみたが、うちが負ける要素なんて一つもないんだから」と声をかけてくれたが、人豪としては、最終的には話せば分かってくれるはずだという思いが強かったし、何よりもせっかく完成した家なのだから、裁判などで争うのではなく、お互いに気持ちよく受け渡しをしたかったのだ。


この翌週、人豪は三連休を使って台湾へ戻った。連日頭を悩まされているクレームからしばらく逃げ出したかったせいもあるが、久しぶりに台北の春香とメールを交換しているうちに、太魯閣渓谷の話になり、今度の三連休に久しぶりに訪ねてみようと思っていることを人豪が告げると、なんと春香から、「もし邪魔じゃなければ、私も行ってみたい」という返信があったのだ。

前後の文脈から、特に深い意味がないことは分かっていた。春香自身まだ太魯閣には行ったことがなく、人豪の連休に合わせて、ここしばらく取れていなかった有休を使うつもりでいるという。結果、その後のメールのやりとりで、土曜日の朝に出発し、太魯閣に一泊して日曜の午後に台北へ戻る計画を立てていた。待ち合わせは台北駅。太魯閣でのホテルの部屋は別々に取る。

金曜日の成田発最終便で人豪は台北へ飛んだ。その夜、台北駅前の安ホテルに宿泊し、翌朝九時に待ち合わせ場所へ向かった。

台北駅構内のセブンイレブンの前に、すでに春香は立っていた。一年以上ぶりに再会した春香は、見かけは以前と変わりなかったが、その立ち姿だけがどこか台湾の女性っぽかった。どこがどういう風に台湾の女性っぽいのか、人豪自身もうまく説明できないのだが、小さなトランクを横に置き、苛々するでもなく、そわそわするでもなく、居心地が悪そうでもなく、まるでその場所が自分の部屋であるかのような様子で立っている姿が、人豪にそう思わせたのかもしれない。「ごめん、遅くなって」と人豪が駆け寄ると、春香は少し大袈裟に人豪の姿を頭のてっぺんから爪先まで眺め、「なんか大人になった」と笑う。

「老けた？」と人豪は訊いた。

「老けてない老けてない。でも大人になった」

人豪はどう受け止めればいいのか迷ったが、春香の表情から悪い意味でもなさそうだと判断し、「一生懸命働いてるから」と答えた。

「じゃ、私も老けたんじゃなくて、少し大人になったでしょ？」と春香が笑う。

「仕事忙しい？」

「もう忙しいどころの……。まぁ、いいや。仕事の愚痴は太魯閣に向かう電車でたっぷり喋らせてもらいます」

屈託なく笑う春香を眺めていると、毎週のように会っているように感じられた。この前会ってからの一年余りという時間だけでなく、考えてみれば彼女と初めて会ってから流れた十年という時間が、春香が身につけている雰囲気だけでぎゅっと結ばれたようだった。

二人が乗り込んだ自強号は台北駅から台湾東部へ徐々に速度を上げながら海沿いを走っていく。南国の樹々を抜けると、視界に太平洋の茫洋とした景色が広がり、また色濃い南国の密林に吸い込まれ、窓の外に鮮やかな青と緑のコントラストを繰り返す。窓際に座った春香は、海が見えるたびに小さく歓声を上げている。出発して一時間も経たないうちに、二人は駅弁を広げた。ごはんの上に鳥の腿肉がでんと載った弁当で、魚のすり身団子が入ったスープもついている。昼食のつもりで買ったのだが、通路を挟んだ横に兵役中の帰省らしい軍服を着た青年がおり、電車が出発してすぐに弁当を広げ、あまりに美味しそうに食べるものだから、つい二人で顔を見合わせ、「食べちゃおうか」ということになったのだ。

ガタイの良い軍服の青年は、狭い座席に身を縮めて弁当を食べていた。短く刈り上げた髪が清潔で、これから久しぶりに家族の元へ戻るのかと思うと、人豪自身兵役についていた頃を思い出す。当時は任期が早く終わることだけを願って過ごしていたが、今となっては、この兵役期間に知り合った同僚たちは、大学の友達よりも多く、未だに連絡を取り合っている。

弁当を広げると、人豪は旺盛に食べ始めた春香を頼もしく眺めた。日本と違って台湾の弁当は、肉が食べやすいように細かく切られておらず、かぶりつかないといけないのだが、台湾での生活が長い春香はこの大きなままの腿肉に、まさにものともせずにかぶりつく。

あまりにも人豪が見つめていたせいか、「何？」と首を傾げた春香に、「いや、日本人は小さく切ってる方が食べやすいでしょ？」と人豪が言うと、「最初は、どうやって食べればいいのか困ってたけど、今となってはこっちの方が食べた気がするの。逆に日本へ戻ってサイコロみたいに切られた肉を箸でつまんでると苛々するもん」と笑った。

「春香さん、台湾の東側は初めて？」と人豪は訊いた。

「太魯閣には行ったことないけど、花蓮、台東、電車で一周したことはある」

「仕事で？」

「仕事半分、遊び半分。こっちに来たばっかりの頃、台湾の鉄道がどんなものなのか、自分なりに知っておきたくて」

春香は台湾の東側が好きだと言った。時間の流れ方が明らかに台北や高雄がある西側とは違い、一時間過ごせば二時間過ごしたような気になるし、一日いれば二日、とても贅沢なことをしているような気分になれるのだと。

台北から三時間ほどで花蓮駅に到着すると、バスで太魯閣へ向かった。台北などの都市に比べると、更に南国の雰囲気がある花蓮の街並は、そこかしこに美しい花々が咲き乱れているような印象がある。ただ咲き乱れているのは栽培された花ではなく、あくまでも原生の花々なので、土に汚れていたり、虫に食われていたり、ありのままの姿で日を浴びている。

バスが花蓮の街を出てしばらくすると、立霧渓《リーウーシー》の川の流れが長い月日をかけて地盤の大理石を浸食して作った美しい大渓谷の姿が現れる。バスは切り立つ大理石の断崖に沿って伸びる道をゆっくりと走っていく。この道は大勢の人々の手によって掘られたもので所々に岩をくり抜いて作られたトンネルがある。岩肌はごつごつしており、日を浴びた場所からこのトンネルに入ると、一瞬地下深くへ潜り込んだような闇と静けさに包まれる。

バスがカーブを曲がるたびに、次々と変化を見せる窓の外の光景に、春香は声を漏らし続けていた。一応、カメラは握っているが、ファインダーを覗く時間ももったいないように、鼻先を窓ガラスにつけて景色を追っている。

「スクーターの免許を取ったばっかりの頃、友達と二人でここに来たんだ」と人豪は教えた。

「台北から？　かなり遠いでしょ」

「時間はあったからさ。途中で安宿に泊まりながらのんびりと」

「じゃ、この道を免許取り立てのスクーターでかっ飛ばしたんだ」

「かっ飛ばした？」

「そう。風を切って走ったんだね」

今はバスに乗っているが、あの時友人とスクーターを並べてこの道を走った時の風が、今、吹き抜けていくようだった。

「あの時が初めてだったな」と人豪は無意識に呟いていた。

「初めて？」

「うん、台湾に生まれて良かったと思った」

春香が窓から顔を離して振り返る。柔らかい笑みを浮かべた春香の向こうには、南国の日を浴びた大理石の断崖がキラキラと力強く輝いている。

「ねぇ、せっかくだから次で降りてホテルまで歩きましょうよ」

「いいけど。ホテルまでまだかなりあるよ。明日、ゆっくりと降りてくる時に見ればいいのに」

「いいの。歩きたい。最初の計画だと、ここを歩いていくつもりだったんでしょ」

タイミング良くバスが停留所で停まった。断崖にせり出すような場所に作られたバス停で、降りると渓谷を包む水音が響く。二人は恐る恐る断崖の下を覗き込んだ。大理石をほんの少しずつ削りながら、美しい川が勢いよく流れていた。

◇

バスタブにためた湯の中で、春香は歩き疲れた足を丁寧に揉んだ。人豪が予約してくれた天祥晶華度假酒店は太魯閣国家公園内でも一番大きなホテルで、最近リフォームされたらしい客室は落ち着いた内装で、窓からは西日を浴びた山々が見渡せる気持ちのよい部屋だった。

途中でバスを降りてから、二時間ほどかけてゆっくりと渓谷を上がってきた。岩を刳《く》り貫《ぬ》いたトンネルに入ると、ひんやりとした風が吹き抜けた。断崖沿いに作られた道からは眼下に美しい川が見え、透き通った川の流れに山々の緑が溶け出したように映っていた。

人豪とのメールのやりとりの中で、つい「太魯閣に行くならば一緒に行きたい」と言い出してしまったことを、いくら衝動的だったとはいえ、何か思わせぶりすぎたのではないかとあとになって反省もしたのだが、実際に人豪と二人で電車に乗り込み、美しい景色を眺めていると、今日ここに来て本当に良かった、と素直に思える。

春香は湯の中で体を伸ばした。その瞬間、人豪がふとバスの中で呟いた言葉がまた思い出される。

「台湾に生まれて良かったと思った」

彼はここ太魯閣に初めてきた時にそう感じたという。標高が高いので、渓谷を吹き抜ける風はひんやりとしていた。ほんの数時間歩いただけだったが、春香も自分が何かとても清潔なものになれたような気がした。きっと人豪もそんなことを感じたのではないだろうかと春香は思う。

ここ最近残業続きで、首や肩は凝るし、腰は重いし、と最悪の体調だったのだが、新鮮な空気を吸ったせいか、湯の中で伸ばした体がとても軽く感じられる。

人豪とは一時間後にロビーで待ち合わせしていた。夕食には少し早いが、ホテルの特設ステージで原住民タロコ族の踊りが見られるというので、ビールでも飲みながら見学することになっている。台湾で暮らすようになって、春香にも多少この台湾の原住民と、いわゆる漢人との顔の違いが分かるようになってきた。元々、台湾の原住民には美男美女が多いので、テレビや映画などで、「この人、きれいだな」とか「この人、かっこいいな」と思うと、わりと高い確率で原住民の血が入っている人が多い。今日、改めて人豪を見た時、ふと彼にも原住民の血が入っているような気がして聞いてみたのだが、祖先は何代も前に福建省から渡ってきた人たちで、詳しくは調べてみないと分からないが、今のところ祖先に原住民が入っていると聞いたことはないらしい。

風呂を出て、しばらく窓からの景色を眺めてから一階へ降りた。ロビーのソファに人豪の姿がすでにあり、まだ少し濡れている春香の髪に気づいたらしく、「待ち合わせ、もう少し遅い方がよかった？」と訊く。

「ううん。大丈夫」

春香は濡れた髪に触れながら応えた。

「なんかすっきりした顔してる」

人豪が少しからかうように言う。

「そう？　のんびりとお風呂に入ったら、すっかり元気になっちゃって」と春香は笑った。

「仕事、大変なんだ？」

「うーん。大変じゃなくはないかな。でも、渓谷の美味しい空気たくさん吸ったから、なんか体中の嫌なものがすっかりきれいになった気がする」

「あ、俺も。なんか体が軽くなった」

「やっぱり？　台北にしろ、東京にしろ、やっぱり空気悪いんだよね？　この辺りの空気の味が分かるもん」

　二人で中庭へ向かっていると、すでにショーは始まっているらしく、民族音楽が聞こえてきた。人工芝の中庭に特設ステージは作られ、ハイビスカスで飾られた舞台で独特の民族衣装を纏った若い男女が数人で踊っている。女性が身につけているアクセサリーがとても素朴で可愛らしい。彼女たちが小さなステップを踏むたびにそれらがリズミカルな音を立てる。逆に男性は上半身裸で、筋骨隆々と力強い。場内のアナウンスでは伝統的なお見合いの席での舞いだと紹介されていた。

　空いていた後方の座席について、しばらく踊りを眺めていると、「こういうの、台湾で初めて見る？」と人豪に訊かれ、「去年、両親が台湾に遊びに来た時、花蓮で阿美文《アーメイウエン》化村《ホアツン》に一緒に行って、そこで見たことがある」と春香は答えた。

「花蓮まで来て、太魯閣には来なかったんだ？」

「時間がなかったの。でも、阿美文化村だけは両親が行きたいって。話によると、うちの両親が若い頃、アミ族の人たちが『夜のヒットスタジオ』っていう有名な日本の歌番組に出たことがあるんだって。その番組で歌と踊りを披露して、当時ちょっとした人気が出たらしいの。両親はそれを覚えてて」

「そうなんだ」

舞台では客席から選ばれた子供たちが踊りの輪に入り、家族が向けるカメラのフラッシュを浴びながら一生懸命踊っている。

いつの間にか空が暗くなっていた。舞台横で焚かれた松明《たいまつ》の火の粉がゆっくりと群青色の空へ昇っている。

ショーが終わると、ホテルのレストランへ移動した。ビュッフェスタイルらしく、台湾料理はもちろん、ローストビーフから手巻き寿司まで並んでいる。渓谷を二時間も歩いたせいか、春香は欲張って四皿も料理を盛ってテーブルに向かったのだが、テーブルには春香以上に人豪も料理を運んでいた。

「追加料金、取られそう……」

春香が苦笑すると、「逆に大食いで賞金もらえるよ」と人豪が笑う。

「……ちなみに、あの柱の向こうにデザートがあったよ」

「知ってる。でも、今、行くとデザートまで持ってきちゃいそうだったから、我慢して避けて通りました」

とりあえず台湾ビールで乾杯した。テーブル一杯に並んだ料理を眺め、さてどれから食べようかと春香は迷ったが、人豪は真っ先に分厚いローストビーフを口に運んでいる。春香はまず小籠包《ショウロンポウ》に箸を伸ばした。きちんと蒸籠《せいろ》で蒸されているので、たっぷりの肉汁が口の中に溢れる。鼎泰豊《ディンタイフォン》とまではいかないが、それでも「あー」と声が漏れるくらいに美味しい。

「ところで、台湾の新幹線はいつ頃開通予定なの？」

春香の声につられて、小籠包に箸を伸ばした人豪に訊かれ、「うーん」と春香は口ごもった。

「あ、聞いちゃいけなかった？」と人豪が笑う。

「一応、予定は今年の十月だったんだけど」

「ってことは、来年だ」

「って、台湾の人はみんな言うんだよねー」

それ以上言わなくても、人豪には春香の言わんとすることが理解できたようだった。

「……ところで、あなたの仕事の方は？　メールに何か問題抱えてるって書いてあったけど」と春香は話を変えた。

「うーん」と今度は人豪が口ごもる。

「大変なの？」

「今、休戦中。来週日本に戻ったら、また戦い。でも、きっとなんとかなる」

詳しく聞こうかとも思ったが、人豪本人があまり話したがっていないようだった。春香は伊勢海老の身を箸で持ち上げ、「見て見て、こんなに大きい」と微笑んでみせた。

持ってきた料理のほとんどを食べ尽くし、さすがにデザートまでしばらく胃を休憩させようとテーブルでお茶を飲み始めた時、たまたま隣のテーブルに初々しいカップルが座ったこともあり、春香はつい、「ねぇ、日本に好きな人いないの?」と訊いた。一瞬、人豪は表情を固くしたが、すぐに笑顔に戻り、「今はいない」と首を横に振る。春香は場の雰囲気を変えるために、デザートを取りに行こうとした。しかし、ここで動けば逆にヘンな感じになりそうでやめた。動きを止めたせいで、妙な沈黙が流れる。隣のテーブルでは大学生と思しきカップルがぴったりと体を寄せ合って、売店で買ったらしい土産物のアクセサリーに触れている。アクセサリーというよりも互いの指を絡ませ合っているといった方がいい。

「……日本の大学院に通っている時に、韓国の女の子と付き合ってた」

隣のテーブルからの熱い雰囲気を紛らわすように人豪が話し出す。とつぜんの告白に、春香は、「そうなの」としか答えられない。

「とっても可愛い子だったけど、彼女が卒業後に韓国に戻ることになって」

「それで別れたの?」

「うーん、それだけが理由じゃないけど。お互いに慣れない日本で頑張ってたから、とても近く感じられたんだけど、それぞれ日本の生活に慣れて、それぞれの道に進んでいくうちに、お互いにお互いが必要じゃなくなったのかな。出会った瞬間に感じたものを愛だと思ったけど、そうじゃなかった。たぶん友情？　同志みたいな」

春香はどう答えればいいのか分からなかった。十年前に彼と出会った時のことが蘇る。あの時に自分に生まれたものは愛だと思う。だが、こうやって十年の月日が流れた今、はっきりとそう言い切るには時間が経ち過ぎている。では、別のものだったのか？

「……それからは、誰かとちゃんと付き合ったことはない。もちろんいろんな人と出会って、時間を過ごしたけど、ちゃんと付き合ったとは言えないと思う」

人豪の話が終わると、春香は無意識に、「モテそうだもんね」と言っていた。あまりにも場違いな言葉だったし、自分が誰のどんな感情に対して格好をつけようとしているかも分からなかった。

春香の言葉に、人豪は少しだけ笑った。自分の言葉が相手に伝わっていないことを諦めたような笑い方だった。春香は自分がとても暗い顔をしていたことに気づいた。その時、人豪が少し慌てたように口を開く。

「……十年前に初めて春香さんと会った時、あの時に感じたのは愛だとずっと思ってたけど、でもこうやって十年ぶりに一緒にいると自信なくなるね。春香さんのことを忘れられなかったのか。それとも、春香さんと過ごしたあの一日のことが忘れられなかったのか。……もしかすると、俺と春香さんも同志なのかも。お互いに異国で働く良き理解者」

人豪が場の雰囲気を変えようと少し大袈裟に笑ってみせる。春香はますます混乱した。今は何も生まない関係だとしても、十年前のあの出会いだけは特別のものであって欲しかった。しかし今さらそんな我儘《わがまま》を言ったところでどうにもならない。

「あ、そうだ。明日、俺が太魯閣で一番好きな場所に案内するよ。少し早く起きて、誰も来ないうちに行こう」

人豪が微笑みかけてくる。春香はただ、「うん」と頷くしかなかった。

翌朝、春香は七時には目を覚まし、一階のビュッフェで朝食を済ませた。人豪とは九時にロビーで待ち合わせしていたので、もしかするとレストランで会うかもしれないと思っていたのだが、広いレストランのどこに目を向けても人豪の姿はなかった。

春香は数ある料理の中から迷わず粥を選んだ。日本食も用意してあり、豆腐のみそ汁も鮭の塩焼きもあったのだが、葱入りの卵焼きと揚げパン、それにザーサイの小鉢と共に湯気の出る粥をテーブルに運んでいた。ほとんどのテーブルは賑やかな家族連れだった。台湾も日本と変わりなく、幼い子供たちがビュッフェに喜んで駆け回り、食べきれないほどのフルーツやデザートをテーブルに運んで母親から叱られていた。

いったん部屋へ戻った春香は、なんとなく携帯を手に取った。食事に出ている間にメールの着信が一件ある。まだ八時前なので、一瞬、会社からの急用かと思ったが、メールは繁之からのものだった。ここしばらく春香からメールを送ったり、電話をすることはあっても、繁之の方から先に来ることはない。それにもし連絡があったとしても、深夜遅くに限られていた。春香は嫌な予感がして、少しの間メールを開くのを躊躇った。無意識のうちに、このまま人豪と出かけ、開くのは夜でもいいのではないかと考えていた。しかしベッドの上に携帯を置こうとして、春香は考え直し、メールを開いた。
《おはよう！　東京は気持ちよく晴れてるよ。今朝は珍しく気分がよくて、これから近所の公園まで散歩に出かける予定。前に春香と行ったカフェがもう開いてればいいけど。特に用事はありませんでした。ただ、本当に今朝は気分が良くて、思わずメールしちゃいました（笑）。》
　春香はメールの文章を三度読んだ。嫌な予感が外れた安堵感と、あまりのタイミングの悪さに自分でもどう受け止めればいいのか分からない。もちろんこれから人豪と一緒に彼が一番好きだという場所に行くからといって、何かを期待しているわけではない。繁之に対して後ろめたさを感じる必要もない。ただ、そうは思っていても、繁之のメールに、どうしても素直に返信ができそうにない。
　春香は携帯を握ったままベッドに腰かけた。窓の外から賑やかな野鳥の声が聞こえる。真っ青な空の下、濃い緑の稜線がくっきりと見える。本当に自分は繁之の病状が回復するのを待っているのだろうかとふと思う。別れてくれと何度も言われたにもかかわらず、結局、受け入れずにここまで来た。繁之のことを愛していないわけではない。だが、別れられなかったのは、愛しているからではなく、今の彼を捨てることができなかったからだ。もっと言えば、自分には台湾での仕事があり、やりがいを感じており、そんな中、繁之という恋人はいるが、お互いの事情で頻繁には会えないという今の状況が都合良かったのではないか。もう何度となく考えては投げ出してきた問いと答えがまた頭の中で回り始める。

春香は時計を見た。まだゆっくりとシャワーを浴びる時間はある。春香は返信せず、携帯をテーブルに戻してしまった。

時間ちょうどにロビーへ降りていくと、人豪がフロントの女性スタッフと何やら楽しげに笑い合っていた。すぐにこちらに気づいた人豪に、「何？　どうしたの？」と尋ねると、「別に。何でもないよ」と明るく応える。実際に何でもないことなのだろうが、ふと春香は「私はこの人のことを何も知らないんだなぁ」と思う。

ホテルを出ると、渓流を渡ってくる朝の風が清々しかった。大きく深呼吸しているうちに人豪はすでに歩き出し、山頂へと続くらしいアスファルト道路へ向かっている。

「ねぇ、どこに行くの？」と春香はその背中に尋ねた。

「滝」と、振り返った人豪が微笑む。

「滝？」

春香は弾むように人豪を追った。車道に出た人豪が、くねくねと伸びる道を指差し、

「この道をしばらく歩くと、その滝へ向かう遊歩道があるんだ」と教えてくれる。

「近い？」

「近くない」

「どれくらい近くない？」と春香は笑った。

「途中で疲れたら、おんぶしてあげるよ」

人豪も笑う。

気持ちの良い朝だった。崖に沿って伸びた山道を、たまに車が走り抜けていくが、それ以外はどちらかが蹴った小石が転がる音しかしない。山の音というものがあるのであれば、きっとこの音だろうと春香は思った。

ホテルから十五分ほど歩いた所に、とつぜん小さな隧道の入口が現れた。遠目にはわりと短いトンネルの入口に見えたのだが、いざ入ろうとすると、一キロはありそうな真っ暗なトンネルの先、豆粒のように小さな出口が光っている。外界の明かりが入る入口付近を見ると、剝き出しの岩肌には間違いなく人間の手で掘られたあとが残っている。

「こ、ここ通るの？」と、春香は思わず後ずさった。

「大丈夫。出口が見えてるし、静かに歩けば蝙蝠《こうもり》も起きないから」

「こ、蝙蝠？」

思わず上げた春香の悲鳴が暗いトンネル内に反響していく。

「嘘だよ、嘘。大丈夫だって。みんなここ通るんだから」と人豪が笑う。

自然と二人は手を繋いだ。躊躇もなければ高揚もない、ちょうど親が子供の手を引くようだった。手を引かれて、春香は恐る恐るトンネル内に足を踏み入れた。少し入っただけでひんやりとした空気に包まれる。

「ここ、本当はダムを作るために掘られたトンネルなんだけど、太魯閣の景観を守るために中止されたんだ」

人豪の囁く声でも真っ暗なトンネル内に響く。岩肌をわき水が流れている。おそらく地面は濡れているのだろう、足を踏み出す度にピチャピチャと音がする。

「本当に真っ暗だね」

しばらく無言で歩いていた春香は、暗闇にもだんだん慣れ、やっと声を出した。

「あの出口の光を目指して真っすぐ進むだけ」

「じゃ、あの出口を出たら、あなたが大好きな風景が広がるんだ」

「残念でした。こういうトンネルをあと五、六個抜けたら到着」

「え、そんなに？」

「でも、一番長いのはここだから。あとは短い」

「ほんとにおんぶしてもらうかも」と春香は笑った。

その時、ふと人豪が足を止め、「見て」と春香の両肩を持ち、真後ろに振り返らせる。入口の光が遠くにある。思った以上に歩いていたようで、出口の光と大きさが変わらない。

「もう半分？」と春香は訊いた。

「ね、楽勝でしょ」と人豪が笑う。

手を繋いだまま、その後二人は黙々と歩いた。豆粒のようだった出口の光が一歩ごとに大きくなり、今では丸く切り取られた暗闇の向こうに青々と朝日を浴びた山肌が見える。

「涼しくて、気持ちいいね」と春香は言った。

「でしょ」と人豪も自慢げに応える。

第一隧道を出ると、切り立った深い渓流に沿って狭い山道が伸びていた。車が一台やっと通れるほどの幅で、足元の崖は深い。くねくねと曲がった道を進むたびに、右に左にと雄大な景色が広がる。剝き出しの岩肌が朝日を浴びて、薄いピンク色に染まっている。足元から立ちのぼってくる渓流の風が、次第に汗ばんできた春香たちの体を冷やす。

二人に聞こえるのは、野鳥の声と渓流のせせらぎだけだった。

白楊《バイヤン》瀑布と呼ばれる滝にかかる吊り橋が見えてきたのは、ホテルを出てから一時間ほど歩いた頃だった。遊歩道に点在するトンネルを抜けるたびに日差しは強くなり、渓流沿いの風を受けても尚、日向に出ると汗が滲んでくる。

前方の滝を指差し、人豪が、「あれが目的地」と少し申し訳なさそうに言う。以前、来た時よりも小さく感じられたらしかった。実際、さほど大きな滝ではなかったが、美しい岩肌を流れ落ちる真っ白な飛沫は豊かで、滝を含む景色が浄化されているような印象を受ける。光の具合なのか、それとも岩質の違いか、不思議なことに滝に近づくにつれ、足元を流れる渓流の色が変わり始めた。トルコ石を溶かし込んだ乳青色の水が滝壺の方から流れている。

二人は吊り橋を並んで渡った。足元が揺れ、ロープが軋む。立ち止まり、春香は太いロープから身を乗り出すようにして眼下の滝壺を見下ろす。すぐそこに轟音を立てて落ちる真っ青な滝がある。そのとき、背後で奇妙な鳥の鳴き声がした。振り返ると、林の中から金色の大きな鳥が飛び立っていく。春香と人豪は顔を見合わせた。奇跡でも見たような気分だった。

深い渓谷にかけられた吊り橋。その中央に立つ自分たちが、あの鳥にはどのように見えるのだろうかと、ふと春香は思う。

吊り橋を渡ると、岩間を這うように滝壺まで降りていく。人豪は器用に足を運ぶが、春香は一歩ごとに、「この足、どこに置けばいいの？　次はこの岩で大丈夫？」と確認しないと降りられない。

実際に降りてみれば大きな滝壺だった。日を浴びて乳青色の水がきらきらと輝き、間近だと底がないように見える。どこまでも青く、どこまでも深く、そしてどこまでも透き通っている。もし、この滝壺の色を上手く言葉で表現できる人がいれば、それはきっとこの滝を一度も見たことがない人だろうと春香は思った。

春香は縁にかがみ込むと、手を伸ばして水に触れた。ただ水に触れただけなのに、まるで世界に触れたような気持ちになる。春香は人豪を見上げ微笑んだ。ここに連れてきてくれてありがとうと伝えたかったが、なぜか言葉にならない。

「泳ぎたいね」と人豪が言う。

「冷たいよ」と春香は笑った。

「前に来た時は飛び込んだんだ。友達と一緒にパンツ一枚になって」

「嘘でしょ？」

「ほんとだよ。誰もいなかったし」

人豪がスニーカーを脱ぎ、ジーンズの裾を膝まで捲る。

「泳ぐの？」と春香は驚いた。

「足だけ」と人豪が笑い、岩に腰かけて素足を水の中に入れる。

「ほんとだ！　すごく冷たい！」

「でしょ」

春香もスニーカーと靴下を脱ぎ、並んで水に足を入れた。二人の素足が透明な水の中で動く。日に灼けた人豪の足と、生白い春香の足は、珍種の魚のようにも見える。春香は改めて滝を見上げた。空から落ちてくるような滝に鮮やかな虹がかかっている。

「ねぇ、阪神大震災のあと、神戸に来たって話、前にしてくれたよね」

春香は水の中で足を泳がせながら、唐突に言った。

人豪もとつぜん話が変わったことに戸惑っている様子で、「……台北で初めて会って、すぐのことだったから」と改めて説明してくれる。

「私ね」

春香はそこで言葉を切った。自分でもなぜ今話し出そうとしているのか分からない。

「……阪神大震災から四年後、九九年の秋に台湾大地震が起こった時、私、居ても立ってもいられなくて、台湾に来たの」

「え？」

水の中で人豪の足が止まる。

「私たち、せっかく再会したのに、何も話してないんだよね」と春香は続けた。真っすぐに人豪が自分を見ていることは分かっていたが、なぜかそちらへ顔を向けられない。

「……台北であなたと出会って、本当に嬉しかった。私が帰国する朝、ホテルの前にあなたが見送りに来てくれてたでしょ？　あの時、私が乗ったバスに向かって手を振ってくれたあなたの姿、今でもはっきりと覚えてる。私ね、日本に戻ったらすぐにあなたに連絡を取るつもりだったの。だからあの時も泣かずに済んだ。でも、私って本当に抜けてて、せっかくあなたがくれた連絡先が書かれたメモをなくしたのよ」

「な、なくした？」

人豪が掠れた声を出す。

「馬鹿でしょ？　必死に探したの。でも見つからなくて、私ね、もう一度台湾に行けば、きっと会えると思って、一ヶ月後に台湾に来たの。だって私はあなたのアパートを知ってたでしょ。あなたがスクーターで連れてってくれたあのアパート。冷た過ぎて誰も泳げないってあなたが笑ってたプールがあって、気持ちの良い庭から淡水の町が見下ろせて、お隣の部屋は大学の先生が別荘代わりに使ってて、あなたの部屋は小さかったけど奇麗に片付いていて、床がひんやりとして気持ち良くて。でも、そう思って台湾に来たけど、そのアパートがどうしても見つけられなかったの。こんなにアパートの中のことははっきりと覚えているのに、どうしても見つからないの。淡水の町に行って、何時間も歩いてみたけど、私を後ろに乗せたあなたのスクーターがどの道から山の方へ上ったのか、どんなに探しても見つからなかったの」

声が震えていた。まるであの時、人豪のアパートを探して、淡水の町を一人で歩き回っていた時の焦りと哀しさが蘇ってくるようだった。春香の話を人豪は黙って聞いている。

「……結局、三日間探して諦めた。淡水の町を歩いてる人を誰でもいいから捕まえて聞いてみたかったけど、住所も分からない、住んでいる人の名前も分からないんじゃ、相手にされるはずもないでしょ。とっても哀しかったけど、日本に戻って、これが運命なんだって思うことにしたの。メモをなくしたのも、アパートを見つけられないのも、それが運命なんだって。……でも、正直に告白するとね、ずっとあなたのことを忘れられなかった。必死に忘れようとしても、どうしても忘れられなかった。もう四年も経っていたのに、あの台湾の大地震のニュースを知った時、私、恐くて震えが止まらなかった。だってあなたの故郷が震源地に近い台中だって聞いてたから。もう居ても立ってもいられなくて、二週間後には仕事を休んで台湾に向かってた。あなたやあなたの家族が無事でいてくれますようにって、ずっと祈ってた。日本で祈るより、もっと近くで祈ったほうが願いが叶うと思い込んでた。でも、私なんか来たって何の役にも立たない。台中まで行ってみたけど、まだ被害を受けたままの町を前に、ただ愕然とさせられるだけで、何も出来なかった。何か手伝えることがあればと思って来たのに、何か手伝わせて下さいってことさえ口に出来なかった。……阪神大震災のあと、あなたが日本に来てくれていたってことを聞いた時、私、気が動転したんだと思う。私があの時、台湾に行った時と同じ気持ちで、あなたが神戸に立ってくれたことがあると分かって、嬉しさよりも申し訳なさの方が先に立ったんだと思う。あんなに哀しくて、悔しくて、情けない思いをあなたにもさせたのかと思うと、もう何も言えなくなってしまって……」

一気にここまで語った春香は、いつの間にか体が震えていた。じっと聞いていた人豪が、おずおずとその肩に手を置く。何か言ってくれればいいのに、人豪は肩に載せた手さえ動かさない。

春香は待った。自分では答えの出せない問いに答えを出してくれるのを待とうとした。しかし次の瞬間、そんな自分が卑怯に思えた。

「……だから私、あなたに会えて本当に良かったと思ってる。だってもしもあなたに会ってなければ、今こうやって台湾の新幹線のために働いていないと思う」

そう言いながら、これでいいのだと春香は思った。かなり時間が経ってから、やっと人豪が口を開く。

「それは俺も同じ。俺だって、もし会ってなかったら、今、東京で働いてない」

たとえ同じ思いを抱いたとしても、そのタイミングが合わなければ意味はないのかもしれない。私は彼を探し出せなかった。そして彼もまた私を探し出せなかった。淡水の町で泣きながら彼のアパートを探していた自分がここにいればいいのにと思う。人豪が探してくれた私がここにいて、私が探した彼がここに来てくれればいいのにと。でも、ここにいるのはやはり、私が探せなかった彼であり、彼が探せなかった私でしかないのだ。

◇

高架橋の上に停車した車輛内の窓から、安西誠は眼下に広がる青々とした稲田を眺めていた。車輛が動かない分、稲を揺らす風がはっきりと分かり、少し目を遠くへ転じれば、密生した椰子の葉まで踊るように揺れている。試運転を始めた車輛が、三たび停車したこの場所は台南市の東に伸びた高架橋で、この辺りの稲田は日本統治時代に灌漑設備が整えられた台湾屈指の稲作地帯でもあり、亜熱帯の気候を利用した二期作、地区によっては三期作が行われている。

美しい稲田に見蕩《みと》れていた安西の元に、隣の車輛から多田春香が駆け戻ってくる。隣の車輛は本来の座席が取り外されたデータ集積車輛で、試運転中の振動、スピード、摩擦など、全てのデータを記録するために使われている。

戻ってきた春香に、「どうだった？」と安西はすぐに尋ねた。

「あと十分くらいで発車できるそうです」

春香が通路に立ったまま、予定表を広げて答える。これまでにも徐行運転する車輛には何度も乗ったことがあるが、今日のように目標の三百キロ走行を目指す車輛に安西と春香が乗るのは初めてで、燕巣整備工場から発車する時には緊張と期待でお互いに口数が多くなっていた。

「原因は分かったの？」と安西は訊いた。

「送電システムのトラブルだって言ってるんですけど。たぶんこの前の時と同じで、発電所の方でこちらに回す電力の配分がまた違うのかもしれません」

春香からスケジュール表を受け取りながら、「予定だと、今日は三回トライできるんだよな？」と安西は訊いた。

「でも、すでに二時間以上遅れてるんで、三回目は無理じゃないでしょうか」

春香が通路を挟んだ向かいの座席に座る。安西は改めてスケジュール表を確かめた。安西たちがいる車輛には、技術者や各企業の担当者たちの姿がちらほらとある。今日は三両編成での試運転で、関係者のみの乗車だが、来月初旬にはいよいよマスコミを招待したお披露目会がある。車輛は四両編成になり、当然、台湾高速鉄道の経営陣、政治家、関係企業のトップたちが乗り込み、目標の営業最高速度三百キロ達成の瞬間が全世界に配信されることになる。

予定ではすでに三百キロを達成していなければならないのだが、送電システムの不備などが重なって、予定は大幅に遅れていた。

「まさか、ぶっつけ本番ってことにはならないよな」と安西は心細そうに春香を見た。

「まさか」と春香も笑ってくれるが、心なしかその表情が強ばっている。

「当日の準備は進んでるんだよね？」と安西は訊いた。

「ええ、そっちは問題なく。台湾高鉄側が立てた代理店の人たちが、とにかく優秀で。チャクチャクって、ほんとに音が鳴るみたいに進んでます」

自分の言葉に自分で笑う春香に、安西もつられて笑った。その時、検査車輌から今日の予備運転士として乗車している村井《むらい》が移動してきた。安西と春香は立ち上がり、「お疲れさまです」と声をかけた。

「なんか、今日は無理っぽいですよ。今、聞いたら、送電準備が整うのに三、四時間かかるって」

通路で立ち止まった村井が呆れたように首を振る。

「村井さん、何か？」と春香は訊いた。

「喉が渇いたんで」

「あ、私、取ってきます。お茶でいいですか？」

「あ、ごめんね。えっと、お茶でいいんだけど、烏龍茶がいいな。こっちの烏龍茶、ペットボトルでもの凄く美味いもんね」

春香が車輛後方に早速お茶を取りに向かう。村井がシートに腰を下ろしたので、安西も続いた。

「松浦《まつうら》さんも運転席で苛々しているよ」と村井が愚痴る。松浦というのが今日担当する運転士で、村井共々ＪＲ西日本から派遣されたベテラン運転士だった。

「でしょうね」と安西は相づちを打った。

「でも、上で『出せ』って指示さえしてくれれば問題なく三百は出せるよ」

「ほんとですか？」

「松浦さんも言ってるけど、思った以上に調子いいもん。外野の不備や躊躇がなければ、ほら、百八十まで出した時、そのまま二百超え狙えたんだけどね。そうすりゃ、加速試験のスケジュールも大幅に前倒しできただろうに」

ちょうどそこで春香がお茶のペットボトルを持ってくる。村井は受け取ると、半分ほどを一気に飲んだ。

落ち着かないらしい春香が、「様子を見てきますね」と検査車輛へ向かう。村井も戻るかと思ったが、ペットボトルにふたをしながら、「そういえば、安西さん、離婚成立したって？」とニヤける。

「え？」

「もうみんな知ってるよ」と村井が声を立てて笑う。

「……だって、安西さん、酔うとその話だったからさ、みんな心配してたんだよ」

「そうですか。すいません、みなさんにご迷惑おかけしちゃって」と安西も引き取った。

「でも大変じゃない。これから息子さんの養育費払っていくわけでしょ？」

村井が心配そうに声を潜める。この村井自身が離婚経験者で、昨年一人娘が大学を卒業するまで毎月養育費を払い続けていたことを安西は知っていた。

「まぁ、息子への罪滅ぼしだと思えば」と安西は応えた。

「やっぱり、息子さんは奥さんが引き取るの？」

「ええ。僕が引き取ってもいいんですけど、僕自身、台湾新幹線が完成すれば、日本に帰りますから、息子も混乱するだけだろうし、息子も母親と一緒の方がいいらしくて」

「ちゃんと会えるの？」

「それは約束してもらいました。今、こっちなんであれですけど、とりあえず月に一度は週末を過ごせることになって」

「でも、よく奥さん、承知してくれたね？　ずっと安西さんの愚痴、聞いてたから、なんか人ごとじゃないよ」

「まぁ、確かに大変でしたけどね。ああなると、夫婦とか親子の関係を守るというよりは、女なんですよね。僕の顔を見るだけで吐きそうになるくせに、離婚はしないって言うんですから」

「息子さんは、大丈夫なの？」

「ええ。まぁ、恥ずかしい話、息子が仲介役ですよ。母親をどう言いくるめたのか知らないけど、離婚を進めてくれたのは息子らしいですから」

「いくつだっけ？　安西さんの息子さん」

「来年から中学」

「あ、そう。もうそんなに大きいの？」

「こっちに来た時にはまだ小学一年生だったんですよ。働いてると感じないけど、薄ら鼻の下に髭なんか生えてきた息子の成長を見ると、ほんと驚きますよ」

「息子がでかくなる間、ずっとこっちで頑張ってたんだもんね。それこそこの台湾新幹線を大成功させないと。息子と遊んでやれなかった時間が無駄になっちゃうもんね」

「ほんとですよ。あ、そうそう。親父の仕事のせいか、うちの息子、将来はＪＲに運転士として就職希望みたいですから、その際は、どうぞよろしくお願いします」

安西は冗談半分に立ち上がってお辞儀した。

「いやいや、俺なんかあてにされても困るけど、できることがあれば、なんでもしますよ」と村井が応え、「……あ、そうだ。どうせだったら、台湾新幹線の運転士にすればいいよ」と笑う。

「あ、ほんとですね。親父が関わった台湾新幹線を息子が運転するなんて、気分良いだろうなぁ」

安西は窓の外へ目を向けた。青々とした稲田を風が吹き抜け、遠くで椰子の葉も大きく揺れている。こんな景色の中を時速三百キロで駆け抜ける気分とはどんなものだろうかと想像してみる。迷惑をかけた息子に、そんな気分をいつか味わわせてやりたいと思う。その時、前方のドアが開き、春香が顔を出した。

「村井さん、そろそろみたいです」

声をかけられた村井が立ち上がり、「じゃ、また近いうちに飲もうよ」と声をかけていく。安西は、「無事目標達成。頼みますよ」とその背中に手を合わせた。

◇

燕巣整備工場に併設された宿泊施設の一室で、多田春香はシャワーを浴びると、濡れた髪を乾かしながら、鏡に映った自分の顔を眺めた。結局、今日の試運転では予定されていた三回目の走行はできず、もちろん目標だった三百キロも達成できなかった。それでも鏡に映った自分の表情が沈んでいないのは、三日後に再度行われる試運転に向けて技術者たちはもちろん、全てのスタッフの意気が確実に上がってきているのを今日の試運転で感じ取ったからだった。マスコミ発表の前には必ず三百キロ走行を実現させる！この思いを、日本人、台湾人、フランス人、国籍に関わらず誰もが言葉にせずとも胸に秘めているのが熱のように伝わってくる。

髪を乾かして着替えを済ますと、春香は時間を確かめ、宿泊施設のロビーへ降りた。ロビーにはすでに高雄市内へ向かう中型のワゴン車に乗り込むために数人のスタッフが集まっている。みんなシャワーを浴びてきたらしく、さっぱりとした顔で、高雄市内での金曜日の夜を楽しもうと、すでにロビーでも笑いが絶えない。運転するのは整備士教育部長の孫《ソン》さんで、予定していた人数が集まると、「さあ、出発進行！」と日本の駅員を真似て声を上げる。

春香は孫さんに勧められて助手席に座った。後部座席では、高雄市内の夜市に繰り出すという若い整備士たちのグループが、ここ最近の台湾プロ野球の動向について熱心に議論している。

「春香さんは、どこまで？」と、車が施設を出たところで孫さんに訊かれた。

「皆さんと同じところで大丈夫です。みなさん、六合夜市ですよね？」

「春香さんも夜市に行くの？」

「いえ、私は安西さんと食事なんですけど、店がその近くなので」

「あれ、安西さん、今回はこっちに泊まってないね？」

「そうなんですよ。今回は安西さん、高雄のホテルに」

「安西さん、離婚したんだってね？」

「ええ。で、もう新しい恋人がいるんですよ」

「そうか、だから最近いつもニコニコしてるんだ」

「ところで、孫さん、この前、日本に出張だったんでしょ？　またお休み使ってどこかに行ったんですか？」

「行った行った。今度は秋田乳頭《にゅうとう》温泉」

「乳頭温泉ですか。孫さん、私なんかよりよっぽど日本の温泉に詳しいですよね」

「趣味だもん。日本の秘湯巡り。日本の田舎の方はいいよ。ほんとにのんびりしてて、人が優しくて、清潔で」

敷地を出た車は月明かりを浴びたグァバ畑を抜けていく。後部座席で窓が開けられたらしく、南国の夜の風が車内を吹き抜けていく。

六合夜市の入口で、整備工場から乗り込んできたスタッフたちは、帰りの出発はやはりこの場所に十二時頃というアバウトな約束でそれぞれ別れた。春香は孫さんを安西との食事に誘ってみたが、別の用事があるらしく、一人で待ち合わせの台湾料理店へ向かった。

夜市を抜けたところに店はあった。店先に出されたテーブルにすでに安西とユキの姿がある。春香は手を振りながら駆け寄った。ユキとは安西に紹介されて以来、台北でもすでに何度か食事を共にしている。

「ユキさん、久しぶり！」

「春香さん、久しぶり！」

大袈裟に手を取り合う春香とユキに呆れながら、安西が店内にビールを追加注文しに行く。その背中にユキが、「春香さんの串焼きも！」と店の入口に出された冷蔵庫を指差す。ガラス張りの冷蔵庫には羊肉の串焼きやニラ、アスパラガス、台湾ソーセージに、各種すり身の団子が並んでいる。

「大丈夫です。私が自分でやりますから」と春香が慌てて立ち上がろうとすると、「いいのいいの。私、春香さんといっぱい話したいことある」とユキがその肩を押さえる。

「適当でいいよな？」

早速プラスチックのざるに串焼きを取る安西に、「すいません」と春香は詫び、「あ、すいませんついでに、そのお豆腐も」と指差した。

好きな串を店内に運べば、店のスタッフが焼いてくれるシステムだった。台湾ではわりとこの手の店が多く、店内からは羊肉の焼ける香ばしい匂いが漂ってくる。

「春香さん、これ、見て」

安西がざるを持って店内に行くと、ユキがバッグからカタログを取り出した。結婚写真のカタログでパラパラと捲ってみれば、どのページにもとても一般人とは思えないカップルの豪華な写真が並んでいる。

「誠さん、これ、イヤ」

ユキが残念そうに呟く。

「日本の男は、こういうのはちょっとまだ抵抗あるかもねえ」と春香は素直に答えた。

「抵抗ある？　どうして？」とユキが首を傾げる。

「だって、もしこの白いタキシードを安西さんが着て、ユキさんのことをビーチでお姫様だっこしてるところを想像しただけで可笑しいもん」

「もう！　春香さんは、味方と思った！」

「でも、ちゃんと頼めば、安西さんだって絶対にやってくれるって」

「そう？」

「だって二人の記念じゃない」

「そうなの！　そうなの！」

嬉しそうにユキが春香の手を握る。春香は店内の安西に目を向けた。カウンター奥のスタッフに串を預けながら何やら笑い合っている。まだ何も聞いていないが、将来的には籍を入れるのだろうと思う。

「ユキさんが頼めば何だってやってくれると思うよ。安西さん、ユキさんにベタ惚れだもん」

「ねぇ、春香さん、結婚しないの？」

ふいにユキに訊かれ、春香は、「え？　結婚？」と言葉に詰まった。

「だって、春香さん、私と同じくらい。もう若くない」

「ひどーい」

春香は笑い飛ばした。ユキに悪気がないことは分かっていたし、なぜかこういう言葉をかけられても、相手がユキだと全く気分が悪くならない。ユキに限らず、実家の両親や親戚からも、似たようなことを言われることが多くなった。だが、たぶん仕事にやりがいがあるのだと思う。女性雑誌などでブライダル特集の記事などを読んでも、まったく自分のこととして入ってこない。もちろんいずれは結婚したい。だが、結婚したいから結婚するというところまで、自分はまだ追いつめられていないのかもしれない。

安西がテーブルに戻った時、店先に三人乗りのスクーターが停まった。最近、台北ではあまり見かけなくなったが、ここ高雄ではたまに目にする。父親がハンドルを握ったスクーターの後ろに奥さんを乗せ、父親の足の間に子供を立たせて走るスクーターで、危ないと思うべきなのか、微笑ましいと思うべきなのか、未だに春香には分からない。

なんとなくそのスクーターを目で追っていると、なぜか目の前で停まった。よくよく見れば、ハンドルを握っているのは燕巣工場の陳威志で、驚く春香に、「你好」と声をかけてくる。

「阿志！」と春香は目を丸めながらも、後ろに乗っている女性に会釈した。女性の他に威志の足の間には可愛らしい男の子が立っており、夕食なのかスクーターのハンドルには両方ともスープや弁当が入った袋がかけられている。

「阿志……、結婚してたの？」と春香は首を傾げた。

「まぁ、そんなようなもの」と威志が照れくさそうに応える。その背中を奥さんらしき女の子がバチンと叩き、「何よ、その説明」と呆れている。

「そうなの。知らなかった。……ってことはその子が、阿志の子？」

てっきり独身だと思い込んでいた春香は思わず椅子から立ち上がっていた。驚く春香は無視して、威志が奥さんらしき女の子に、「会社の人。日本人で、台湾高鉄の人だか、日本の鉄道会社の人だか、よく知らないけど、しょっちゅう燕巣の整備工場に来てんだ」とてきとうな説明をしている。

「ちょっと！　何よ、その説明」と春香は奥さんの真似をした。「……下手だけど、北京語分かるんだからね」と。

「あ、ごめんごめん」と威志も今気がついたように慌ててみせる。

「いつもこう。まだほんとに子供みたいなの」と威志の奥さんだという女の子が、背後からまた威志の背中をバチンと叩く。

春香は、安西とユキにも威志を紹介した。それぞれが短い言葉を交わし、スクーターのエンジンを切った威志が、「今日、三百キロ、出なかったんですって？」と訊いてくる。

春香は、「……はい」と項垂れてみせた。

「でも、月曜日にまたやるんでしょ？　月曜日は絶対に三百キロ走行成功するよ」

やけに自信ありげに威志が言うので、「そう思う？」と春香は微笑んだ。

「間違いない。その日、俺の誕生日だし」

威志がさも可笑しそうに一人で笑い出す。

「もう！　早く！　おなか減った！」

威志の足の間でじっとしていた男の子が、いい加減大人たちの会話に飽きたらしく、とつぜん地団駄を踏み始める。「ごめんね」と春香はその頭を撫でた。きょとんと見上げた男の子のつぶらな瞳が、どことなく威志に似ているように見えなくもない。

「じゃ、失礼します」

威志が日本語で安西に告げ、春香にはウィンクしてからスクーターのエンジンをかける。春香は威志の奥さんに会釈した。すべすべした肌の女の子で、少し汗ばんだその肌が店の照明できらきらと輝いていた。

スクーターが去ると、「自分の誕生日だから、月曜の試運転は成功するって」と春香は安西に笑いかけた。

「台湾の男の子って、感じ」とユキも笑う。

預けていた串がちょうど焼き上がり、香ばしい匂いと共に運ばれてくる。春香は冷えたビールを片手に旺盛に串焼きを口に運んだ。ねっとりとした夜風が汗ばんできた肌を撫でていく。威志の言葉を信じるわけではないが、なぜか月曜日の試運転が成功するような気がしてくる。

試運転のスタート地点である高架橋まで徐行を続けてきた車輌がゆっくりと速度を落とし停車した。いったん全ての電源が落とされ、車内には物音一つしなくなる。春香の耳は横で緊張している山尾部長の鼻息まではっきりと聞き取れた。通路を挟んだ座席に座っていた安西が、「僕らも計測車の方へ移りましょう」と声をかけてくる。

車輌には他にも日本連合の企業から派遣されたスタッフたちが大勢乗り込んでいるが、やはり緊張のために口を開く者はいない。通路の先にあるドアの上には速度計がある。

デジタルパネルにオレンジ色の文字で「0㎞」と表示されている。

安西と山尾部長のあとに続いて、春香は隣接する計測車に移動した。試運転用に改造された車輛はすべての座席が取り払われ、代わりに振動や速度はもちろん、電気系統など全てのチェックをするための機材が並び、それぞれを担当者が操っている。この車輛のドア上にも速度計がある。一般車輛と同じデジタルパネルで、やはり現在「0㎞」と表示されている。

三人はいったんこの計測車を通り抜け、車輛先頭まで進んだ。操縦室の手前にJRから派遣されている運転士の村井の姿があり、笑顔で三人を迎えてくれる。

「お疲れさまです」

駆け寄った安西に、「今日は出るような気がするよ」と村井が微笑む。春香はなぜか窓の外へ目を向けた。青々とした稲田がどこまでも続き、高い椰子の木が並んだ遠くの畦道をスクーターが一台走り抜けていく。

「今日は松浦さんが運転ですか?」

山尾部長の質問に、「いや、今日は僕が走らせます」と村井が答える。

「とにかく、よろしくお願いします」

山尾部長が深々と頭を下げる。春香と安西も同じように頭を下げた。計測車輛から台湾高鉄のスタッフたちが姿を見せ、「こちらの準備はOKです」と王《ワン》主任が村井に伝える。

「今日は一発で決めたいね」

息子ほども年の離れた若い王主任の肩を叩いた村井がその場にいるみんなに笑いかけ、操縦室へ向かっていく。春香たちはその笑顔にみんなで頷いた。

「では、みなさんも計測車の方で」

王主任の指示に従い、春香たちも計測車の方へ戻る。戻る途中、春香は王主任を捕まえ、「テレビ局の件、本当にありがとうございました」と礼を言った。

「ああ、こちらこそ返事が遅くなってすいませんでした」

日本のテレビ局から試運転の模様を撮影したいという申し入れを受けていた。『新幹線、台湾を走る』というドキュメント番組の制作チームで、これまでも工事の遅れなど何かと批判的に報道することが多かった日本のマスコミの中、唯一、最初から好意的だったテレビ局でもあり、春香としてはぜひこのドキュメント番組の制作を進めてもらいたかった。

「ある調査結果によると、台湾新幹線への期待値で最も高いのが日本人観光客らしいです」

前を歩く王主任がふと振り返って教えてくれる。

「ええ。私も何かの資料で読みました」と春香は頷いた。

「台湾人はわりと疑り深いですからね。何か新しいものができても、日本人のようにすぐには反応しない。この台湾高速鉄道も同じです」

「そうみたいですね。でも日本のように最初から予約が殺到するようなことはなくても、徐々に乗客が増えていくことは間違いありませんよ」

「だから、それまでの間、日本人観光客にはたくさん乗ってもらわないと」

半分冗談半分本気で王主任が微笑む。

「日本の新幹線が海をわたって走るということに深い感慨を覚える日本人は多いんです。その上、新幹線が走るのが台湾となれば、ある種の強い郷愁を抱く世代が日本にはたくさんいます」と春香は続けた。

「みたいですね。台湾高鉄の方にはそういった励ましの手紙なんかが届いているみたいですよ。僕らもちょっと驚いてます」

「私たちの世代が想像する以上なんです。日本人のある世代にとっての台湾というのは」

春香は自分が熱くなり過ぎているのに気づき、「すいません」と謝った。

「今日、目標速度を出せればいいですね」と王主任が微笑む。春香は、「はい」と強く応えた。

春香たちが計測車に乗り込むと、しばらくして各部署の確認が取られていく。日本のテレビ局スタッフもすでに計測車に入り、邪魔にならないようにしながらも、そのカメラが各スタッフたちの動きを見逃さずに捉えている。

「それでは本日一回目の試運転に入ります！」

王主任の声が響く。春香は少し腰を屈め、窓の外を見た。真っ青な空が広がり、ゆっくりと雲が流れていく。

始動した振動が足元から伝わってくる。春香は横に立つ山尾部長と安西を見た。落ち着かない様子で、二人ともきょろきょろと各計測器を操るスタッフたちに目を向けている。

「出発進行」

スピーカーから操縦室の村井の声が聞こえた。とても落ち着いた威厳のある声だった。車体がゆっくりと動き出す。各計測器を担当するスタッフたちがそれぞれにデータを読み上げる声がそこここから聞こえ始める。車体は徐々にスピードを上げていく。窓の外をコンクリートの壁が流れ、その向こうを美しい稲田や椰子の木が更にスピードを上げて流れていく。計測スタッフたちのデータを読み上げる声が高くなってくる。すべて順調であることはその声色からも伝わる。春香は気がつくと、祈るように胸の前で両手を合わせていた。更にスピードは上がっていく。

「時速100㎞」

スピーカーから聞こえた運転士村井の声に、春香は手を合わせたまま、ドア上のデジタルパネルへ目を向けた。オレンジ色の数字が、100から、105、110、120と、もの凄い速さで変わっていく。

「振動異常なし」

「パンタグラフ軌道異常なし」

「第一及び第二電気系統異常なし」

スタッフたちの声と共にスピードが上がる。もちろん風圧で窓は軋むが、振動はほとんど感じない。

「時速200㎞」

スピーカーからまた村井の声がする。春香はデジタルパネルに、また目を向けた。210、220、230。更に速度が上がっていく。これまでの試運転ではこの辺りで速度が落とされることが多かった。春香は手を合わせたまま、思わず目を閉じた。足元からの心地良い振動だけが体を支配する。「走れ！　走れ！　走れ！」と春香は心の中で叫んだ。まるで自分の体が台湾南部の美しい景色の中を走り抜けていくようだった。暖かい風が両手を広げた春香の体にぶつかってくる。

「走れ！　走れ！　走れ！」

目を閉じ、心の中で叫ぶ春香の耳に、「行け！　行け！」と呟く安西と山尾部長の声が聞こえてくる。もう五年以上も前、東京のオフィスで逆転受注に成功した知らせを受けた山尾部長が、「え？　取った？　うちが取ったんだな！」と電話口で叫んだ声が蘇る。「決まったぞ！　日本の新幹線が台湾を走る！」そう叫んだ山尾の声に、涙が溢れそうになった時のことが思い出される。更にスピードが上がっていく。春香は合わせた手の指を絡ませ、強く握った。

「お願い！　お願い！」

目を閉じたまま春香は祈った。その時だった。近くで「おお！」という声が漏れた。次の瞬間、「やった！」と隣で安西が叫ぶ。春香は目を開けた。ドア上のデジタルパネルに目を向ける。

「３０１㎞」

オレンジ色の文字が堂々とそこに表示されている。

「やった……。やった……」と春香は声を漏らした。

とつぜん横から安西に肩を抱かれ、「多田！　超えたぞ！　三百キロ超えたぞ！」と揺さぶられた。春香はただ、「……はい。……はい」としか声が出せない。車内が歓声と拍手に沸いていた。あちこちから、それぞれの言葉で、それぞれの仕事を讃え合う声がする。春香は溢れそうな涙を拭き、顔を上げた。みんなが笑顔を浮かべている。速度は三百キロを保ったまま、依然順調に走行を続けている。

「多田」

ふいに山尾部長に声をかけられ、春香は「はい」と応えながらもまた俯いた。その春香の手を山尾が取り、強く握る。「……ありがとうございました」と春香は涙声で礼を言った。更に強く手を握ってきた山尾が、「何言ってんだよ。まだまだこれからだぞ」と応えたその声は、春香以上に震えていた。

試運転での三百キロ走行達成の興奮は、台湾政財界の重鎮を招き、各国メディアへの公開本番を迎えるまで沸々と続いた。その後、数回行われた試運転でも安定的に営業速度である三百キロ走行が繰り返されている。

初めて目標を達成した夜には、主なスタッフたちが集まり、高雄市内の台湾料理店で大宴会となった。当然、春香たち日本チームも参加し、互いの仕事をねぎらい、心からの笑顔を浮かべる大勢の輪に入り、深夜まで賑やかな夜を過ごした。ただ、その翌日からは本番のメディア発表へ向けての準備のため、春香たちは台北の事務所へ戻り、休みもなく働いた。

メディア発表当日、春香は発表会を仕切る台湾の広告代理店の補佐に回り、主に日本からのメディアの対応に追われた。日本の内閣に当たる台湾の行政院院長が試験走行車輛の運転席に乗り込み、「発車進行！」と日本語で号令をかけるという粋な計らいもあり、試験車輛は試験区間二十五キロを予定通り六分で走り抜けた。

乗車後、京都大学への留学経験もある行政院院長が、「新幹線には日本で何度も乗ったが、台湾にも走る歴史的瞬間に感動した。大成功だ」と語った映像が、その夜、何度も繰り返し台湾のニュース番組で流された。

春香はこの映像を含む、発表会のニュースを深夜帰宅する前にふらっと入った店のテレビで見た。仕事を終えて会社を出たのがすでに十時過ぎで、紅豆湯圓を出すその店には春香以外に客はいなかった。そろそろ店じまいしようとしていたおばさんに注文すると、春香はテレビが見えるテーブルに腰かけた。

ニュース映像が流れ始めたのは、ちょうど湯気の立つ紅豆湯圓をおばさんが運んできてくれた時で、そのまま横で足を止めたおばさんも壁のテレビを見上げ、「あら、本当に高速鉄道が走るのねえ」と呟く。

「走りますよ」と春香は力強く答えた。

「あら、あなた、観光客じゃないの？」とおばさんが驚く。

「こっちで働いてるんです」

「そうなの。この高速鉄道ができたら、私、便利だわ」

おばさんがまたテレビに目を向ける。

「私の実家、高雄の田舎の方なのよ。両親とも今はまだ元気なんだけど、だんだん体も弱ってくるでしょ？　台北に来て一緒に住もうって言うんだけど、台北はごちゃごちゃして一日いるだけで頭が痛くなるなんて」

「これが出来れば、高雄まで一時間半ですよ」と春香は言った。

「そうみたいね。今までは時間もかかるし、わざわざ飛行機で行くのは面倒だしで、なかなか帰らなかったけど、これができればいいわぁ」

番組はすでに別のニュースを流していたが、それでもおばさんはテレビを見上げている。春香は熱い紅豆湯圓をスプーンで掬《すく》った。一日中、立ちっぱなしで疲れ切っていた体に甘くて熱い汁が染み渡っていく。

湯圓を食べ終わると、春香はなんとなく夜の町を歩きたくなった。明日も早くから仕事の予定が立て込んでいたが、このまま部屋へ戻って寝てしまうのが惜しく思われた。特にどこへ向かうでもなく、春香は町を歩き始めた。夜風に揺れる椰子の葉の音に誘われて路地に入る。一本路地に入っただけで、タクシーが行き交う大通りの騒音が消え、ひんやりとした風が吹き抜けていく。

春香はふと実家に電話をしてみたくなり、携帯を取り出した。台湾に来たばかりの頃には、携帯はあったにしろ、国際電話を簡単にかけられるような環境ではなく、いちいちコンビニの公衆電話へ出向き、テレホンカードを買ってかけていたことを思い出す。

数回鳴った呼び出し音のあと、電話に出たのは母だった。「もしもし」と春香が声をかけると、「春香？　あんた、良かったわねぇ！　三百キロ出たそうじゃない」と興奮した母の声が聞こえてくる。

「日本でもニュースが流れたの？」

まさかとは思いながらも尋ねてみると、案の定、「日本のテレビじゃ、相変わらず台湾での良いニュースなんて何もやらないわよ。台湾で新幹線が走るなんて、日本にとっても大ニュースなのにねえ。あ、そうそう。でもね、お父さんがインターネットのニュースに出てるのを見つけて、ほら、プリントアウトしてくれたのよ」と言う。

おそらく電話の向こうでは、母がそのプリントアウトを見せているつもりでひらひらと揺らしているに違いない。

「とにかく、おめでとう。ほんと良かった」

母の言葉に、「ありがとう」と春香は素直に答えた。

「今度、いつこっちに戻れるの？」

「しばらくはバタバタしてて無理だけど、来月にはちょっと長めに休みもらって帰るつもり」

煉瓦造りの塀が伸びた一角に大きなガジュマルの木があり、太い枝々から何本か髭のような気根が垂れている。ちょうどその下にベンチが置いてあったので春香は腰かけた。四つ角にあるコンビニの明かりが足元まで届いて明るい。

「目標達成した日に、お母さんもこんなこと言いたくないけど、あんたもそろそろちゃんといろんなこと考えないと」

「いろんなことって？」

「だから……。今どきって言うかもしれないけど、あんたもとっくに三十の大台なのよ」

「ああ」

母が心配していることが結婚のことだと分かり、春香はなぜか気が抜けた。

「繁之さんとのこと、どうなってんの？」

「どうって？」

「ちゃんと連絡取り合ってるの？」

「連絡は取り合ってる。日本に戻った時には会ってるし」

「会ってるからって……。男と女なんてね、何か次の目標がないとなかなか先に進まないんだから」

母の小言を聞きながら春香はコンビニに目を向けていた。店内から地図を広げた日本人観光客らしい女の子がふたり、きょろきょろしながら歩いてくる。

「もしもし？　春香、聞いてるの？」

母の声が耳元で響き、「聞いてるよ。とにかく来月、戻ったらたっぷり聞くから」と答えて電話を切った。

春香の日本語が聞こえたのか、コンビニから出てきた女の子がふたり、「あの、すいません」と声をかけてくる。「はい」と春香が応えると、早速広げた地図を突き出し、「ここに行きたいんですが」と二人同時に地図の上に指を伸ばす。

彼女たちが指差したのは最近台北に増えたブティックホテルの一つで、小規模な建物が多く、路地裏にひっそりと建っているものもある。春香は地図を受け取って自分たちの位置を確かめた。

「えっと、今、ここなのね。だから、あそこに路地が見えるでしょ」と春香はコンビニの先を指差した。

「えっと、ほら白い車が停まってるところ。あそこをまず左に曲がって、その二つ目の路地を右に曲がれば、この広場に出ると思うんだけど……」

春香の言葉を女の子たちは真剣に聞いている。どこから歩いてきたのか、その表情には疲れが見え、今にも座り込みそうだった。春香はベンチを立つと、「近くまで一緒に」と声をかけた。

「え、でも……」

立ち上がった春香に二人が申し訳なさそうな顔をする。春香はかまわず歩き出した。コンビニの前を過ぎ、白い車が停まった路地に入る。

「すいません、ほんとに」

後ろをついてくる女の子たちが恐縮して声をかけてくる。「どこから歩いてきたの？」と春香は尋ねた。

「せっかくだから一つ手前の駅で降りて、のんびり散歩してたら迷ってしまって」

更に進み、広場へ向かう路地に入る。並んだガジュマルの木の先に広場が見える。

「あ、ほら、窓から見える広場だ」

女の子たちが声を揃える。春香は足を止め、借りていた地図を渡した。深々と何度も頭を下げながらふたりが広場へ向かっていく。春香はなんとなくふたりが広場につくまでその背中を見送った。

二〇〇六年　開通式典

『台湾新幹線で電線泥棒横行　銅線取り出し
　大陸に売却か　高圧電流流し対抗』

日本の新幹線技術が初輸出された台湾高速鉄道（台湾新幹線）の建設工事で、電線を切断して持ち去る電線泥棒が横行している。開業予定は当初より1年遅い今年10月に延びているだけに工事の進捗に支障をきたすとして、2月中旬から全線に6600ボルトの高圧電流を流し、「泥棒よけ」に使う。

【朝日新聞二〇〇六年二月三日東京朝刊（抜粋）】

『台湾新幹線、訓練中に脱輪』

日本の新幹線技術が海外に初輸出された台湾高速鉄道（台湾新幹線）の左営駅（高雄市）で10月31日、後退運転の訓練中に先頭車両が約50センチ脱輪する事故が起きた。原因は台湾人車掌が日本人管制官の許可を得ず、フランス人運転士に発車許可を与えたためとみられる。3人の共通言語は英語で、乗務員同士が十分な意思疎通を図れなかったとも指摘される。台湾新幹線の開業式典は12月7日の予定。もともとの開業予定日だったこの日の事故が今後の日程に影響を与える恐れもある。

【産経新聞二〇〇六年十一月二日東京朝刊】

古い煉瓦塀が続く路地の入口に、百個近いピンク色の風船を繋ぎ合わせたハート型のゲートがある。路地奥の小さな石畳の広場では、今まさにたけなわの結婚披露宴が行われていて、大きなテントが張られ、いくつものテーブルと椅子が並び、大勢の来賓で賑わっている。路地から広場にかけては赤い布や原色のネオンサインが飾られ、至るところに美しい花々もある。広場の披露宴会場ではカラオケも用意されているので、さっきから次々に簡易舞台に上がった来賓たちが楽しげな歌声を聞かせ、テーブルに所狭しと並べられた豪勢な料理をつまみながら、客たちも盛大な拍手を送っている。

新郎席の陳威志は、休む暇もなく酒を飲まされていた。ビールやウィスキーを持ってやってくるのは、幼なじみ、高校時代の友人たちはもちろん、燕巣整備工場の同僚たちや、遥々台北から駆けつけてくれた兵役時代の仲間たちで、「もう飲めないって！」と逃げ出そうとする威志の首根っこを摑み、「何、言ってんだよ。こんな美人の奥さんだけじゃなく、可愛い息子までいっぺんに手に入れといて！」と、無理に握らせたグラスになみなみと酒を注ぐ。もちろん酒を注ぎにくる奴らもすでに酔っているので、グラスに注いでいるのか、借り物のタキシードにかけているのか分からない。

新郎たちの醜態を呆れたように眺めながらも、純白のウェディングドレスを着た新婦の張美青もまた、久しぶりに再会した女友達との記念撮影に余念がなく、「阿美、すごくきれい！」などと褒められるたびに、「だって、今日のために三キロもダイエットしたんだもん！」などと声を上げている。

広場には百人以上の客たちが集まっている。当初の招待者数はこの半分ほどだったのだが、台湾の結婚式、それもこういった伝統的な屋外でのものは、近所の人はもちろん、祝ってくれる人なら誰でも大歓迎なので、最初から料理や酒もかなり多めに準備しておくのだが、さすがにこれでは足りないかもしれない。

新郎の威志が酒を飲まされ、新婦の美青が友人たちとのおしゃべりを続ける中、一人退屈しているのが、彼らの一人息子で今年五歳になる振振だった。両親の間におとなしく座っているのにも飽きてしまい、今では壇を降り、各テーブルを回っては招待客たちにちょっかいを出している。あちこちのテーブルでときどき女性の悲鳴が上がるのは、この振振がテーブルの下に隠れて、伊勢海老の角で女性の足を刺して回っているせいだ。

そしてまた、すぐそこのテーブルで悲鳴が上がり、グラスのビールを一気飲みした威志は、「こら！　振振！」とテーブルの下から逃げ出そうとする振振を追いかけた。ただ、さすがに飲み過ぎで足がふらつき、新郎の介添え役で中学時代からの親友、李大翔が慌ててその腕を取る。

「歩けんのか？」

「大丈夫大丈夫。こういう時はちょっと動いた方がいいんだよ」

大翔の腕を払って、威志は振振がいたずらをしたテーブルに向かった。このテーブルを囲んでいるのは、燕巣整備工場の訓練長や同僚たちだった。すでに振振の姿は見えず、威志はビールを手にとると、赤ら顔の彼らに注いで回った。

　さっき悲鳴を上げたのは、わざわざ今日のために台北から駆けつけてくれた多田春香らしかった。グラスにビールを注ぎ、「伊勢海老は？」と尋ねると、「また下にいる」と笑う。

「え、いつの間に」

　威志はテーブルの下を覗き込んだ。せっかくの子供用タキシードが汚れるのもかまわず、振振が伊勢海老の頭を車代わりにして走らせている。「振振」と威志はその足を引っ張ろうとしたのだが、一瞬、振振が逃げ出す方が早く、向かいに座った同僚の足の間を抜け、威志と美青の親族たちが揃っているテーブルへと駆け出していく。

　威志が諦めて立ち上がると、「やっぱり台北より高雄の方が結婚式は派手ね」と春香が声をかけてくる。

「高雄もホテルでやれば、もうちょっとおとなしいんだけど……。あれ、日本の結婚式ってどういうのなの？」

「日本も似たようなもの。酔った親戚の叔父さんが演歌うたって、新郎は威志くんみたいにべろべろに酔わされて」

「へぇ。一緒だ」

「今日からしばらくお休みなんでしょ？」

「いや、休みは明日だけ」

「そうなの？　新婚旅行とか行かないんだ？」

「今、何かと忙しいから。せっかくだから開業したあと、ちょっと落ち着いたところでたっぷり休みもらってどっかに行こうって話してる」

「あの美人の奥さんと？」

「へへへ」

「さっき聞いたけど、初恋の人なんだってね」

「初恋？　いやいやそんな大したもんじゃないですよ。腐れ縁みたいな……」

「また、そんなこと言って」

舞台上で高校の友人たちが手招きしていた。一緒に何か歌おうとしているらしい。威志は、「いっぱい食べていってね」と春香に声をかけると、ちょうど伊勢海老の頭を持って足元へ走り込んできた振振をひょいと抱え上げ、そのまま舞台に上がった。

「では、皆様、新郎が歌います！」

早速友人の一人がマイクで叫ぶ。威志は振振を肩車してマイクを持った。その際、振振が伊勢海老を威志の頭に乗せたせいで、会場内がどっと沸く。

狭いアパートの階段を、威志は振振を肩車して降りた。一階入口の分厚いアルミ製の門の横に並んだ郵便受けの前で腰を屈めると、振振が手を伸ばし、「何もない」と確認してくれる。

通りへ出ると、隙間なく置かれたスクーターの中から古ぼけた自分のスクーターを引っ張り出す。高校を卒業してすぐに買ったスクーターで、車体が傷だらけなのはもちろんだが、買った時にはついていたはずのバックミラーもすでになく、正面のライトはカバーが破れ、剝き出しの電球の下には虫の屍骸がこびりついている。そろそろ買い替え時なのは分かっているが、わざわざ買いに行くのが面倒臭い。

シートの後部に振振を乗せ、威志はスクーターに跨がった。エンジンをかけようとすると、二階の窓から美青が顔を出し、「牛乳買ってきて」と声をかけてくる。

「はいよ。それだけ？」

「あとね……」

威志はエンジンをかけ、そのあとは聞かずに発車させた。「ちょっと！　何よ！　そっちから聞いといて！」と怒る美青の声に、背中にしがみついた振振が笑い声を上げている。

威志たちは結婚式の二ヶ月ほど前からこのアパートで暮らしている。決して広くない1LDKのアパートだが、住んでみれば快適で、三人で眠れる大きなベッド、振振のカンフーごっこ用の短い廊下、衛星放送付きの大型テレビに、調味料が並んだ台所と、これ以外に生きていく上で必要なものがあるだろうかとさえ思える。もちろん贅沢を言い出せば切りがない。振振を英語や体操の塾に通わせたいとか、車が欲しいとか、たまには旅行に出かけたいとか。だが、それらにしても不思議なもんで、狭い家の中、三人でぶつかり合いながら生活しているうちに、とりあえずこれでいいんじゃないかと思えてくる。幸い、借りたアパートから威志の実家が近い。歩いて三分ほどなので、最近は振振も公園で遊んだ帰り、友達を連れて必ず実家に寄ってくるらしい。じいちゃんばあちゃんに会いに行けば、地べたに寝転んで泣かなくても、好きなだけアイスクリームが食べられることを覚えたのだ。

「振振、お前、どう思う?」

大通りで信号に捕まった威志は、痛いほど背中にしがみついてくる振振に尋ねた。

「何が?」

騒音に負けないように振振が大声を出す。

「お母さんのことだよ。お母さんがまた仕事を始めたいって言ってたろ?」

「僕、いいよ。お母さんが仕事しても」

「振振が幼稚園から帰ってきた時、お母さんいないんだぞ。お父さんだっていないんだぞ」

「大丈夫だよ。幼稚園が終わったら、おばあちゃんちで待ってるから」

「おばあちゃんやおじいちゃんに叱られたら?」

「そしたら燕巣のおばあちゃんちに行く」

美青が事前に入れ知恵しているのは間違いないが、振振は平気そうだった。カナダ留学中に美青は振振を身ごもった。いろいろなことがあり、結局美青は大学を諦めて台湾に戻り、無事に振振という宝を生んだ。威志が美青のことを尊敬するのは、振振を出産したあと、両親の支えはありながらも、地元の大学に復帰し、立派に卒業したことだ。現在、美青はホテルの仕事を休んでいる。実家に暮らしていた時には振振を両親に預けていたが、威志と三人での生活を始めたこともあり、少し様子をみようと休職しているのだ。威志としては、美青が働きたいのなら働けばいいと思っている。ただ、まず振振の気持ちを尊重してやりたい。

「お母さん、偉いよなあ」と、威志は思わず呟いた。

振振には聞こえなかったようで返事はない。その時、信号が変わり、威志はスクーターを走らせた。

「ねぇ！　工場で遊んだあと、おばあちゃんちにも行く？」

振振が脇腹を強く摑む。

「ああ行くよ。おばあちゃんたち、この前日本に旅行に行ったろ？　お前にお土産があるんだって」

「何？　トーマス？」

「さぁ、なんだろな？」

威志はスピードを上げた。埃っぽい通りを走っているだけだが、「幸せだ」なんて思う。

燕巣整備工場の駐車場にスクーターを停めると、威志は振振を連れて本館へ向かった。

広いエントランスに入った途端、振振が大きな階段を二階へ上がっていく。

「おい！　勝手に走り回るなって」と威志は声をかけたが、振振に聞く耳はない。

威志も階段を駆け上がり、訓練長の部屋へ向かった。タイミングよく訓練長が廊下に出てくる。

「あれ、今日休みだろ？」

訓練長に声をかけられ、「あの、ちょっとお願いがあるんですよ」と威志は近寄った。

「お願い？　なんだ？」

「……中には入れませんから、また息子に工場を見学させてもいいですか？」

あとを追いながら尋ねる威志に、「またか？」と訓練長が顔をしかめる。

「部外者以外立ち入り禁止なのは分かってますよ。だからこの前みたいに外から見学させるだけですから」

「子供の遊び場じゃないんだぞ」

「分かってますって。えっと、ほら、結婚祝いだと思って」

威志のとぼけた物言いに、「お前、何度、結婚祝いもらったら気が済むんだよ」と訓練長が呆れる。訓練長が会議室に入ってしまうと、威志は、「了承済みということで」と一人ごち、長い廊下を走り回っているはずの振振を探しに行った。

本館と宿泊棟を結ぶ渡り廊下にいた振振を捕まえ、整備工場へ連れていく。「探検ごっこ」を中断された振振は不機嫌だが、それでも巨大なゲートが開いた工場内にある新幹線車輛が見えてくると、「おお！」と素直に歓声を上げる。

「ここから中に入っちゃダメだからな」

威志は今にも中に駆け込みそうな振振のシャツを引っ張った。

威志たちが担当する車輛整備に関する訓練はほぼ完了している。思い起こしてみれば、当初は教本で学び、模型で学び、やっとこの工場内で実際に使用する機材や訓練用の部品に触れた。実際に車輛が格納された時の感動は未だにはっきりと覚えている。単純に「デカい」というのが威志の感想だったが、同時にこのデカい車輛がどれほど繊細なのかもすでに学んでおり、「大切にしてやるからな」とも思った。現在、整備工場内では試運転で使われた車輛の点検が行われているだけだが、いよいよ開業となれば、三ヶ月点検、六ヶ月点検と、各期間に応じた定期点検が始まり、この整備工場内もフル稼動となる。

振振は、車輛はもちろんだが、取り外された車輪など各部品にも興味があるようだった。見慣れぬ部品がクレーンに吊られて移動し始めると、「あれ何？　どこについてるの？　何ヶ月で交換？」など一端《いっぱし》の質問までしてくる。

振振のシャツを摑んだまま、工場内を眺めていると、ふいに背後から声をかけられた。休憩から戻ってきた同僚の張家洋《ヂャンジャーヤン》で、「また連れてきたのかよ」と笑う。

「ここ、無料だからな」と威志も笑った。

「ヘルメット被せれば、中に入れるんじゃないか？」

ている。

「いいよ、いいよ。そんなことしたら、今度は運転席に乗せろって言い出すから」

大人たちの会話など耳に入らぬようで、振振は家から持ってきたカメラで撮影を始めている。

「あっちから撮ってもいい？」

振振が別のゲートを指差す。威志は、「絶対に中に入っちゃダメだぞ」と念を押し、振振のシャツを放してやった。少し離れたゲートに駆けていく振振を眺めながら、「不思議なもんだよなぁ」と家洋が呟く。

「何が？」と威志は訊き返した。

「初めて振振と会った時、ほら、偶然、六合夜市で会ったろ？　お前と、当時はまだお前の単なる彼女だった今の奥さんと、振振と一緒の時」

「そうだっけ？」

「会ったよ。その時は、いくらお前が振振を抱いてても、やっぱりお前の彼女の息子にしか見えなかったけど、今じゃ、ちゃんとお前の息子に見えるもんな」

とつぜんしんみりした口調になった家洋を、「そりゃそうだろ。俺の息子なんだから」と威志は笑い飛ばした。

「いや、そうだけどさ……」

そこで一旦言葉を切った家洋が、振振の様子を確かめたあと、「どうするんだよ、もし振振が本当のお父さんに会いたいなんて言い出したら」と小声で言う。

家洋のような同僚たちを含め、先日の結婚式に来てくれた客たちは全員、振振が威志の本当の息子ではないことを知っている。だが、振振の本当の父親が、美青がカナダの大学で出会った日本人だということを知っているのは、威志の家族、親友の李大翔、そしてこの家洋しかいない。家洋とはこの整備工場で働き始めて以来の付き合いだが、なぜか最初から馬が合う。

「まぁ、そんときゃ、そんときだな」と威志は応えた。

「本当のことは話してあるんだろ？」

家洋は本気で心配しているらしい。

「美青が全部話してるよ。振振がどこまで理解してるのかは別だけど」

「じゃあ、振振にその気がなくても、相手側の日本人の男が将来会いたいなんて言ってきたらどうすんだよ？」

「ないよ」

「なんで？」

「だって、両親と一緒になって、堕ろしてくれって頼んできたような男だぞ」

威志の言葉に、家洋の顔から表情が消える。

「まぁ、来たら来たで、親父同士で決闘でもするよ」と、威志はわざとふざけた調子で言った。

「……いくら腑抜けの日本人野郎でも、そいつの血を振振が受け継いでるってことは間違いないんだし、……あ、そうだ、そうだよ。この新幹線と一緒だよ。いくら日本の技術が入ってようが、台湾人が台湾で走らせりゃ台湾の新幹線だろ？　俺たちが大切に育ててやればいいんだよ」

　単なる思いつきで口にしたことだったが、自分なりに腑に落ちるところがあった。

「……もちろんその日本人の男についてはクソ野郎だって思うよ。でも考えてみれば、そのクソ野郎がいなけりゃ、俺は振振に会えなかったんだからな」

　威志は自分でも少し喋り過ぎだと思った。声が上ずっていたし、本心というよりも隠しておいた何かが溢れてしまったようで慌てた。そんな気持ちを察したのか、家洋は何も言わずに、威志の背中をバシンと叩いただけだった。

「振振！　食堂に行って、おばちゃんに『紅豆のかき氷下さい』って言ってごらん。張家洋のおじちゃんから言われたって」

　家洋が振振に声をかける。振振が嬉しさを必死に隠すようにして威志を見る。威志は、「行っておいで」と頷いた。カメラを持ったまま、振振が食堂へと駆け出していく。足元の短く濃い影が振振を追いかけるようについていく。

◇

　帰り支度を始めたお手伝いの甲田《こうだ》の気配を感じながら、書斎で手紙を書き終えた葉山勝一郎は急いで切手を貼りつけた。封筒を持って台所に入ると、ちょうどエプロンを取った甲田が、「じゃ、そろそろ失礼します」と声をかけてくる。

「お疲れさまでした。甲田さん、悪いんだけど、これ、ポストに入れてってもらえませんか」

勝一郎から手渡された手紙を見つめながら甲田が、「台湾」と口にする。

「ええ、学生時代の友達なんですよ」

「ああ、葉山さんは台湾でお生まれになったんでしたよね」

「ええ。終戦でこっちに戻って以来、一度も行ってなかったんですけど、一昨年にそれこそもう何十年ぶりで帰省して。その時に再会したのがこの友達で、以来、たまに文通なんかしてまして」

甲田がどこか不思議そうな顔で、「そうですよね、『帰省』になるんですもんね。なにか『帰省』って聞くと、日本の田舎を想像してしまって」と困惑している。

「たしかにそうですな」と勝一郎も同調した。

改めて封筒の切手に気づいた甲田が、「そんなに高くないんですね。海外へのお手紙」と呟き、「それじゃ、間違いなくポストに入れて帰りますので」と持参したバッグに手紙を突っ込む。

妻の曜子が死んでから、勝一郎はなんとか一人で生活をしていたのだが、やはり男がなんとか生活したところで、妻がいた時のような家内の秩序は保てず、結局知人の紹介もあり、週に三度この甲田に家事をお願いしている。年齢は六十くらいだろうか。すでに二人の息子を独立させ、夫婦二人の生活に困っているわけでもないのだが、運動代わりにこの仕事を続けているという。甲田に来てもらう前も、勝一郎が家事を放棄していたというわけではない。どちらかと言えば、細々と妻の真似をして生活水準を守ろうとしていたのだが、やはり時間が経てばどうしても差がついてくる。たとえば毎日使ったあとはテーブルを片付けているつもりなのに、ある日そこにティッシュ箱が残り、食べかけの煎餅が残り、新聞やチラシが残る。食事をするのに邪魔になるほどではない。しかし妻と暮らしていた数十年の間、このテーブルにはいつも何も置かれていなかったのだ。

玄関先まで甲田を見送ろうと勝一郎はついていった。靴を履く甲田を眺めながら、「あ、ちょっと」と勝一郎は声をかけた。「はい？」と顔を上げた甲田に、「すいません、さっきの手紙、やっぱり自分で出しますから」と手を差し出す。

「いいですよ。駅に向かう途中にポストがありますから」

「あ、いえ、ちょっと書き直したいところがあって」

勝一郎の説明に納得し、甲田はバッグから手紙を出した。

「それじゃ、失礼します。また明後日」

「はい、よろしくお願いしますね」

出て行く甲田を見送り、姿が見えなくなってから玄関に鍵をかける。勝一郎はそのまま上がり框に座り込んだ。さっき封をしたばかりの封筒を、未使用の切手が破れないように用心深く開封する。

中野赳夫こと、呂燿宗との文通は、一昨年の再会から季節が変わるごとに続いている。時候の挨拶から始まる文面は形式的なものではあるが、それでも時折、若い頃を懐かしむ内容が添えられ、勝一郎は勝一郎でそんなこともあっただろうかと懐かしみ、中野は中野で切れていた糸が繋がるようで楽しく感じているらしかった。

上がり框に腰かけて開いた文面を勝一郎は改めて読み返した。一度は投函を頼んだ甲田からわざわざ取り戻したのには理由があった。書いた時にはさほど気にもならなかったのだが、さっき甲田と「帰省」うんぬんの話をしている時、ふと気になった文面があったのだ。勝一郎はその箇所を小さく声に出して読んでみた。

「……妻の墓参りなどすると、どうも感傷的になっていけません。子供もおらず、今となっては天涯孤独の身を自由に感じているとは思いながらも、いつかは自分もこの墓に妻と一緒に入るのかと想像すると、十年ほど前に妻と相談して購入しておいた東京郊外の霊園の、この小さな区画がまるで自分たちにはまったく関係のない土地であることをつくづく思い知らされます。いっそのこと、その時には妻の遺骨と一緒に生まれ育った台湾の、どこか晴れ晴れとした場所に眠りたいものだと思ってしまいます」

読み終えた勝一郎は再び便せんを折って封筒に入れた。読み返してみれば、なんてことのない文章なのだが、自分が何か大それたことを書いてしまったような気分は未だに消えない。

甲田が帰ったあと、勝一郎は少し早目の夕食をとった。甲田が来た日には必ず夕食の支度がされている。今夜は鍋にカレイの煮付けがあり、冷蔵庫にはラップされたポテトサラダが入っていた。

カレイの煮付けを皿に移し、即席みそ汁に湯を注いで食卓に並べ、昼食の残りのごはんを電子レンジであたためる。一人の食事は寂しいが、慣れてしまえばなんてことはない。それよりも八十にもなるというのに食欲だけはまだ旺盛で、そちらの方に我ながら呆れてしまう。

さっさと食事を済ませてしまうと、勝一郎は食器を洗い、今朝も切り抜いておいた新聞記事のファイリングを始めた。最近、切り抜くのが日課になっているのは台湾新幹線に関する新聞記事で、ファイルして何かに使うというわけでもないのだが、毎朝届けられる新聞を開き、中に台湾新幹線の記事があるとつい嬉しくなってしまうのだ。

今日の新聞に載っていたのは、今年十二月七日を予定していた開通式典が度重なる脱輪事故のために延期される見通しが高いという記事だった。一年ほど前、試運転で目標速度である時速三百キロを達成したという記事を読んだ時には心が躍った。普段なら台湾関連の記事が掲載されると、中国に対する配慮なのかどうか知らないが、どんなに良いニュースでも最後にひとくさりあるのが日本のマスコミの常なのだが、さすがにこの時ばかりは記者の筆も心なしか興奮しているようだった。

その後、開通式典が十二月に決まり、いよいよかと思っていた矢先、運転士不足や脱輪事故などの報道が増える。勝一郎としてはそんな記事を切り抜くたびに暗い気持ちになっていたのだが、最近ふと、実はそういった記事に対して、自分がさほど暗い気持ちにはなっておらず、逆にほっとしているようなところがあることに気づいた。まるで台湾新幹線完成と共に何かが終わってしまいそうな気分になっているのだ。

勝一郎は今朝切り抜いた小さな記事をファイルに綴じた。風呂にでも入ろうと浴室へ向かっていると居間の電話が鳴り始めた。勝一郎は、「はいはい。今、出ます。今、出ます」と応えながら居間へ戻った。

取り上げた受話器の向こうから聞こえてきたのは、劉人豪の声だった。挨拶もなく、

「今度の日曜日、お邪魔してもいいですか？」と尋ねてくる。

「別にかまわんが。何かあったのか？」と勝一郎は尋ねた。

「いえ、別に大したあれじゃないんですが、ちょっとお邪魔してもいいかと思って」

外人のくせになんとも回りくどい日本語を使うものだと呆れながらも、勝一郎は、「どうせ一日中家にいるからいつでもいらっしゃい」と応えた。人豪は、「じゃ、二時か三時ごろ伺います」と言って電話を切る。

勝一郎も受話器を置いた。人生初の台湾帰省に付き添ってもらって以来、人豪は何かと高齢で一人暮らしの勝一郎のことを気にかけてくれ、月に一度は特に用がなくても顔を出してくれるようになっている。遊びに来たところで何を話すというわけでもないのだが、「どうして日本の駅舎というのは、あんなに野暮ったいんですかね？」などと人

豪に訊かれ、「国鉄というのは見た目より機能性を重視するんじゃないか」などと勝一郎が応える。

「でも東京駅や、台湾にも残ってる古い駅は煉瓦造りで堂々としたもんじゃありませんか」

「いや、だからそういう厳めしい時代の記憶を消したかったのもあるよ」

「そうなんですか？　なんかもったいないなぁ。もちろん戦前の日本が良かったなんて思ってませんけど、あの頃に建てられた建築物は見事な和洋折衷だと思うんですけどね」

気がつけば、こんな話を半日近くしている。結果、「一緒に晩飯でも食いに出よう」ということになり、駅前の蕎麦屋でビールを少々飲みながらの夕食となる。

電話を切ったあと、勝一郎は甲田が沸かしてくれていた風呂に浸かった。少しぬるくなっていたので、追い焚きをしようと壁のパネルに手を伸ばした時、「いえ、別に大したあれじゃないんですが、ちょっとお邪魔してもいいかと思って」という回りくどい言い方をした人豪の声が蘇り、「ん？　もしかして……」とある直感が働いた。その途端、思わず笑みが溢れてしまう。もしかすると、人豪は結婚でもするのではないだろうか。その報告にやって来るのではないだろうか。いやいや、もしかすると、そのお相手まで連れてきて、紹介してくれるのかもしれない。勝一郎は更に顔がほころんだ。人豪本人にその手の話をされたことはないが、結婚するのにまだ若いという年齢でもない。勝一郎の印象では、今はとにかく仕事が楽しくて仕方がないといった様子だったので、縁談も遠のいているのだろうと思っていたが、実際は勝一郎などが心配することはなかったのだ。

次の日曜日、人豪が玄関チャイムを鳴らしたのは、勝一郎が居間でうとうとしかけた時だった。普段は夜に眠れなくなるので昼寝などしないのだが、今朝あまりにも天気がよかったので、いつもより長めの散歩に出かけてしまい、午後になってその疲れが出ていた。

勝一郎が暮らす街には広々とした敷地を持つ図書館がある。一階の閲覧室には広いテラス席が設けてあり、晴れた日にはその先に広がる芝生に寝転がり、のんびりとページを捲る若者たちの姿も多い。いつもならこの図書館が散歩の折り返し地点になるのだが、今朝はいつものように閲覧室で目についた雑誌を読んだあと、隣駅まで歩いてしまった。数年ぶりに歩いた道ではあったが、驚くほどの変化だった。未だ広い畑が残っていた一角は整備され、十階建ての大きなマンションが建っている。この界隈にはちらほらと昔ながらの生け垣や石垣を持つ古い屋敷が残っており、以前妻の曜子と歩いた時には、「やっぱり古い家というのは風格があるな」などと感想を漏らしたものだったが、それらもこの数年で様変わりして、立派な生け垣があった屋敷は取り壊され、今風のコンクリート打ちっぱなしの家が三軒も並んでいた。幸い、隣駅の駅前にあった和菓子屋は今も営業を続けていた。この店には妻曜子の好物であった芋ようかんがあり、ふと思い出して勝一郎は一番小さな箱を買ってきた。

人豪を招き入れた勝一郎は、窓を開けて部屋の空気を入れ替えながら、「あ、そうそう。芋ようかんがあるよ」と声をかけた。

ダイニングの椅子に腰かけようとしていた人豪が、「じゃ、お茶いれましょう」と慣れた様子でお湯を沸かし始める。

「ポットにまだ残ってたんじゃないかな。でもまぁ、新しい方がいいね」

勝一郎はダイニングテーブルに置いたままだった芋ようかんの箱を開け、「面倒だから、このままでいいか」と細かく梱包された芋ようかんを二つ三つ箱から取り出した。

「人豪くんも、せっかくの日曜日、他にやることないのかね？　こんな爺さんの家に遊びに来たって面白くもなんともないだろ」

こちらに背中を向けて、じっとやかんをかけたコンロの炎を見つめている人豪に、なるべく話を切り出しやすいように勝一郎は声をかけた。

「実は、ちょっと嬉しいことがあって」と人豪が振り返る。

さて来た、と勝一郎はもう笑みがこぼれそうだった。

「実は、賞をもらったんです」

「へ？」

「前に中禅寺湖畔の別荘をデザインしたんです。古い旅館を個人用の別荘に。お話ししたかもしれませんが」

「ああ、それなら聞いたよ。施主ともめて、大変だったやつだろ」

「はい。でも、最終的にはお互いに納得する形で渡すことができて。やっぱり喧嘩をしたから仲直りするともっと親しくなるんですね。未だに施主の奥さんからはメールもらったりしてるんです。あの辺は季節ごとにいろんな景色になるじゃないですか。春夏秋冬それぞれに違ってて。それで施主の奥さんが紅葉に囲まれたその別荘の様子や、雪景色の別荘の様子なんかを今でも送ってくれるんです」

勝一郎はじっと人豪の話を聞いていたが、きっと今日の訪問は結婚の報告なのだろうという自分の予感をまだ捨てきれずにいた。

「その別荘が、賞をもらったって？」

「えっと、はい」

「凄いじゃないか」

「え、ええ。はい」

「なんだ、私はてっきり君が結婚の報告に来るんだとばっかり思っていたよ」

「結婚？　僕が？　ないですないです」

「だってほら、ちょっと話したいことがあるとかなんとか」

「あ、ああ」

「まぁ、でもそれはいいや。とにかく凄いじゃないか。で、どんな賞なの？」

この辺りで勝一郎は自分の予感がまったくの見当違いだったのだと理解した。

「えっと、『スイス国際建築賞』という、スイスの財団がやっている賞なんですけど、新人の建築家に与えられる賞ではわりと大きな賞で」

「スイス国際建築賞？　そりゃ、有名な賞じゃないか、私でも知ってるよ」

「え、ええ」

「どうした？　あんまり喜んでないのか？」

手を叩きたいくらいの勝一郎に比べ、目の前の人豪はなぜか笑顔も見せない。

「いいえ、嬉しいんです。もの凄く嬉しいんですけど、なんていうか、日本でっていうか、日本語でこんなに喜んだことがないんで、ちょっと戸惑っているっていうか、日本語でどういう風に喜べばいいのか分からなくて……。会社でも皆さんにすごく祝ってもらったんだけど」

人豪の説明に勝一郎は声を上げて笑った。

「そんなもん、好きなように喜べばいいんだよ。『やった！　やった！　やった！』って」

勝一郎は代わりに拳を突き上げてみせた。その様子を眺めていた人豪が、「そうですか。『やった！　やった！　やった！』ですか？」と遠慮がちに繰り返す。

「違うよ、もっとこう元気よく、やった！　やった！　やった！　ほら」と勝一郎はまた拳を上げて促した。

一瞬躊躇ったあと、人豪も勝一郎を真似て、「やった、やった、……やった!」と、今度は本気で拳を上げる。

「よかったな」と勝一郎は改めて祝った。

「はい、ありがとうございます」

よほど照れ臭いのか、人豪がこんな時に茶を淹れ始める。


これから会社の人たちが開いてくれる祝賀会に出るのだと、やっと素直に嬉しそうな表情になった人豪が帰ったあとも、勝一郎はまだ柔らかな喜びに浸っていた。人豪が有名な建築賞を受賞したこともちろん嬉しいが、祝賀会の前にわざわざ時間を割いて報告に来てくれたその気持ちが勝一郎にはありがたかった。

人豪が帰ったあと、勝一郎はスイス国際建築賞というものがいったいどういうものなのか詳しく調べてみた。人豪は「わりと大きな賞」と言ったが、謙遜もいいところで、歴代受賞者にはのちに大家となった建築家の名前もある。人豪の話では、中禅寺湖畔に建てられたその別荘の独創的な意匠が審査員たちの高評価を得たらしい。「日本人が使う別荘なので、できれば日本的なものを作りたかったんです。ただ、僕は台湾人だから、どうしても僕が見た日本的なものになるんですけど、それがヨーロッパの建築家たちに評価されたのかもしれません。僕は日本建築の良い所って裏側があることだと思ってるんです。着物の裏地なんかもそうですけど、たとえば数寄屋造りにしても、あの大きく張り出した屋根の裏。あの裏側の組み木の美しさは本当にすごいんです」

興奮気味に人豪は語ってくれた。やっと正直に喜びを爆発させたような彼の話を聞いているだけで勝一郎はもう何年も味わっていない仕事での喜びにも似たものを感じた。人豪の話によれば、来月下旬にはスイスのジュネーブで授賞式があるらしかった。せっかくなので両親も連れていくという。

その前に一度、休みを利用して台湾に報告がてら戻るというので、勝一郎はつい、

「もし邪魔じゃなければ、私も一緒に連れてってくれないかな」と申し出ていた。もちろん人豪は簡単に引き受けてくれた。単なる思いつきではあったが、その後も続いた嬉しそうな人豪からの話を聞きながら、ふとこれが最後の台湾になるのかもしれないと勝一郎は思ってもいた。

◇

「おーい、みんな、ちょっと仕事の手を休めて集まってくれないか」

台湾高鉄本社に呼ばれていた山尾部長がオフィスに戻るなり、声を上げた。春香はメールの返信を打っていた手を止め、そのまま会議室へと入っていく山尾の背中を目で追った。山尾は今朝、台湾高鉄本社で正式な開業日を決める会議に出席していたはずだった。戻ってきた山尾の顔色を見る限りでは、これまでのように沈んでもおらず、かといって晴れやかでもないので、開業が更に延期されたのでもなく、かといって手放しで喜

べるような結論が出たわけでもないらしい。

それぞれの仕事を打ち切って、社員たちが会議室へ入っていく。春香が立ち上がると、

「また延期か？」と安西に背後から声をかけられた。

「にしては、部長、そんなに不機嫌じゃないですよね？」

「だよな」

安西と一緒に会議室に入る。集まったのは五、六人だが、会議室が狭いので圧迫感がある。

「今、高鉄本社での会議に出てきた」

「決まったんですか？」

山尾の言葉に、待ちきれないとばかりに安西が声をかける。

「おいおい、最後まで話聞けよ」と山尾がたしなめる。

「すいません」

頭を下げる安西に、「でもまぁ、いい加減、みんなも焦れるよなぁ」と山尾も笑い出す。

「……えっと、結論から言うと、台湾新幹線の正式開業日が決まった」

山尾の言葉に、「おおっ！」と小さな歓声が上がる。

「正式開業日は来年二〇〇七年一月五日」

更に歓声が高くなる。春香も声を上げながら安西と顔を見合わせた。もちろんまだや

ることは山ほどあるが、初めて正式にゴールが見えた瞬間だった。

「ただ」

山尾が盛り上がる春香たちに水を差す。歓声がすぐに、「え？　なんですかー？」「まだ何か問題あるんですかー？」というため息に変わる。

「おいおい、お前らも極端だなぁ。まぁ、聞いてくれよ。正式開業日は年明け二〇〇七年一月五日。これは間違いない。ただ、行政院交通部との協議を経て、正式発表は十二月下旬、要するに開業日のギリギリまで引き延ばす。理由はだな、まぁいろいろあるが、もう二度と発表後の延期はしたくないというか、できないということで、だったら発表をギリギリまで遅らせるというアクロバティックな結論なわけだ」

山尾の説明に、春香を含めた誰も異を唱えない。それどころか賢明な判断だとさえ思っている節がある。正直なところ、この程度のアクロバットなら春香自身、驚かないどころか、自分でもやれそうな気さえする。

「そこで詳細だが、一月五日正式開業。当日のセレモニーは簡素なものになる。その代わり、陳水扁総統が試乗されて、実質的な開業宣言を行うことになる。あとは予定通り、五日の正式開業から十日間を運賃半額の特別期間として営業する」

山尾の説明を聞き終え、春香たちはそれぞれに頷いた。この七年のゴールがこれかと思えば、どこか呆気ない印象がなくもないが、しかしよくよく考えてみれば開業日というのはゴールではなくスタートなのであって、もしかするとこのようなスタートの方が堅実なのかもしれないとも思う。

会議室を出ようとすると、「あ、そうだ。多田、ちょっといいか？」と山尾に呼び止められた。

「はい、なんでしょうか？」

「うん、まぁ、ちょっとそこに座れ」

春香は指定されたソファに浅く座った。

「多田は、来年からどうする？」

「え？」

山尾の質問に春香は正直に反応した。実際、何を聞かれているのか分からなかった。

「来年からだよ、来年から」

「……来年、……ですか？」

「お前もとぼけた奴だな。台湾新幹線が開業すれば、俺たちのここでの仕事も終わるんだぞ」

呆れたとばかりに山尾が笑い出す。

「あ、ああ。そ、そうですね」と、春香は慌てて応えはしたが、内心の動揺は隠せなかった。もちろん頭では分かっている。台湾新幹線が開通すれば、台湾での自分の仕事は終わるのだ。ただ、その当然なことをここ数年一度も考えていなかったことに愕然とさせられる。

「考えてみれば、お前と安西だけだもんな。最初からずっとここでやってくれたのは」

そうしみじみと呟いた山尾の目が微かに潤んでいる。

「あの、安西さんは？」と春香は尋ねた。

「安西にもこの前ちょっと聞いてみたよ。まぁ、うちの社としては、今回の台湾新幹線の成功を土台に、中国本土、メキシコ、ブラジルへの新幹線輸出を考えている。おそらくここが終われば、それらの国に対するプロジェクトが立ち上がると思う。安西はそのどこかのプロジェクトリーダーに任命されるだろうな。本人もやる気になってるみたいだ」

春香は現在の山尾のような立場に立つ安西を想像してみた。台湾に赴任してきたばかりの頃の、汗の拭き方も知らないような頼りない安西の姿が思い出される。

「男も女も関係ないからな。もし多田にやる気があれば、俺はいくらでもお前を推薦する。安西と同じポジションは無理だろうが、お前の年齢にしては大抜擢となる仕事を見つけてやれるよ。あともちろん東京本社に戻っても、これだけの仕事をその年齢でやったんだ、各部署から引く手あまただろうけどな」

山尾の言葉に、春香は心を込めて、「ありがとうございます」と礼を言い、「少し考えさせてもらっていいですか」と付け加えた。

「そりゃもちろん。ちゃんと考えろ。台湾は近いけど、これがメキシコやリオ・デ・ジャネイロなんてことになったら話は違ってくるからな」

　ソファから立ち上がると、春香は黙礼して会議室を出ようとした。そしてふと足を止め、「山尾部長、覚えてますか？」と振り返った。

「ん？」

「今、ふと思い出したんですけど、日本連合が台湾新幹線の受注を勝ち取ったって知らせを受けた時、山尾部長、東京のオフィスで、受話器を握ったままガッツポーズして、『みんな、決まったぞ。……決まったぞ。日本の新幹線が台湾を走る！』って叫んだんですよね。あれがもう七年も前なんですね」

「あれから七年か。昨日のことみたいだけどな」

「私、そのあと、今みたいに部長にこうやって会議室に呼び出されたんです。そしてとつぜん『多田、お前、台湾に行く気ないか？』って。部長、覚えてます？　そのあと私になんて言ったか？」

「さぁ、なんて言った？」

「『台湾新幹線の開業予定は二〇〇五年の十月。行くとなれば、一年や二年というわけにはいかない。どうだ？　ちょっと考えてみる気はあるか？』って言ったんですよ」

「開業予定が二〇〇五年？」

「そうですよ！　私はそれに騙されて……」

　そこまで言ったところで、お互いに堪えきれずに笑い出した。二人の笑い声があまりにも大きかったのか、「な、なんすか？」と開けっ放しのドアの向こうを偶然通ったスタッフが顔を突っ込んでくる。春香は、「なんでもないの」と笑いながら、彼を押し返した。

会議室を出る時、「多田」と部長がまた呼び止める。

「はい」

「あの時、お前を騙しといてよかったよ。いや、もちろん騙すつもりなんかなかったんだけど、でも結果的には騙したことになって、でもやっぱり騙しておいてよかった。もしお前がいなかったら、俺もここまでもってたかどうか」

春香はいつものように笑いに変えて誤魔化そうとした。しかし、笑おうとすると泣きそうだった。「ありがとうございます。私も騙されてよかったです」とだけ春香は応えて会議室を出た。

その週末の土曜日の朝、春香は自分でも驚くほどの気持ちのいい目覚めを体験した。いつもと何がどう違うのか分からないのだが、とにかく頭から足の先まで、もっと言えば細胞の一つ一つが、「あ〜、よく寝た〜。あ〜、気持ちいい〜」と伸びをしているような、そんなリズムで全身が躍っていたのだ。

予定では週末も数時間だけ出勤するつもりだった。急な仕事があるというわけでもないが、逆に出勤すればいくらでも仕事はあるという状態で、これはもうここ二年ほど続いている。

ベッドを出た春香はいつも通りに出勤の準備を始めたのだが、ふと、「今日はいいか」という言葉が口をついて出る。鏡に映った自分の顔に、「サボっちゃう？」と合図を送ってみる。鏡の中、寝ぼけた自分の顔にとけていくような笑みが広がる。

春香は歯を磨きながら小さなテラスに出た。気分がいいのは天気のせいもあるらしく、ビルの向こうに台北には珍しい秋空が広がっている。眼下ではいつもの台北の朝が動き出している。黄色いタクシーは連なり、その隙間を縫うようにスクーターが走り抜けていく。通り向かいの路地では、お粥を売る屋台から湯気が立っている。騒音とスパイスの香りと眩しい朝日の中、春香が大好きな台湾の朝が始まっている。

身支度をして部屋を飛び出ると、春香はまずいつものようにお粥の屋台に入った。最近、長男が結婚したらしい屋台のおばさんが、「あら、今日も仕事？」と声をかけてくる。

「今日はお休み。これから、この台北中を歩いて回るの」と春香は微笑み、今にも溢れそうなお粥を受け取る。

「こんな騒々しい街、歩き回ったって面白くもなんともないでしょ」とおばさんが呆れるので、春香はただ微笑み返し、熱々のお粥をテーブルに運んだ。

「歩き回るって、どの辺に行くの？」

春香がお粥を啜っていると、おばさんが話しかけてくる。

「まだ何も決めてないですけど、國父紀念館の方に行って延吉街《イエンジーチエ》を散歩するか……、台湾大学までMRTで行って永康街で美味しいカプチーノでも飲みながら計画を練るか……」

おばさんに説明しているだけなのに、もう頭の中にその土地土地の景色が広がり、楽しくなってくる。あれは誰が言っていたのだったか、香港という街は「流れる景色が世界一美しい」と言われているらしかった。たとえば二階建てバスの頭上を流れていくカラフルな看板、ビクトリアピークへ登るトラムの窓に流れていく高層ビル群。そこで春香はこう思う。香港という街が「流れる景色が世界一美しい」とすれば、ここ台北の街は「立ち止まった時の景色が世界一美しい街」ではないだろうかと。

たとえば路地を歩きながら、ふと濡れたガジュマルの樹に足を止める。そこから広がっていく街角の風景。

春香は粥を掬っていたスプーンを置き、実験するようにその場で立ち上がってみた。怪訝そうな屋台のおばさんをよそに、店先から数歩だけ通りへ出て立ち止まる。春香はその場でぐるりと周囲を見回した。屋台に並んだ色鮮やかな果物、湯気を上げる美味しそうな饅頭、走り抜けていくスクーター、お香が立ちこめる孔子廟、ふたの開いたポリバケツ、路駐されたベンツ、向こうの空に聳え立つ101ビル……。そして、道に突っ立っている春香を、不思議そうに見上げている丸刈りの可愛い男の子。

春香は、「やっぱりきれいだ」と小さく呟き、男の子の頭を撫でた。「何が見える？」と男の子が訊いてくる。春香は、「全部」と応えて、またそのチクチクする頭を撫でた。

◇

「ほんとに大丈夫ですか？」

トランクから出した背広を、葉山勝一郎がクローゼットのハンガーにかけていると、トイレから出てきた劉人豪が声をかけてくる。人豪が予約してくれた台北市内のホテルは清潔で、窓の向こうに台北松山空港を飛び立った飛行機が見える。

「ああ、大丈夫だよ。それより、いろいろほんとにありがとう、チケットだのホテルだの、また全部やってもらって」

「そんなことはいいんですけど……。呂燿宗先生は何時にいらっしゃるんですか？」

「呂燿宗？　……ああ。中野か。中野赳夫で覚えてるもんだから、どうもその名前だとピンとこなくて」

勝一郎は腕時計を確認した。すでに五時を回っている。

「六時には迎えに来るって言ってたな」と勝一郎は応えた。

「何かあったら、いつでも携帯に電話下さい。えっと、鍵と明日からの朝食券はここに置いておきますから」

「うん、ありがと。……あ、そうだそうだ。君のご両親にみやげを持ってきたんだ」

勝一郎は閉めかけたトランクを開け、市ヶ谷の和菓子店で買ってきたおかきの箱を取り出した。すでにドアの方へ向かっていた人豪を追いかけて手渡すと、「いいですよー。

すいません」と恐縮した様子で受け取る。

「じいさん好みのお菓子だから喜んでもらえるかどうか」

「ちょうど良かった。僕は何も買ってこなかったから」

人豪という青年は、謙虚ではあるが謙虚すぎるところがない。その辺りを勝一郎は気に入っている。

「じゃあ、何かあったら本当にいつでも連絡下さい。出発の日の朝には迎えに来ますから」

「うん、ほんとに何から何までありがとな」

客室を出ていく人豪を見送るつもりで勝一郎も廊下へ出ようとした。その瞬間、「あ、オートロックです」と慌てて人豪がドアを押さえる。

「あ、そうだった、そうだった」

苦笑いする勝一郎に手を振って、人豪は長い廊下を歩いていく。勝一郎はドアの間から半身を出して、その背中を見送った。

客室へ戻ると、勝一郎はぐるりと室内を見渡した。二畳ほどはあろうかという巨大なベッドにかけられた白いシーツには皺一つなく、窓際のテーブルに置かれたかごにはたくさんのフルーツが入っている。なんでもこのホテルで人豪の知り合いが働いているらしく、かなり安くしてもらったらしい。一通り室内を確認した勝一郎は、浴室のドアを開けた。床も壁も総大理石張りで、大きな鏡の前には石鹸だけでも三つ四つ置いてある。

勝一郎は「ほー」と声を漏らし、なんとなく鏡に映っている自分を見つめた。

一昨年、やはり人豪に旅行の手配を頼んで台湾に初めて帰った時には、三泊四日というとても短い滞在だった。仕事があるわけでもなし、いようと思えばもっとゆっくりといられたのだが、なんと説明すればいいのか、故郷である台湾に帰省して自分にどんな感情が生まれるのか自信がなかったのだと思う。

もちろん念願の台湾旅行がたったの三泊四日では短過ぎるという気持ちはあった。だが、その反面、あまりにも強い思いがありすぎて、三泊四日も耐えられないのではないかという不安もあったのだ。実際、今あの時の滞在を思い出してみると、とにかく慌ただしく時間だけが過ぎ、感傷に浸る余裕もなかったのだが、もしかするとそうでもしないと自分がどのようになるのか分からず、最初から三泊四日という短い滞在に留めていたのではないかとさえ思えてくる。一昨年の滞在では、中野赳夫、現在の呂燿宗と約六十年ぶりに再会した。もちろん再会した瞬間に熱い気持ちは込み上げてきたが、中野が手配してくれていた旅程をこなすのに忙しく、この熱い気持ちをきちんと言葉にする暇もなかった。おそらく中野もそんな熱い気持ちが照れくさくもあったのだと思う。到着した夜、彼が開いてくれた歓迎会には同窓生を含めた二十人近い参加者があり、わいわいがやがやと昔話に花を咲かせているうちにあっという間に時は過ぎてしまった。

翌日からは中野が案内してくれるというのを断って、人豪に台北市内の観光に付き合ってもらった。台湾総統府から中正紀念堂《ヂョンヂアンジーニエンタン》、行天宮《シインティエンゴン》に龍山寺《ロオンシャンスー》、更には故宮博物院も案内してもらい、夜には士林の夜市にも連れていってもらった。普通の観光コースを回りたいと頼んだ勝一郎が悪いのだが、当然そこには自分の青春時代を感じさせるようなものはなく、だからと言って、ではどこへ行けばそれがあるのかも、すでに六十年もの時が流れた台北では、皆目見当もつかなかった。

帰国の日、中野は空港まで見送りに来てくれた。お互いにもっといろんなことをじっくりと話したかったという思いは一緒のようで、「今度来る時は、もっとゆっくり来い」と中野は言った。

「またすぐに来るよ」と勝一郎は応えた。

「ああ、待ってる」

「それまで死ぬなよ」

「お前こそ、ぽっくり逝くなよ」

別れ際のとても短い会話だったが、すっかり変貌した台北の街を一日歩き回っても見つけられなかった何かが、そこにはあったように思う。

帰国後、中野とは季節の挨拶程度の便りは交わしている。ただ、まだ一度も、妻、曜子のことはきちんと話せていない。

ぼんやりと鏡を眺めていると、電話が鳴った。洗面台の横にも電話があり、受話器を取ると、流暢な日本語で「フロントに呂燿宗様がお見えです」と教えてくれる。勝一郎は短く礼を言って電話を切り、浴室を出るとさっきトランクから出したばかりの背広を羽織った。

一階ロビーに中野の姿があった。

「おう！」

勝一郎が手を上げて合図を送ると、中野も同じように片手を上げる。

「悪いな、わざわざ」と勝一郎は言った。

「いいよ、そういうのは」と中野が笑う。

若いころから恰幅が良かったが、老いてますます貫禄が出たようで、どちらかと言えば細い勝一郎は前に立つと圧倒される。

「今日は誰も呼んでないんだ。うちの家族だけ、いいだろ？」と中野が言う。

「ああ、その方がのんびりできる」

「よし、じゃあ早速行くか」

「おい、ちょっと待ってくれ。そのレストラン、お前の病院から遠いのか？」

「俺の？」

「ああ。お前、あの親父さんのあとを継いだんだろ？」

勝一郎の言葉に、一瞬思案したようだったが、「よし、じゃあ、先にうちの病院を見せるよ。メシはそれからだ」と微笑む。

ホテルの車寄せに中野の車が停められていた。黒塗りの大きな日本車で、二人が出ていくと、若い運転手が後部ドアを開けてくれる。「立派になったもんだ」と、勝一郎は皮肉った。

「現実より一回りか二回り、大きく見せるのが台湾式なんだよ」と中野も笑う。

ホテルを出た車は街路樹が美しい大通りを走り出した。窓の外を流れていく景色は大都会のそれで、隙間なく建てられたビル、派手な飲食店の看板、日本のコンビニ、アメリカのファストフード店、と、漢字が多いところを除けば、ほとんど東京と変わらない。車が止まったのは台湾総統府から西門という繁華街を抜けた辺りで、もう少し進めば淡水河とぶつかる所だった。

この界隈はホテルの近くと比べると古い建物が多く残っているらしい。おそらく日本統治時代に建てられた赤煉瓦造りのビルが、真新しいガラス張りのビルに挟まれて建ち、通りの向こうには南国の樹々に覆われた緑豊かな公園が見える。

車を降りた勝一郎が辺りを見渡していると、「どうだ？　何もかもすっかり変わっただろ」と中野が声をかけてくる。勝一郎は無言で頷き、また眼前の景色に視線を戻した。

「どうだ、ちょっと歩いてみるか」

横に並んだ中野がそう言ってゆっくりと歩き出す。

「この路地の先に、何があったか覚えてるか？」

歩き出してすぐに中野が立ち止まり、高いビルに挟まれて薄暗くなった路地へ目を向ける。路地には洒落た喫茶店や鉄板焼きの店があり、テラス席にはパラソル付きのテーブルが並んでいる。

「ここは……」

勝一郎は路地を覗き込んだ。

「そこに喫茶店があるだろ。たしか、あの辺りが別府《べっぷ》先生たちが住んでおられた教員宿舎だよ」

中野の言葉に、とつぜん六十年前の景色が蘇った。勝一郎は六十年前の道をなぞるように改めて視線を路地へ向けた。

「ってことは、そこが床屋だったよな」と勝一郎は通りの向こうを指差した。

「そうそう。そうだよ。バリカンで刈ったあと、バケツの水ぶっかけられた床屋だよ」

懐かしそうに中野が笑い出す。その途端、勝一郎の目の前に、六十年前の街並が更に鮮明に現れた。まだ高いビルなど建っていなかった。そこにある四階建ての赤煉瓦のビルは確か郵便局だったはずで、この辺りで一番高い建物だった。あとはほとんどが平屋の木造で、まだ道は舗装されておらず、昼間は土埃が舞い、南国の夕立で水浸しになった。

六十年前の光景だけではなく、夕立の時の土の匂いや、素足を濡らした雨の感触まで蘇ってくる。

「あそこが別府先生の宿舎だったんなら、この先の角が銭湯だな」

「ああ。若葉湯だ」

無意識に歩き出していた勝一郎のあとを、中野が追いかけてくる。

若葉湯だった場所には十階建てのビルが建っていた。一階から三階までは語学学校らしく「美語／日語」と大きく書かれた看板がある。勝一郎は更に先へ進んだ。実際に見えている景色ではなく、六十年前の光景の中を歩いているようだった。通りには人々が暮らす家があり、昼食時なのかどの家からも魚を焼く匂い、みそ汁の匂いが漂ってくる。通りを抜けていくスクーターが自転車に変わる。白いランニングシャツ一枚の若者が、汗だくになってペダルを漕いでいる。どこかのラジオから流れてくるのは日本の民謡で、遠くからは氷屋ののんびりとした呼び声が聞こえる。昔、小さな乾物屋があった場所で勝一郎は足を止めた。

右手へ折れる路地を覗き込むと、六十年前と同じように少し先で行き止まりになっている。

「やっぱり、覚えてたか？」

背中に聞こえた中野の声に、「ああ」と勝一郎は短く応えた。路地の突き当たり、今ではタイル張りの小さなマンションが建っている場所が勝一郎の生家だった。この路地には三本の電柱があったはずだ。電柱に登っては母に叱られていた。突き当たりに格子の門があり、敷地は板塀で囲まれていた。格子の門を入ると、小さな庭があった。そこを右に回り込むと、勝一郎の部屋がある。蒸し暑い夜になると、この窓を中野が叩く。

「おい、もう寝てんのか？」

「いや」

「だったら、どっかに涼みに行こうぜ。暑くて眠れないんだ」

窓から飛び降り、あてもなく熱帯夜の台北の町を二人で歩き回った。夜風が心地よく、何度も寝返りを繰り返すだけだった布団に戻りたくなくなる。

勝一郎は生家があった場所へ近づいた。格子の門があったところがマンションの入口になっており、十軒分ほどの郵便受けがずらりと並んでいる。壁には赤い祈禱札が重なるように何枚も貼ってある。

「何もかも、すっかり変わってしまったよ」

中野の声に、勝一郎は「ああ」と短く応える。振り返れば、そこに少年の頃の中野が立っているようだった。

「俺は……」

ほとんど無意識に勝一郎は口を開いていた。

「……俺は、お前に謝らなきゃいけないことがある」

タイル張りのビルとなった懐かしい生家の跡地を見つめながら勝一郎は言葉を続けた。中野が横に立っているのは分かっていたが、どうしても顔を向けられない。

「……お前が、昔、曜子のことを好きだと俺に告白した時、俺は……」

まるで昨日のことのように、その時の情景が浮かんでくる。あの時に交わされた会話だけが、六十年を経ても尚、この路地に落ちていたようだった。

「……学徒動員が始まれば、いずれは俺たちも戦地に出ていくことになる」と中野は夜道で言った。「……戦地へ赴けば、無事に帰国できる保証はない。でも、もしもそこに誰か自分を待ってくれる人がいれば」と。

「お、おい、ちょっと待て。お前……」と勝一郎は口を挟んだ。しかし、興奮していた中野には届かなかった。はっきりと六十年前に聞いた中野の声が蘇ってくる。

「単なるロマンチシズムだと笑ってくれてもかまわん。ただ、俺なりに一生懸命考えた末のことなんだ。もし無事に帰国できたら、俺は一生、曜子さんを……」

「待て。お前は日本人じゃない。二等国民との結婚を曜子さんのご両親が許すだろうか」

気づいた時には、もう言ってしまっていた。取り返しのつかない言葉だった。

「……いや、違う。曜子さん自身が本当にそれで幸せになれると思うかどうか」

勝一郎は慌てていた。目の前には中野の顔があった。ただ、そこには表情がなかった。怒りも、悲しみも、悔しさも、何一つ中野は見せてくれなかった。

勝一郎は勇気を振り絞って、横に立つ中野に目を向けた。六十年という時間が刻み込まれた顔がそこにある。

「俺は、お前に心から詫びたい。俺は……、俺は、あの時、絶対に言ってはいけないことをお前に言ってしまった。俺たちの友情を裏切った。自分たちの友情を踏みにじった。どんなに詫びても許してもらえるようなことじゃない。でも、この六十年の間ずっと後悔しながら生きてきた。これは本当だ。俺は……」

これ以上、声を出すと嗚咽が漏れそうだった。勝一郎は込み上げる思いを必死に抑えようと奥歯を噛んだ。その時だった。ポンと肩に中野の手が乗せられた。勝一郎は顔を上げられなかった。アスファルト舗装された道を見つめていると、赤茶けた未舗装の路地が蘇ってくる。

「戦争が終わって、お前たちは出て行った。お前たちがいなくなったあと、ほんとにいろんなことがあったよ」

まだ顔を上げられない勝一郎の肩を、中野が強く摑んでいる。

「……もちろんつらいことも多かった。やっと本来の自分たちに戻れたんだと喜びながらも、なんで日本人は俺たちを捨てたんだと恨んだこともある。俺だけじゃないはずだ。あの頃の俺みたいな奴らは、みんなそうやって悩んでいたはずだ。でもな、勝一郎……、俺は今、はっきりと言えるよ。俺は台湾人だって。胸を張って、今、そう言える。もう昔のことなんてどうでもいいよ。曜子さんがお前と幸せになったことを、俺は心から喜べる。遅くなったけど言わせてくれ。勝一郎、結婚おめでとう」

涙が溢れていた。強くつぶった目から止めどない涙が流れ、勝一郎の足元の赤茶けた地面を濡らしていた。遠くで氷売りの声がする。今にも夕立が来そうな匂いがする。

「悪かった……」

勝一郎は言葉を絞り出した。

「もういいよ。いいって。……それにな、俺たち台湾人ってのは、つらかったことより、楽しかったことを覚えているもんなんだ。つらかったことなんかすぐに忘れて、楽しかった時のことを口にしながら生きていく。それが俺たちだ」

勝一郎はやっと顔を上げ、子供のように袖で涙を拭った。

「……でもな、勝一郎、それを教えてくれたのは、あんたら日本人なんだぞ」

中野の言葉に勝一郎は強く頷いた。

「あー、なんか湿っぽくなったな。行こう。すぐそこが俺の病院だ。病院見て、美味いもの食いに行こう」

雰囲気を変えるように中野が言う。勝一郎もわざと、「ああ、腹減ったな」とおどけてみせた。

路地を出て、しばらく大通りを歩いたところに中野が院長を務める病院はあった。地上五階建て、二十五年前に建てられたというビル自体は多少古ぼけて見えるが、病院然とした白壁の建物は堂々たるものだった。

「これがお前の病院か」と勝一郎は病院を見上げた。

「親父の病院があった場所、お前、覚えてるか?」

中野に訊かれ、勝一郎は辺りを見渡した。おそらくこの近くだったはずだが、記憶を呼び覚ますようなものは何一つ残っていない。

「そこだよ。この角が親父の病院だったんだ」

中野が小さな駐車場になっている背後に目を向ける。駐車場には八台ほどの車が停められているが、勝一郎の記憶よりもかなり狭い。

「こんなに小さかったか？」と勝一郎は思わず訊いた。

「ほんとだな。実際、あっちに移転する時に家屋を取り壊して、『こんなに狭かったのか』と俺も思った」

「もっと大きなイメージだったけどな。立派な日本家屋で二階の窓だけがどこか中国風で」

勝一郎は駐車場になっているその場所をしばらく見つめ、改めて反対側に建つ堂々たる病院に目を向けた。

「お前、頑張ったんだな」

そんな言葉がふと勝一郎の口から漏れる。

「まぁ、必死に働いたのは確かだな」

「立派なもんだよ」

「何、言ってんだ。お前だって日本に戻って頑張ったじゃないか。今、日本にある高速道路の根幹はお前が作ったようなものだって、日本から同級生が来るたびに聞かされてたよ」

「そりゃ、大袈裟だよ」

「戦争が終わって十年くらい経った頃から、ちらほら日本に戻った同級生たちが里帰りしてくるようになって、その度にお前の近況を尋ねてた。お前が向こうで頑張ってると思うと、不思議と俺も頑張れる。ライバル心ってわけでもないんだ。なんというか、あの時、半分に千切られた自分が日本で奮闘しているようで、こっちまで力が湧いてくるみたいだった」

病院から出てきたスタッフらしき女性が中野に会釈する。手を挙げて挨拶を返す中野の様子を見ているだけで、彼がスタッフたちから慕われていることが分かる。

「今は、息子さんたちに任せてるのか？」と勝一郎は訊いた。

「ああ。長男と次男の二人でなんとかやってるよ。ただ、病院経営も楽じゃない」

「奥さんは？　どんな人と結婚したんだ？」

「このあと、食事の時に紹介するよ。やっぱり台南で医者をやってた人の娘だ。まぁ、彼女と結婚してなければ、親父の病院をここまで大きくすることはできなかっただろうな」

「しっかり者の嫁さんか」

「ああ、しっかり者で、家族思いのいい女だ」

照れくさそうに呟いた中野の横顔に、勝一郎は少年の頃の面影を見た。

「中も見ていくか？」

中野に訊かれ、「いや、もう充分だ」と勝一郎は断った。

「そうか。じゃ、メシだ。今、車を呼ぶからちょっと待て」

「ああ」

携帯で運転手に連絡を取る中野の横で、勝一郎は周囲の光景を見渡した。中野の父親の病院の前からまっすぐに道は伸びていた。豆腐屋や八百屋が並び、活気に満ちた場所だった。日盛りの午後には、短い日陰で野良犬が昼寝をしていた。あんなに幸せそうな野良犬を日本に戻ってから見たことがあっただろうか。

「すぐに来るよ」

電話を切った中野が、車がやってくる方へ目を向ける。

「すい臓がんらしい」

その背中に勝一郎は言った。言うつもりなどなかった。中野はすぐには振り返らない。

「死ぬのに早いって年でもないけどな」と勝一郎は笑った。自分でも不思議だったが、病院での診断のあと、初めて口にしたにもかかわらず、何の動揺もなかった。やっと振り返った中野が、「そうか」とだけ応える。

「ああ、そうだ」と勝一郎も短く頷く。

「医者はなんて言ってる？」

「そう長くないそうだ」

「そうか」

通りをさっきの車が近づいてくるのが見える。

「メシ食う場所は近いのか？」と勝一郎は話を変えた。

「……お前、向こうで一人なのか？」

話に乗らなかった中野に、勝一郎は素直に、「ああ」と頷いた。

「……曜子もいない。お前と違って子供もいない。天涯孤独ってやつだ。まぁ、思い残すこともなし、一人でのんびりと死んでくよ」

笑い飛ばすように勝一郎は言った。

「だったら、お前、こっちで死ね。……俺の病院で、この台湾で死ね」

中野が真剣な表情で言う。勝一郎は頭の中で言われた言葉を繰り返した。

こっちで死ね。この台湾で死ね。こっちで死ぬ。この台湾で死ぬ。

「冗談で言ってるんじゃないぞ。ちゃんと考えてくれ」

中野が更に真剣な目で言う。やってきた車が二人の前に横付けされ、運転手が降りてくる。勝一郎は改めて周囲を見渡した。日陰で昼寝をしていた野良犬があくびをしながら体を起こし、尻尾を振って近づいてくる。制服姿の曜子が友達と二人で歩いている。豆腐屋の前で勝一郎の母親と中野の母親が楽しそうにお喋りしている。台湾のギラギラした日差しの中、何もかもが力強く動き出す。

背中をトンと押され、勝一郎は我に返った。中野の顔を見つめ、返す言葉を探してみる。真っ先に浮かんだ言葉を、勝一郎は素直に声にした。

「ありがとう」

ただ一言、勝一郎はそう言った。

二〇〇七年　春　節

『MADE IN JAPAN　台湾新幹線1番列車
台北〜高雄間　最短90分』

台湾の南北（台北〜高雄間345キロ）を最短90分で結び、西部全域を「一日生活圏」とする台湾高速鉄道（台湾高速）が5日、営業運転を開始した。日本の新幹線技術が海外で初めて採用され、開業時の運転士はフランス人らが担当、日欧の技術を結集させて開業にこぎつけた。

当面の起点となる板橋駅（台北県）では午前7時（日本時間同8時）、関係者が見守る中、1番列車が南端の左営駅（高雄市）に向けて滑るように発車した。

日本人乗客第1号となった愛知県の中学校教員（43）はこの日、高雄への日帰り旅行を楽しむため、家族3人と高速鉄道に乗り込んだ。詰めかけた日台の報道陣に感想を聞かれると、「偶然にも1番列車に乗れた」とうれしそう。1番列車の運転を担当したフランス人運転士も、台湾に貢献ができたと胸を張った。

信号システム、土木工事など日欧の技術が混在するため、安全性を危ぶむ声もあるが、陳水扁総統は元日の初試乗で事実上の開業を宣言。この中で「日本初の新幹線輸出は成功です」と述べ、安全性を強調するとともに、プロジェクトを日台経済のきずなと位置付け、今後の関係強化に期待感を示した。

【産経新聞二〇〇七年一月五日大阪夕刊（抜粋）】

台北駅から地下鉄で五つ目にある板橋駅で電車を降りると、多田春香は台湾新幹線乗り場へ向かった。MRTと呼ばれる台北の地下鉄はまだ新しく、地下構内も明るい雰囲気に満ちている。通路には日本の駅と同じように弁当を売る売店が並んでいる。日本統治時代の駅弁を復刻したものに人気があるらしく、これから新幹線に乗る大勢の客たちで小さな売店はごった返している。弁当と一緒に魚のすり身が入ったスープの魚丸湯も売っており、美味しそうなダシの香りが地下通路にも漂っている。春香は時間を確かめた。まだ人豪との約束には少し時間がある。

香りに誘われるように売店へ入ると、これから高雄の実家へ戻るらしい家族連れが、「それにしても一時間半で着くんだから大したもんだ」「日帰りできるよ」などとこれから乗る新幹線の話をしていた。

台湾高速鉄道、通称「高鉄《ガオティエ》」が開通してからすでに一ヶ月以上が経っていた。当初はチケット販売でのトラブルや、一部マスコミによる、安全運行を不安視するネガティブな報道から、予想されていた乗客数にまったく及ばないという状況が続いていたが、春節を目前にした先週辺りからチケットの予約が飛躍的に伸びているという報告を春香たちも受けている。こうやって一般の乗客の一人として訪れた板橋駅の賑わいを見ると、春香もその報告を肌で感じることができ、知らず知らずのうちに笑みがこぼれそうになる。

正式開通した台湾新幹線に、春香は今日初めて乗ることになる。開通後もしばらくは仕事に追われていたが、区切りがないのも効率が悪いだろうという山尾部長の提案で、部員たちを集めた盛大な完成祝いを行ってから、社員たちは順番に数日間の休暇を取っている。先週、春香も四日間の休みを取り、久しぶりに日本に帰った。最初の二日を神戸の実家で過ごし、その後東京へ向かって繁之と会った。

台湾新幹線開通の報道は、春香たちが期待していたほど日本ではされなかったらしい。もちろん新聞では記事になったが、日本が誇る新幹線システム初の海外輸出となったにもかかわらず、特別番組が編成されることもなく、どちらかといえばネガティブな情報が多かったという。

「台湾で新幹線が走るようになったが、あくまでも日欧の混合技術であり、純粋な日本製新幹線と呼べない」というのが、主な論調らしかった。七年も台湾で暮らしていれば、台湾という国が日本でどのような扱いを受けているのか、知らず知らずに敏感になる。台湾の人が日本を思う気持ちに比べると、日本人が台湾のこと（台湾と中国のこと）を知ろうとする気持ちは、あまりにもお粗末としかいいようがない。だからこそ、春香はいつか、台湾の人が日本を思う気持ちを、当の日本人が気づく日が来ることを願っている。

東京で一年ぶりに再会した繁之は、完全復帰とは言えないまでも、これまでの間で一番調子が良さそうだった。大きなホテルに就職していたお陰もあり、この六年近く鬱病に悩まされながらも、解雇されることもなく、会社側のはからいで比較的のんびりと過ごせる部署での勤務を続けている。本人が「もう大丈夫だと思う」と言っていたように、体調は良いらしく、会社を休むこともなければ、病院にも月に一度、もしくはそれも忘れてしまうほどらしい。実際、これまでになく顔色もよく、「お互いに老けたよね」と笑い合いながらも、その笑顔に以前の繁之がはっきりと見てとれた。

台湾に戻る前の晩、一緒に食事に出かけたレストランで、そんな繁之から話があった。

ここ二年ほどは繁之の体調が予測できないこともあり、春香はビジネスホテルに泊まっているのだが、正直なところ、帰省のたびの東京訪問は遠距離の恋人に会いに行くというよりも、大切な友達のお見舞いといったニュアンスの方が強かった。やはり繁之の方でもそれに気づいていないはずもなかったのだと思う。

「台湾での春香の仕事が成功したからってこともあるけど、二人の関係をきちんと終わらせたいんだ」と繁之は言った。

もちろんこれまでにも気弱になった時の繁之から別れ話をされたことは何度もあったが、今回はまったく様子が違い、「これまでのこと、本当にありがたいと思ってる。だからこそ、きちんと別れたいんだ」と言われたのだ。

繁之に対して愛情がなくなったかと言われれば、そうではないと春香は言える。ただ、この愛情が以前と同質のものではないことも明らかだった。

「これからはいい友達でいようなんてカッコつけたことは言わない。でも、これからお互いにお互いの道を精一杯進んで、またいつかどこかで大切な友達として再会できたらって思ってる」

繁之の言葉を春香は黙って聞いていた。これまでは、「そんなこと考えないで、病気を治すことに専念してほしい」などと応えていたが、なぜかもうそんな言葉は出てこなかった。繁之の真剣な言葉を聞きながら、ずっと春香が考えていたことは、繁之ではなく、きっと自分の方が頼っていたのだということだった。この七年、台湾で精一杯働けたのは、きっと繁之という存在が日本にあったからなのだと。

「あなたのお陰で、私はこれまで台湾で頑張ってこれたんだと思う。あなたは『別に何もしてないよ』って言うかもしれないけど、私はどこかであなたに甘えていたんだなぁって。でも、今ね、あなたの話を聞いて、分かったの。これからはちゃんと自分で歩いていかなきゃいけないいんじゃないかって」

春香は素直にそう口にしていた。


板橋駅の売店で春香は駅弁と魚丸湯を二つずつ買って、人豪との待ち合わせ場所に向かった。まだ約束の時間まで五、六分あったが、改札の前に人豪が立っている。春香は駅弁を提げた手を上げた。

春香に気づいた人豪が手を振り返し、横にいた老人に何やら話しかける。春香は首を傾げながらも人豪の元へ駆け寄った。

「こんにちは」

「こんにちは。それ、駅弁？」

人豪に問われ、「つい買っちゃった」と春香は笑った。笑いながらも人豪の横に立つ老人に目を向ける。やはり人豪の知り合いのようで、おだやかな笑みを浮かべて、春香がぶら提げている駅弁に目を向けている。

「こちらは葉山勝一郎さん」

人豪に紹介され、春香は会釈した。

「……あの、日本でお世話になってる人で、まぁ、東京のお父さんみたいな」と人豪が続ける。

紹介を受けた勝一郎が少し照れくさそうに、「お父さんじゃなくて、おじいちゃんだろ」と笑い、「悪いね、せっかくのデートなのに、こんなじいさんがくっついて来ちゃって。でも、ここでご挨拶だけしたら、すぐに消えますから」と春香に詫びる。

「いえ、デートなんて、そんな……」

「葉山さんも、車輛は違うんだけど、同じ新幹線で高雄まで行くんだ」

人豪の説明に春香はただ頷くしかない。その後、二人の話を聞いてみれば、今回、春香が誘った高雄への日帰り旅行のことを人豪が葉山に話した際、「新幹線が開通したのだから、自分も一度乗ってみたい。せっかくだから自分は高雄で二、三泊してこよう」と葉山が言い出し、「ならば行きだけでも、ご一緒しましょう」と人豪が提案したらしかった。

「そうだったんですか。だったらお弁当、三つ買ってきたのに」と春香は後悔した。

「いやいや、ほんとに急な話でごめんなさいね。ほんとに私はここでご挨拶だけして、すぐに消えますから。一人でのんびり台湾新幹線に乗ろうと思ってね、座席も違う車輌のをさっき買ってもらったし」

老人の遠慮をどう受け止めていいのか分からず、春香は人豪に助けを求めた。

「じゃあ、ほんとにここで大丈夫ですか？」

実際、付き合いも長いのだろう、人豪がさらりと葉山という老人にそう言う。ただ、その物言いに本当の祖父と孫のような親しみがある。

「ああ、大丈夫大丈夫。じゃ、お二人とも気をつけて」

先に改札へ向かおうとする老人を春香は見送るしかない。「ほんとにいいの？」と人豪に合図を送るが、気づいているのかいないのか、人豪は呑気に手を振っている。仕方なく春香も手を振った。「いいから、いいから」とでも言うように手を振り返してきた老人が改札を抜け、地下のホームへ降りていく。

「ほんとにいいの？　私なら、一緒でもぜんぜんかまわないけど」と春香は言った。

「大丈夫。本人が一人の方がいいんだって。それより、ごめんね」

「え、何が？」

「いや、急に葉山さん、連れてきて」

「ぜんぜん。日本でお世話になってる方なんでしょ？」

「葉山さんが会いたいって……」

「私に？」

「うん。俺は違うって、ただの友達だって言ったんだけど」

人豪が何を言わんとしているのか春香は気づき、「あ、ああ」と応えるしかなかった。

「台湾には旅行でいらっしゃったんでしょ？」と春香は話を変えた。

「うん。でも、もしかすると、これからこっちの病院に入院するかもしれなくて、今回はその準備も兼ねて」

「お体、悪いの？」

「うん」

人豪はあまり話したくなさそうだったので、春香は深く尋ねなかった。

「行く？」

人豪が改札上の掲示板を見上げる。

「うん」と春香は頷いた。

二人以外にも続々と乗客たちが改札を抜けていく。春香がぶら提げていた駅弁を何も言わずに人豪がさっと奪う。

「ありがと」

二人並んで地下ホームへの階段を降りた。真新しい制服を着た乗務員が乗客たちを列車へと誘導している。ホームには白とオレンジに黒い一本線が入った台湾新幹線の車輛がすでに停車している。ホームのライトにそのボディがきらきらと輝いていた。

◇

板橋発左営行131号は、開通後、初めての春節シーズンを迎え、ほぼ満席の状況でゆっくりとホームを滑り出した。明るいホームが窓の外を流れていくと、しばらく暗い地下トンネルが続く。力強い車輛の振動が心地よくシートに伝わってくる。その後、ゆっくりと列車は地上へ出ていく。古いビルが建ち並んだ一角で、窓の外には屋上に干された洗濯物や、路地を行き交うスクーターなど台湾の日常が現れる。

列車はそのままスピードを増し、大きな河を越え、豊かな田園風景を横目に走る。椰子の原生林がある。用水路を攪拌《かくはん》する水車が見える。

先頭車輛で、通路を走り回ろうとする息子を陳威志は必死に捕まえようとしていた。襟首をやっと捕まえて戻った座席の横には妻の美青がいる。

「振振、ちょっとはじっとしてなさいよ」

母の言葉に一瞬シュンとしてみせるが、振振はすぐに威志の腕の中で暴れ出す。威志たちは台北への一泊旅行からの帰りで、網棚に置かれたバッグには、振振が買った101ビルの模型やゲーム機が詰め込まれている。

「これ、俺が整備してんだぞ。そう考えると、ちょっとすごくないか?」

腕の中で暴れる振振を押さえ込みながら、威志が言う。

「あなたが整備してるのかと思うと、ちょっと不安」

「ひどいな」

「ねぇ、覚えてる？　燕巣の整備工場がまだ完成してない頃、あの近くのグァバ畑で、偶然私たち会ったじゃない？」

「うん」

「私はまだカナダに留学中で、ちょうど帰省してた時で」

また逃げ出そうとする振振の頭を威志は押さえつけた。

「あの時、二人で一緒に整備工場を眺めたのよ。あそこから向こうに線路が伸びるんだって、二人で眺めたの」

「うん。覚えてる」

「でも不思議なもんだよね。あの頃は想像もしてなかったけど、あなたはあの工場で働いて……」

「横にいた女を女房にして、か？」

威志がそう茶化した時、一瞬の隙をついて振振が逃げ出した。

「おい！」

慌てて呼び止めるが、振振はもう通路を駆け出している。舌打ちをして威志は席を立った。振振を追おうとすると、「ありがと」と背中に美青の声がした。

「え？」と威志は驚いて振り返った。

「いや、なんでもない」

美青はすぐに窓の外へ視線を向けた。威志はその横顔をしばらく眺め、笑みを浮かべてから振振を追いかけた。すでに振振は連結部のドアを開け、次の車輛に走り込もうとしている。

◇

自動ドアが開き、とつぜん駆け込んできた男の子に葉山勝一郎は驚いた。ちょうど横を通ったワゴンを呼び止め、珈琲を買おうとしている時だった。通路を走ってきた男の子は、その勢いのままワゴン販売員の女性のお尻にぶつかる。ぶつかって後ろに倒れるかと見えたが、男の子も大したもので女性の服を摑み、なんとか倒れずにいる。

驚いたワゴン販売員が振り返り、やはり自分でも驚いている男の子の頭を撫でる。女性は笑顔で何か話しかけているが、勝一郎には分からない。

気を取り直したらしく、男の子は摑んでいた女性の服を放し、今度は勝一郎の方へ興味を持ち始める。勝一郎は受け取った珈琲をテーブルに置いた。膝の上には、新幹線の窓から見える台湾の風景を一緒に見ようと、妻、曜子の写真が乗せてある。男の子はこの写真に興味を持ったらしく、少し警戒しながらも勝一郎の元へ近寄ってくる。

たまたま隣の席が空いていたこともあり、男の子はその席に体を預けながらも、興味がなさそうな顔をして、シートの間に指を突っ込んだりし始める。勝一郎は男の子の様子に思わず微笑んだ。元々人懐っこい子らしく、勝一郎が笑みを浮かべた途端、更に近寄ってくる。

男の子が膝に置いた曜子の写真を見たそうにしているので勝一郎は向きを変えて見せてやった。写真の曜子は晴れ着姿だった。十年ほど前、勝一郎の部下だった男の息子の結婚式に呼ばれた時のものだ。男の子はシートの上で体をくねらせながら、写真を眺めている。

「これは、おじさんの、奥さん」と勝一郎は日本語で語りかけた。

きょとんとした男の子がじっと勝一郎の顔を見上げる。その時、またドアが開き、若い男が顔を覗かせた。父親らしく、すぐに男の子を見つけ、申し訳なさそうに勝一郎に詫びると、猫でも摑み上げるようにすっと抱え上げる。

勝一郎も男に笑みを返した。肩に担がれた男の子はまだ暴れていたが、勝一郎が手を振ると、ドアが閉まる寸前に小さく手を振り返してきた。

勝一郎は窓の外を流れる景色に目を向けた。膝に置いていた写真を、よく見えるように窓枠に立てる。台湾新幹線は山々の間を抜けていく。一本一本の樹々の色が生々しいほどに濃い。

なぁ、覚えてるか？

勝一郎は心の中で妻に問いかけた。あれはいつだったか、妻が何度目かの入院をしていた病室での一コマがふと思い出される。窓から差し込む日が、病床の妻の膝元まで伸びていた。

「新幹線が開通したら、二人で台湾に行ってみるか?」と勝一郎は言った。

「開通したらって、まだ五年も先の話じゃないですか」と妻は笑った。

「そうか。五年も先か」

「そうですよ」

「五年なんてあっという間かもしれないぞ」

「七十過ぎたおじいちゃんが元気溌剌だとみっともないですよ」

新幹線から故郷台湾の景色を眺める勝一郎の耳に、妻の笑い声が今はっきりと聞こえてくる。

◇

近づいてきたワゴンの販売員に人豪が声をかけ、二人分のお茶を買ってくれる。紙コップの熱い茶を受け取った春香は、「まだお弁当には早いよね?」と訊いた。

「でも、ここにあると思うと食べたくなる」

人豪の言葉に春香も笑った。人豪におつりを渡した販売員がまたゆっくりと通路を進んでいく。春香はテーブルに置いていた駅弁を袋から取り出し始めた。

「今日、ありがとう」

とつぜん人豪にそう言われ、春香は手を止めた。

「ん？」

「いや、だから、……誘ってくれて、ありがと」

　人豪が真面目な顔で言う。

「こちらこそ一緒に乗ってくれてありがとう。私ね、この台湾新幹線に初めて乗る時は、あなたと一緒がいいなとずっと思ってたの」

　春香は取り出した駅弁を人豪に渡した。山間部を抜けた列車は、肥沃な田園風景の中を進んでいる。どこまでも続くような田んぼの一本道を一台のスクーターが走っていく。

「……私ね、もしあの時、あなたと会っていなかったら、今、ここにいないと思う。こうやって新幹線の仕事に関われたことも、こうやって台湾でたくさんの楽しいことを経験できたのも、あの時、あなたに会ったからなんだと思う」

　春香は窓の外を眺めながら言った。

「……台北で初めて会った時、スクーターに乗せてくれたでしょ？　スクーターでいろんなところを案内してくれたでしょ？　私にとって台湾はあの時の風景なの。もう七年もこっちで仕事をしてきたけど、やっぱり台湾はあの時のままなの」

「俺だって同じだよ。もしあの時、春香さんに会ってなかったら、今、日本で働いていないと思う」

　春香は視線を戻した。そこにある人豪の顔にあの時の懐かしい笑みが浮かんでいる。台北の街で偶然知り合い、たったの半日を一緒に過ごしただけだった。あれからもう十年以上の月日が流れている。

「でも、不思議だよね」

思わずそんな言葉が春香の口から溢れ、「うん、不思議だね」と人豪も頷く。そのまましばらく沈黙が続いた。今、人豪を相手に何を話すべきなのか、分かり切っているようにも思えるし、何も決まっていないような気もする。

「あ、そうだ。この前メールで言ってた、スイスの建築会社に転職するかもしれないって話、どうなったの？」と春香は尋ねた。

「ああ、あれはやめた。やっぱり東京の今の会社でもうちょっと頑張るよ」

「そう」

「うん、そう。……そっちは？　このあとどうするの？　もうすぐこっちでの仕事も終わるんでしょ？　この前メールで言ってたように東京へ戻ってくる？　それとも今度はどこか別の国で、また新幹線を作る？」

春香はまた窓の外へ目を向けた。眼下には美しい田園風景が続いている。初めて台湾を訪れた時と同じように、ここが異国とは感じられない。

「まだはっきりと決めてないいんだけど、たぶんこっちに残ると思う」と春香は告げた。

「こっちって、台湾？」

よほど驚いたらしく、人豪が声を裏返す。

「そう、台湾。今回の仕事でＰＲを請け負ってたこっちの会社から、うちで働いてみないかって誘われてるの。どこか他の国に行って、また一から新幹線を作るのも魅力的だとは思ったんだけど、いろいろ考えてみて、もう少し台湾に残ろうかと思って」

「そうなんだ」

人豪の表情は喜んでくれているようにも、少し寂しそうにも見える。

「うん、そう。台湾に残る」

「このままだと、俺より台湾での生活が長くなるかもね」

「あなただって、私より日本での生活が長くなるかもよ」

「春香さんを見てると、『人生』は楽しいものなんだってことを思い出すよ」

「そう？　……でもね、それを私に教えてくれたのは、あなたたち台湾人なのよ」

二人で微笑み合ったその時、前方の掲示板に時速三百キロで走行中という文字が流れた。車輛のあちこちで小さな歓声が上がっている。

「……ねぇ、台湾新幹線、立派に走り出したんだよね？」と春香は尋ねた。

「ああ、立派に走り出してるよ」と人豪が応えてくれる。

単行本　二〇一二年一一月　文藝春秋刊

文春文庫

路《ルウ》

定価はカバーに
表示してあります

2015年5月10日　第1刷
2020年6月20日　第7刷

著　者　吉《よし》田《だ》修一《しゅういち》
発行者　花田朋子
発行所　株式会社 文藝春秋

東京都千代田区紀尾井町3-23　〒102-8008
TEL 03・3265・1211(代)
文藝春秋ホームページ　http://www.bunshun.co.jp

落丁、乱丁本は、お手数ですが小社製作部宛お送り下さい。送料小社負担でお取替致します。

印刷・凸版印刷　製本・加藤製本
Printed in Japan
ISBN978-4-16-790357-2

（　）内は解説者。品切の節はご容赦下さい。

有吉佐和子
青い壺
無名の陶芸家が生んだ青磁の壺が売られ贈られ盗まれ、十余年後に作者と再会した時——。壺が映し出した人間の有為転変を鮮やかに描き出した有吉文学の名作、復刊！　（平松洋子）
あ-3-5

有吉佐和子
ほむら
女犯の咎で寺を追われた僧侶、王昭君の肖像画を描く画家の懊悩。人間普遍の欲望、精神の血しぶき、芸術の極みを鮮やかに描いてみせた名作8編、満を持しての復刊。　（伊吹和子）
あ-3-9

阿佐田哲也
麻雀放浪記1　青春篇
戦後まもなく、上野のドヤ街を舞台に、坊や哲、ドサ健、上州虎、出目徳ら博打打ちが、人生を博打に賭けてイカサマの限りを尽くして闘う「阿佐田哲也麻雀小説」の最高傑作。　（先崎　学）
あ-7-3

阿佐田哲也
麻雀放浪記2　風雲篇
イカサマ麻雀がばれた私こと坊や哲は関西へ逃げた。だが、そこには東京より過激な「ブウ麻雀」のプロ達が待っており、京都の坊主達と博打寺での死闘が繰り広げられた。　（立川談志）
あ-7-4

阿佐田哲也
麻雀放浪記3　激闘篇
右腕を痛めイカサマが出来なくなった私こと坊や哲は新聞社に勤めたが……。戦後の混乱期を乗り越えたイカサマ博打打ちたちの運命は。痛快ピカレスクロマン第三弾！　（小沢昭一）
あ-7-5

阿佐田哲也
麻雀放浪記4　番外篇
黒手袋をはずすと親指以外すべてがツメられている博打打ち、李億春との出会いと、ドサ健との再会を機に堅気の生活から足を洗った私……。麻雀小説の傑作、感動の最終巻！　（柳　美里）
あ-7-6

芥川龍之介
羅生門《らしょうもん》　蜘蛛《くも》の糸《いと》　杜子春《とししゅん》　外十八篇
昭和、平成とあまたの作家が登場したが、この天才を越えた者がいただろうか？　近代知性の極に荒廃を見た作家の、光芒を放つ珠玉集。日本人の心の遺産「現代日本文学館」その二。
あ-29-1